六盘山文库

六盘山地区民间故事研究

马晓雁 著

中国社会科学出版社

图书在版编目（CIP）数据

六盘山地区民间故事研究／马晓雁著. —北京：中国社会科学出版社，
2021. 3

（六盘山文库）

ISBN 978 - 7 - 5203 - 7714 - 0

Ⅰ. ①六…　Ⅱ. ①马…　Ⅲ. ①民间故事—文学研究—宁夏、甘肃
Ⅳ. ①I207. 73

中国版本图书馆 CIP 数据核字（2020）第 270573 号

出 版 人　赵剑英
责任编辑　安　芳
特约编辑　张　婷
责任校对　张爱华
责任印制　李寡寡

出　　　版　中国社会科学出版社
社　　　址　北京鼓楼西大街甲 158 号
邮　　　编　100720
网　　　址　http://www.csspw.cn
发 行 部　010 - 84083685
门 市 部　010 - 84029450
经　　　销　新华书店及其他书店

印　　　刷　北京明恒达印务有限公司
装　　　订　廊坊市广阳区广增装订厂
版　　　次　2021 年 3 月第 1 版
印　　　次　2021 年 3 月第 1 次印刷

开　　　本　710×1000　1/16
印　　　张　18
插　　　页　2
字　　　数　265 千字
定　　　价　89. 00 元

凡购买中国社会科学出版社图书，如有质量问题请与本社营销中心联系调换
电话：010 - 84083683

总　序

　　固原历史悠久，文化积淀丰厚。早在三万年前的旧石器时代，这片土地就留下了古人类活动的足迹；新石器时代，六盘山东西的清水河、葫芦河、泾河流域都有人类繁衍生息。彭阳商周墓葬群的出土，印证了《诗经·小雅·六月》《出车》里描写的西周重大历史事件在固原的发生；固原战国秦长城遗迹，叙说着固原的军事建制与特殊的军事地理位置。战国时期，固原进入秦国版图，乌氏县、朝那县的设立，见证了固原融入大一统的国家行政序列；汉代高平县的设立、安定郡的设置，奠定了固原之后的行政建制。萧关道上的汉唐诗歌、丝绸之路在固原的中西文化遗存，再现了这个特殊地域上的文化积淀，为固原经济社会文化发展提供了诸多有价值的参考与借鉴。

　　宁夏师范学院建校至今，已走过了40多年的风雨岁月。学院老一代的学者，一直十分关注固原历史地理文化，他们筚路蓝缕，在传承学术精神的同时，创新地方历史文化研究，留下了诸多研究成果，为固原历史文化研究奠定了坚实的基础。地方高校服务于地方经济社会文化发展，是其职责所在。为推进固原历史地理文化研究，2011年底，宁夏师范学院申报设立专门的地方历史文化研究机构，经自治区编办批准，宁夏师范学院固原历史文化研究中心正式挂牌成立，成为实体研究机构之一，并配备了专职研究人员。宁夏师范学院的固原历史地理文化研究从此走上了更为专业和深入的道路。2014年，为进一步夯实科研基础，凝练学术队伍，宁夏师范学院进行了校内资源整合，重组并成立了六个研究（工程）中心，固原历史文化研究中心成为宁夏师范学院提出的打好三张牌（特色牌、地方牌、教改牌）

中的科研"地方牌"的代表。2016 年，固原历史文化研究人文社科重点研究基地获得自治区高校科技创新平台立项建设。

为了加强区级人文社科重点研究基地建设，挖掘固原历史文化资源，产出一批较有影响的科研成果，固原历史文化研究中心设立了"固原历史文化专项课题"，由校内外学者参与申报，专家评审，最终以丛书的形式推出。宁夏师范学院所在地固原位于六盘山地区，学校被誉为"六盘山下人才基地，宁南山区教师摇篮"，因此，丛书以《六盘山文库》冠名。研究成果内容涉及固原历史地理、丝绸之路、地方戏曲研究、人物、民俗文化等，是固原历史地理文化研究的阶段性成果。《六盘山文库》的面世，将对传承固原历史文脉、宣传固原历史地理文化、加快推进文化建设产生影响。同时，对于深化和研究固原历史地理文化，把历史地理文化资源优势转化为推进高质量发展优势；对于挖掘区域历史地理文化，增进人们对固原历史地理文化的了解，满足人民文化需求和增强人民精神力量，尤其是提升固原文化的影响力，将会产生积极的作用。

以文化强国为目标，不断推进传统文化创造性转化、创新性发展，是时代赋予我们的新使命。正是在这个意义上，《六盘山文库》承载着文化建设的使命，肩负着文化创新的重任。为地方社会经济发展和文化建设尽一份绵薄之力，是我们的初心所在。

《六盘山文库》编委会

2020 年 12 月

目　　录

绪　　论

我国民间俗称讲故事为"讲古话""讲瞎话""讲大头天话""摆龙门阵""讲经""粉白（话）""夜话"等，各地说法不一，讲故事是最普遍的称谓。民间故事的讲述活动遍及人类居住的每个角落，而且具有旺盛的生命力。这项集文化、娱乐、教育等功能于一体的综合性活动烙印着人类的原型思维，也是具体社会历史语境的艺术记录，更是民众丰富精神世界的折射，是特定地域、民族民俗文化和伦理思想的融汇。

"民间故事"这一概念具有广义和狭义之分。广义的民间故事包括各民族民众口头散文叙事文学的各种题材和形式，一般分为神话、民间传说和民间故事。狭义的民间故事指神话、传说之外的故事，包括动物故事、幻想故事、生活故事、笑话和寓言。对神话、传说、故事三者进行区分的说法在不同学者那里有不同方式的界说，但核心上，神话是以神的活动作为叙说中心的叙事艺术，反映了原始人类的认识和愿望；传说是以历史上特定的人物、事件、地方古迹、自然风物与社会习俗等为叙说对象的叙事艺术；故事是指神话、传说以外的那些富有幻想色彩或现实性较强的虚构故事的总称。神话的特质是解释自然现象和社会文化现象的起源，不仅指示出世界在时间性上的开端，而且指示出现存世界秩序的根据与前提。传说的突出特点是它与特定的自然或社会事物相关联，以明确的"这一个"人物、事件、地方、风俗等为对象，进而创造故事。传说包括人物传说、史事传说、地方风物传说等。民众通过传说述说历史现象、事件与人物，表达观点与愿望。随着时代的发展变化，会产生新的传说。民间故事不需要依附特定的历史人物、事件为对象讲述故事，它的娱乐性、虚构性较强，往往包含超自然的、异想天开的成分。民间故事随着现实的变化而变化，其中不仅蕴含有前文字时代民众生活、习俗、心理、信仰的遗留，也有各个时代社会风貌、民众生活和理想的反映。民间故事根据题材、形象、风格等特点可以分为动物故事和寓言、幻想故事、生活故事和笑话。其中，幻想故事又包含了超自然形象的故事、神奇宝物的故事、"难题"和法术的故事、鬼狐精怪的故事等。在学术研究领域，与神话、传说、故事相对应，建立起了神话学、传说学与故事学，并各自获得了丰硕的研究成果。本书借助故事学的研究方法与成果对狭义概念的六盘山地区民间故事进行探析。

六盘山地区地处今宁夏南部、甘肃东部、陕西西部的交汇处。以山系来划分，指以六盘山主峰为中心，向宁夏、甘肃、陕西三省延展的地域。以水系来划分，则指以渭河支流葫芦河（古瓦亭水）流域及泾河、清水河上游水系区域为主形成的一个区域。以行政区域来划分，则包括今宁夏的固原（原州区）、西吉、隆德、泾源、海原、彭阳；甘肃省平凉市所辖的静宁、庄浪、华亭、崆峒区、泾川、崇信，庆阳地区的镇原县，天水市的秦安县、张家川回族自治县；陕西省的长武、陇县等县区。从文明发祥的源头看，这里曾经孕育了中华最古老的创世神话：盘古开天地、女娲造人、女娲补天、伏羲女娲兄妹成婚……诞生了伏羲、女娲、轩辕、炎帝、西王母、后稷等神话形象。事实上，作为中华文明的摇篮之一，该地域的文化影响和辐射远远超出了其地理阈限。在漫长的历史变迁过程中，这片土地上的行政区划发生着频繁的变化，但民间文化在交汇融合的过程中却具有相对的稳定性，并且从核心地区向周围波及和辐射。限于精力与能力，本书研究过程中以六盘山主峰下的今宁夏固原市、甘肃平凉市民间故事为主向外辐射。

在研究方法与内容上，本书尝试多种故事学研究方法成果以呈现六盘山地区民间故事多方面的研究价值与意义。本书首次探讨了民间故事在六盘山地区的民间称谓，并探究了"古今"这一写定方式所呈现出的价值立场、审美趣味与对民间故事价值功能认识等。在整体上，本书探析了六盘山地区民间故事讲述的条件和讲述程式，归纳概括了六盘山地区民间故事的类别，也探究了六盘山地区民间故事的特点与价值。在对具体故事类型展开研究的过程中，本书更注重每种类型故事研究的不同侧重性与研究的示范性。例如"六盘山地区'蛇郎型'故事的文化密码"一章，既具体探讨了这一类型故事在六盘山地区的流布情况，列举分析了各种具有典型意义的异文，也追溯了这一类型故事所蕴含的人类文化密码，并分析了六盘山地区该类型故事特有的文化信息。这一讨论既具有"这一类型"的具体针对性与侧重性，也具有对各种类型故事展开研究的示范性。也就是说，各个类型的民间故事背后都蕴含着人类由来已久的某些文化密码，都可以做深入探究。在"六盘山地区'弃老型'故事的类型及其渊源"一章中，介绍了"弃老型"故事的各个亚型及其文字源头，在此基础上分析了六盘山地区"弃老型"故事的典型异文与其亚型，也讨论了其地域性蕴藉。在"六盘山地区'西天问佛'型故事形态分析"中介绍了故事形态学研究方法，并用此方法对六盘山地区"西天问佛"型故事做了探析，阐述了其中的文化心理蕴藉。在"六盘山地区《白鹁鸽玲玲》故事的异文及其讲述艺术"中呈现了田野调查与现有写定本《白鹁鸽玲玲》故事的各个代表性异文，探析了各类异文的差异与形成原因，特别呈现了"蒙腊月讲述本"《白鹁鸽玲玲》的讲述艺术。这些探究既具有具体类型、故事的针对性，又具有普遍研究的示范性，同时，在六盘山地区民间故事的内涵与讲述艺术上又具有新的发现。此外，本书特别注重民间故事的文学性，对六盘山地区民间故事中的女性形象作了归类分析，也探析了作为民间文学的民间故事在六盘山地区作家文学中的影响与传承。

相对于绚烂多彩的六盘山地区民间故事而言，本书研究仅仅掀开了她神秘面纱的一角。希望对六盘山地区民间故事的传承与保护工作能起到一定的启示与推动作用。

第一章　六盘山地区民间故事的
称谓与特点

民间故事在六盘山地区被称为"古今"，讲故事被称为"说古今"。与此同时，也存在"古经"这一书写方式，相应地，讲故事也被写作"说古经"。两种书写差异并非仅仅是六盘山地区方言前后鼻音不分造成的混乱，二者是同时并存的两种不同称谓方式，两种称谓反映出对民间故事价值立场、审美趣味等方面认知的潜在差异。作为地域习惯与书写传统，二者并无对错高下之分。特定的地域文化孕育了六盘山地区民间故事独特的地域气质。六盘山地区民间故事有自己独异的地域特点、艺术特点、传播方式、社会功能与价值。

第一节　六盘山地区民间故事的称谓

民间故事是民间文学的重要形式之一。广义的民间故事是指广大民众口头创作、口头传承的所有民间散文作品，包括神话、传说、故事在内。因地域、民族历史文化习俗及语言等的差异，民间故事在中国不同地域、民族中有不同的称谓方式，比如"瞎话""古话""讲古"等。在六盘山地区，民间故事也被称为"黑话（黑夜讲的话）""夜话"，但更普遍的称谓方式是"古今"，讲故事被称作"说古今"。与此同时，在六盘山地区也存在"古经"这一称谓和书写方式，相应地，讲故事被称为"说古经"。

就文字著述而言，方言辞典、故事辑录、作家作品等文字资料中，"古今"与"古经"两种书写在六盘山地区都有不同程度的使用。

文字著述中的"古经"：例如杨苏平《固原方言俗语》中收录"文化·娱乐"类词条时即写作"古经"，注解为"故事"，并举例句："老汉给娃娃说'古经'着呢。"① 在一些六盘山地区民间故事辑录中，有写作"古经"的现象，比如《东乡族民间故事集》中的一则故事《小伙子，金戒指，猫和狗的古经》，采用了"古经"这一书写方式②。地方志中也有写作"古经"的现象，1999 年出版的《海原县志》中使用了"古经"这一书写方式："本县群众称故事为'古经'。"③ 部分作家作品中也使用"古经"二字，例如竹青小说中有："我对老逃兵最初的记忆，还包括一些由他自己讲述的'古经'。我们这里人把故事或是传说叫'古经'，谁讲故事就叫'说古经'。"④

文字著述中的"古今"：在相关的方言辞典中，有"古今"与"说古今"的词条，比如张家铎、马平恩编著的《固原方言辞典》中，词条"古今"被注解为"故事"，例句为："给乡亲雨夜说古今。"⑤ 在相关研究中，也有使用"古今"和"说古今"这一书写方式，比如在徐治堂、吴怀仁合著的《庆阳民间故事研究》中有："闲暇无事，许多人聚集在一起，那些被称为'故事篓子'的人就打开了话匣子，讲起了'古今'。"⑥ 在其"后记"中说："民间故事，在庆阳方言中，被人们称为'古今'，讲故事，庆阳人称为'说古今'。'说古今'是绵延数千年，根植于庆阳人血脉之中的重要的民间文化活动。"⑦ 在文人采集写定的民间故事辑录中，也有采用了"古今"与"说古今"的。比如在《固原民间故事》中，故事《猫儿精》中

---

① 杨苏平：《固原方言俗语》，宁夏人民出版社 2007 年版，第 165 页。

② 郝苏民、马自祥编：《东乡族民间故事集》，中国民间文艺出版社 1981 年版，第 62 页。

③ 《海原县志》编纂委员会编：《海原县志》，宁夏人民出版社 1999 年版，第 899 页。

④ 竹青：《弹腿》，宁夏人民出版社 2019 年版，第 51 页。

⑤ 张家铎、马平恩：《固原方言辞典》，陕西新华出版传媒集团、陕西人民出版社 2015 年版，第 632 页。

⑥ 徐治堂、吴怀仁：《庆阳民间故事研究》，甘肃人民出版社 2012 年版，第 2 页。

⑦ 同上书，第 362 页。

故事主人公"老三就给那个女人'说古今'"①;故事《骑门生》中讲述者在文本内部说:"这个古今也是从那个碑子上一直流传下来的。"②

在六盘山地区作家创作与书写中,更为普遍地使用了"古今"与"说古今"。例如:火会亮《被遗忘的故事》中说:"从那以后,我便常常到王十三那里去,听他说古今……"③再如石舒清《父亲讲的故事·劫法场》中说:"父亲说,给我泡一杯茶,今儿给你们说个'古今'……我们这里的人把讲故事叫'说古今'。"④石舒清甚至将他2015年于《文学固原丛书》中出版的一部小说集直接命名为《古今》。不仅是"60后""70后"六盘山地区本土作家,这种书写方式在"80后"作家马金莲、许艺等人那里也有着清晰准确的记忆。例如许艺《罐子里的童年》也有相同的叙述:"'讲故事'是文明词,上了学的学生才说'讲故事',没上学之前都是随着爷爷奶奶说方言土话,管'讲故事'叫做'说古今'。"⑤

从文字著述看,不同领域相关文字资料中"古经"与"古今"两种书写都有较为广泛的应用。

在六盘山地域之外,使用"古经"一词指称民间故事的现象十分普遍,自钟敬文以来的民间故事研究者在述及民间故事的民间称谓时,"古经"一词大都在列。

但这也不能遮蔽"古今"这一称谓的存在,"古今"这种称谓甚至被介绍到国外。例如陈楸帆翻译的日本学者直江广治的《中国民俗学的发展》一文中说:"有的报告中说,扬子江流域的农村把故事叫

---

① 固原民间文学集成办公室编:《固原民间故事》,固原县印刷厂1987年印刷,第346页。(该书并无正式出版书号,为"中国民间故事集成宁夏分卷资料丛书")

② 固原民间文学集成办公室编:《固原民间故事》,固原县印刷厂1987年印刷,第399页。

③ 火会亮:《挂匾》,宁夏人民教育出版社2015年版,第57页。

④ 周庆华主编:《六盘山文化丛书·中篇小说卷》,宁夏人民出版社2009年版,第2页。

⑤ 许艺:《罐子里的童年》,《西湖》2012年第6期。

做'古今'。"①

作为民间称谓,无论是"古经"还是"古今",并没有正误高下之分。在使用者那里,所指称对象上几乎是同一的,都指称的是广义的民间故事。在六盘山地区方言中,大部分地域存在前后鼻音不分的现象,但在"古经"与"古今"两种书写方式上,并非单纯的前后鼻音不分造成的书写混乱,从使用者对二者所蕴含的意义理解看,二者本就是两种不同的称谓方式。相对而言,"古今"这一书写和称谓方式在六盘山地区底层民众,尤其是不识字的民众中有更高的使用度与认同度,他们普遍从"说古道今""辩论古今""论今评古""古今一理""以古鉴今"的价值功能角度指认民间故事。

民间故事被鲁迅称为"不识字作家的小说"。民间故事本就是民众口口相传的口头文本。笔者在采访六盘山地区那些被称为"故事篓子"的人时,发现尽管他们大多数不识字,但从名称内涵出发,他们的回答都是应该用"古今"二字,讲故事就是"说古今"。比如宁夏隆德县原观堡乡柴沟村村民的回答是:"古时候的古,今天的今么!"原柴沟村村民中相对善于讲故事的陈法海和蒙腊月,不假思索地认为应该是"古今"二字。在甘肃省庄浪县卧龙乡采访的过程中,上岔村的"古今篓子"马发旺也表示应该用"古今"二字,因为民间故事就是"说古道今的事儿!"在采访《静宁民间神话传说故事》的编著者——甘肃省静宁县的民间故事人王知三老人时,他认为民间故事就是"讲古说今"的口头艺术,用"古今"二字才能显出它的本义。在很多不识字的村民那里,也一致认为采用"古今"二字才是合理的,才是符合"说古道今"的民间故事的本义所在,对于写成"经"这一现象,他们则表示难以理解——因为白纸黑字的经卷典籍离他们的生活太遥远了。在不识字的六盘山地区民众中,如隆德县原柴沟村村民王淑霞认为只有"和尚念经时才用'经'呢!""经"在六盘山地区民众尤其是不识字的民众中被认为是对文字撰写出的"文"的指称。在对六盘山地区采用"古今"这一称谓指称民间故事的作家

---

① 王汝澜等编译:《域外民俗学》,宁夏人民出版社2005年版,第255页。

进行采访时，他们几乎都表示采用"古今"这一书写方式是无意识的，是"无须思考、天经地义、自然而然"的写法，因为"古今"就是"讲古说今"。

综合六盘山地区各地村落中文化程度不同的民间故事讲述者、辑录者、聆听者给出的答案，在他们看来，"古今一理""说古道今""以古鉴今""辩论古今""论今评古"是民间故事的根本功能，他们所说的"古今"是异于"古经"的另一种关于民间故事的民间称谓。"古今"这一称谓方式也反映出讲述行为中讲述者的历史意识，站在历史发展的角度讲故事，反映出民间故事从口口相传的"口述"人类文明阶段发展而来的渊源，突出其民间故事的民间性、口传性等自在特征，有其独特的价值与意义。

首先，"古今"这一称谓反映出民间故事的"大传统"性质。

1956 年，美国人类学家罗伯特·雷德菲尔德在《乡民社会与文化：一位人类学家对文明之研究》中提出"大传统与小传统"这对概念。大传统指代表着国家与权力，由城镇知识阶级所掌握的书写的文化传统；小传统指代表着乡野的，由乡民通过口传等方式承传的大众文化传统。罗伯特·雷德菲尔德试图借助对现实的社会空间的内部划分，来说明社会中同时并存着两种不同的传统。他的这种二元区分的认知、分析方式在学术界得到接纳，并在具体运用中被以"精英文化"和"通俗文化"替代。国内文学人类学者叶舒宪在《探寻中国文化的大传统——四重证据法与人文创新》一文中认为，这种二元区分对应了孔子对社会人群结构的区分方式。对孔子的"上智与下愚不移"解释为："上智"指代表社会统治阶层的知识分子；"下愚"可理解为被统治的平民百姓。在此基础上，叶舒宪指出国内学者在因袭雷德菲尔德雅俗二分法的时候，将"上智"代表的精英文化作为大传统，将"下愚"代表的俗民文化作为小传统。但在叶舒宪看来，这样的划分虽无可厚非，却不利于对中国文化传统的认识，需要引入历时性的长时段视野，对传统之"大""小"重新区分。在 20 世纪西方史学"年鉴学派"代表人布罗代尔的"长时段"主张和美国华裔学者黄仁宇的"大历史"说的启发下，叶舒宪提出："针对中国文化源远流长和多层叠加、融合变化的复杂情况，倘若既剔除孔子上智下愚二分法的价值判断色彩，也不拘泥于西方人类学家的雅俗二分结构观，可以把由汉字编码的文化传统叫作小传统，将前文字时代的文化传统视为大传统。"① 在大传统与小传统的关系上，叶舒宪认为："大传统对于小传统来说，是孕育、催生与被孕育、被催生的关系，或者说是原生与派生的关系。大传统铸塑而成的文化基因和模式，成为小传统发生的母胎，对小传统必然形成巨大和深远的影响。反过来讲，小传统之于大传统，除了有继承和拓展的关系，同时也兼有取代、遮蔽与被取代、被遮蔽的关系。后起的小传统倚重文字符号，这必然对无文字的大传统要素造成某种筛选、断裂和遮蔽、遗忘。"② 叶舒宪的论析更符合前文字时代文化与汉字编码文化的历史关系、生成与影响关系。口承民间故事产生于前文字时代，又随着时代的推进不断发展变化，并不断新生。"古今"这一书写方式更能够反映出口承民间故事的历史起源。

其次，"古今"这一称谓反映出民间故事的审美趣味。

讲故事是人类最古老且最基本的话语方式之一，是人类重要的文化活动之一。在中国古代社会，故事不仅在勾栏瓦舍间蓬勃生长，"宫廷内讲故事活动，自汉至清未有停止过"③。但即使如此，文字时代中国的国学传统是以人文学为核心和主体的经学传统。从形式看，"在古代中国，发达的是以抒情行为及其产品为主要研究对象的诗学。上层文人为了获取文人的头衔，一概撇开了民间故事文体，而专注于诗意的寻觅和营构"④。从文化生成看，讲故事并不天然带有官方与民间的对立性。但由于古代社会生产力低下，教育资源十分有限，教育垄断甚至成为维护统治阶级权力的手段。底层民众并没有受教育的

---

① 叶舒宪：《中国文化的大传统与小传统》，《传承》2012 年第 17 期。
② 同上。
③ 谭达先：《赞刘守华著〈比较故事学〉的重大成就》，载谭达先《论中国民间文学》，黑龙江人民出版社 2003 年版，第 319 页。
④ 万建中：《20 世纪中国民间故事研究史》，北京师范大学出版集团、北京师范大学出版社 2011 年版，第 2 页。

权力和机会。因此，即便进入文字时代，掌握文字书写和阅读能力的人群最初带有阶级性和职业身份特性。反之，是否掌握文字书写与阅读能力也成为外在的地位与能力的实证。对于广大底层民众而言，口头传承是相对可行的途径，而并非选择。因此，他们继承了口头传承的方式。在文字传统形成并不断成熟的过程中，口头传承的民间故事逐渐凸显出它的民间性，"民间"不仅指称了它的传承场域、传承主体，同时，也指称了它的价值立场、品位与格调。作为口头传承的民间故事，闻一多先生曾有论述："故事是民间的产物，不用讳言，它的本质是低级的。（便在小说戏剧里，过多的故事成分不也当悬为戒条吗？）正如从故事发展出来的小说戏剧，其本质是平民的，诗的本质是贵族。"① 但文化垄断实质上也造成了审美情趣话语权力的不对等。闻一多站在文人传统的立场上，以阳春白雪的审美情趣评价了下里巴人的审美情趣。"古今"这一称谓超越了文化精英阶层的经学传统，具有更宏阔的历史意识与更开阔的审美情趣。

最后，"古今"这一称谓凸显出民间故事"讲古说今"的价值功能。

作为六盘山地区民间故事的原生存在状态，"古今"这一称谓极具地域性特征。在这一称谓里，"古今"不只描述时间跨度，它还蕴含着"通晓古今""古今一理""以古鉴今"等隐喻意义，而这也是民间故事在古代最重要的社会意义，蕴含着其作为传统伦理道德以古鉴今的民间传承方式及其与意识形态建构之间的关系。在口头文学阶段，口口相传、世代承续的民间故事作为十分重要的民众精神活动之一起着重大的教育作用。封建社会的伦理道德在民众中通过民间故事形象生动地植入一代又一代新的生命中。这种润物细无声的植入方式甚至比正规的书院讲授更容易被听者接受和内化。对封建社会伦理道德的弘扬和传播在古代戏曲、歌谣、笑话等贴近民间的文艺方式中有共同的反映。例如在六盘山乡间一些戏台两侧往往悬挂或刻写着相近

---

① 闻一多：《文学的历史动向》，《闻一多选集》第1卷，四川文艺出版社1987年版，第367页。

内容的对联："台上客台下客台上台下客看客，装古人装今人装古装今人装人"，不仅宣喻"古今"一理的道理，也直抵文学艺术的终极关怀——人。从民间故事的核心价值观念看，一系列蕴含着封建社会伦理的价值观念正是通过"说古今"的方式渗透到社会底层的每一个个体那里。民间故事的口口相承维系和巩固着社会的价值结构，并通过代际传递在历史进程中做了巩固与熔铸。事实上，即使在知识者阶层中，文字著述的社会功能实际上并没有超越出讲古说今、古今一理的通识与认定。"究天人之际""通古今之变"与"古今之通义"，在思维模式上依旧是在古今历史发展的历时性与古今对话的共时性立体结构上对著述的社会功能做出的判定。

"古今"这一称谓指示出民间故事的口承性、民间性、历时性、可生长性，是六盘山地区民间故事独特而重要的特征之一。这一称谓在六盘山地区民间故事的指称上对应的包含神话、传说、故事在内的大概念民间故事，反映出在六盘山地区三者并未分化的共生状态。

此外，将故事称为"古今"的同时，六盘山地区民间在指称故事讲述行为上采用了"说"这一语词而并非"讲"，因此，讲故事在该地区一般被称为"说古今"。当然，这种"说"与"讲"的使用也可以仅仅理解为一种地方习惯，但细究起来，却也有讲述方式、态度、立场等差异。

单就文字而言，许慎在《说文解字》中注释"说"字："说，悦释也，从言兑声，一曰谈说。"在六盘山地区方言中，该字的意义普遍取其第二个意义项："谈说。"在张家铎、马平恩合著的《固原方言辞典》中，对六盘山地区方言中与"说"相关的常用语及固定搭配给予了注解。例如"说个儿"，指理由与说法；例如"说散口"，指失言；例如"说仪程"，指"社火中扮演春官者的说词，一般七字叶韵，伴以锣鼓，说时锣鼓停，说完锣鼓响"；例如"说古今"，指讲故事……从以上固定搭配可见，在六盘山地区方言中，口头讲述艺术往往是与"说"搭配在一起的。在六盘山地区民众日常生活中，双方商量事情也叫作说个事，而不是谈个事。"说"在六盘山地区是一种相对普遍的应用，只要经口头表达的艺术，除有一定唱腔的歌谣戏曲之外几乎都与"说"搭配在一起。

在六盘山地区以外，也有一些地方在指称故事讲述行为上采用了"说"这一语词而并非"讲"。比如董均伦、江源的《玉仙园》中说："在沂山地区时，常常有人对我们推荐他们认为会说故事的人。"① 在《石门开》中说："因为性格和经历不同，他们所说的故事也不一样……农村中……休息的时候，青年人常常叫老年人'说故事'听。"② "我们初到傅村研究说唱名单时，秦地女也在场。能讲故事的人大家只提出两个，我说：'太少了!'秦地女赶上一句：'不怕，这事你还愁咧? 我给你说!'"③ 按照今天的用词习惯，"说"比"讲"更随意一些，更少权威感。参与"说"这一行为的说者与听者之间的距离小于"讲"这一行为的参与双方。说有种天然的与听者之间的亲近感、平等感。

需要指出的是，无论是"古今"还是"古经"，在与民间故事的对应关系上，它们都对应的是广义的民间故事，包含了神话、传说和狭义的民间故事。同时，它也反映出，神话、传说与故事在民间称谓中并未分化。但本书在研究过程中借助了故事学的研究方法，仅是对神话、传说之外的故事所做的探析。

第二节　六盘山地区民间故事的特点

六盘山地区有史以来就是一个多民族共同繁衍生息的地方，在漫长的历史演进中，戎、羌、猃狁、匈奴、敕勒、鲜卑、柔然、突厥、吐蕃、回鹘、党项、蒙古、回、满、汉等民族共同创造了这片土地上的文明。六盘山地区曾是古陆上丝绸之路东段的必经之地，在古代政

---

① ［美］丁乃通编著：《中国民间故事类型索引》，郑建成、李倞、商孟可、白丁译，李广成校，中国民间文艺出版社1986年版，第1页。

② 同上。

③ 《民间文学》1955年4月号27—28页，转引自［美］丁乃通编著《中国民间故事类型索引》，郑建成、李倞、商孟可、白丁译，李广成校，中国民间文艺出版社1986年版，第2页。

治、文化、经济交流中起着重要的作用，也在对外交流中形成了该地区多元文化背景。鸡头道、金佛峡、弹筝峡、三关口、萧关等关隘古道，往来客商歇息转运，是古丝绸之路上的锁钥。六盘山地区自古以来也是兵家必争之地，春秋战国时期，六盘山地区是边陲要地，从宁夏彭阳、固原境内遗留的战国秦长城到众多地方遗存的督师边防的城池，再到兵民共处的邑堡遗址和出土的大量铜铁兵器，都无不佐证着六盘山地区曾经有过一定的军事实力和频仍的战争。唐宋时，先后在这里建"六盘关寨"，设"七关之险"。在中国现代革命史上，它是中国工农红军二万五千里长征翻越的最后一座大山，大量的红色故事积淀了红色文化。特殊的地理位置，使得该地区在历史上是移民迁徙极为频繁的地区之一，因此，该地区也具有移民文化背景。

在多元的文化背景中，生活在这块土地上的多民族民众创造了极为丰富多彩的精神文化财富，产生了文学、音乐、歌舞、戏曲、说唱、谣谚、游戏、绘画、剪纸、皮影、刺绣、编织、服饰、雕刻、陶瓷、习俗、礼仪、节庆等众多文化艺术形式。六盘山地区民间故事正是在这种富有开端性、多元性、创新性的地域文化环境中生成，并在民族融合与社会历史发展演进中传承，最终形成了自己独异的特征。

一　六盘山地区民间故事独特的地域性特点

1. 六盘山地区民间故事富有多民族文化色彩

在具体的地域，民间故事的传承既有纵向的历时性传承，代代相续；同时，也具有横向的人口流动带来的相互融合。在特定的时代，人口流动带来的文化融合会形成某一地域明显的时代文化特征。六盘山地区既具有悠久的古代文化历史，同时，也具有风起云涌的近现代史。从民族构成看，多民族共同生存与发展在六盘山地区具有历史性。汉族、回族、裕固族、东乡族、藏族、蒙古族、撒拉族、哈萨克族、保安族等多民族民众共同讲述着这片土地上的故事，多民族的文化背景直接影响了民间故事的多民族色彩。

以占民族人口比例最为突出的回族、汉族故事在六盘山地区的相互影响为例看，双方之间的影响与融合是十分明显的现象。回族在六盘山地区的生息至明末清初已十分普遍，"迄明末清初，西起瓜、沙，东至环庆，北抵银夏，南及洮岷，所谓甘回及东干回之踪迹，已无处无之"①。仅固原而言，到清朝咸丰时，固原州境内人口构成有"汉七回三"之说。在漫长的历史进程中，回汉两族文化相互影响、融合，在广义概念的民间故事讲述上就有十分明显的表现。这种相互影响，小到人物的命名、故事中"道具"的使用，大到整体故事框架，尤其在思维模式上也有深入影响。

从广义民间故事的概念范围看，汉族民间故事中多讲述盘古开天地、女娲造人、仓颉造字等神话故事，回族民间故事中多讲述人祖阿丹、阿旦与哈娃等神话故事。当然，二者之间的相互影响也十分显见，比如《西吉民间故事》中《人和狗是怎么来的》这则回族故事中说："在远古，世上什么都有，就是没有人，也没有狗。有一天，胡达对一个天仙说：'地上连一个人也没有，你去抟一些泥捏一些泥人，我给他们若哈。'"人和狗的神话元素来源是《圣经》，胡达、若哈在用语上是明显的回族文化元素，而"抟土造人"又是中国本土神话故事的基本型构。

从狭义的民间故事概念看，回汉民间故事的相互影响融合现象也比较突出。比如在六盘山地区流传比较广泛的"西天问佛"型故事中既有汉族的也有回族的。故事的主体框架基本一致，但在"外貌"特征上，回族民间故事保留了本民族的一些标志性特征，主要通过文化符号显现。比如《孝子》中胡达、卡凡、埋体等称谓、事物名称对原有故事中同类事物的替换，使故事带有显明的民族特色。同时，在深层的文化心理上，回族民间故事在保留自身特征之时也被汉民族大文化心理所影响。《孝子》中"千里背埋体"的故事型构深潜在故事内部，同时，在故事的型构上也深蕴着汉族"孝"文化传统的思维模式与情感诉求。

当然，民间故事中的相互影响也有比较复杂的情况，并没有十分分明的泾渭。比如回族故事《苦女》《阿里与白鸽》《白鸽子与

---

① 吴景敖编著：《西陲史地研究》，上海中华书局1948年版。

阿里》与汉族民间故事《白鹁鸽玲玲》《穿白毛衣裳的姑娘》《白脸媳妇》等故事之间有一个十分复杂的思想交融。《苦女》与《白鹁鸽玲玲》的故事主体是多年没回过娘家的媳妇请求公婆允准她回趟娘家。但公婆出了一系列难题，苦女与白鹁鸽玲玲分别在神奇的帮助下一次次解决难题。回族民间故事《苦女》中，苦女在解决难题之后达成愿望，得以回娘家。而《白鹁鸽玲玲》故事并没有就此终止，白鹁鸽玲玲回娘家后没有完全完成婆婆苛刻的要求从而被毒打丧命，于是故事中又有了变形的情节。变形本是中国民间故事中深蕴的原型思维之一，在西吉、隆德民间故事中关于鸟儿的传说、故事比较多见，比如《布谷鸟的传说》《猫头鹰为啥叫"恨恨"》《"现黄现割"鸟的来历》《乌鸦为哈宇哥白脖项》《白脸媳妇》等。其中《猫头鹰为啥叫"恨恨"》《白脸媳妇》等都有变形的情节。从文化传统看，《白鹁鸽玲玲》中的变形是原型思维之一，本不需要建立在其他外来文化的影响基础之上。但白鸽子变人形的情节与回族故事《阿里与白鸽子》如出一辙，回族故事《阿里与白鸽子》在青海、宁夏、甘肃等回族中有普遍的流传。因此，很难决然地说谁影响了谁，谁吸收了谁，只能说民间故事背后的思想交融造成民间故事在构造上的相似性。

在六盘山地区民间故事中，同一类型的故事在多个民族中都有讲述，在保持基本框架一致的同时又各自保留了自己的民族特征。

2. 六盘山地区民间故事与地方其他艺术形式的交融

在农耕文化背景下，民间文学艺术是一个完整的体系，体系内部各个门类的交融互渗是比较常见的现象，也是推动民间文学艺术不断向前方发展的内部动力之一。民间故事与通俗小说、地方戏曲、歌谣等的彼此融合也是中国民间文化领域一个引人注目的现象。在六盘山地区，民间艺术的形式多种多样，在民间故事的讲述上，与民间故事相交融比较显见的艺术样式有戏曲（以秦腔为主）、歌谣、花儿等。

（1）民间故事与歌谣

在民间歌谣中，以歌谣的方式唱诵脍炙人口的传说、故事比比皆是。比如《隆德歌谣》① 中的《孟姜女送寒衣》《孟姜女哭长城》《祝英台》等。当然，与民间故事相比，歌谣更注重人物情感的抒发，在抒情中推进故事情节的发展。歌谣在汲取民间传说、故事的时候也有对众多相关联传说故事的融汇，比如《十二赞将》《十二列国》等。反过来，在民间故事中，出于情节的需要、出于讲述艺术的需要，往往也在故事讲述的过程中采用歌谣的唱诵形式。民间故事中掺入歌谣时，并不以直接的引用方式呈现，而是在故事内部将相关的情节、人物内心感受等以歌谣式的唱诵方式呈现出来。比如《杨石罐》中父亲与三个女儿的对话中，讲述者的讲述语言与人物语言相区别，在人物语言表达中用了谣曲的方式。女儿们询问父亲为什么发愁时唱道："苦苦菜，油调和，榆木筷子倒颠锅，爹爹不吃为什么？有啥话对我说。"再如《穿白毛衣裳的姑娘》中兰芝在抒发内心情感时轻轻地唱道："白鸽子啊白鸽子，我咋呜么热眼你；我要是能有一双翅膀子，也学你飞在天空里。"这种掺入了丰富故事的讲述艺术，使故事讲述显得有层次，又对塑造人物形象起到积极作用。再比如《白鹁鸽玲玲》的讲述在六盘山地区有一种讲述与歌唱并行的方式，其形式在相关的辑录中并未得见，本书在田野调查的基础上做了全文辑录。这种讲述形式将讲述者的语言与人物语言以说和唱的方式相区别，同时，人物语言以歌唱的方式呈现，使其压抑的内心世界得到呈现。这种讲述艺术也是六盘山地区民间故事讲述艺术丰富与成熟的表现。

（2）民间故事与"花儿"

"花儿"是民歌的一种，是甘肃、青海、宁夏、新疆等地最具代表性的民歌。"花儿"，又称少年，民间也称为"野曲"。在六盘山地区，"花儿"也被称为干花儿、苦花儿、山歌子等。"花儿"艺术以抒情为主，抒情中也夹带叙事。能够演绎为"花儿"的民间故事主要是那些人们耳熟能详的故事，比如《贞洁烈女坐身旁》② 是在《王

---

① 隆德民间文学集成办公室编印：《隆德歌谣》，甘肃省静宁县印刷厂1988年印刷。

② 马国财：《六盘山花儿集锦》，宁夏人民出版社2009年版，第148页。

宝钏》故事的基础上对故事的演绎。在民间故事讲述中，讲述者也会根据自己的能力、故事情节的需要等加入"花儿"。比如《丫丫和金雀》中的"花儿"："山涧间流水就知妹妹声，牡丹花再俊没有妹妹俊；红坎肩缝着妹妹的心，噬着舌头（者）数妹妹亲……"这种在丰富民间故事讲述艺术的同时添加""花儿"的形式，使得六盘山地区民间故事的讲述更具有地域特征。

（3）民间故事与秦腔

包蕴在秦陇文化之中，六盘山地区最重要的地方戏曲剧种就是秦腔，民间故事与秦腔的互相渗透交融是十分普遍的一种艺术交叉影响形式。这种相互影响主要集中在故事情节内容方面。

秦腔是中国汉族最古老的戏剧之一，起于西周，成熟于秦，流行于西北的陕西、甘肃、青海、宁夏等地。从起源时间看，秦腔远远晚于民间故事。但各自都随着历史进程有自己的新生内容，因此，起源时间不完全决定汲取的方向性。从传播方式看，流传广泛的民间故事可以成为秦腔剧本故事构架的来源；反过来，优秀的秦腔故事也可能在备受民众喜欢的基础上被抽取故事进行再传播。比如《六盘山民间故事·隆德卷》中的《杀狗劝夫》故事，也有同题秦腔剧目。在故事情节、主题上二者一致，只是秦腔剧目中各个角色都有具体姓名，是按照戏剧需要以道白和唱词推进的故事。在秦腔剧目中，还有与之相关的剧目《杀狗劝妻》。再比如民间故事中881A＊"夫妻离散各执信物终得团圆"型故事在秦腔剧目中也多有类似的故事情节。（881A＊为该类型故事的编号）

在共同的农耕文化背景下，民间文学艺术之间相互汲取、借鉴，又彼此构成一个完整的艺术体系，共同反映着其共有的文化背景。

3. 六盘山地区民间故事的方言性特征

除了地理阈限，方言性是六盘山地区民间故事的基本特征。无论是世界通用的"AT"分类法，还是在此基础上针对中国民间故事形成的丁乃通、金荣华等人关于中国民间故事的分类，民间故事的"类型化"特征反映出世界各地民间故事在内容上的相似性，甚至指向源头的相近性。但把一地域民间故事与其他地域民间故事区分开来的，除了地理阈限，讲述语言的差异是其基本特征。承载六盘山地区民间故事的是六盘山地区的方言。

六盘山地区方言在构词法、句法、语法上都有自己的独特之处。在表达效果上，六盘山地区方言增添了民间故事的生动性、形象性，尤其是日常生活情趣与地域性。大量古语词、古白话语词及少数民族习语词汇的留存，增添了六盘山地区民间故事的文化内涵，也使其成为"应用中"的方言研究宝库。六盘山地区方言中丰富的"口歌儿""谚语""歇后语"丰富了六盘山地区民间故事语言，使其显得葳蕤多姿又酣畅淋漓。同时，六盘山地区方言中积淀了世代生存于此的民众的生存经验、认知经验与审美趣味，这些都作为宝贵的表达资源与叙事艺术外显出六盘山地区民间故事的农耕文明气质、地域气质与多民族文化融合的特征。

二　六盘山地区民间故事的艺术特点

民间文学是社会历史的独特同路人。作为民间文学的一部分，民间故事中同样遗存了丰富的人类文化密码，寄寓了民众的思想感情、理想愿望及艺术创造与想象，保留了丰富而生动的民间、地方语言等。六盘山地区民间故事是六盘山地区民众生活与理想的反映与折射，在艺术性上既具有民间故事的一般艺术特性，又具有六盘山地区民间故事独有的艺术特征。

1. 六盘山地区民间故事以大胆的幻想、丰富的想象构建了一个丰富多彩的异世界。上到天堂下到阴间，神佛精灵鬼魅异士，变化无穷的法宝和呼风唤雨的魔力，奇幻曲折精巧的情节等共同织造出一个缤纷空间与艺术世界，是相对贫瘠、落后与封闭的六盘山地区民众十分重要的精神空间。

2. 六盘山地区民间故事有自己的讲述程式。这些程式包括故事的命名、铺垫语、故事的结构方式、故事中人物命名方式、故事的结尾方式等相对程式化的建构方式。

3. 六盘山地区民间故事塑造了一系列独特生动的艺术形象。豪气逼人的直李、敢爱敢恨的树精、机智勇敢的长工、恶毒狠辣也可能愚蠢的后母、善良忠厚的兄弟、柔弱无助的媳妇以及傻女婿、算命先生、神射手等共同建构起一个丰富的人物形象画廊。

4. 六盘山地区民间故事的语言优美，具有朴素清新刚健的泥土气息。作为口承艺术，民间故事在民间讲述中相对集中地保存和发挥了地方方言的表达功能。六盘山地区民间故事将六盘山地区方言的表达能力发挥得淋漓尽致。因此，也可以说六盘山地区民间故事是语言的艺术。

5. 六盘山地区民间故事蕴含了深刻的哲理，蕴藉着农耕文明时代的丰厚生活经验、思想认知与审美意识。此外，六盘山地区民间故事具有重要的学术价值，这一点早在 20 世纪 80 年代就被六盘山地区的故事人所认知，并逐步探索。例如徐兴亚在《固原民间故事》的序言中就指出固原民间故事有较高的学术价值，它"保存了大量可供历史学、语言学、民族学、宗教学、民俗学、文化人类学等人文科学及自然科学研究的珍贵资料"①。

三　六盘山地区民间故事的传承与传播途径

民间故事起源于前文字时代，并以口口相传、代代相续的方式得到传播与流布。有文字记载以来，民间故事在宗教文化与世俗文化的相互渗透中植根民间生存；借助口头与书面两种文本的交错并举在民众中深入渗透；在世界性、民族性、地域性等多维关系交融中发展流变。

民间故事在传承上按照讲述者与听众之间的人际关系主要有血缘传承、业缘传承、地缘传承、江湖传承及书面传承几类，六盘山地区也不例外。作为丝绸之路交通要道的六盘山地区在古代社会处在文化交流相对频繁的地理位置，而且对其产生影响的文化来源具有世界性。在民间生存过程中，六盘山地区民间故事通过印刷技术、商贾往来、军旅生活、姻亲关系、讲经说书、麦客出入等多元方式得到传

---

① 固原民间文学集成办公室编：《固原民间故事》，固原县印刷厂 1987 年印刷，第 8 页。

播。作为古代战争频仍的地域，屯兵驻防是军旅生活传播也是六盘山地区民间故事不可忽略的重要传播方式。在机器化生产到来之前，集体劳作、麦客出入也是六盘山地区独特的民间故事传播途径之一。此外，在移民文化背景比较明显的六盘山地区，移民迁徙也自然而然带动了民间故事的传播流布，是民间故事传播的重要途径。这些传播途径既具有历时性，又具有共时性，与六盘山地区民众的现实生存方式紧密相关。

四 六盘山地区民间故事的社会功能与价值

民间故事具有多种社会功能，作为人民群众喜闻乐见的一种口头创作，始终和民间生活紧密相连，发挥着多种作用。六盘山地区民间故事是六盘山地区民众期盼美好理想生活的心理折射；是六盘山地区民众惩恶扬善、因果报应伦理观的表达；是对六盘山地区民众生存状态与精神状态的记录。

1. 娱乐功能。民间故事的价值与功能是随时代的变化而变化的。在早期人类社会，构建于原型思维的民间故事是用来反映自然和社会生活的。随着时代的发展变化与人类认识能力的进步，那些在古代具有严肃性质的动物故事和幻想故事逐渐成为一种娱乐活动，其严肃的性质逐渐淡化，人们不再抱着信实和虔敬的态度去讲述这类作品。不论农闲时间还是劳动的间歇，无论是家庭内部的讲述还是公众场合的讲述，这些故事总是受听众欢迎的。尤其在政治经济相对落后的六盘山地区，民间故事承载着民众的喜怒哀乐，是他们十分重要的精神愉悦方式，民间故事为相对贫瘠落后与封闭的六盘山地区民众创造了一个精神空间与艺术世界。

娱乐功能是民间故事最重要的实用价值之一。恩格斯在《德国民间故事书》中说："民间故事书的使命是使一个农民做完艰苦的田间劳动，在晚上拖着疲乏的身子回来的时候，得到快乐、振奋和慰藉，使他忘却自己的劳累，把他的硗瘠的田地变成馥郁的花园。民间故事书的使命是使一个手工业者的作坊和一个疲惫不堪的学徒的寒碜的楼顶小屋变成一个诗的世界和黄金的宫殿，而把他的矫健情人形容成美丽的公主。但是民间故事书还有这样的使命：同《圣经》一样培养他的道德感，使他认清自己的力量、自己的权利、自己的自由，激起他的勇气，唤起他对祖国的爱。"① 民间故事中蕴藉着希望之光，它是民间生存中希望、美好与善良等理想价值的栖居地，鼓舞着富于美好愿景的人们追求理想的生活。对于相对贫瘠、落后和封闭的六盘山地区民众而言，民间故事是最触手可及的精神活动方式之一。今天，我们更注重它的文化意义、审美意义，更加珍视其中所包含的对真、善、美的追求。

2. 教化功能。民间故事在产生娱乐作用的同时，对于民众也起着寓教于乐的教化作用。在谈笑之间和美丽的幻想之中常常包含着富于积极教育意义的内容。在受教育机会不均等的时代，在相对落后的六盘山地区，口口相传、代代相袭的民间故事也承担了启蒙与教育的重大社会功能。故事讲述并不需要依凭奢华的物质条件，即使再贫瘠困窘的条件下也可以开展故事讲述活动。在乡野村里，故事讲述活动的受众中懵懂未开的孩童是主体，他们带着强烈的好奇心、求知欲围着长辈、故事篓子讲故事。在形象生动有趣的动植物故事建构的"童话"世界中遨游；在那些绮丽的幻想故事所织造的奇异世界里沉溺；在除恶扬善、快意恩仇的生活故事中生发滋养出抗争意识；在人物命运沉浮中明辨人情世道；在诙谐幽默又不乏智慧的笑话中欢愉……民间故事深刻的思想性与深厚的艺术性滋养着下一代成长。《懒女子的故事》劝喻他们勤劳；《狼来了》教他们不能撒谎；《爷爷为啥疼孙子》教他们要孝敬老人……从精神世界的开掘看，民间故事更重要的意义是给他们打开了一个奇妙的异世界。当然，民间故事的教化作用不止在儿童之中，其化育作用时时处处都有彰显。即使在成人之中，源于生活的民间故事也不断生发着化育的作用。

在彼此相熟的乡土社会，大家几乎共享完全同一的话语语境。民俗、谚语、歇后语、日常语言等所流露出来的艺术触须及其所携带的文化信息等是讲述者与听众相互十分熟知的。这样的语境使一个故事

---

① 《马克思恩格斯论艺术》第四卷，人民文学出版社1996年版，第401页。

的讲述能够得到最大的酝酿效果而散发出艺术的幽香，并达到最好的教育功能。

3. 社会伦理价值观的传播。民间故事属于口承民间文学，在民间社会承担了"载道"的社会重任，并在民间社会广泛传播、深入渗透。无论是幻想故事还是生活故事，无论是动植物故事还是普通人物的故事，其中更包含对三纲五常、忠孝节义的封建社会价值观念的传播与渗透。民间故事以口口相传、代代相续的方式将封建社会的价值观念植根于人心。

从六盘山地区民间故事的核心价值观念看，一系列蕴含着封建社会伦理价值观念的故事正是通过"说古今"的方式而渗透到社会底层的每一个个体那里。民间故事的口口相承维系和巩固着社会的价值结构，并通过代际传递在历史进程中做了巩固与熔铸。民间故事承担了传承文化、表达民众意愿、抚慰民间疾苦等文化社会功能。其中蕴含的思想和审美意识对于作家文学的孕育也起到十分重要的作用。尤其在世代发展变化、人类科技与认识发生变化的今天，民间故事中的生活经验、认识经验等实用价值已相对稀薄，其审美意识却在逻辑思维的时代呈现出重要的价值与意义。

第二章 六盘山地区民间故事的
讲述条件与程式

六盘山地区民间故事讲述活动在时间、地点的要求上没有明确的禁忌。但根据作息习惯，一般情况下是在农闲时间：劳动之余、夜晚、冬闲时节是故事讲述活动比较理想的时间段。根据乡土生活的具体情境，在地点选取上：田间地头、土炕上、火堆旁是故事活动比较理想的发生地。也正是因为故事讲述活动并不需要过多条件，是一种不需要外在依凭就可以实现的精神愉悦方式，所以更有利于其在漫长的历史岁月中代代相传。在漫长的历史进程中，六盘山地区民间故事在不断融合与演化中形成了自己的讲述程式，这些程式也标示出六盘山地区民间故事的地域性特征。

第一节 六盘山地区民间故事讲述
活动展开的环境

从故事讲述或从展开的具体场合看，六盘山地区民间故事的讲述并没有相对明确的禁忌与约定，只要是农闲时间或劳动的间歇，在讲述者和听众都具备的情况下有讲和听的意愿就可能发生讲述活动。

首先，从讲述时间看。国内民间故事讲述活动一般都选取农闲时间，除了跟随作息规律外无明显禁忌，比如清同治年间，许奉恩对他的家乡安徽乡村讲故事活动的描述："其或农工之暇，二三野老，晚饭杯酒，暑则豆棚瓜架，寒则地炉活火，促膝言欢，论今评古，穷原究委，影响傅会。"① 在世界各地，民间故事的讲述一般都在农闲休憩的时候，尤其是夜晚入睡前的时段。当然，由于具体文化传统的差异、文明发展进程的不平衡、自然生存环境的不同，不同国家地域对民间故事讲述场合的要求与讲究也不尽相同，甚至有些国家地域还有较为严格的禁忌。"在非洲很多民族中，只许可在晚上讲故事，据 19 世纪中叶英国旅行家柴普曼说，卡普尔人（科萨人）白天不准讲故事；另一位旅行家弗罗宾乌尼斯也证实，在北非柏伯尔人（利比亚、阿尔及利亚、突尼斯及摩洛哥的部落群，操闪米特—哈密特语）的某些部落群里，仍然是禁止白天讲故事的。每到晚间，黑暗降临了所有热带密林的时候，人们燃起一堆堆篝火，劳累了一天的大人和孩子们，都集聚在篝火旁，聚精会神地听着引人入胜的神话故事。"② 即使没有严格的禁忌，但由于人类劳作生息的自然规律，很多民族、地域的人们依旧习惯于在夜间展开讲故事的活动。在许钰所著的《口承故事论》中认为一些著名故事集的名称就反映了这种特点，"如意大利 16 世纪中叶斯特拉佩鲁勒收集的一个故事集叫作《愉快的夜晚》"，"日本故事学家关敬吾说他开始研究民间故事时，阅读的是一位老大娘讲述的《加无波良夜谭》"。③ 此外，对于中国读者而言，更为熟悉的还有《天方夜谭》《一千零一夜》等域外故事集。

在六盘山地区，民间故事的讲述在时间上主要选取的是劳作之余的休息时段与夜晚入睡之前。但也有劳动过程中讲述的，只是劳动过程中更多讲述的是一些短小篇幅的笑话，一是更符合劳作时讲述者与听取者的精力分配；二是能够缓解劳作之苦；三是在家庭、族群等共同劳作时，讲故事也可以达到相互交流、团结成员、鼓舞精神等目的。其中，夜晚入睡前的讲述在该地域更为普遍。一是一天的劳作结束，讲述者有时间和精力开展讲述活动；二是这些"睡前故事"具有催眠的作用，可以让处于兴奋状态的孩子快速安静下来，在听故事

---

① 许奉恩：《兰苕馆外史·自序》，贺岚澹校点，黄山书社 1996 年版，第 16 页。

② 刘锡诚：《原始艺术与民间文化》，载许钰《口承故事论》，北京师范大学出版社 1999 年版，第 173 页。

③ 许钰：《口承故事论》，北京师范大学出版社 1999 年版，第 173 页。

的过程中不知不觉进入梦乡。

其次，在地点选择上。与时间相比，世界各民族、地域的民间故事对讲述地点的规约相对较少。当然，由于具有口头性，民间故事的讲述需要一个相对安静的场所，而入夜后无论讲述还是聆听都需要一个相对温暖、安全的场所，所以如前文刘锡诚《原始艺术与民间文化》中相关引文所示，一团篝火往往是凝聚讲述活动各个参与者的最佳地点。比如在日本，荒木博之指出在民间故事讲述过程中"火塘是日本'故事讲述'的象征场所。火塘是日本家庭最神圣的空间之一，无论是妇女守护火塘的火，还是火塘里的福木不能熄灭的传统，或是祖灵在炉火上方吊钩上穿行的信仰，都说明火塘已经跨越日常生活空间，开始具有神圣空间的功能"①。可见，火塘周围是日本传统民间故事讲述对地点的文化选取，也是自觉选取。

在六盘山地区，民间故事的讲述地点相对随意，劳作之余，田间地头皆可以"说古今"。但由于具体时代环境、劳作方式、人际关系的变更，对故事讲述地点的选取也在变化中。在该地区的农村中，故事讲述的地点主要是火炕上。热炕对于六盘山地区的人而言，几乎是美好理想生活的代名词，"大门外头看台戏，不如炕上美美睡"；"有吃没喝，只说有热炕烙脚"；"热炕上生，热炕上长，热炕上养出状元郎，热炕上秀女桃花样"……由于具体的地理气候环境影响，六盘山地区的乡民世世代代都在热炕上孕育成长栖居。单是关于热炕由来的传说故事就有好多。比如有热炕是轩辕黄帝造出来的传说；热炕是周武王留下来的传说；热炕是一位古圣人创造的；等等。在有着久远穴居历史的黄土高原，窑洞也是十分常见的民居方式。即使在今天，六盘山地区的乡间还保留着这种冬暖夏凉的民居，窑洞火炕是最佳组合。夜晚到来时，一则则或绮幻或悲泣或诙谐的民间故事在讲述者或悠远或神秘或幽默的语调中徐徐展开。同一家庭中的祖孙辈、父子辈、姐妹行等关系的成员间往往会展开故事讲述活动。有些故事即使

---

① ［日］荒木博之：《民间文艺的担当者》，载林继富《中国民间故事讲述研究》，中国社会科学出版社 2013 年版，第 109 页。

聆听者已经听过，但也可能会一再要求长者、先知者再讲述。在20世纪人民公社化运动期间，村里的孩子为去集体羊圈、牛圈中分享只有饲养员才有的火炕上取暖而寄宿，这时社员间讲故事的能手会在火炕上展开故事讲述活动。这代人特殊的经历也使得民间故事在他们中得以保存。但今天去采访，他们即使自己知道许多故事，也不去讲，"没有人听，娃娃也听不懂"。宁夏隆德县原柴沟村（后在宁夏易地扶贫搬迁中迁居今大武口六站沐恩新居小区）村民陈法海这样讲。所以，在某种程度上，民间故事的消失首先是失去它的听众。

在时间地点的综合条件要求下，入冬后的农闲时间是六盘山地区民众讲述故事最密集最频繁的季节。不仅具备时空条件，也能满足农闲时间民众的精神娱乐需求。当然，故事传播并不局限于家庭之中，行旅之中、麦客劳作休息之时，甚至蹲在墙根下唠嗑，只要有人群聚集，有空闲时间，有听与讲的意愿，都可能展开故事讲述活动。总体上看，六盘山地区民间故事的讲述对时空环境的要求并不高。当然，这种无明确禁忌与讲究的随意性也可能源于禁忌与讲究的消逝，是民间故事讲述活动生活化的结果。故事讲述活动对于讲述者与聆听者而言都是十分纯粹的精神享受，也是民间故事得以代代相传的重要原因之一。

第二节　六盘山地区民间故事的讲述者与听众

民间故事的传承路线大体有血缘传承、业缘传承、地缘传承、江湖传承及书面传承几类，这些传承路线织成纵横交错的织体，使民间故事得以广泛深入地传播和渗透。从参与主体看，民间故事的传承是一个授受的互动过程，民间故事讲述活动中的参与者是讲述者和听众，讲述者与听众双方共通的内在需求决定着讲故事这一活动的持久生命力。在具体传承过程中，"一则民间故事，流传到某一个历史时期，受到这一代人们的加工，会有它特殊的时代印记；受到不同地区、不同民族人们的加工，会有它自己的地方特色和民族特色；不同阶层、不同职业的人们加工的作品，也会具有自己的政治倾向或职业特点;不同人的讲述,有时也会有自己的风格特点"①。在民间故事的传承与演变方面,陈寅恪、胡适等人都有精辟的论述与深刻的见解。在相对松散的民间讲述过程中,讲述者与听众往往具有双重身份。当他们围坐在一处时,往往是你讲一个我讲一个,他(她)接着讲一个这样相互轮流。最常见的故事讲述活动发生在代际之间,往往是长者向晚辈、小辈讲述,因为相对而言,长者总是有机会先接触到已经在民间广泛传播的故事。其中,最常见的讲述者是老祖母。"古希腊人把故事叫作'geroia'(老妇),西塞罗把它们叫作'fabu-lateaniles'(老妇的故事)。"② 当然,偶尔也有相反的情形存在。还有一种情形是"故事篓子"在多数场合下总充当讲述者的角色,当其在某一地域受到公认,是讲述故事的能手时,意味着其故事储备量、讲述技巧与语言能力等均有过人之处。讲述活动中,听众相对是更复杂的一个变量。从年龄看,往往是小孩子。但也有不同年龄层次的成人,在没有电视、电影、手机又不识字的时代与具体生活环境中,听故事是十分重要的精神活动方式。在相对封闭、落后的六盘山地区,直至20世纪八九十年代,"说古今"依旧是十分普遍的民众精神活动。

在讲述中,讲述者与听众之间是一种相互交流的关系。讲述者掌握着话语权,听众仅仅是听取。但相对于小说的隐形读者和实际读者,故事听众的主动性要优越一些。听众往往有"点播"的权利,可以要求讲述者讲某一个或某一类故事。讲述者在讲述前往往会问听众"说个啥呢?""你想听个啥'古今'呢?"听众可以根据储备和喜好要求讲述者讲述某一个或某一类故事。如果听众没有特别的要求,也会告诉讲述者"你说个啥我就听个啥"。听众的投入与否在很大程度上影响着讲述者,迫使其现场做出及时调整。讲述者也可以以手势、眼神等方式约束听众。在讲故事之前,讲述者也会根据听众的身

① 郑硕人:《民间故事的流传与变异》,载中国民间文艺研究会上海分会编《民间文艺集刊》(第一集),上海文艺出版社1981年版,第18页。

② [美]保罗·康纳顿:《社会如何记忆》,纳日碧力戈译,上海人民出版社2000年版,第39页。

份、年龄等情况选择适合讲述的故事。而且这一时刻的听众往往在下一时刻、地点、人群中会变为故事的讲述者。这也是民间故事口口相传、代代相传的具体过程。

费孝通在《乡土中国》中说："乡土社会在地方性的限制下成了生于斯、死于斯的社会。假如在一个村子里的人都是这样的话，在人和人的关系上也就发生了一种特色，每个孩子都是在家人眼中看着长大的，在孩子眼里周围的人也是从小就看惯的。这是一个'熟悉'的社会，没有陌生人的社会。"① 这个熟人构成的礼俗社会是"有机的团结"的群落，不像陌生人构成的法理社会是"机械的团结"的群落。参与到民间故事讲述这一活动中的讲述者与聆听者，基本都是在相同的自然与社会环境中共同生活的熟人，他们之间往往具有较亲近的社会关系，如同族、亲戚、邻里、同行、师徒、战友等，在生活中有着这样那样的瓜葛。讲述者与听众的"这种共同的生活习俗环境就是故事讲述活动的背景，在这种背景下进行的讲述活动，反过来又起着加强这种环境和人们之间关系的稳定发展的作用"②。在故事讲述活动中，讲述者和聆听者相互交流沟通，他们各自在现实社会中的人格、心理、思想等也在相互交流沟通。在一个共享的、熟知的人际关系网络中，讲述使得这个关系网络流动起来，活络起来。民间故事为此也在漫长的历史发展过程中得以保留自己的地域特色。

在一个彼此相熟的乡土社会中，讲述者和听众在进入故事讲述活动时并非单纯的讲述者与听众的关系，他们之间还有十分熟知的邻里乡亲、家人朋友等更亲近的人伦关系。这些身份的介入有助于一场故事讲述活动增进彼此之间的认知，成为另一种相互联结的纽带。也能够最大化地将故事中的人伦关系转移、嫁接、比附到具体现实情境中讲述者、听众及其彼此之间各种错综复杂的关系中来，从而达到最佳的教育效果。

---

① 费孝通：《乡土中国》，外语教学与研究出版社 2017 年版，第 10 页。
② 许钰：《口承故事论》，北京师范大学出版社 1999 年版，第 175 页。

第三节　六盘山地区民间故事的
讲述程式及其功能

　　民间故事的讲述程式渗透在故事的方方面面，铺垫语、人物命名、结尾、情节结构等都可能具有一定程式。尤其在民间故事的结构与叙事艺术中，复沓式、回环式、谚语式等结构十分常见。比如在徐治堂、吴怀仁的《庆阳民间故事研究》中对生活故事中所蕴含的谚语式结构就有较为到位的分析与结论："民众生活经验最凝练最直接的表达是谚语，生活故事中也有谚语式的结构。"① 而程式化在所有类型故事中都有不同程度的反映。正是故事的程式化，使得讲述民间故事这种看上去可能极不稳定、可能被讲述者随心所欲讲述的民众口头叙事却在流传中保持了极大的稳定性。不同地域的民间故事在讲述中因历史地理等具体环境因素而各有差异，六盘山地区民间故事在讲述方法上既具有民间故事的普遍性又具有自己的特性。

一　故事的铺垫语

　　民间故事在结构、语言、形象等方面常常会形成一些传统的表现方式，比如一定的组织规律：善良的人得到福报，邪恶的人受到惩罚；比如具有相似功能的道具：神奇宝贝、有魔法的物件；比如情节结构上的阶段性：主角经历重重困难、实现愿望；等等。除此之外，民间故事在讲述过程中还会有习惯性的铺垫语。铺垫语在故事讲述活动中不仅是一种叙事策略的体现，而且是进入故事的仪式，不同的习惯性铺垫用语背后可能潜藏着不同的文化积淀。比如日本学者武田正在《讲述的类型与功能》一文中关于讲述的装置一节曾涉及讲述前的铺垫语问题。首先，是比较常见的"很久很久以前、在很久以前、不知道是在什么时候、那是在很久以前的事情、无论怎样都得听下去哦"等。武田正说："对于这类铺垫用语，荒木博之认为可以将其大体划分成两大类：一是

---

① 徐治堂、吴怀仁：《庆阳民间故事研究》，甘肃人民出版社 2012 年版，第 72 页。

故事是虚构的；二是即使故事是虚构的，但还是要求听者能够抗拒其虚构性，把它当作真实的存在来理解。尽管如此，如果发现听者已经介意故事的虚构性，那么就没有必要再讲述异类婚姻、怪异出生等故事。"①其次，是再具体到某一季节某一时辰的铺垫语，例如"很久以前的一个春天"，这类铺垫语除了标识出故事发生的具体时间外，蕴含着人类作息上的某种节点，例如开始耕耘或者收获等等。尽管这类故事讲述装置分析富于启发性，但稍显不够深入。

在对中国民间故事起到十分重大影响的佛经中，常常这样开头：什么时候，释迦牟尼佛在什么地方，为哪些人说法（当然，佛经故事向上追溯，依旧来源于民间故事的讲述）。这类铺垫语对后世民间故事的讲述具有"模式"化的影响。但在历史发展演变中，故事铺垫语的使用会因地域、民族的差异而千差万别。现代以来，由于文人写定与翻译传播，在国内写定的书面民间故事中，铺垫语几乎都是"从前""很久以前"或者"很久很久以前"，这类铺垫语固然具有它的经典性，"非常准确地指出了民间故事时间表达的永恒性"②，但这类相对固定、普遍的讲述方式也稍显单调。如果深入到田野中调查，情形就大不相同。讲述者甚至会根据与听众的对话语境等调整铺垫语。比如采访比较突然的话，通常讲述者会以设问的方式进入讲述中："说个啥呢？就说个《马大、柳二、石三》。说是……"在笔者采访调查的过程中还遇到假借讲述者的铺垫方式：以"乜说……"这类方式开始。"乜"在六盘山地区方言中是对"别人""人家""他""某人"的一种称谓方式。"乜说"，即"别人说""人家说""某人说""他说"。在日常生活中有具体指称某个人说的情况，但在故事讲述中往往是某人说过，是一种假托。虽然"乜说"是口头表达过程中十分细微的讲述单元，一般情况下会被写定者忽略，但这一细微的单元却传达出讲述者假借某人来讲述一个听来的故事，而这里假借

---

① ［日］武田正：《讲述的类型与功能》，林继富：《中国民间故事讲述研究》，中国社会科学出版社 2013 年版，第 117 页。
② 万建中：《20 世纪中国民间故事研究史》，北京师范大学出版社 2011 年版，第45 页。

的某人往往并不确指。这种虚拟的假借，实质上是一种讲述的技巧与策略，以"乜说"这个虚拟的假借者来开头，给实际的讲述者赢得了十分广阔的讲述空间。再如在讲述一些故事时，讲述者会以"人都晓得……"这一铺垫语进入故事，以将听众囊括进故事之中，为故事的顺利讲述铺平道路。

具体而言，六盘山地区民间故事讲述过程中，铺垫语相对比较丰富：很多年以前、远古时候、很早很早以前、在远古、自打盘古开天地、自打古时候、传说、从前、从古至今、相传、大家都知道、老早老早的时候、一天、有一天、一日、话说、那是、谁都知道、很早很早的时候、也不知多少年以前、原先、原来、先前、古时候、灾荒年、咱们这一带、年年到春天、据说、有一次、抵古的时候、从前有一家人、有老两口、有父子俩、在先辈的光阴里面、一个行恶的、一个行善的、人常说、过去、老早以前、人活在世上、晓不得啥时候、上往年、但凡世上富而不仁的家庭、听老年人说、在人间流传着……这些铺垫语具有历时性，也具有地域性。从内容上划分，这些丰富的铺垫语主要可以分为如下几类。表示年代久远的，例如：抵古；表示某个确定时间点的，例如：有一天；表示某个确定地点的，例如：在我们这儿；表示某个确定朝代的，例如：秦朝手上；表示年代状态的，例如：灾荒年上；表示主要人物的，例如：有老两口；表示某个道理的，例如：但凡世上为富不仁的；表示故事来源的，例如：听老年人说；等等。可见，在民间口头讲述过程中，六盘山地区民间故事的铺垫语十分丰富。这种丰富性在《固原民间故事》《西吉民间故事》《静宁民间神话传说故事》等民间故事辑录中相对保留得比较完好。这种保留反映出编者及写定者的写定认识与态度，尽可能保留故事的原生状态。

六盘山地区民间故事中大量表示年代久远的铺垫语中含有表示故事虚构性的成分。表示故事发生年代久远的这类铺垫语最能体现六盘山地区民间故事的命名立意：讲古说今，说古道今，古今一理。除此之外，这类铺垫语在故事讲述上的功能是为故事的奇幻性铺垫前提，从而不至于听者因为故事的荒诞不经和不真实而打断讲述者。只要

"从前""很久很久以前"这类讲故事的前奏响起，讲述者和听众都自觉进入一个故事的时空，也进入一种艺术的氛围。因为民间故事大都是世代口口相传遗留下来的，其本身充满历史久远感，并且在故事内容上往往带有奇幻的浪漫主义色彩，这类铺垫语在开拓一个异于现实时空的超世界之时很好地完成了它作为"铺垫"语的功能。这也是这类铺垫语在世界民间故事的讲述中使用最为普遍的重要原因。还有一个值得注意的现象是，在六盘山地区方言中，讲述久远年代的神话故事时使用的铺垫语往往不同于"从前"这类惯用铺垫语。而是用"抵古""抵古的时候"，这类铺垫语在年代的久远性上相对表示得更久远，含有确指到上古之时的意思。当讲述者这样讲述时，让听众在时空的隧道中一下子飞跃到世界初始时的神话时代，从而更好地融入神话思维之中去领受神话故事带来的独特魅力。还有一种情形是讲述者用"从古至今""自打盘古开天地""自打"这类铺垫语十分清晰地强调出说古道今、古今一理这类故事讲述的主旨，也凸显出更高的历史俯瞰的位置，从而将民间故事大开大合、天马行空的想象力与对宇宙时空的统摄性等表露出来。此外，表示年代久远的这类故事铺垫语在六盘山地区方言中更具地域特征的是"上往年""漫长价"等地方习惯性表达。

表示某个确定时间点、表示某个确定地点的这类故事铺垫语往往强调故事的真实性，让听众在进入故事前有种心理准备，就是这类故事的确在某时某地发生过，从而引起听众警觉，增强故事的传奇性，也是一种叙事策略。一是使故事具有真实性、可信性。二是看起来相对矛盾却同时并存其中的一份用意，强调将要讲述的故事内容虽然怪诞、耸人听闻，但确实是在某时某地发生过，从而让听众在感叹故事本身的怪诞、奇异之时也感叹世界之大无奇不有，带有一种开阔眼界的意味。在表示某个确定地点的这类铺垫语中，还强调故事发生地的特殊性，也就是在那个地方，也只有在那个地方才可能发生，才发生了这类故事。

表示某个确定朝代的铺垫语往往用于广义民间故事概念中的传说，但有时"相传""据说"这类原本适用于传说的铺垫语也会用在故事的讲述上。这也是民间传说往往会流变为民间故事的缘故。还有一些铺垫语在追述时间时会强调时间、年代的具体状态、特征等。比如，灾荒年上。这类铺垫语之后的故事会具有限定性，是灾荒年上才发生的事情，脱离了这种时间语境，这类故事就可能不成立。表示某个道理的铺垫语在田野调查中并不多见，但也存在。这类故事铺垫语先给出结论，然后用故事来印证这个道理。凸显了民间故事的教育功能和讲述意义。以故事中人物的出场作为铺垫语的故事讲述也比较常见。这类铺垫语往往将故事听众带入日常生活情境中，比如："有老两口""有父子俩"。这类铺垫语在交代人物后，往往会让听众从故事中自觉做出身份归位而达到润物细无声的教育意义。比如讲到老两口有很多儿女，晚年生活却孤苦无依，十分凄凉。这类铺垫语和故事讲述并没有以高高在上的姿态告诉听众"你应该"怎么做，而是通过一个他者的遭遇感化听众，让听众自己感悟。这种教育效果是内化式的，而非强加的，因此封建社会中的价值伦理在向民众中渗透时，民间故事起到了十分有效的功效。

表示故事来源的铺垫语往往是一种假托，是另一种讲述策略。例如："老年人说""人说""乜说""谁说"。一方面，表达了将要讲述的故事有着相对久长的流传时间。另一方面，以退让的姿态为自己的讲述赢得了十分广阔的讲述空间。而这类铺垫语也具体反映出民间故事口口相传的传播、承续特点。在农耕文化时代，"老年人说"还往往表明所讲故事要表达的是一个颠扑不破的至理。"老年人"就是生活的经验，而在经验型的农耕文化时代、前现代社会，老年人说的话就是需要后辈遵循的道理。

在书面文学、历史著作中，往往有题记，或箴言或诗语，成为一篇文章、一本书籍的意义缩影或者故事的引子。在六盘山地区民间故事讲述过程中，也有一类铺垫语会以儿歌或者"韵文"式的句式开头。例如："东古今，西古今，讲个……古今叫狗听。"一位白发苍苍的老祖母以幽婉的语调给孩子们讲述故事。那种迷人优雅又谐趣纷呈的开头方式就像在打开一个通向神秘空间的洞口，引人入胜，也引发听者浓浓的兴趣，一个故事讲述活动的主观环境与情境在这个铺垫语中得到营造。

　　除以上故事惯用的铺垫语之外，在六盘山地区尤其在甘肃庄浪、静宁、庆阳以及宁夏隆德、西吉等地，故事讲述者常用的铺垫语还有："谁家谁家有个……""哪哒哪哒有个……"这类铺垫语在田野讲述中十分常见，但在文人写定后很少出现在民间故事文字文本中。但也有一些民间故事辑录保留了这些铺垫语。比如在王知三编集的《静宁民间神话传说故事》中就保留了这种铺垫语："谁家谁家有一个娃娃……"① 这类铺垫语甚至在某些村落民间故事讲述中有十分普遍的应用，例如原宁夏隆德县观堡乡柴沟村，甘肃庄浪县卧龙乡的大部分村落。这类故事铺垫语的表达内容与年代十分久远的"从前""很久很久以前"相比更强调故事的真实性。这类铺垫语一是表达了故事并非此时此地发生，给了故事与讲述者和听众相对有限的距离感。二是表达了故事的真实性，它虽不在此时此地发生，却真实发生在某个地方某个家庭中。如前所述，这种故事在晓谕真实性的同时，也为故事出离日常经验的可能性在心理上给听众以铺垫，让听众能够接受故事的怪诞、奇幻、出离常规，在"惊听"之时也相信世界之大无奇不有。三是这类铺垫语在田野讲述中具有语调上的"仪式"性。在口承民间故事被写定时，这类故事铺垫语仅仅保留了文字的部分"谁家谁家有个……"但口头表达的过程中，故事讲述者在说出这类铺垫语时，并非平淡地"说"出，而是带有一种地方性的音调"起势"：将"谁"字拖长，并在音调起伏上有一个抛物线的漫长过程，语调的抛物线跌落在"家"字上，以重而短促的弹跳继续在下一个"谁"字上漫过一个抛物线再落在"家"字上，然后以平缓的语调进入"有个娃娃""有老两口"等具体的故事情境中，一个故事的曲折离奇在讲述语调的跌宕起伏中被外化。笔者认为这是最具六盘山地区地域特征的故事铺垫语，但因为写定的过程中脱落了它原有的音调只留下了文字而失去了讲述的原生光彩。在大人劳作了一天之后，当黑夜来接管白天之时，在老祖母沧桑且富有神秘感的音色与悠

---

① 王知三:《静宁民间神话传说故事》，宁夏人民教育出版社2013年版，第312页。

扬久远的音调中，一个或奇幻或悲怆的故事拉开一个异世界的帷幕，对于听者而言正是这句铺垫语将其从一个时空带进另一个时空。可以说，一个故事的成功与这个看似微小的讲述单元的功能发挥有着密切的关系。四是这类铺垫语对故事可能带来的教育意义产生一定作用。如前所述，封建社会的伦理纲常之所以更深入人心，与这种同内容相伴的讲述形式和润物无声的渗透方式有分不开的关系。因为"谁家谁家……"这样的故事是类比的，而不是直接地灌输与暴力的命令。在听故事的时候、类比的时候，听众会有一个由彼及此、由外到内的被启发而自我觉悟的过程，道理与方法在这种口口相传的过程中很容易被内化。翻阅中国古代故事讲述的相关文本，也可发现这类铺垫语的传统。例如《搜神后记》中的《蛟子》开篇："长沙有人，忘其姓名，家住江边……"这类"忘其姓名"的讲述，在民间口语讲述中完全抛开这一假托，而成为某地有个某人这种直接的讲述。在脱去具体地名与人名后，故事却获得了讲述和意义上的普遍性。

与上述故事的铺垫语相比较，现代小说中几乎没有铺垫语，尤其在当下的短篇小说中常常为出新意而给出一个类似"哐当"一声的意外事件的横截面。当然，当代小说的这种进入故事的方式在更深的层次上是与当代人的生活语境相辅相成的。农耕文明时代遵循的是一种轮回的时间观念，具有永恒轮回的特性，而且那种车马邮件都慢的生活状态中容易附生具有漫长时间跨度和流向的故事。但当代的快节奏生活和现代线性向前指向的时间观更容易附生一种一去不复返的悲叹与事件的横截面。由于当代中国作家普遍的审美情趣，使得"事故"性大于"故事"性，更外显了这个时代的浮躁气质。但民间故事的铺垫语本身指向了时间事件的永恒性与久远性而更具有"故事"性。

二　故事人物的命名

在人物形象的命名上，六盘山地区民间故事也显示了相对丰富的艺术形式。大体可以分为两类：一类是不具名姓的讲述；一类是赋予故事人物特定的名字。从数量上看，六盘山地区民间故事中大量的故事人物是不具名姓的，往往是以别的方式指称。比如以一组人物的人伦关系来指称的："有一家娘儿俩""有一对勤劳善良的夫妻"等。这类指称方式在六盘山地区民间故事中比较常见，也是不同地域民间故事的共同属性，"民间故事发生的时间、地点及其人物名字都是模糊的，这是民间故事区别于其他民间叙事体裁最为明显的外部特征"①。虽不具名姓，但收到的艺术效果和教育效果往往比较理想。因为具体听众总是处于具体的人伦关系中，很容易将自己代入其中。按照其在兄弟姊妹中的排行指称也是一种不具名姓的人物命名方式。比如"抵古，有老两口，养下七个女儿，日子过得难肠很""在前辈的光阴里面，有一个君王，他有三个儿子"……之后便以大女儿、二女儿、大儿子、二儿子的排序方式展开故事的讲述。这类指称方式更多的是出于故事结构的需要，而并非人物形象的命名本身是那么简单的事。一般情况下，几个孩子中总有一个会与众不同，或者坏，或者善良懂事，或者孝顺，于是甚至构成故事的发展动因并决定故事的结局。这类指称和命名方式在"兄弟型"故事中尤其常见。在六盘山民间故事的讲述中也常用性别、社会身份、职业、人物特征等来指称和命名人物。比如《艺高人胆大》中的"张飞刀"和"李好剪"以人物的特异禀赋命名，强化了人物的特征。再如"有个女的""一个秀才""木匠""白胡子老头儿"等。这类命名和指称方式十分有利于人物形象的塑造，往往使得形象更加鲜明，给听众留下更深刻的印象。

以上不具名姓的命名和指称方式也不仅是六盘山地区民间故事独有的特征，而且是民间故事普遍具有的特性。在民间故事的讲述中，大多数时候并不像作家文学那样追求人物性格的立体性，为强调人物的独特性而具名。在民间故事中，人物形象往往更具符号学意义，比较脸谱化。但这一点并没有阻碍民间故事在民间讲述中完成它的教育意义与文学意义，反而在某种程度上充分发挥了这些功能，尤其是民

---

① 万建中：《20世纪中国民间故事研究史》，北京师范大学出版社2011年版，第45页。

间故事的教育功能。由于人物并没有具体的名姓，往往是以其在人伦关系中的位置命名，很容易让听众形成代入感。而且这种代入感从接受者那里讲往往是不自主的，因而在吸取故事教育意义的时候很容易内化，而很少产生抵触感。因为讲述者并没有直截了当地进行指教，而是在说别的人别的事，给听众一个"旁观"的位置，伴以故事的艺术性，在引人入胜的同时也让故事在听众中自然而然地发酵。而传统社会的伦理道德价值观念能够在社会教育并不发达的时代条件下渗透到社会的每一个神经末梢，与民间故事的传播方式有一定的关系。

在对人物赋予具体名姓的时候，六盘山地区民间故事也具有多种形式技巧。

第一，人物有具体的名姓，这个具体的名姓只具有指称意义，不与故事的情节结构等发生直接关系，也不具有命运走向上的寓意。与不具名的民间故事相比，这类命名在六盘山民间故事中并不十分普遍。而且，从故事类型与同类型故事的不同异文看，这个具体的名姓在不同讲述者那里可能会发生变化，或者在不同异文中要么具体要么特定。因为这个名字的有无和具体是什么并不影响故事的讲述。还有一种情况是，随着故事的纵向与横向传播，故事发生变化，其中形象的命名也发生变化。比如"蛇郎型"故事中，"蛇郎"这一名称原本指示出故事主人公的身份，但六盘山地区该类型故事在人物命名上发生了很大变化，在发音上取谐音或相近的发音，但意义上已很少有对其"蛇郎"身份的指示。例如"杨石罐""沙郎哥""佘努观""石亮光""石郎哥"等不同命名。这类命名方式强调特定的"这一个"，以及故事的"虚构"特征等。

第二，人物的具体名姓与其命运走向相关联或者是故事的线索或者影响着故事的情节结构。比如《薛小儿成大事》中的薛小儿，名字中的小与其生命中的大事形成对比。再如《骑门生》中的"骑门生"，《北风雨》中的"北风雨"等，虽并非现实生活中的人物命名方式，但在故事中却是情节走向的一种可能。并且，这些命名既与故事的结构相关联，也是故事发展的线索。

第三，从民俗、谚语、歇后语、人情道理等被人们熟知的语句中摘出人物的名称。比如《穷八辈讨妻》中的"说程"与"圆程",本是六盘山民间生存中媒人在提亲的过程中肩负的重任——说程与圆程,但在这一故事中被用来给两个媒人命名。既具有艺术的新鲜感,又寄存了六盘山民间生存中的地方文化信息。再如《路遥知马壮》中的"路遥"与"马壮",用民间故事重新诠释和传播路遥知马力的道理,在六盘山民间故事的讲述中,这一道理中的关键词汇被用来给人物命名,强调了这一普遍道理并加以艺术化的处理,避免了对听者直接宣教可能引起的抵抗与防备。比如《牛皮糊灯笼,里黑外不明》中分别用"牛皮""灯笼""里黑""外不明"给人物命名,通过几个人物之间的故事来诠释这一谚语蕴藉的意义。既具故事性又蕴含一定道理,在艺术性与教育意义上都得到彰显。比如《人长和人短》这一兄弟型故事中兄弟二人的命名,分别蕴藉了二人的品质特点,又寄寓了做人的道理,暗蕴了人物的命运与结局。

第四,故事中人物给其他人物命名。比如"从前,有一个孤儿,没有名字,人们觉得他命苦,就叫他苦娃",是故事中的"人们"赋予这一孤儿名字。再如《兔头山》中人物给孩子起名,一个叫"黄鹰",一个叫"黑鹰",两个名字影响了故事的进程与走向。

第五,具有讽喻意义的名字。例如《机灵与精明》中的"机灵"与"精明",两个过于机灵和精明的人物在一起暴露出过度机灵与精明反而做出十分愚蠢的事情。命名的批判性寄寓使其与以人物特点指称人物的方式区别开来。

以上命名方式都是相对具体的,尽管更多的具名方式与现实生活明显不同,但恰好反映出民间故事的功能与特征。在六盘山地区,具名的方式还有假托传说讲故事,但从内容看,往往是不合事实的生造。另外,还有一种比较特别的命名方式是既具有普遍性又具有个体意义的命名,比如《张三与李四》中的"张三"与"李四"。张三和李四看上去是具体的名姓,但在实际生活中人们又用这些指称任何人,因此,在艺术性上也兼具二者之优长。

总体上看,由于艺术追求、审美趣味、社会功能等的差异,六盘山地区民间故事中对人物的命名方式与作家文学有非常大的差异。这也是民间文学世界丰富性的一种呈现。

三　故事的结尾方式

民间故事首要的诉求并不是艺术性而是精神慰藉与教育意义，这一点在故事结尾的处理上有十分明显的体现。同时，作为民众精神诉求与生存理想的寄寓，民间故事在结尾上也有相应的体现。六盘山地区民间故事在结尾方式上也主要体现了民间故事的精神慰藉功能，其次是教育功能，最后才是艺术功能与娱乐功能。

第一，六盘山地区民间故事在结尾上最普遍的方式是对美好理想的寄寓。比如在奇异姻缘类的故事中往往给出夫妇从此过上幸福美满生活的结尾。比如《穷星》的结尾："这穷星也有人顶替了，再也不到凡间来了，从此，两口子一搭在天堂里享清福。"再如《金凤凰》，虽不是奇异姻缘类的故事，但结尾依旧寄寓了民众对幸福安恬生活的美好理想和对苦难生存者的怜悯与抚慰："金凤凰带着老婆婆飞到幸福安宁的地方去了。"这类结尾方式中，讲述人在故事中"现身"。

第二，给出真相与由来。比如《铁棒磨绣针　功到自然成》的结尾："他这才知道姑娘是一位仙女，是来试探他修仙是实心的还是假心假意的。"道出由来的结尾类似于传说中某事某名的由来，比如《百忍心》的结尾："从此，人们也开始把忍性太好的主人叫起了'百忍心'。"

第三，以人们熟知的俗语结尾，点明题意。比如《牛皮糊灯笼，里黑外不明》："这个故事就是俗话讲的'牛皮糊灯笼，里黑外不明'。"再如《人心不足蛇吞象》的结尾："这就是'做了国老想皇上，人心不足蛇吞相'的故事。"

第四，训诫式结尾。比如《雷殛头的故事》的结尾："逢人就说，人不要做短事，做了短事，雷要殛头的。"再如《石榴的故事》的结尾："从此之后，人们就得出这样一个结论：害人如害自己。"

第五，解释说明式结尾。比如《祁有梓李》："从此以后，人们造房立木时，为了防止中梁塌架，就在梁上贴上红纸对子，并在红纸对子上写上：'上梁正遇紫微星；立木喜逢黄道日'等表示吉庆大利的联语。"

第六，故事外的慨叹式结尾。比如《寻佛》的结尾先解释说明："这就是：一胎双子，马下双驹，麦挑二旗。"解释说明后又有说书人故事外的慨叹式结尾："马下双驹有人骑，麦挑二旗有人吃啊！"

第七，诗句、谣曲式结尾。比如《雪里送炭真君子　锦上添花小人多》的结尾："把雪里请进来之后，吕蒙正口念诗一句：'雪里送炭真君子，锦上添花小人多。'"再如《丫丫和金雀》讲述丫丫姑娘在金雀的帮助下战胜妖精的百般阻挠，最终与心爱的人走到一起。故事的结尾以一首极具地方色彩与民族特色的"花儿"作结："山涧间流水就知妹妹声，牡丹花再俊没有妹妹俊；红坎肩缝着妹妹的心，噬着舌头（者）数妹妹亲……"

第八，以给出人物命运结局的方式结尾，这类故事结尾也比较常见。比如《张三与李四》结尾："县官这下明白了真相，把张三的全部家产划归李四家属，张三当场给李四抵了命。"

第九，典籍印证结尾。比如《伏羲降生》的结尾："凡读过史书的人都知道，这'天镜'就是'雷泽'。《山海经》里说：'雷泽中有雷神，龙身而人头，鼓其腹。'《太平御览》中曾记载：'大迹出雷泽，华胥履之，生伏羲。'后来人们便说伏羲是雷神的儿子，还说他是'蛇身人首'，有'圣德'。"但这类结尾往往是写定者所附加。

第十，开放式结局。比如故事《蛤蟆娃》的结尾："人说这是韩湘子渡灵隐，究竟是怎么回事，谁也说不上。"这类结尾方式相对较少。

除以上比较集中的结尾方式之外，六盘山地区民间故事的结尾还存在其他相对个别的方式。

以上结尾方式多种多样，但总体上都是奔向故事讲述的基本诉求。这不仅是六盘山地区民间故事的结尾方式，也是整体民间故事结尾的方式。与当下作家文学相比，作家文学往往追求一个开放式结局，追求启示而不是教育。王国维、胡适、鲁迅都曾批判中国古典文学艺术作品中的大团圆式结尾。大团圆式结尾在民间故事中是最普遍的存在，这也是民间故事在诉求与旨归上与后世作家文学作品的差异之一。

第三章 六盘山地区民间故事的载体
——六盘山地区方言

　　方言是受特定自然环境、历史背景、种族渊源、生活习俗等因素影响形成的特定地域独特的语言现象。由于地理环境的相对封闭性、经济发展的迟缓、民众受教育的局限等因素影响，六盘山地区方言相对保存完好。作为口承叙事，六盘山地区民间故事的讲述中，集中保存了鲜活的六盘山地区方言；作为口头文学创作，六盘山地区民间故事的讲述中，彰显了六盘山地区方言的艺术性。当然，六盘山地区方言为民间故事的讲述增添了浓郁的地域性与丰富的表现力。

第一节 六盘山地区方言的分区概况

　　这里有必要重述本书所指六盘山地区的行政区划，本书所指六盘山地区包括今宁夏的固原（原州区）、西吉、隆德、泾源、海原、彭阳；甘肃省平凉市所辖的静宁、庄浪、华亭、崆峒区、泾川、崇信，庆阳地区的镇原县，天水市的秦安县、张家川回族自治县等县区；陕西省的长武、陇县等县区。在本书研究过程中，限于精力与能力，以六盘山主峰下的甘肃平凉市和宁夏固原市民间故事为主，辐射到六盘山地区。六盘山地区在自然环境、历史背景、种族渊源、生活习俗等方面都有共同点，有共同的文化渊源，但由于漫长的历史演进，民族、人口的融合与迁移情况的差异等具体因素的影响，形成了具体县乡甚至村落在方言上的细小差异。对于六盘山地区方言的分片，可参考的文献资料有中国社会科学院语言研究所历版《中国语言地图集》；甘肃师大中文系方言室《甘肃方言概况》；熊正辉、张振兴《汉语方言的分区》；张盛裕、张成材《陕甘宁青四省区汉语方言分区（稿）》；雒鹏《甘肃汉语方言研究现状和分区》；高葆泰《宁夏方言的语音特点和分区》；张安生《宁夏境内的兰银官话和中原官话》；邢向东《西北方言与民俗研究论丛》等。

《中国语言地图集》将汉语方言分为十区，其中官话区又分为八区，本书所指六盘山地区方言归属中原官话。中原官话的共同点是古入声清音和次浊声母字今读阴平，全浊声母字今读阳平。中原官话又可分为九片：郑曹片、蔡鲁片、洛徐片、信蚌片、汾河片、关中片、秦陇片、陇中片、南疆片。本书所指六盘山地区方言分布为秦陇片、陇中片、关中片三片。

宁夏固原、彭阳、海原；甘肃华亭、泾川、崇信、镇原、灵台；陕西长武、陇县方言属中原官话秦陇片。宁夏西吉、隆德；甘肃静宁、庄浪、秦安、张家川方言属中原官话陇中片。宁夏泾源方言属中原官话关中片。

第二节　以固原市方言为例看六盘山地区方言各分区的特征

今宁夏固原市下辖原州区、隆德、泾源、彭阳、西吉。海原今属宁夏中卫市所辖，但在方言片区分化上，曾属固原市下辖的海原县归属中原官话秦陇片内部分片中的固海小片，现依旧纳入固原市方言。在对固原方言的研究中，重要论著有杨子仪、马学恭的《固原县方言志》，杨苏平的《固原方言俗语》等。重要工具书有高顺斌的《固原方言辞典》，张家铎、马平恩的《固原方言辞典》等。重要论文有杨苏平的《隆德方言研究》等。固原方言触及了中原官话秦陇片、陇中片、关中片三个分区，在本书所指六盘山地区方言中极具代表性。以下对固原方言作简要描述，以便了解承载六盘山民间故事的方言的特性。

固原市涵盖在中原官话片区之中，根据其内部语言差异情况，可以分为三个片区①：

（1）固海小片属秦陇片：分布于原州区、彭阳县、海原县一代。以原州区话为代表。其特点是有阴平、阳平、上声、去声四个声调，古入声全浊声母字今读阳平；普通话前鼻尾韵一律混入后鼻尾韵；普通话开口呼零声母一律读作〔n〕声母。

（2）泾源小片属关中片：分布于泾源县一带。以泾源县城话为代表。有四个声调：阴平、阳平、上声、去声。古入声浊声母字今读阳平；前鼻尾韵与后鼻尾韵不混淆；普通话开口呼零声母字读作〔ŋ〕声母。

（3）西隆小片属陇中片：分布于西吉县和隆德县一地。以西吉县城话为代表。其特点是有平声、上声、去声三个声调，平声部分阴阳，古入声字不论清浊一律读平声；普通话前鼻尾韵一律入后鼻尾韵普通话开口呼零声母读作〔ŋ〕声母。

表3-1 固原方言片区分划与分布表

所属官话	分区	内部分片	代表点	分布地区
中原官话	秦陇片	固海小片	原州区城区	原州区、彭阳、海原
	关中片	泾源小片	泾源县	泾源
	陇中片	西隆小片	西吉县	西吉、隆德

从语音的角度看，固原市方言有特点如下②：

1. 从声母看，固原市方言中有 25 个声母：

p	pʰ	m	f	v	t	tʰ	n	l
ts	tsʰ	s	tʂ	tʂʰ	ʂ	ʐ		
tɕ	tɕʰ	ȵ	ɕ	k	kʰ	ŋ	x	ø

声母的发音部位和发音方法跟普通话基本保持一致；声母系统不

① 高葆泰：《宁夏方言的语音特点和分区》，《宁夏大学学报》（社会科学版）1984 年第 4 期。

② 同上。

复杂，没有辅音，也没有浊塞音和浊塞擦音；浊音比普通话略多，声音系统中出现唇齿浊擦音和舌面浊鼻音，部分地区还出现舌根浊擦音；普通话开口呼零声母字在固海片区读成［n］音，比如"爱、安"等字；［n］［ŋ］两个声母在西隆片区有混淆的情况，比如"拿、挪"等字。

2. 从韵母看，固原市方言中的韵母有 32 个：

-i[ʅ]	-i[ɿ]	er[ɚ]	i[i]	u[u]	ü[y]
a[ɑ]	ia[iɑ]	ua[uɑ]	o/e[ɤ]	ie[iɛ]	uo[uɤ]
üe[yɤ]	ai[ɛi]	uai[uɛi]	ei[ei]	uei[uei]	ao[uɔ]
iao[iɔu]	ou[ɯu]	iou[iəu]	an[æ̃]	ian[iæ̃]	uañ[uæ̃]
üan[yæ̃]	ang[ɑŋ]	iang[iɑŋ]	uang[uɑŋ]	en/eng[əŋ]	
in/ing[iŋ]		ong[uŋ]	un/iong[yŋ]		

复韵母有单韵母化的倾向；复韵母中的主要元音都比普通话开口度小；鼻化韵母丰富，鼻辅音韵尾有明显弱化的倾向；部分地方无卷舌韵。

3. 从声调来看：调类系统比较简单；没有入声。

第三节　六盘山地区民间故事与
六盘山地区方言

作为口承艺术，民间故事中保留了大量的方言；方言也在民间故事中彰显了它的艺术性。从民间故事这一语言资源富矿进行方言研究的论著、论文相对较少。当然，方言研究关注的是音形义齐全的立体的、"活"的方言，而各类民间故事辑录中遗留只有文字的部分，另外，这种未被关注的情况也与民间故事在写定时对民间语言的还原度高低有一定关系。但不可否认，民间故事是一地域方言的生动呈现，而承载一地域民间故事的也正是其方言。杨子仪、马学恭在《固原县方言志》中曾以一则《睡烙炕》的民间故事为例，从民间故事的角度为固原县（今固原市原州区）方言做了标音注释示例。从文字记录的角度看，民间故事无疑是极其生动的方言留存。民间故事中也保留了大量的地域方言俗语。在民间故事的写定本中，尚可以看到那些已经消失和正在消失的语言及其表达方式。这些表达方式深刻烙印着地域文化特色、民族文化特色以及农耕文明色彩。

民间故事在讲述者的讲述中会相对完美地体现出如上特征，但非常遗憾的是，在故事被写定的过程中，发音的部分未能保留。在写定的过程中，尽管写定者不同程度地遵从了最大限度保留讲述语言原生状态的原则，但即便写定者努力最大化保留，方言中的部分词句还是不可避免地被普通话取代。对六盘山地区方言保留程度相对较高的写定本当属李世峰、尤屹峰、李耀宗编的《西吉民间故事》。尤屹峰回忆在该书编著的过程中出现两种意见，一种是最大限度地保留方言，彰显地域特征；另一种是倾向普通话化，以保证传播度。该辑录最后的面貌是两种态度兼取，有选择地普通话化，但总体上仍旧保留了西吉方言的大部分特征。其中，部分特征是六盘山地区民间故事对方言留存时共有的特征，也是六盘山地区方言的特征。具体而言，民间故事讲述对方言的保留包括语音、语调、语气、感情色彩等各方面。在写定本中主要有以下方面的遗留。

第一，是古语词的沿用。比如《白鹁鸪玲玲》故事中："早起去，晚夕来，八双靴子八双鞋，剩下的碎布给我女女扎扎拉拉斗一个针插儿来！做不成了鞭子陪！"该句中的"斗"，《说文》："斗，遇也。"段注："凡今人云斗接者，是遇之理也。《国语》'各雒斗，将毁王宫'，谓二水本异道而忽相结合为一也。"都豆切，端母候韵，去声；遇，即汇合、相合，聚合在一起。正如杨苏平在《固原方言俗语》中所说："方言俗语与文人雅言的关系是辩证的。方言俗语往往是历代雅言，固原方言中的许多俗语往往都可以在中国历代文献、典籍、辞书中找到其来源。特别有趣的是，古代汉语中一些单音节词在现代汉语普通话中已经不再使用，而在固原方言中却保留了下来，这些单音节词的读音和意义比起其作为多音节词的语素来说，至今保留了语音和语义的明确性。"① 尽管是古语词，但在相对封闭的六盘山地区，这些古朴的语词却以"家常话"的面貌保留在民众的日常语言中，也带着浓浓的生活情趣与泥土香味"活"在民间故事的讲述中。

第二，古白话语词的保留。比如《穷星》中："吃罢饭，穷星把锅洗了，把门关好，就和老道一搭出来空着肚子念书去了。"其中，一搭、一搭里是古白话语词在六盘山地区方言中的沿用，在民间故事中得到保留。

第三，少数民族习语词汇的留存。比如《胡赛的故事》中胡赛、发买等人物姓名；胡达这一称谓；问候语"爱赛俩目来一礼目"等。这些带有鲜明少数民族色彩的词汇作为十分醒目的语言符号标识着一则民间故事的民族色彩，并为民间故事增添了神秘性和丰富性。

第四，方言俗语的留存。方言俗语是民间故事中方言的重要构成部分。方言俗语不仅充分体现了方言的语言艺术，更凝结了千百年来民众的生活智慧与经验教训、为人处世的道理等。六盘山地区民间故事中，方言俗语或被拆解为故事的标题，或在讲述中起到语言修饰等功能。比如《路不平了人铲，理不平了人说》就是六盘山地区民间说歌儿的化用。

第五，正如前文所言，民间故事中的文字不仅深刻烙印着地域文化特色、民族文化特色，而且保留了浓郁的农耕文明色彩。比如《爷爷为啥心疼孙子》中："孙子就把因为阿么阿么一回事，他把爷爷阿么藏了，都根根茎茎地给皇上说了。"其中"根根茎茎"一词意为原原本本、详详细细、从头到尾。但这里并没有用这些词汇，根茎这些植物的躯体名称名词在这里经过组合作为形容词使用，这种构词方式与描述方式反映出深刻的农耕文化背景与色彩。

当然，从方言研究的角度看，民间故事是一座方言的宝库，其中蕴藏的方言资源以及蕴藏方式远不止以上方式。方言是民间故事的载体，同时，民间故事寄存着丰富的方言。民间故事作为口头叙事艺

---

① 杨苏平：《固原方言俗语》，宁夏人民出版社2007年版，第4页。

术，是口头语言的艺术，也是方言的艺术，最为集中地彰显着方言的艺术性。方言反过来也凸显出民间故事的艺术性，甚至成为某些具体故事搭建的基础。

首先，六盘山地区方言增添了民间故事的生动性、形象性尤其是日常生活情趣与地域性。比如在《杨石罐》①中，当父亲丢失斧子闷闷不乐回家后，三个女儿依次上前询问："苦苦菜，油调和，榆木筷子倒颠锅，爹爹不吃为什么？有啥话对我说。"这里不仅用韵文的方式丰富了讲述艺术，而且其中的人、事、物、景等都是从生活本身出发的引类譬喻或借物发端，不像文人故事中的语言可能更多生发于语言积淀本身，这里的语言生发于日常生活，并且带着浓郁的地域色彩。在具体讲述中，这些从方言发音上具有韵律性的段落还可能被赋予一定的唱腔曲调，从而增强了语言的表现力，丰富了故事的感染力。大量叠音词的使用，对仗式的口歌儿的自然援引等使得故事讲述语言具有富丽的华彩，使故事的讲述不仅生动而且津津有味，生出香气。口歌儿、歇后语等不仅具有语言的艺术性，更凝缩着地域生存过程中经过世代积累遗留的生存经验、哲理认知等，从而也给民间故事在艺术审美之外增添了难能可贵的思辨气质。

其次，六盘山地区方言中的口歌儿、歇后语、方言俗语等，可能成为抟造故事的来源。也就是说，一则民间故事可能是通过故事来解释某个口歌儿、歇后语、方言俗语及其总结出的经验教训。比如《路不平旁人铲》②，就根据路见不平，他人平复的道理杜撰一则故事，其中"路不平"和"旁人"成为故事中的主人公，演绎了这个道理。

最后，六盘山地区方言成为一些特定故事搭建的桥梁。比如《面扁王治世》③这则故事中讲述了两个举子和一个书童上京赶考途中的故事。书童记住了两个举子对话中的"日晒胶泥卷""风吹落叶片"

---

① 固原民间文学集成办公室编：《固原民间故事》，固原县印刷厂1987年印刷，第253页。

② 李世峰、尤屹峰、李耀宗编：《西吉民间故事》，宁夏人民出版社1992年版，第640页。

③ 同上书，第1105页。

"冰薄且莲显",从而阴差阳错地回答了考官的问题。

当然,方言在民间故事中的保留和方言对民间故事表现力的丰富是多方面的。具体到一则故事中,就可以具体分析其中的词汇、构词法与特定句式等。下面,以一则《先娘的绣花女》① 为例做进一步观察:

先娘的绣花女

先娘养了一块②儿女子,后来,后娘也养了一块女子。先娘死了,她的女子就在楼房上蹴下着扎花着哩。后娘的女子没蹴上楼房,这后娘就只管受不得③。

一遭④,后娘把一块怀儿子的蛇虎子⑤放着壶里,叫丫环端着楼上给先娘的女子喝去呢。先娘女子叫唤渴得很,就把这一壶水喝了,连这块蛇虎子都喝下去了。嗒⑥过了几个月时,这先娘的女子脸势越来越不好了,肚子越来越圆了。这后娘就给男人抬着说:"嗒你们的女子在楼房上蹴着哩,蹴哩蹴哩肚子蹴大了。"老大大一听,就要杀女子哩。老哥嫂子的听着说老大大要杀妹子哩,就想方子着放妹子偷跑哩。给妹子说:"嗒你把你的衣裳脱下来,脱下来给这块扎下的草人穿上么,你把我放羊的这毡袄穿上。你跑出去看谁家要放牛嘛放羊的,再了就是有养鸭鹅的人你就给人放鸭鹅着躲着去。"

这女子就把衣裳给草人穿上,老哥嫂子的就给搭楼房上吊下去跑了。跑了,老大大的黑了就把这块草人杀了。后娘去一看是把块草人轧成两半截放着哩,女子没有了。跑着去整男人呢,男人说:"我揣着是女子穿得衣裳站着哩,就'嚓'地一刀杀了么。"男人跑着去一看时真格是块草人。嗒后娘整着没治是女子

---

① 李世峰、尤屹峰、李耀宗编:《西吉民间故事》,宁夏人民出版社 1992 年版,第 866 页。

② 一块:一个。(原文注释)

③ 受不得:不服气。(原文注释)

④ 一遭:一次。(原文注释)

⑤ 蛇虎子:蜥蜴。(原文注释)

⑥ 嗒:这么,现在。(原文注释)

就这么跑了。

这女子嗒就跑来跑去跑到一家富汉家，这富汉家养得鸭鹅多得很，就把她雇下放鸭鹅着哩。她一天就把鸭鹅吆上着在河滩里放着呢，她就在崖簸簸①底下做针线活着呢！日子多了，这富汉家也就看着了，说这个儿子娃娃么咋着一天还做针线活着呢！就问哩是这女子不敢说。

一天，这女子吆着放鸭鹅去呢，看着员外家的女子扎花着呢。她就站下看着不走。看了一大会儿，这富汉家女子说："你这放鸭鹅的娃娃，不放你的鸭鹅去，看这着做啥呢？"

这女子就说："我看着你扎下的这花叶叶子不尖，秆秆子不弯。"

员外家的女子说："你把你的去，你这放羊娃阿达认得这叶叶子不尖，秆秆子不弯！"

说："呜我认得。"

"这么你给我做一块叶叶子尖的，秆秆子弯的。"

"呜能成。"

就给了一副枕头顶子说："你今日头黑做不住我可不能成。"

"呜能成。"到黑了时做成了。哎——做得好得很，做得嫩得很，花叶叶子尖得很，秆秆子弯得很。

从这达这员外家就觉着这放鸭鹅的娃是块女子。员外的媳妇子就咋来咋去问哩，这女子把她后娘咋害她的事咋来咋去说了。说嗒她肚子里还有蛇虎子哩，她害怕得很，一天就这么躲着呢。员外说："只但是这了，你休②害怕，咱给你想方子打整。"就问先生去哩，说这人肚子里有了蛇虎子么有啥办法治哩。先生说这没经过没办法。员外回来就说："嗒咱锅里烧上一锅油，把油烧滚，把人倒扎子吊着上面，用油烟子熏么看下来不。"就烧了一锅油，把这女子倒扎子挂着上面熏呢。熏呢熏哩，口里蛇虎子淌开了，嗒就淌一

---

① 崖簸簸：悬崖。（原文注释）
② 休：音 hǒu，不要。（原文注释）

块捞一块，淌一块捞一块，一共捞了一串子碎蛇虎子。

这女子提上蛇虎子回去看老大大去呢，撼①这蛇虎子当干证，才把这事情就明了。

这则故事的讲述语言至少呈现了以下六盘山地区方言现象：

第一，六盘山地区方言词汇。

老大大：老父亲；

儿子娃娃：男孩；

黑了：天黑时分；

干证：铁证；

这达：这儿；

脸势：脸色；

一块儿、一块：一个；

这块：这个；

一遭：一次；

养：生；

蹴：坐，住；

抬：怂恿；

整：闹；

打整：处理；

休：不要；

经过：经历过；

淌：掉；

撼：拿；

明了：弄明白；

叫：让；

叫唤：啼哭、抱怨；

怀儿子：怀孕；

---

① 撼：拿。（原文注释）

阿达：哪里；

呜：那；

只管：总是；

只但是：如果；

嗻：这么；

咋：怎么样；

语气助词：哩、呢、么、的；

头（头黑）：赶，按；

再了：另外；

碎：小；

真格：真的。

第二，构词法。

六盘山地区方言词汇在构词法上存在大量的复合法构造，词根加词缀的现象、叠词的现象也十分普遍。

1. 词缀：后缀"子"

虽然"蛇虎子""叶叶子""杆杆子"等词具体加"子"这一后缀的情况还可以细化，但总体上都体现出六盘山地区方言中作为语素的"子"作为后缀与某一词根构成词汇的构词法。

2. 叠音词

崖簸簸：原文注释为悬崖；但笔者认为此处应书写为"崖坡坡"，意为陡峭的山坡处；在六盘山地区方言中，这类由两个相同的词根词素重叠构成的词语十分丰富，名词性语素、动词性语素、形容词性语素都可以重叠。再如："叶叶子""杆杆子"。

3. 动词后加"着"字加语气助词表示正在进行中和持续的动作和状态

扎花着哩：扎花 + 着 + 语气助词，表示扎花这一动作在进行中；再如"蹾着哩"，表示某人的"蹾"是一个正在进行的时态。

第三，句法特点。1. "把"字句

（1）处置性"把"字句

六盘山地区方言中的处置性"把"字句在结构和意义上与普通话

中的"把"字句基本一致。区别在于，普通话中有些地方在表达上并不使用"把"字句，但在六盘山地区方言中却有高频率的使用。例如该故事中："先娘女子叫唤渴得很，就把这一壶水喝了。"这句话中的"把这一壶水喝了"在普通话中正常的表达方式是"喝了这一壶水"，但在六盘山地区方言中却习惯用处置性"把"字句来表达。在该故事中，这类"把"字句使用也十分密集。

（2）非处置性"把"字句

非处置性"把"字句在六盘山地区方言中有多种表达功能，比如相当于介词"使、叫、让"等意义的"把"字句；比如表示某种语气，"把"字无实际意义的句子；等等。在该故事中："你把你的去"是"把"字句的强调式，命令别人干自己的事，不要多管闲事。

2."给"字句

六盘山地区方言中，"给"字句中的"给"分别可做动词、介词和助词。在该故事中，"给妹子说"一句是"介词给+名词"的"给"字句。"老哥嫂子的就给搭楼房上吊下去跑了"一句中的"给"是助词"给"。"就给了一副枕头顶子"一句中的"给"是动词给，递给、交给、送给的意思。

3. 否定句

六盘山地区方言中有谓语前加"不"字表否定方式，与普通话一致。另外，六盘山方言中还有谓语后加"不"字及其他成分的表否定方式。其他成分可以是"得、来、成"等以及与动词有关的其他词语。在该故事中，比如"受不得"，表示不能接受。

4. 特殊的程度补语句

以程度副词为补语，在普通话里相对少见，但在六盘山地区方言中却极为常见。六盘山地区方言中"很、扎（咧）、灵干（咧）、劲大、差大、完（咧）"等副词表示程度极高的意思，相当于普通话中的非常、十分、特别等词，但这些普通话中的程度副词在六盘山方言中很少用。在该故事中使用比较频繁的有"渴得很""多得很""尖得很""弯得很"等。

当然，这种机械的分析也不能够呈现一则故事在其讲述过程中的生趣，讲述中，语言才是活的语言，其声调、节拍、韵律等才得到综合性的呈现。同样的故事类型，在具体地域讲述时，讲述者与听众都能够处在同一个语言环境之中，才能感受和领受讲述者的语言艺术。六盘山地区的方言使得每一则民间故事在语言载体上具有地域性，也呈现出方言的艺术性。

第四节　六盘山民间故事中常用方言俗语辑录

一　常用词汇

上往年：过去，从前。

抵古：古时候。

今儿个：今天。

年时个：去年。

热头：太阳。

天爷：上天。

过雨：雷阵雨，也叫白雨。

冷子：冰雹。

竹竹雨：大雨。

夜来个：昨天。

夜晚时：昨天晚上。

后儿个：后天。

天麻麻亮：黎明。

跌年馑：灾荒年。

大：父亲。

娘：母亲。

太爷：曾祖父。

太太：曾祖母。

碎达：小叔。也用于责骂小孩子："把他这个碎达！"

丫伯子：丈夫的哥哥。

老孙胎儿：最小的儿女。

挑担：连襟。

辈历：辈分。

挂搭子亲戚：关系较远，勉强称得上亲戚。

联手：朋友。

臊老哇：专探听并传播他人隐私的人。

猴精：不服管束、不稳重的女子。

帽个子：发辫子。

脸势：脸色。

小拇嘎嘎：小拇指。

大拇嘎：大拇指。

捶头：拳头。

架势：姿势。

老百年咧：老人亡故。

衩衩：衣服上的口袋。

茶饭：饭食，也指女人的做饭手艺。

口巴子：某人吃剩下的食物。

油千子：一种烙饼。

垢甲：身上或物体上的污垢。

绊倒：摔倒。

拨摆：支配、支使。

浪：串门子，逛。

辨来咧：领会、理解了。

撑或儿不：承受不了。

当上：遇上。

倒灶：塌伙，散伙，失败。

弹拨、弹嫌：挑剔。

攧抓：探究、掌握。

日能的：逞能。

折倒：收拾。

上房：正屋。

猫眼：门槛底下的孔道。

天哨眼：房子侧面上方留下的通气孔。

炕眼门：土炕添加燃料的孔道。

当中：中间。

转圆儿：周围。

里头头：最里边。

上山子：上坡。

黄：成熟。麦黄：麦子熟了。

碌碡：碾场的工具。

鹁鸽：鸽子。

二　惯用语

不招嘴：不理睬。

不铆窍：不合。

打捞：注意。

搭帮：帮忙。

刁空：抽时间。

当向：碰运气。

嘎达嘛希的：一股脑儿的零碎物品。

热头跌窝：太阳落山。

牙大得很：口气大。

叶子麻的很：厉害，狠辣。

着气：生气。

再的人：其他人，另外的人。

三　口歌儿

一分钱难倒英雄汉。

一个巴掌拍不响。

一瓶水不响，半瓶水咣当。

一九温，二九暖，三九冻破脸，四九茬茬，冻死娃娃，五九六九羊羔看柳，七九八九过河洗手，九九尽，开桃种，九尽了，种混了。

十个指头，有长有短。

人狂没好事，狗狂挨砖头。

人老惜故乡。

人能生万物，万物不生人。

人比人，活不成。

人怕出名猪怕壮。

人是一疙瘩肉，一眼看不透。

人靠衣装马靠鞍。

人活脸，树活皮，墙头活下一锹泥。

人没钱就鬼咧，灯没油就黑咧。

人撵有钱的，狗咬穿烂的。

人在事中迷，单怕没人提。

儿要养得亲，谷要种得深。

儿子双旋儿，拆房卖院；女子双旋儿，牛羊满圈。

三岁看大，七岁看老。

山不转水转，天不转地转。

王十万，家里还缺一个抬水担。

王法犯不得，犯了了不得。

天热热大家，天冷冷个家。

小刀子害死人。

亡人不吃饭，家产分一半。

心比天高，命比纸薄。

无事不要找事，有事不要怕事。

不吃搅团缠下咧，不吃凉粉拌下咧。

不吃凉粉把板凳腾下。

不怕慢，单怕站。

不说过头话，不做过头事。

不听老人言，吃亏在眼前。学好四七归，走遍天下不吃亏。

不用的人用三遭，不走的路走三回。

牛没力了胡扯，人没理了胡说。

女大一，不成妻；女大二，银钱淌；女大三，抱金砖。

女大不中留，留下就是仇。

木匠坐的烂塌房，良医守的个病婆娘，阴阳家里鬼上墙。

失火带邻居。

生死路上无老少。

手心手背都是肉。

出工划杠杠，做活是样样。

伏天戳一椽，强过秋里耕半年。

富不过三代。

寒门出贵子。

席好备、客难请。

有理不打上门客。

有三十年的房下，没有三十年的兄弟。

有钱难买回头客。

先过河的先干。

本事尽咧，还说荞面症咧。

当中睡觉不扯毡。

饭后百步走，能活九十九。

独人难活，独柴难着。

苦瓜结在苦蔓上。

老子不死儿不大。

隔手的金子不如到手的铜。

狗咬蝎子蜇，自己造下孽。

号里没马，拿驴支差呢。

廊檐水照窝窝滴呢。

驴乏咧怪臭棍子呢。

磨刀不如缓胳膊。

馍不吃在笼里放着呢。

蔫骡子踢死人。

骑马认镫呢，穿衣提领呢。

骑驴捉尾巴，各有各拿法。

湿布拧不干，绳子拥不端。

铁匠没样，旋打旋相。

要知世上理，自己心里比。

路不平了人铲呢，理不平了人说呢。

龙生龙，凤生凤，老鼠的儿子会打洞。

骆驼脖子长，吃不了隔山草。

买卖不成仁义在。

宁吃仙桃一口，不吃酸梨子半背篼。

你敬人一尺，人敬你一丈。

眼里过千遍，不如手里过一遍。

饿了给一口，强过饱了给一斗。

拾银子没在起得迟早上。

师父不高，教下的徒弟落腰。

拾到篮篮里都是菜。

深谷子，浅糜子，种胡麻要种在浮皮子。

树挪死，人挪活。

打人不打脸，骂人不揭短。

东方不亮西方亮。

有个弯木头，没个弯匠人。

自己睡觉要自己翻身呢。

鸡不尿尿，各有渠道。

麻线从细处断呢，萝卜从稀处拔呢。

咬人的狗不露牙。

众人老子没人哭。

猪是喂肥的，驴是骑瘦的。

出门三辈小，处处要让老。

不怕十人劝，单怕一人垫。

吃亏常在，占了便宜的死得快。

豆腐多了包水，闲话多了费嘴。

饿死不做贼，亏死不赌咒。

佛爷好了不烧香。

工要工变呢，馍要面换呢。

口里说的仁义礼智信，怀里揣的连枷拐子棍。

让人三尺，自高一丈。

三句好话当钱使。

生分结长远，亲戚远了亲。

纵有千只手，难捂众人口。

天晴修水路，无事早为人。

在家不待客，出门没饭吃。

捉狗儿子，看狗母子。

不打不骂，心里没挂；打着骂着，心里挂着。

财是个蚂蚱，现走现挖抓。

唱戏要个好嗓子，打拳要个好场子。

穿不穿在身上，吃不吃在脸上。

大懒支小懒，一支一个白瞪眼。

儿是精神钱是胆。

儿女少了当爹妈，儿女多了当牛马。

隔山不算远，隔水才远呢。

管大的孝子，惯大的仇人。

孩子若要安，夹带三分饥和寒。

家有贤妻，胜过良田千亩。

家有媳妇贤，柴米油盐样样全。

家有万贯，长毛的不算。

力气是个怪，用咧它还在。

男人是个笊篱，女人是个匣匣；不怕笊篱没齿齿，就怕匣匣没底底。

女大自巧呢，鸡大自叫呢。

宁舍做官的老子，不舍叫花子娘。

宁走十里光，不走一里荒。

钱在黄柏树上呢，不苦下不来。

亲事急不得，热饭尝不得。

阴阳的口，没梁的斗。

先是人情后是债，为了人情把锅卖。

桃饱人，杏伤人，李子树下抬死人。

天涝三年买马骑，天旱三年抱枣棍。

上坡骡子下坡马，平路毛驴不用打。

早起一时，松泛一天。

麦怕胎里旱，人怕老来难。

来病如抽梁，去病如麦芒。

八月有雨好播种，十月有雨杀病虫。

布谷立夏三日叫，黄米连糠枲；布谷立夏七日叫，黄米没人要。

茬口倒顺，强似上粪。

重茬谷，白受苦。重茬糜，买马骑。重茬燕，不得见。

春分胡麻社前谷，豌豆种在九里头。

寸草三刀，强比上料。

伏里雨多，谷子米多。

干榆湿柳水白杨，桃李栽在半山上。

谷子锄四遍，每斗碾米七升半。

谷成不见穗，糜成不见叶。

家有一百柳，不往山里走。

麦收隔年墒。

麦倒不见，荞倒一石。

麦种五年要倒茬，豆子地里长庄稼。

麦跷泥，干燥糜。

糜谷出在锄把上，荞麦出在犁把上。

荞出正当午时，麦出半夜子时。

荞麦油菜上山峁，小麦种在平台阴山好。

清明种胡麻，七股八柯叉；土旺种胡麻，到老还有花。

若要富，庄稼开个杂货铺。

天旱十年，不舍阳山。

头牛二马三窝子猪。

土放三年成粪，粪放三年成土。

羊走十里饱，牛走十里倒。

闭门风，开门站，开门不站两天半。

东虹热头西虹雨，南虹出来发白雨。

鸡早卧，晴天兆；鸡晚卧，雨来到。

热头跌在云口里，等不到半夜雷吼呢。

早上雾一雾，中午晒死兔。

接杏黄，上麦场。

猛晴没好天。

土雾绕山，不过三天。

先雷后雨雨必小，先雨后雷雨必大。

冬前不结冰，冬后冻死人。

过一个腊八，天长一拳把。过一个年，天长一个椽。

麦子上场，核桃满瓤。

求人不如求己。

金窝银窝，不如自家的狗窝。

久病床前无孝子。

急嘴子和尚吃不了热豆腐。

交人交君子，栽树栽松柏。

躲过了三十，躲不过初一。

东方不亮西方亮。

天晴改水路，人要早维护。

鸡儿不尿尿，各有各窍道。

君子怨命不怨天，小人怨天不怨命。

会怨了怨自己，不会怨了怨旁人。

穷懒瘦不吃。

早烧不出门，晚烧行千里。

字是黑狗，越描越丑。

七十活天天儿，八十活时时儿。

前人栽树，后人乘凉。

墙头草，两面倒。

亲了说不远，远了说不亲。

执棍叫犬，越叫越远。

吃不穷，喝不穷，不会打算一世穷。

肠子痒了搔不上。

朝朝有戏，本本不清。

吃饭尝着，骂人防着。

吃饭穿衣量家道。

吃人家的嘴软，拿人家的手短。

吃五谷，生百病。

猪多没好食，人多没好饭。

稼完了一料子，人完了一辈子。

庄稼一枝花，全靠粪当家；若要不信，粪底儿就是执政。

亲兄弟，明算账。好邻居，高打墙。

好马不吃回头草。

好男不跟女斗，好官不跟民斗。

好事不出门，坏事传千里。

恨人恨在心上，不要恨在脸上。

活到老，经不了。

活人炕上睡，死人满街游。

冤死旁人笑死贼。

远亲不如近邻。

惹一人，犯众人。

若要试人心，害病跌年馑。

四　歇后语

安口窑搬家——有罐罐呢。

八月十五献茄子——瓜果无圆（缘）。

棒槌挑牙呢——夯口得难说。

背的油唱灯影子呢——贴本。

醋房门上淌口水呢——酸气太大。

裆子里背冰呢——前心凉到后心了。

打的雀喂鹞子呢——喂（为）了一家害了一家。

大肚子女人跟集呢——没看出人里头有人呢。

当院子栽木桩呢——不顶啥。

掂的喇叭丢盹呢——把事没当事。

风箱杆子做锅盖呢——受了冷气受热气。

盖蛙子支桌子呢——硬撑。

割了糜子叫雀儿呢——领的是空头子情。

狗揭门帘子——用嘴拨呢。

借旁人家娃娃赌咒呢——不害心疼。

精身子穿皮袄——转身大。

碌碡顶门——石（实）靠。

麦秆子当秤称人呢——把人看得太没斤两了。

帽个子梢上拴辣子——甩红了。

牛皮人人把头跌了——耍身身儿呢。

推磨呢把磨绳断了——空跑了一圈。

外边打个呱啦鸡，家里丢个老母鸡——得不偿失。

烟雾地里吹哨哨——听去有呢，看去不见。

羊粪豆装枪呢——不是个好子。

二十四个狗娃子拉车——没个掌辕的。

一窝猪儿——不嫌臊。

哑巴哭他大呢——伤心着说不出来。

鸭子过河——嘴向前。

羊群里的骆驼——数你大。

擀面杖吹火呢——一窍不通。

狗戴毡帽呢——人起来了。

沟子上抹香水呢——不值一闻（文）。

寡妇站在门外头——有走心呢没守心。

炕眼门上炖茶呢——熏（凶）得差大。

口里吃馒头——心里有数。

老令公数儿——越数越少了。

老鼠拉锨——大头儿在后头呢。

老鼠钻风匣——两头受气。

老鼠钻到书箱里——不是咬文就是嚼字。

老虎不吃人——恶名在外。

老虎吃天爷——没处下爪。

癞蛤蟆跳门槛——连蹲沟子带伤脸。

癞蛤蟆沟子上插鸡翎子呢——不知道是飞禽还是走兽。

聋子的耳朵——摆设。

驴推磨儿——顺着转。

麻袋上绣花——底子太差。

马槽里伸出个驴头——多你一嘴。

猫儿吃糯子——总在嘴上挖抓。

木匠吊线——睁一只眼闭一只眼。

尿脬打人呢——臊气难闻。

白菜豆腐汤——谁也没沾谁的油水。

鞭杆吹笛子——实腾腾的。

跛子担水——衍得不行。

炮弹打苍蝇——大材小用。

炮弹擦沟子——太危险了。

砂锅子捣蒜——一锤子买卖。

年三十儿借笼床呢——你蒸呢我炸铃。

三张麻纸糊了个驴笼嘴——好大的面子。

小鸡吃米——光点头。

四两棉花——弹（谈）不成。

死人顶门——硬抗。

陕西的乱弹——干板儿。

十二个寡妇哭男人呢——各有各的愁肠。

大腿上扎刀子——离心远着呢。

打着灯笼拾粪——找屎（死）。

头上戴袜子——脸上抹不下来。

头上长蒿子——荒（慌）了。

提着碌碡打月亮——摸不着高低了掂着轻重呢么。

提着板子上坟呢——修（羞）先人呢。

秃子骂和尚——自骂自。

秃子头上的虱子——明摆着。

鸡沟子里拴线线——扯闲蛋（淡）。

叫花子拾了个烂历头——当经书念着呢。

头顶生疮脚底流脓——坏到底了。

七十岁上吹喇叭——寿长气短。

贼娃子打官司——场场输。

嘴上抹白灰——白吃。

墙上挂面袋——不像画（话）。

秋后的黄瓜——蔫了。

猪槽里没食——把狗心操烂了。

猪八戒照镜子——里外不是人。

瓦罐打水——只要次数多。

瞎子点灯——白费油。

和尚打伞——无发（法）无天。

火烧纸货铺——鬼才得了便宜。

月里娃儿别镰刀——耍的要命的牌子。

第四章　六盘山地区民间
故事的分类

　　《中国民间文学集成工作手册》作品分类编码方案中将民间故事划分为：动物故事、幻想故事、鬼狐精怪故事、生活故事、机智人物故事、寓言、笑话、其他八大类，每一大类又包含若干系列。根据六盘山地区民间故事在各个大类上所占的数量与特点，以及相关故事集成的类属划分，本书将六盘山地区民间故事划分为：动物故事与寓言故事、幻想故事、鬼狐精怪故事、生活故事、笑话。根据类属的不同，故事的主题内容会各有侧重，但所宣扬的价值观念几乎都是传统乡土社会根深蒂固的伦理道德与价值观。与此同时，本书也将引入"类型""母题"等概念观照六盘山地区民间故事各个大类中比较典型的故事类型及其母题。

　　芬兰学者安蒂·阿马图斯·阿尔奈于1910年在《民间故事类型》中通过对不同民族民间故事的比较分析使用了"类型"这一概念。在民间故事研究过程中，"类型"这一概念指称的是在主干情节上相互类同又在一定程度上定型化的民间故事。民间故事在代代相传的口头承袭中，跨越着或大或小的时间、空间以及文化背景，同一故事往往在保持基本形态的同时发生着局部的变异，于是形成了大同小异的口头与书面文本。将这些文本放置在一起进行比较并归类，便有了一个个故事"类型"。例如"蛇郎型"故事、"弃老型"故事等。同一类型故事也可能繁殖出各种亚型，也是研究者为方便研究从特定标准出发进行的划分。被归到具体类型中的某一故事因具体讲述者的不同而在细枝末节上有所差异的讲述可以被称为"异文"。同一个故事往往具有众多"异文"，尤其是那些情节上较为曲折动人的故事，"异文"相对更多。故事学家将特定地域中搜集整理到的故事划分为若干类型，编制成"类型索引"类的书籍，类似"动物志""植物志"之类的工具书，方便研究者进行更进一步的研究。除了"类型索引"，还有一种索引方式是按照"母题"进行索引。

在故事学中，"母题"通常指称的是最小的叙事单元，是不能再进行分割的最小情节要素，具体为人物行为或事件。同一"母题"可以出现在不同的故事中。单一的"母题"构成单纯故事，多个"母题"组合成为母题链出现在同一故事中，构成故事的复合性。美国学者斯蒂·汤普森说："一个类型是一个独立存在的传统故事，可以把它作为完整的叙事作品来讲述，其意义不依赖于任何其他故事……组成它们的可以仅仅是一个母题，也可以是多个母题。"① 到目前为止，在世界范围内最具影响力的类型索引类研究是由阿尔奈完成、汤普森补充修订的《民间故事类型》一书，该书于 1961 年出版，通常被称为"阿尔奈—汤普森体系"或"AT 分类法"。

对中国民间故事的研究中，最早使用类型索引方式的是德国学者艾伯华。艾伯华在中国人曹松叶的协助下于 1937 年出版《中国民间故事类型》。在"AT 分类法"的基础上，美籍华人丁乃通完成了《中国民间故事类型索引》（原文为英文版，1986 年中文版出版）。丁乃通将中国民间故事类型植入"AT 分类法"的编码中并加注说明。在他归纳的 843 个类型中，有 268 个类型是中国所特有的。既凸显了中国民间故事的独异性，又将中国民间故事研究与世界民间故事研究有机结合。在故事研究上，该书为后来的研究奠定了坚实的基础。单就类型索引研究而言，台湾学者金荣华就在丁乃通的基础上又完成了《中国民间故事集成类型索引》，也具有深广的影响力。

在对六盘山地区民间故事的类型进行观照时，笔者主要依照丁乃通的《中国民间故事类型索引》展开论述，但又不会完全受类型索

---

① ［美］斯蒂·汤普森：《世界民间故事分类学》，郑海等译，上海文艺出版社 1991年版，第 499 页。

引的拘囿。本书也无意于为六盘山地区民间故事作类型工具书，而是观察六盘山地区民间故事反映的主要内容，与此同时分析六盘山地区民间故事中主要的故事类型及其类型学意义、这些类型在六盘山地区讲述的独特性等。

第一节　动物故事与寓言故事

动物故事以动物作为故事的主人公，也有以动物和人同为故事主人公的情况。比如《狼和狗》《山羊和老虎》《好联手咋成了冤家》《老鼠告状》《凤凰为王》《燕子和青蛙》《催收鸟》等。动物故事不包括变形动物以及动物变形的故事。

从动物故事产生源头讲，这类故事反映出人类思维的一个历史阶段，人类还没有成熟到将动物与人类自身严格地区别开来。"在野蛮人的不合理性的心上，动物之带着人性似为极自然的；这并不是想要宣传道德而假造的角色。野蛮人将会说话的能力及一个像他自己的性情赋给了低等动物，而动物故事的最初的家便在于野蛮人中。"[1] 在一些地域及民族中，创造宇宙与文明的神和英雄就是动物，而后世一些部落与民族的动物图腾心理也是这种神话思维的印证。许钰在《口承故事论》中认为动物故事"通过动物和人的关系的描述，反映社会历史的发展"；"通过对动物之间的纠葛和动物性格的刻画，表现人对动物某些习性、特征的认识，和某些社会现象的折光反映等"。[2]

一　动物故事的分类

动物故事是民间故事中的一个大类，丁乃通的《中国民间故事类型索引》以"AT 分类法"为基础将动物故事分为七大类 299 个类型：野生动物、野生动物与家畜、人与野生动物、家畜、禽鸟、鱼、其他动物故事和物件。金荣华在《中国民间故事集成类型索引》中

---

[1] 柯克士：《民俗学浅说》，商务印书馆 1993 年版，第 271 页。
[2] 许钰：《口承故事论》，北京师范大学出版社 1999 年版，第 34、36 页。

将动植物及物品故事分为野兽 99 类、野兽和家畜 49 类、人和野兽 49 类、家畜 19 类、禽鸟 29 类、鱼类 24 类、其他 24 类，共七大类 293 个类型。

与幻想类故事、生活类故事相比，动物故事在六盘山地区民间故事中所占的比例较小。在所涉及的动物类型上，基本都是六盘山地区比较常见的或者在民间文化中有一定积淀的。比如猫、狗、老鼠、老鹰、狐狸、喜鹊、鸡、布谷鸟、兔子、猴子、羊、驴、狼、蛇等。在六盘山地区民间故事中，关于鱼的讲述并不多见，鱼的出现往往是在鬼狐精怪以及幻想故事之中。在六盘山地区，最常见的动物故事是猫和狗相关的故事。猫和狗也是乡土家庭日常生活中最常见、与人具有最亲密关系的动物。与禽鸟相关的故事也较多，所涉及的禽鸟也较多，但也是在六盘山地区比较常见的。此外，老虎、兔子、狐狸、狼等动物也常被作为故事主人公进行讲述。总体上，动物故事不外乎两类：动物的故事，动物和人的故事。正如徐治堂、吴怀仁在《庆阳民间故事研究》中所言：将"动物故事按角色分为'动物''动物与人'两大系列，这样似乎既简便，又能反映出这些故事本身的艺术构思特点"① 及这些故事在特定地域积累的实际状况。

此外，关于六盘山地区民间故事辑录的书籍中常将围绕动物特征、习性、由来演绎出的故事划分为"动物传说"。而学界将"祖先的故事"作为划分传说的依据。按照学界的划分，六盘山地区民间故事中的"动物传说"都是动物故事，只是假托"传说"展开动物故事的讲述："相传，很早很早以前……"在结尾时往往以"从此……"的方式指出该故事告知的是某事物的来由。因此，这类传说也依旧可以按照上述标准划入动物故事。而其中变形动物和动物变形的部分则需要移入幻想故事。比如《西吉民间故事》中的《"我来抱"为啥抓鸡娃》属于丁乃通《中国民间故事类型索引》中的 440A 型"神蛙丈夫"型故事。

纯粹的动物故事主要是在动物与动物之间展开。比如"猫和狗"

---

① 徐治堂、吴怀仁：《庆阳民间故事研究》，甘肃人民出版社 2012 年版，第 58 页。

"猫和老鼠""老虎与猴子""狼和羊"等具有一定现实基础的动物之间或敌对或友好或关系转化的故事。这些故事也常常以传说、由来的方式讲述。比如 200 * 型"猫的由来"故事《猫吃老鼠的由来》，老鼠给错了时间使得猫错过了十二生肖的排位，从此猫便追着吃老鼠了。再如 200A1 型"狗上猫的当"故事《猫和狗》，狗和猫一起完成任务，但因猫捷足先登赢得主人的宠爱，狗受冷落，狗和猫也从此结仇。这类故事以编撰故事的方式来解释动物界的一些现象。虽然是虚构和艺术化的处理，并没有科学依据，但在对动物故事讲述的最初，动物故事是以原始的人与动物等同的观念为基础进行讲述的。一方面描述动物的活动；另一方面反映人的认识和生活经验。

动物和人的故事相对更多见。这类动物故事主要围绕动物和人之间的情义关系展开，要么是知恩图报的动物，要么是忘恩负义的动物。但人反射到动物身上的恩义故事较少。脱离了报恩框架的动物和人的故事中，177 型"贼和老虎"与 78B 型"猴子把自己用绳子捆在老虎身上"相接，被钟敬文定名为"怕漏型"的故事相对比较特别。该类型故事在六盘山地区比较常见的有《锅儿漏》《"房儿淌"和"锅儿漏"》《老虎怕漏》等异文。该类型故事在徐治堂、吴怀仁的《庆阳民间故事研究》中也做了较为细腻的探析。《庆阳民间故事研究》注意到了该故事的一个重要母题："语言的误解。"老虎和小偷同时前往一对老年夫妇家做贼时听到老两口的闲谈：

> "你吃饱穿暖了，最怕啥?"
> "我最怕的是房儿淌。你呢?"
> "我最怕锅儿漏。"

于是，因为这令人恐惧的"房儿淌"和"锅儿漏"，小偷和老虎以及猴子演绎出了一连串令人捧腹的巧合故事。而巧合也是《庆阳民间故事研究》肯定这一妙趣横生的民间故事的重要原因。

除《庆阳民间故事研究》所述以上两个重要的节点之外。"怕漏型"故事在动物与人的故事中并没有从恩义的角度切入，而是属意于

情节的编排，追求故事的娱乐性与审美性。故事中的"房儿淌"与
"锅儿漏"透露出民间生存中的现实情境，也蕴含着传统家庭中男性
与女性的分工信息。故事并没有讲述凄怆与苦难，而是转到一系列令
人啼笑皆非的巧合中，形成一种对照，具有深刻的喜剧意味。虽然故
事中也内蕴着对偷窃行为的否定，却并没有在故事讲述上昭彰教育与
训诫的意味，将功利性降到最低。此外，该故事的讲述并没有借助神
力、魔术、宝贝等其他外力来解决问题，而是通过一系列误会与巧合
使弱者得以保全。这在民间认知上包含着一定进步的意义。

二　动物故事与寓言故事

动物故事产生的时代是较早的神话思维时代，有些民族的神话几
乎就是动物故事。比如布须曼人的创始者是蚱蜢，有些民族的讲述中
创造宇宙和文明的神或英雄是其他动物。在人类还没有发现自己的时
候，他们眼里映现的万物都是有灵的。其中，有着非凡力量和本领的
动物是神明一样的存在。后世的动物图腾也源于这类认知。当动物故
事不再被神话，而是当作故事来讲述时，人类逐渐寄寓了对自身的映
照在其中，动物故事就是人类的镜鉴。而寓言是动物故事最近变的一
个发展方向。黑格尔、哈特兰德、泰勒等都曾有这方面的论断。

寓言是蕴藉和寄托着某种训诫的虚构小故事，它可以用动物做故
事的主角，也可以用人类做故事的主角，也可以是拟人化的植物或其
他事物。在相对精短的故事中对人类生活经验进行理性思考，鲜明有
力地表达启迪世人的训诫。比如《心无宿怨动干戈》《无义之人不可
教》《装成羊的狐狸》《农夫和喜鹊》《爱叫的蝉》《松树的话》等。
沈德鸿说寓言的核心是教训，教训是一则寓言第一要义的意义所在，
其次才是兴味。寓言中的故事情节和事理教训是借喻和暗示的关系，
寓言所蕴含的哲理和教训具体而确定，可以用一两句话概括清楚。许
多寓言经过长期流传，逐渐演变成成语，成为人们生活中习用的典
故。比如"狐假虎威""鹬蚌相争""守株待兔""刻舟求剑"等，
既短小精悍、形象生动又意蕴深刻，因此，这类故事在启蒙教育中也
发挥着重要的功能。

　　并不是所有寓言故事都来自动物故事，只是动物故事在分化流变中会发展为寓言。关于动物故事与寓言的差异，周启明在《伊索寓言》译本所附论文中将言论不自由的社会看作从动物故事到寓言的一大条件。判断动物故事与寓言的标准在于寓言的核心是教训："教训是第一义；兴味是第二义以下的附属物。"①《狐假虎威》《鹬蚌相争》《守株待兔》《寒号鸟》《猴子掰包谷》《人心不足蛇吞象》《东郭先生》《黔之驴》等都是人们耳熟能详的寓言故事。在"AT 分类法"中，寓言故事也包含在动物故事中，并未分离。在六盘山地区，《蛇和喜鹊攀亲》《懒狗吃月亮》《狼和狗》《狼心狗肺不久长》《聪明的驴子》《鹿儿吃老虎》《狼和狐狸》等与动物相关的故事因为具有鲜明的教训意义，全部可看作寓言。

　　与幻想故事、生活故事、笑话等相比，寓言从数量上讲在六盘山民间故事中占比重相对较小。但也充分显示了六盘山地区方言的魅力、地域审美趣味、地域文化习俗等。比如《蛇和喜鹊攀亲》《懒狗吃月亮》《狼心狗肺不长久》《狼和狐狸》等故事，叙事生动形象，训诫功能彰显，蕴含事理明确。讽刺性和教育性是这类故事的核心，《蛇和喜鹊攀亲》批评教训了那些戴着虚伪的面具却心肠恶毒的人，最终会受到应有的惩罚；《懒狗吃月亮》批判了那些成天想入非非、不切实际的人，最终没有得到想要的，把已拥有的也失去了。六盘山地区寓言基本是围绕处世为人的道理展开的，在故事组织上，一般选取六盘山地区民众十分熟知的事物，因而也极具地域色彩。比如《懒狗吃月亮》中的懒狗总把水中的月影看成"油坨坨"，对"油坨坨"心向往之，不想连自己仅有的骨头都失去了。"油坨坨"是六盘山地区一种深受民众喜爱的地方小吃，用在故事中，既具有日常生活色彩，又具有地域色彩。另外，这类故事讲述中，故事的题目往往就十分精练地概括了故事所寓示的事理。比如《狼心狗肺不久长》《大路不平旁人踩》《但做好事，莫问前程》等。

---

　　① ［日］松村武雄：《童话与儿童的研究》，载引自许钰《口承故事论》，北京师范大学出版社1999年版，第41页。

动物故事在后世的演绎中逐渐被赋予了更多神奇和幻想的色彩而成为幻想故事，尤其是动物变形和变形动物的故事。《喜鹊姑娘》《白鹁鸽玲玲》《金凤凰》《放羊娃和长虫》《白狗救命》《花牛犊》等都是围绕着动物、动物与人的关系展开，只是增添了更多幻想色彩。

因此，动物故事在民间故事中一是产生的阶段与其他类属的故事不同；二是相对更具源头意义。

第二节　幻想故事

幻想故事是把现实生活和奇异幻想交织而成的故事。幻想故事中有人们在长期生活斗争中积累的丰富的生活经验，也有原始习俗、原始信仰的遗留；幻想故事是陷于苦难的、善良无助的人们在神异事物的帮助下战胜邪恶、压迫者，得到幸福美好生活的希冀；幻想故事也是人们丰富的想象与幻想。比如《不见黄河心不死》《宝石缸》《将恩不报反来结仇》《癞蛤蟆娶媳妇》《石榴光哥》《水仙》等。幻想故事的特色是包含了丰富的想象成分，往往充满浪漫主义色彩。在幻想故事中，人物、情节、事物一般都带有超自然的性质。幻想故事中的形象有可怕的妖魔鬼怪，有法力无边的老人，有童话色彩的动植物、仙女、公主等。幻想故事中往往出现带有某种魔力的宝物，也被称为"魔物""有魔术的道具"等。在情节上，幻想故事中往往会出现"变形""死而复生"等情节或母题。幻想故事不仅有浪漫的幻想色彩，也富于反抗精神，反映了民众的理想与意愿。相对而言，幻想故事在人物、情节的设定上相对比较定型化，在形象上相对比较类型化，是发展比较成熟的叙事艺术。

丁乃通在《中国民间故事类型索引》中将动物故事、笑话、程式故事、难以分类的故事之外的民间故事划分为一般的民间故事。在一般的民间故事中又分出了神奇故事、宗教故事、传奇故事、愚蠢妖魔故事四大类。神奇故事包含了神奇的对手、神奇的亲属、神奇的难题、神奇的帮助者、神奇的宝物、神奇的法术六个小类。宗教故事包含了神的赏罚、真相大白、人进天堂三个小类。传奇故事包含了公主出嫁、王子娶亲、忠贞与清白、改造泼妇、好的格言、聪明的言行、命运的故事、强盗和凶手、其他爱情故事九个小类。但从内容上看，一些程式故事其实可以分别归入以上一些小类。

在六盘山地区民间故事的各类写定本中，要么仅将民间故事划分为神话、传说、故事进行辑录，要么便是将故事再进行细化。在六盘山地区民间故事辑录中，狭义的故事往往根据故事类别被分为幻想故事、生活故事、笑话和寓言。笑话和寓言是从特别的体裁角度做出的划分。幻想故事、生活故事、寓言也可以大体上与作家文学中的理想型文学、现实型文学、象征型文学相对应。

幻想故事在六盘山地区民间故事中数量较多，所占比重比较大，反映出民间异世界的丰富多彩。神奇故事与神话传说不同，最简单的区分是：神话讲述神的事迹，传说讲述祖先的事迹，而神奇故事讲述人的奇幻故事，是狭义民间故事中的一种。只是神奇故事在讲述人的故事时，与生活故事相比多了神奇的幻想因素，属于理想型文学世界。而宗教故事、传奇故事、妖魔故事在民间讲述中无不充满了神奇的幻想。

从故事的生成看，民间故事中的幻想故事并非完全脱离现实的虚构，而是民众在苦难、现实的生活面前对美好生活的憧憬与追求。在一定现实生活的基础上，构成幻想故事绚丽外衣的材质中又有原始信仰、古老习俗的成分。按照普罗普对神奇故事历史根源的研究，故事母题同古代原始习俗、信仰之间有三种关系：一是直接对应；二是重新解读；三是从相反的意义上转化。但如果按照人类学派的分析方法，把民间故事中的幻想故事完全看作古老习俗信仰的遗留物进行探析，无疑是缩小了幻想故事构建的异世界，幻想故事是一个信仰、习俗、生活、艺术等的综合织体。

六盘山地区民间故事中的幻想故事涉及了丁乃通《中国民间故事类型索引》中幻想故事的各个种类。具体而言，六盘山地区幻想故事相对集中在以下几个方面。

一　奇异姻缘

在乡土社会，美满的家庭与子嗣的绵延是最重要的人世理想，民间故事中这类题材的故事占有很大比重。在幻想故事中，奇异的姻缘为婚爱故事插上了神异的翅膀，增添了浪漫的色彩。奇异姻缘故事中的奇异元素主要是促成婚姻的条件和婚姻双方的奇异性。在结局和故事诉求上，奇异婚姻还是对理想婚姻和幸福生活的寄寓。

1. 奇异的妻子

在传统乡土社会生活中，婚姻中的妻子一方在社会层面往往是隐形的存在，她们的生活范围往往只拘囿在家庭之中。她们往往没有自己的名字，是隐没在人伦关系之中的母亲、女儿或妻子。她们也往往是次于父的母、次于子的女、次于夫的妻。但民间故事中的奇异姻缘赋予了妻子超凡的力量与本领，使她们在姻缘中处于主导的地位和主动的角色。当然，在故事讲述中，这些形象之所以被设定具备这些力量与本领往往是因为男性和丈夫角色成长的需要。但总体上，这些故事中女性所散发出的理想光辉是丰富多彩的，她们的智慧、勇气与能力正是现实生存中处于底层和被动地位的女性所渴望拥有的，包括她们在婚姻中的主导地位。比如六盘山地区民间故事中的《太阳到人间》《穷星》《夏吴东》《王良与白鹤》《孔雀公主》《白鸽子与阿里》《夜明宝珠》《年轻人与牡丹花》《放羊娃和牡丹》《张勇得宝》《三下亳州》《穷八辈》《有缘千里来相会，无缘对面不相识》《蒸海干》《王恩背义》《三下汴州》《祁有梓李》等。这些具有超凡能力的妻子角色来自不同形态的事物。比如《太阳到人间》中的妻子是太阳的女儿；《王良与白鹤》中的妻子是一只神鹤；《年轻人与牡丹花》中的五位妻子是五朵牡丹花；《蒸海干》中的妻子是龙王的女儿；《三下亳州》中的妻子是鬼……由于特殊的出身，她们往往在特异的身份之外具备特异的本领。比如《穷八辈》中龙王的女儿会剪纸，能剪出各种所需。

与丁乃通《中国民间故事类型索引》中的"传奇故事（爱情故事）"相比，六盘山地区民间故事中的奇异姻缘故事与前者差异较大。丁乃通毕竟是在"AT分类法"的基础上植入了中国民间故事形成的类型索引，至少在六盘山地区奇异姻缘类的故事中，丁乃通《中国民间故事类型索引》中的"传奇故事（爱情故事）"（后文简称"传奇爱情故事"）各类型并不十分符合。在具有移民文化背景的六盘山地区，民间故事的流传往往并不能十分完整地保留它原本的面貌，而常常是经过嫁接、脱落、变更等情形形成新的故事或者异文。而且"传奇爱情故事"主要呈现婚前的爱情形成、被阻与应对阶段，常见的有885B型"忠贞的恋人自杀"类故事、400D型"其他动物变的妻子"、465A1型"百鸟衣"故事等。而六盘山地区奇异姻缘故事中这类单纯的爱情过程故事相对较少。六盘山地区奇异姻缘故事中更多讲述的是求婚、求婚者被考验、结合后共同面对各种考验这一婚姻生活过程。并且，在六盘山地区奇异姻缘故事中，故事的类型间多有穿插、嫁接，而形成各种类型间相互组合等情形的讲述。比如：400型"丈夫寻妻"、400B型"画中女"、461型"三根魔须"、465型"妻子慧美，丈夫遭殃"、465A1型"百鸟衣"、592A1*型"煮海宝"等类型都含有奇异姻缘的部分或整体或组合。比如故事《太阳到人间》，虽然题目带有神话的色彩，但内容是带有神奇色彩的幻想故事。太阳到人间化身乞丐，善良的姬秀荣予以施舍，太阳化身的乞丐画了一幅画儿作为酬谢之物。但姬秀荣并没有完全按照乞丐的叮嘱行事，导致画里的姑娘没有顺利成为他的妻子。后经桂花娘娘点拨相助，姬秀荣娶了画里的姑娘——太阳的三女儿。姬秀荣几次违反禁忌，又几次在妻子的帮助下最终褪去凡胎肉身，与太阳的三女儿在天堂过上了幸福美满的生活。该故事在类型上是313A1"英雄和神女"与400"丈夫寻妻"以及400B"画中女"等几种类型故事的组合。在接续顺序与接续类型上，该故事都与《中国民间故事类型索引》中不尽一致。是这些不一般的组合嫁接，使得该故事在情节上也相对曲折，人物的命运起起落落。这些也反映出六盘山地区民间故事的成熟和相对的独立性。

在奇异妻子元素的姻缘故事中，绝大多数都有比较圆满的结局，以男女主人公从此过上了幸福理想的生活结尾。也有其他结局，比如

《有缘千里来相会，无缘对面不相识》则以王六错失妻子的故事为无缘的姻缘发出叹息。

2. 奇异的丈夫

在奇异姻缘类的故事中，奇异的丈夫也是一种奇异的元素。这类故事在数量上与奇异妻子元素故事相比，要少很多，但也彰显出民间故事丰富的想象力。比如六盘山地区民间故事中的《针鼻孔眼里逃命》《佘努观》《花牛娃》《牛娃脱皮》《花牛犊》《蛤蟆儿子》《蛤蟆娃》等。其中，440A 型"神蛙丈夫"在六盘山地区民间故事中多有讲述，比如《蛤蟆儿子》《蛤蟆娃》（这类故事在一些研究中也被归入"神奇的子女"故事之中）等。这类故事在丁乃通《中国民间故事类型索引》中有一个母题链的构成：生子、许婚条件和婚姻、其他功绩、解脱魔惑、登位。在六盘山地区民间故事的讲述中，这个类型的故事也多有变异。比如在《蛤蟆儿子》中极力抑制着故事中的奇异因素，以致"许婚条件和婚姻"尤其是"其他功绩"等环节基本脱落，只剩下生子、解脱魔惑的环节。《蛤蟆娃》中则保留得相对完整，但在母题链上又有新的嫁接组合。在结尾上，该故事成为蛤蟆娃与妻子升天成仙的结局，而蛤蟆娃的母亲因为贪恋自己的财物没能成功升天而从空中掉落，变成了抓鸡娃的鹰。而在另一篇该类型故事的异文中，直接将该故事讲述为《"我来抱"为啥抓鸡娃》故事。在《西吉民间故事》等民间故事辑录中，《"我来抱"为啥抓鸡娃》故事又被划分进"动物传说"之中讲述，不仅在故事的情节、母题上相互嫁接，并且在类别上做了"客串"。而在《中国民间故事集成·甘肃卷》中，该故事则辑录在"幻想故事"之中。在奇异的丈夫类故事中，433D 型"蛇郎"故事在六盘山地区也多有讲述。这类故事在六盘山地区特有的地域文化环境中发生了诸多变化。后文将单独对该类型故事作深入探析。

3. 奇异的条件

奇异姻缘故事中除了奇异的妻子与丈夫元素之外，还有促成姻缘的奇异条件而构成的奇异姻缘故事。这类元素往往伴随奇异的妻子一起出现在故事中，单独出现在故事中的情况相对较少。在类别上也涉及了丁乃通《中国民间故事类型索引》中"神奇的亲属""神奇的难题""神奇的帮助者""神奇的宝物""神奇的法术"等，这些作为姻缘形成的条件都构成了姻缘的奇异性。比如六盘山地区民间故事中的《夏吴东》《我要嫁给讨饭的曹金山》《蒸海干》《穷八辈》《张勇得宝》《夜明宝珠》等。在类型上涉及了461型"三根魔须"、461A型"西天问佛：问三不问四"、592A1 * 型"煮海宝"、555 * 型"感恩的龙公子（公主）"、546型"聪明的鹦鹉"等。奇异条件元素的姻缘故事在类型、数量上相对较多，故事性也更饱满。奇异条件元素的姻缘故事中神奇的条件也不尽相同。比如，因神奇的宝物而得到理想姻缘的故事：《穷八辈》中穷八辈因得到宝物"炼海丹"而收获美好婚姻。与之相关的《蒸海干》中王小因得到宝物"蒸海干"而得到美貌的妻子。《张勇得宝》中张勇因得到"蒸海干""炼海丹"一类的神奇麻钱而得到美满婚姻。再如因神奇的帮助者而得到美好姻缘的故事：《老虎娶亲》中的主人公因帮助老虎而得到老虎的回报，老虎帮助他娶到员外的女儿。《夏吴东》中夏吴东因救助鲤鱼、小雕、狐狸先后得到鲤鱼皇的救助暗号、雕的一根白羽毛和狐狸的一根毛作为报答。这些在他之后向皇帝的女儿彩霞公主求婚的过程中给了他关键的帮助，从而使他娶了皇帝的女儿做妻子。奇异条件促成的姻缘故事中，神奇的难题类故事较多，在情节、母题上与其他类型故事也有较多嫁接、重组。这类故事一方面以奇异的条件为故事赋彩；另一方面也以克服和解决难题的历程隐喻了主人公的成长，赞扬了他们聪明的才智、坚忍的毅力与超凡的勇气。比如《金豆儿的故事》中的金豆要娶扬州城里胡员外的女儿，胡员外提出的条件是："要把我家的姑娘给你们，要三样东西才行。一要夜明珠一颗；二要三尺水轮布；三要三根金头发。"于是金豆踏上寻找之路，他先后遇到了喜鹊、蛤蟆，最后找到弥勒佛。金豆拔下弥勒佛的三根金头发，弥勒佛醒了。于是他代喜鹊和蛤蟆分别询问了它们要询问的事，当他带回答案并替喜鹊和蛤蟆解决难题后，分别又从喜鹊和蛤蟆那里得到了三尺水轮布和一颗夜明珠。于是，胡员外答应了他的请求。《李秃子上西天》中李秃子求娶员外的女儿，员外提出要一颗夜明珠、一棵灵芝草、三百两银子。李秃子没有办法，便想到上西天去问西天佛爷讲道理。路上，他先后遇到土地庙里的泥神像、野雀子、乌龟，并将它们要向西天佛爷提的问题一一带到。在得到答复后，他分别从泥神像、野雀子、乌龟那里得到了银子、灵芝草和夜明珠。于是，李秃子便娶到了员外的女儿。在回汉杂居的六盘山地区，民间故事的相互影响具体反映着回汉民族的文化融合。这类程式化的故事在回族也有讲述，比如《孝子》，孝子要提问的对象更换为胡大，但路途中遇到的事物及过程与结局和前两者几无差别。

　　再比如《微小和凤仙》《小瓦匠的故事》等，这类奇异姻缘故事都可归入 461 型"三根魔须"和 461A 型"西天问佛：问三不问四"类型之中。在丁乃通的《中国民间故事类型索引》中列举了一系列为达成婚姻所需提供的宝物和必须解决的难题。这些看似无法达成的条件在主人公的追问和探索中一一得到解决。如果暂时搁置故事所带来的奇异体验、奇幻经历，这类故事也反映出现实婚姻中的难题。对于家境贫穷、地位低下的男性而言，女方所提条件往往是十分苛刻甚至难以完成的。尽管将这类奇异姻缘类故事拉入到现实生活中会破坏它们的艺术性，但所有故事都有其产生的现实依据与根源。比如在当下，偏远农村依旧存在天价彩礼的现象，而社会生活中，女方在寻找结婚对象时也要考察男方是否有车子、房子、票子。当然，这类故事更深刻的意义在于其中蕴藉了人类的成长过程。正是这些难题促使个体不断成长、成熟，最终满足进入婚姻的条件。今天，在少数民族婚姻以及偏远农村的婚礼过程中，男方依旧需经过一些繁复的仪式才能顺利将未婚妻娶回家中。虽然这些仪式在现实生活中因地而异，但其本质基本一致。比如，在六盘山地区尤其是乡村婚礼中，还保留着"下马礼""压箱礼"等仪式，其中浓缩着对新郎考验的文化心理。而提亲、定亲到完婚的整个过程中注重仪式无不显现出古老文化习俗的遗留与烙印。当然，在全球化的今天，即使在六盘山地区，婚礼也越来越简约和有个性。这些烙印着古老习俗的仪式也在迅速隐退，因为它们根植的那个物质基础——农耕文明的土壤在隐退。

二 奇异兄弟故事

兄弟型故事在六盘山地区民间故事中也十分普遍，是特别受民众喜爱的故事类别之一。这类故事不仅包含艺术性、娱乐性，更具有重要的教育意义。在六盘山地区乡土社会，几乎每个家庭都要面对兄弟姊妹相处的问题。兄弟型故事的讲述从小教育孩子们该如何和兄弟相处，让他们知善恶、重情义、念手足。这类故事遍布生活类故事与幻想类故事之中。与生活故事中的兄弟故事相比，幻想故事中的奇异兄弟故事具有更广阔的艺术空间。《白娃和黑娃》《燕儿和陈家兄弟》《叫花子当县官》《黄狗犁地》《人长和人短》《豆皮和豆瓣》《放羊娃和牡丹》《吃金屙银的鳖哥哥》《牛角的故事》《铜锣儿》《宝葫芦》《周龙周虎》《害人害了自己》《三兄弟》《奇怪的石榴》等都是奇异兄弟类的故事。这类故事中所讲的兄弟也有结拜兄弟。比如《马大柳二石三》《黑马张三哥》《忘恩背义》《财宝》等。从兄弟关系的角度看，这类故事不外乎互助型和加害型两类，它们各自又包含几种亚型。从兄弟数目看，大多是兄弟俩，但也有三兄弟、多位兄弟故事。兄弟型故事也往往与奇异姻缘故事叠加，比如《三下汴州》《三下幡城堡》。互助型故事主要讲述兄弟如何齐心协力战胜困难，比如《三兄弟巧治老财迷》《四兄弟升官记》等。这类故事主要宣扬和传达兄弟和睦对于家庭兴旺和个人发展的重要性。但占兄弟型故事较大比重的还是加害型故事。在加害型故事中，"嫂子""养母""后母"往往是加害者，比如《高志正》《豆皮和豆瓣》等。引起兄弟不和睦的因素主要集中在家庭财产的分割、老人的赡养、对彼此美好光阴的嫉妒心等问题上，这与现实中兄弟不睦的原因如出一辙。因此，这类故事还是有十分深厚的生活基础，并具有积极的现实干预与教育意义。在类型上，这类故事涉及了诸如480F"善与恶的弟兄（妇女）和感恩的鸟"、503E"狗耕田"、511B＊"异母兄弟和炒过的种子"、613A"不忠的兄弟（同伴）和百呼百应的宝贝"、555A"太阳国"、551＊＊"三兄弟寻宝"等类型。

在奇异兄弟型故事中，奇异性主要来源于被害兄弟所获得的帮助与"魔物"或者"魔法"的奇异性。比如《铜锣儿》中孝顺的弟弟得到了动物们的宝物铜锣儿，要啥有啥。但贪婪的哥哥强取铜锣儿并打破了铜锣儿，铜锣儿变出的金银又变成了一堆石头。再如《牛角的故事》中的三兄弟分家后，三弟靠神奇的牛角发家致富，大哥二哥分走牛角也没能致富。在加害因素上，恶嫂嫂的恶行也是促成兄弟加害的因素。比如《宝葫芦》中嫂嫂怕弟弟与自己的儿子分家产，于是哥嫂想出一系列办法想要除掉弟弟。但一位白胡子老头儿帮助了弟弟，并帮助他种出要啥有啥的宝葫芦。贪婪的哥嫂拿到宝葫芦后却因为贪婪丢掉了性命。奇异兄弟型故事中还包括结拜兄弟，但他们之间往往是加害的关系。比如《狼心狗肺的由来》中善良的主人公主玛在赶考途中救助了一位遇难者，为其换上狼心和狗肺挽救了遇难者的性命，并结拜为兄弟。但这位结拜兄弟得知主玛拥有神奇的仙丹后却将主玛推下悬崖。主玛最终在被他救助的蛤蟆的帮助下揭露了这位不义的结拜兄弟的真面目。

总体上，奇异兄弟型故事有着深厚的现实基础，即使在今天，家族、家庭中争夺遗产、推脱赡养老人义务的社会事件比比皆是。奇异兄弟型故事对于孝顺、善良的兄弟寄予了美好的祝福，在故事中，他们总能得到奇异宝贝、神奇魔法或者神奇的帮助。这是民众期盼美好幸福生活的心理折射，也是民众惩恶扬善、因果报应伦理思想的忠实表达。

当然，六盘山地区民间故事中的幻想故事不止以上内容与类型，但以上内容与类型是六盘山地区幻想故事中比较集中的类型。这些幻想故事具有浓郁的浪漫主义色彩，同时也具有明显的农耕文化色彩和六盘山地区特征。除以上有形的事与物造成的奇幻故事之外，那些戏剧性的"巧合""预兆"等造成的奇异故事也可以包含在幻想故事之中，涉及了745A型"命中注定的财宝"、745A1型"命中注定的贫穷"等类型。比如《北风雨》《骑门生》《扳门生》《西风雨的故事》《风水先生》《张风水》等。当然，这类"巧合""预兆"中也蕴含着深植乡土民间的命运感，"命中注定"是其文化心理内核。此外，这类故事也孕育和延续着中国古代"志怪"类叙事传统，其中的思维模式也因深刻烙印着神话思维而具有原型意义。

第三节　鬼狐精怪故事

鬼狐精怪故事是借鬼、狐及其他精怪，表现社会人情世态的故事。鬼狐精怪故事也是幻想故事的内容之一，在六盘山地区民间故事中，鬼狐精怪故事所占比重较大，且在内容与形象上与其他幻想故事都有明显差异，因此，本书对六盘山地区鬼狐精怪故事作单独描述。在六盘山地区民间故事中，鬼狐精怪故事深受民众喜爱，有较为普遍的讲述，如《张宝除鬼》《黑煞五道和五麻六道》《妖精妹子》《有智不在年高》等。在人类文明演进的过程中，人类整体经历了"万物有灵"的认知时代，自然界的鸟兽虫鱼山石草木无不具有灵性。"万物有灵"的认知时代，"死亡"不过是一种生命形式的转化，从人变成草，从草变成虫……生命是不断转化的过程，而不会消失。在此认知基础上，民间故事中的"变形"母题在"万物有灵""生命不灭"的时代不过是十分正常的自然现象。但演绎到后世，它们才看上去具有奇幻的外衣。也是在此基础上，一系列经过自然化育而成为精怪的形象出现并传承下来。早在魏晋时期的笔记小说中就有"百岁鼠化为神""千岁之龟能与人语""狐五十能变化为妇人"等记述。而鬼神志怪书也早有兴起并与佛教文化融合，而在民族文化传统中具有了强大的生命力。鲁迅在《中国小说史略》中说："中国本信巫，秦汉以来，神仙之说盛行，汉末又大畅巫风，而鬼道愈炽；会小乘佛教亦入中土，渐渐流传。凡此，皆张皇鬼神，称道灵异，故自晋讫隋，特多鬼神志怪之书。"①

鬼狐精怪故事所涉及的自然物象之广泛，具体生动地反映出"万物有灵"的认知观念。《百鸡宴》中的"蟒精"、《癞蛤蟆的来历》中的"黑刺精"、《大雪山》中的"蛇精"、《狼精》中的"狼精"、《猫儿精》中的"猫儿精"、《蚰蜒》中的"蚰蜒精"、《祁有梓李》

---

① 鲁迅：《中国小说史略》，中华书局 2014 年版，第 29 页。

中的"树精"、《笤帚精买花》中的"笤帚精"等等。只要是年深日久，任何事物都可能经自然化育成精。此外，"毛野人"的故事、"狐狸精"的故事在六盘山地区具有众多异文。与鬼相关的故事也十分丰富，例如《鬼女》《穷汉当皇上》《铁匠直李》《马员外投胎记》《三下汴州》《三下幡城堡》《老子十七儿十八》《人和鬼》《人和鬼赌钱的故事》《鬼鬼你是个好鬼》《黑煞五道和五麻六道》《同船共渡五百年的缘法》等等。在类型上，鬼狐精怪故事较之奇异姻缘、奇异兄弟型故事更广泛。除以上两类故事所涉及类型外，鬼狐精怪故事还涉及了诸如471"奈何桥"、471B"老父阴曹寻子"、502"野人"、331"瓶中妖精"、333C"老虎外婆"、330A"铁匠和死神"、326E＊"藐视鬼屋里妖怪的勇士"、327"孩子们和吃人的妖精"、1117A"吃人的妖魔滚落下来"、1121"吃人妖魔的妻子在自己的炉灶内烧死"、1122"其他杀死吃人妖魔妻子的诡计"、1141"喝下女孩在水中的倒影"等。虽然以上故事类型各异，但大体上不外乎对人有帮助的和无害的鬼狐精怪、对人有害的鬼狐精怪两类。比如《蚰蜒》中的"蚰蜒"只是替闺阁女孩被囚禁的生活鸣不平而想办法教训了女孩专制自私的父亲。比如《三下汴州》中的鬼妻子是丈夫神奇的帮助者。而"毛野人"故事、"狐狸精"故事中的精怪往往于人无益。也有《宋定伯捉鬼》式的整治恶鬼的故事，比如《铁匠直李》。《马员外投胎记》《老子十七儿十八》等故事则是人穿越和进出阴间与阳世的故事。但在有些故事中，即使鬼狐精怪并没有做出伤害人身的事情，人也要扼杀它们，比如《笤帚精买花》中的"笤帚精"只是买了货郎的花儿戴，但在货郎识破后还是扼杀了它。从文化内涵上看，鬼狐精怪故事中蕴含了道家、佛家、伊斯兰文化等综合文化的因子，是"地方文化岩梭的重要载体之一，精怪故事中呈现多文化交织的网状结构，宗教文化的渗透交融、民间信仰和精怪文化的发展演变以及婚俗文化的变迁均体现其中"①。从数量上看，六盘山地区民间鬼狐精怪类故事中，毛野人故事、狐狸精故事所占比例较大。

---

① 张存霞：《宁南精怪故事的文化叙事研究》，《宁夏师范学院学报》2017年第5期。

一　毛野人的故事

仅在《固原民间故事》中收录的毛野人故事就多达 10 则，如
《毛野人和老奶奶》《毛野人当舅舅》《毛野人抢媳妇》《毛野人当妈
妈》《聪明的阿布都》等。关于毛野人的文字记录或可追溯到《山海
经》，《山海经》中记录了诸多人面动物。从状貌看，多有类似毛野
人的生物，例如《南山经》中的"狌狌"。但从吃人、抢人类女性做
妻子等习性看，将毛野人等同于猩猩、猴子似是不妥。《海外东经》
中有毛民国的描述："毛民之国在其北。为人身生毛。"① 但也未有其
习性的描述。当然，作为民间文学文本，尽可以不去追溯毛野人具体
所指何物。按照张存霞在《宁南精怪故事的文化叙事研究》中所说，
将其解释为"猴精"未尝不可。而且这类故事中往往有女性在战胜
毛野人时选择了烧红碾盘骗毛野人坐上去，毛野人要么被烧死，要么
烧红了屁股，符合猴子的身体特征。如果要追溯这类故事的文化习俗
蕴藉，似乎的确有"抢婚"习俗的影子。"从类型学的角度看，这应
该属于猿猴抢婚中'盗妇型'，是社会进入父系制的产物。"② 这类故
事一方面反映出女性被支配、无社会保障的生存处境与命运。另一方
面，这类故事在讲述过程中深受民众喜爱的原因在于故事中女性用自
己的聪明才智和勇气与毛野人斗争的部分，显示了深蕴在女性内心的
反抗性和她们战胜困难的可能性，对于现实婚姻中受支配的女性也具
有启迪性意义。比如《毛野人抢媳妇》一则中母女联合用辣椒、纸、
糨糊弄伤毛野人的眼睛，最终吓退毛野人；《毛野人抢媳妇》二则中
母女二人用烧红的碾盘烧死了毛野人等。六盘山地区毛野人故事中也
往往嫁接了 333C "老虎外婆"型故事的母题与情节环节。比如《固
原民间故事》中两则《毛野人当妈妈》，《灵台民间文学故事集》中
《野人的故事》，母亲出门前叮嘱三个女儿千万不能给坏人开门，名
作"顶针儿""门闩儿""锅盖儿"的三个女儿（在《野人的故事》

---

① 富强译注：《山海经》，作家出版社 2016 年版，第 290 页。
② 张存霞：《宁南精怪故事的文化叙事研究》，《宁夏师范学院学报》2017 年第 5 期。

中三个女儿分别叫勺把、门扇、顶针，在其他异文中也有别的名字，或者仅仅用排行指称）上当受骗，放毛野人进屋。不懂事的小女儿被毛野人吃掉，大女儿和二女儿幸存，并智斗毛野人，烧死了毛野人。《毛野人和老奶奶》中年迈体弱的老奶奶在接到毛野人晚上要来吃她的通知后，在路途上先后遇到了一根针、一把剪刀、一个锥子，后来又遇到鸡蛋、黑蚂蝌蚪子、牛粪、碌碡、花喜鹊。夜晚到来后，这些路遇的神奇物件一起制服了毛野人。这些物件都是现实生活中老奶奶的常用之物，故事的讲述深植于现实的土壤，又具有浓郁的浪漫主义色彩。

二　野狐精故事

六盘山地区鬼狐精怪故事中的野狐精故事也深受民众喜爱，多有讲述。比如《打野狐精》《野狐精请赛麦尔浪娘家》《狐狸精》《野狐精》《狐狸报恩》《野狐子的故事》《蟒精和人成亲》《狼女子》等。从魏晋笔记中狐狸精变为妇人的记录到蒲松龄《聊斋志异》中的狐狸精，再到现实社会生活中人们对于美艳魅惑女子的称呼，狐狸精往往以破坏婚姻、勾引男子、吸人精气等形象出现。在六盘山地区民间故事的讲述中，狐狸精与人之间的关系相对多样，叙事也相对多样。一是近似于老虎外婆型的讲述，也与毛野人故事有类似的部分，比如《野狐精》：一个女人去转娘家，一个野狐精在路途中设法问清女人家中的情况，吃掉女人，又去女人家吃她的三个孩子。门捺捺、锅刷刷并没有开门，但小女儿门挂挂开了门。夜里，狐狸精吃掉了门挂挂，门捺捺和锅刷刷设法逃掉，并设法绊死（六盘山地区方言：意为使其摔倒死去）了狐狸精。这类异文在六盘山地区较多。二是狐狸报恩。比如《狐狸报恩》：狐狸为报答老人的救命之恩，给了他三件宝物，能下（六盘山地区方言：意为生育）金子的破草帽、能变出美餐的扇子、能变出房子的一张画。从此，老人不孝的儿子们被教化，一家过上了美满的生活。三是变成妇人的狐狸精。比如《狐狸精》中的狐狸修炼成精吃掉了员外的女儿并摇身一变化为员外女儿的模样。员外的儿子识破后，员外却不信儿子的话，儿子只好离家出走。儿子一路上有各种奇遇，并成家生子。等他再回到家中的时候，家人都早已被狐狸精吃掉。员外的儿子在海巴狗娃、鹰的帮助下杀死了狐狸精。

《说文解字》解释："怪"为"异"也。"精"为"择米也"，即选取米中精华。《庄子·在宥》中有："吾欲取天地之精，以佐五谷，以养民人。"民间故事中的精怪都是超自然的存在，要么异于常态，要么聚天地精气幻化。这些事物在今天人类认知进步的情况下已有科学解释，已不能对人类造成困惑。但故事中奇异的想象空间，尤其是其惩恶扬善的价值观念依旧带来审美价值。尤其是故事中对地方语言艺术的保存、对地方民俗民风的保留，都具有语言学、民俗学等重要价值和意义。"无论是精怪形象的诞生，还是精怪叙事的构想，都与民众思维方式和信仰观念有密切联系。因此，'精怪'和精怪叙事是构成人类感知世界、认识社会的重要文化基底模式之一。"[①]

三　鬼故事

六盘山地区民间的鬼故事也十分丰富多彩，《鬼女还阳》《顺定卖鬼》《洪福齐天吓跑鬼》《周仓追阎王》等既呈现出人鬼殊异，又展现富于幻想的世界。从与人的关系角度划分，则可以分为与人为好的类型和在人间为非作歹的类型。有给好人帮助，共同营造美好生活的故事，比如《三下汴州》《三下幡城堡》等。《鬼女》中的冤死鬼在找一个替死鬼的过程中充分显示了她善良的秉性，最终感动土地神，让她在当地一座庙里做了神。恶鬼型故事主要讲述人如何战胜恶鬼的过程，比如治恶鬼的《铁匠直李》《张三巧治阎王爷》等。鬼故事中还有在阴间与阳世穿越的故事。比如《老子十七儿十八》《马员外投胎记》等。这类故事的意义依然主要是惩恶扬善的价值观。在文学性的启迪上，这类故事的"穿梭"概念也具有积极意义。

---

① 王丹：《精怪：亘古至今的信仰与叙事》，《中南民族大学学报》2002 年第 3 期。

第四节 生活故事

生活故事反映的是社会关系、社会现象与人们日常生活中的事实和经历。与幻想故事相对，六盘山地区民间故事中那些具有深刻现实主义精神的故事则脱离了超自然的力量，而着力于对现实生活的艺术反映。比如《儿女的心在石头上》《一块金砖》《王进宝下四川》《张明智斗"高越坏"》《金牛巧治刁财主》《要口唤》《一毛不拔》《巧过年关》《刘三发财》《小黄狗和老婆婆》等。这类故事也相对较少受既定程式和传统故事的约束，更加灵动、细微、真实地反映着民众现实生活中的疾苦与欢乐，是他们"现时"的喜怒哀乐的显现。生活故事中的主人公通常是贫苦农民、工匠、牧民、渔夫、樵夫、仆役等底层劳动者。生活故事歌颂和赞扬了他们正直、勤劳、善良、聪明的品质，也揭露了他们所受的压迫，讽刺和鞭挞的对象往往是统治者。

《中国民间文学集成工作手册》将生活故事按照主题内容划分为20类：长工地主故事、工匠斗争故事、爱情婚姻故事、巧女故事、傻女婿故事、奇巧婚配故事、恶婆婆故事、恶夫故事、恶妇故事、后母故事、孝敬老人故事、三子学艺故事、勤俭故事、公益义行故事、师徒故事、勤学故事、交友故事、生产经验故事、处世道德故事、其他故事。另有机智人物故事5类：劳动者机智故事、文人机智故事、游侠式机智故事、机智少年故事、其他机智故事。六盘山地区民间生活故事也可与以上类别一一对应。从类型看，生活故事也涉及了幻想故事中的部分类型，此外，还涉及了851C＊"赛诗求婚"、875"聪明的农家姑娘"、911＊"父亲临终时的忠告"、911A＊"老人和山"、922＊"熟练的手艺人或学者防止了战争的危机"、922A＊"卑微的女婿解答谜语或问题"、926"所罗门式判决"、926＊"争执的物件分为两半"、980"半条地毯御寒"、981"隐藏老人智救王国"等。

生活故事虽然没有像幻想故事那样被赋予奇幻色彩，但生活的智慧、语言的魅力、叙事艺术与教育意义等使这类故事在现实意义与艺术性两方面都得到一定彰显。其中，比较集中的故事有：智慧女性、傻女婿、媳妇浪娘家、长工与地主、弃老与敬老、懒人、姻缘、好运、破镜重圆等。

一　智慧女性故事

比如《才女》《巧女》《巧媳妇》《村妇巧对骂秀才》《少妇戏秀才》《店姑娘对骂三秀才》《村姑对骂和尚和秀才》《三位秀才》《巧嘴姑娘的故事》《机灵的媳妇》《阿舍儿巧骂"秃和尚"》《四才女作诗》《巧媳妇智斗老和尚》《枉费心机》等。事实上，智慧女性在民间故事各类别中均有存在，只是主题集中、题目显明地讲述才女、巧女、智慧女的故事相对集中在生活故事之中，往往通过底层女性与读书人的才智对比彰显女性的智慧。早在丁乃通《中国民间故事类型索引》的导言中就注意到："一般人通常认为中国旧社会传统上是以男性为中心，但若和其他国家比较，就可以知道中国称赞女性聪明的故事特别多。"①《才女》中的老秀才想试探女子是否真有才，就出了难题："我单日不出财，双日你不要来，太岁头儿圆了你取来。我名字叫寒冷，坐北望东，我门上有四盘青龙，后门上有四只白虎，到时你取钱来。"才女就让丈夫于十五的那一天去北边朝东开门，门前有四盘磨子，后门有四盘碾子的那一家去喊雪里加霜要钱去。秀才见才女解了他出的题，就感叹，果然是才女。之后又几次三番出难题，才女一一破解。《巧媳妇》中的三个媳妇请求回娘家，公公出了难题："浪娘家可以，回来时必须办好三件事，谁办不到谁就不要去。第一件，回来时每人给我拿一个骨包肉，肉包骨；第二件，每人给我拿来一个纸包火，包火纸；第三件，每人去找一个姓西北风的爸爸，把他的招风纸和拨火纸借来用一下。"三个媳妇听了，大媳妇和二媳妇被难住了。三媳妇浪了一个月娘家回来时拿出一个鸡蛋、一个枣；又拿出一个灯笼、一把扇子。鸡蛋是"骨包肉"，枣子是"肉包骨"；灯

---

① ［美］丁乃通编著：《中国民间故事类型索引》，郑建成、李倞、商孟可、白丁译，李广成校，中国民间文艺出版社1986年版，第25页。

笼是"纸包火，包火纸"；扇子是"招风纸和拨火纸"。公公没有难住三媳妇，到处夸她聪明。《店姑娘对骂三秀才》中三秀才住店，店姑娘问三秀才贵姓，三秀才分别答道："墙上钉、钩上挂、胯下压。"店姑娘立即说道："请丁秀才、兰秀才、马秀才洗脸。"三秀才问店姑娘贵姓。店姑娘说："一家有九口，奴家非姓聂（'乜'的谐音字，'乜'字在六盘山地区方言中是人称代词'别人''他人''人家'的意思）。"三秀才怎么也想不出店姑娘姓什么，天不亮偷偷溜出店房，却见店姑娘提着两个篮子在河边洗菜。三位秀才为挽回面子题吟道："小篮是篮，大篮也是篮，小篮装进大篮，两篮合一篮。"店姑娘随口对道："秀才是才，棺材是材，秀才装进棺材，两材合一材。"三秀才无言以对，准备下水过河。店姑娘阻止道："且站，三秀才还有什么臭文都倒出来，你曹（六盘山地区一些地方方言中将'我''我们'称作'曹'）奶奶奉陪到底。"三位秀才一听，恍然大悟："店姑娘，你原来姓曹啊！"

虽然这些故事中的情节内容出自民间，在文化知识与思想上反映出的是底层民间的水准，但这些故事也往往以生活常识构建故事，彰显女性智慧，同时嘲讽了知识者脱离生活实际的现象。这类故事中的智慧女性在民间认知层面中从生活技能、见识、思辨与应变能力等各方面显现出底层平凡生活中女性的智慧，发现和彰显了她们的光彩，从而呈现出丰满立体的民间女性形象。尽管这些智慧与今天的社会生活已相去甚远，与今天的话语体系迥异，但如果充分考虑语言的垄断性、文明背景的差异性、故事塑造的艺术性等因素，便不难发现，与传统文人文学作品相比，这些民间故事中女性的面貌更清晰，性格更立体。当然，这也不能抹杀女性在传统文化生活中被压迫的生存处境与几近"无我"的存在状态。但也正是民间故事的讲述给她们以"位置"，以抚慰。

二 傻女婿故事

傻女婿、瓜女婿类故事是生活故事中异文众多的一个类型，在民间讲述中，这一类型的故事更是大量存在，异文众多。比如《鬼女婿和丈母娘》《三女婿》《瓜女婿》《瓜女婿祝寿》《傻女婿借粮》《瓜女婿看丈母娘》《傻女婿学说话》《瓜女婿打虼蚤》等。傻女婿故事主要有两大类,一类是傻女婿傻得无可救药,闹出一系列令人啼笑皆非的笑话;一类是傻女婿傻人有傻福,因为一连串巧合,反而让人误以为他不傻。

这类故事一方面是女婿与岳父母关系的一种诙谐反映;另一方面也反映出了媒妁之言、父母之命下女性的不幸处境。傻女婿故事习惯上被包含在生活故事之中,但其中一部分故事从志趣上看接近于笑话。在民间讲述中,讲述者与听众总是将其作为笑话来讲的。或者也可以说,这类故事的风骨更像喜剧,尤其是其中那些对弱者的揶揄、戏弄类故事。

三　媳妇浪娘家的故事

这类故事在六盘山地区民间故事中也比较常见,这类主题也不仅出现在生活故事之中,内容上涉及媳妇浪娘家或者以此为情节结构的幻想故事也不在少数,比如《白鹁鸽玲玲》虽然因"变形"的环节而将其划入幻想故事,但故事的情节构成主要是媳妇要求浪娘家这个核心。在生活故事中,媳妇浪娘家故事一方面反映出女性的聪明才智,如前文中的《巧媳妇》;另一方面也反映出女性在封建家长制的文化环境中艰难的处境,比如《苦女》。在封建家长制与男性中心主义的文化环境中,女性一旦嫁为人妇便失去了自由,连回娘家都难以实现、困难重重,血亲之亲都要被隔断的文化到底是什么文化?这类故事的批判性也体现得淋漓尽致。

四　机智人物故事

机智人物故事是专门表现人物机智行为和恶作剧的故事。机智人物故事在生活类故事中占有较大比例。仅在《西吉民间故事》中,单独列出的机智人物故事近 40 则,其中 3 则也可归到智慧女故事之中。在《固原民间故事》中有近 20 则,《静宁民间神话传说故事》中也有 20 余则。这类故事总是以某个机智人物为中心来编织故事,显示其过人的机敏才智。其中的主人公有确定名姓的，也有用兄弟姊妹中的排行、社会身份等指代的。在人物关系上，往往以机智的女婿与岳父母、机智的长工与地主、机智的女子与秀才、机智的媳妇与公公、机智的丈夫与妻子等方式突出其中一方的聪明才智。用来表现这类关系中人物聪明才智的故事往往有种集中附会的现象出现，因此，机智人物也是凝聚民众智慧幽默的"箭垛"。这类故事集中反映底层民众中那些受压迫者、地位低下者遇事时的机敏反应，充满反叛精神与强烈愿望。像《硬物和软物》《老二巧斗恶财主》等故事以机智的长工与恶毒吝啬的地主斗智为核心，讲述被压迫者如何以智慧的途径反抗剥削与压迫，反映出底层民众的强烈愿望与呼声。在民间讲述中，它们又在很大程度上起到抚慰的作用。当然，也有天然的同情。在缺乏神奇的魔法、法宝等外力的生活故事中，民众常常借用"巧合"来实现和圆满弱者的愿望。例如"梦先生""算先生"系列，以巧合来实现穷苦劳动者中的一员成为驸马、状元等看似不可能的企望。

五　其他生活故事

除以上主题内容比较集中的生活故事之外，六盘山地区民间故事中的生活故事还有夫妻破镜重圆、巧断悬案、懒人故事、长工与地主等。与侧重表达民众生活理想的幻想故事相比，生活故事更侧重于概括和呈现民众的生活经验。因直接来源于现实，讲述者在讲述时的能动性得到更大的发挥。生活故事十分生动、形象、具体地反映出底层民众的生活性状。生活故事中蕴含着他们的智慧，寄寓着他们的苦难，呈现着他们的感受。比如在六盘山地区流传甚广的《三个女儿》的故事，触及了奉养老人的现实生活问题。故事中老人拉扯抚养了三个女儿，女儿们长大成人出嫁了，老人上女儿家去做客。到大女儿家，老人说想要吃大葱包子，大女儿推脱说："葱怕露水，这几天一直下雨，不能拔。"到二女儿家，老人说想吃韭菜包子，二女儿推脱说："葱怕露水韭怕晒，这几天天旱，不能割韭菜。"到三女儿家，老人说想吃芽面饼饼，三女儿说："今年庄稼没生芽，没芽面。"女儿话音未落，不谙世事的外孙子却从炕毡底下拿出了芽面饼饼。老人长叹一声："唉！葱怕露水韭怕晒，芽面饼饼儿毛毡儿盖！"故事高度凝练又不失生活细节，生动地反映了老无所养的社会生活现实，同时，又极具教育意义，体现了民间故事讲述的旨归。

生活故事来源于现实生活，反映现实生活，干预现实生活。这类故事在民间讲述中更直接地触及了社会现实，尤其是家庭生活中的种种现实问题，既具有典型性又具有普遍性，给陷入生活矛盾中的弱者以心灵抚慰，给那些在行为举止中对他人有所伤害却又浑然不觉者予以生动的教育，从而最大化地达到民间故事的劝喻功能。

第五节　笑话

民间笑话也叫"民间趣事"或"滑稽故事"，是一种形式相对短小的民间故事。笑话讲述的是滑稽境遇中展开的"插曲式"事件，在诙谐幽默中往往包含了尖锐的讽刺。六盘山地区民间故事中的笑话十分繁多，在各类辑录中均有收录。丁乃通在《中国民间故事类型索引》中从笑话主人公的身份、主人公之间的关系等角度将笑话分为5类："笨人的故事""夫妻间的故事""少女（姑娘）的故事""男人（少年）的故事""说大话的故事"。但在民间讲述中，笑话是最可能具有地域性讲述的一类故事，往往比其他故事更可能逸出"AT分类法"的分类边界。这类故事因其强烈的娱乐性，在自然生存条件艰苦的六盘山地区很受民众欢迎。它相对篇制较小，具有强烈的娱乐功能，尤其在熟悉的乡土社会互帮互助的劳作中既能调节气氛又能减轻沉重的劳动带来的痛苦，对讲述者的条件要求并不繁多，因此讲述较为普遍。首先，这类故事的"笑点"可能落在"笨人""愚人"的愚笨上，从而造成令人忍俊不禁的故事效果。汤普森说："无论从哪些方面看，大部分最流行的轶事和笑话都与机巧有关。有时，人们的兴趣在于一个聪明人和愚蠢人之间形成的显明对比，而且主要的兴趣还在于后者。有时，人们最关心的是聪明人作恶的骗术本身，而且还特别关心源于东方文学的民间故事中所提到的那些骗术。绝大多数故事讲述者似乎都注重于现实聪明才智本身。"① 这里提到的"机巧"是聪明人和愚蠢人的区别所在，尤其是笑话中的主人公往往和机智人物故事一样具有"箭垛"的意义，他们往往是聪明才智与愚笨行为的集中附会，因此也可以移植、嫁接，从而得到更广泛的传播。比如《懒汉》中有个懒汉的媳妇将锅盔挂在懒汉的脖子上，他懒到只吃了嘴巴能够到的地方，其余的锅盔还挂在脖子上，他却饿得直翻"白瞪眼"。这个脖子上挂饼子的"懒女子"故事用在这里极其诙谐地道出懒汉之懒。更可笑的是，这外号"白瞪眼"的懒汉还跑去张懒家拜师学艺，张懒已经有一个徒弟叫李懒。结果，张懒和李懒谁也没有"白瞪眼"懒。于是，《懒汉》故事这样结尾：后来，人们嘲笑他们说："张懒使李懒，李懒却更懒，最后使个白瞪眼，弓背当桌架饭碗。"既显示了笑话的娱乐功能，也呈现了笑话的教育功能。而且，民间故事的教育功能总是在比附中完成，不是直接灌输，因此，能够润物细无声地达到教育的效果。其次，笑话的"笑点"可能落在言语表达与接受造成的误会上。比如作诗联对、谐音双关、词义误会等造成的笑话。《错一句（锯）不要紧》中师徒二人做木活，师傅喜欢听故事，徒弟喜欢讲故事。师傅听得入迷时，徒弟说："师傅，错了一锯。"师傅说："错一句不要紧，接着讲。"到最后才发现木料被锯错了，但为时已晚。再如《明日吃饭不要钱》中懒汉丑三见一家饭馆门上写着"明日吃饭不要钱"，第二天便一连吃了七八碗，被店伙计催收饭钱时才看到门外写的还是"明日"吃饭不要钱，既诙谐幽默，又有一定的哲理性。

诙谐幽默的笑话在娱乐民众的同时，也在教育民众。而这类叙事也不乏酣畅淋漓的讽喻，饱含底层民众以幽默诙谐甚至自嘲的方式稀释苦难生活的无奈。

总体上看，六盘山地区民间故事内容丰富，涵蕴深刻，是地方文化的重要载体之一，其中交织着地域文化、宗教文化、民族文化、民间信仰等重要内容，是该地域民众精神世界的重要构建部分。

① ［美］斯蒂·汤普森：《世界民间故事分类学》，郑海等译，上海文艺出版社1991年版，第223页。

第五章 六盘山地区"蛇郎型"故事中的文化密码

在六盘山地区,"蛇郎型"故事广为流传,存在《杨石罐》《卦卜儿与七妹》《六姐七妹》《佘努观》《石亮光哥》《石郎官人》《沙郎哥》等众多异文。这些口承故事与写定文本反映出六盘山地区流传的"蛇郎型"故事在保有中国蛇郎故事特征的同时饱蘸了六盘山地域色彩及该地域少数民族色彩。

第一节 "蛇郎型"故事的流布

"蛇郎型"故事是典型的世界性文本,在 AT 分类法中,神奇故事 433 型"蛇王子"主要从印度故事中抽取出来,又分出 433A、433B、433C 三种形式。该类型故事除在印度广为流布之外,在日本、韩国、印度、蒙古国、东南亚诸国、非洲、北美和拉美也多有流传。AT 分类法中"蛇郎型"故事主要是从印度民间故事中抽取出来的,基本上没有涉及中国蛇郎故事题材。美籍华人丁乃通立足中国题材,在其编著的《中国民间故事类型》索引中将中国较为普遍的"蛇郎型"故事形态,在 AT 分类法的基础上增设了 433D 型蛇郎故事:蛇郎和两姊妹。除此之外,中国还有许多相关的故事,但因为这些故事与"蛇郎型"故事的情节大不相同,所以丁乃通先生将其设立为 400C"蛇妻型"故事、411"白蛇传型"故事等。

"蛇郎型"故事几乎在我国各省区、各民族中均有广泛流传。"蛇郎型"故事在国内民间故事采集写定中也在各个地区得到辑录。

丁乃通《中国民间故事类型索引》在 20 世纪 70 年代以前的采集资料基础上著录该类型故事有近百种。据刘魁立《中国蛇郎故事类型研究》中统计:"在《中国民间故事继承》编纂过程中,全国开展了大规模的搜集工作,动员人力之多和所取得的成就之大为前世所未有。仅四川一省,不包括大量的手稿资料,只统计出版的县卷本中的这一类型故事,便有 50 种之多。浙江省经过十年的搜集也出版了 21 种异文。此类型故事流传较少的省份,如辽宁省也有 6 种异文印刷出版。就全国而言,目前尚无准确的统计,但就我个人估算恐怕在全国各省已出版的所有县卷本中,此类型当有数百种异文发表。"[①] 从以上数据可以窥见"蛇郎型"故事在中国流布之广。

　　除了地域性的广泛流布之外,"蛇郎型"故事在我国少数民族中也多有流传。各民族不同的文化因子使得"蛇郎型"故事在拥有地域性特色的同时又增添了民族色彩,因而形态各异又色彩纷呈。例如傣族有《四脚蛇阿銮》;仡佬族有《蛇大哥》;壮族有《蛇郎》;白族有《氏族来源的传说》;回族有《卦卜儿与七妹》;基诺族有《沙切与蛇郎》;布依族有《蟒蛇与三姑娘》;毛南族有《桑妹和大蟒》;畲族有《蛇郎君和莲子脸》;等等。

第二节　"蛇郎型"故事的文化密码

　　"蛇郎型"故事具有世界性,同时具有"原型"意义。不仅反映着人类的图腾崇拜文化,也深刻烙印着人类的神话思维。在学界,关于"蛇郎型"故事的研究已取得十分丰硕的成果,从周作人、钟敬文、丁乃通等人到万建中、刘魁立等人及至当下,该类型故事背后的文化密码被一点点钩沉挖掘。

一　始祖型蛇郎故事

　　在中国,"蛇郎型"故事主要有两种形态:一是始祖型蛇郎故事;

---

① 刘魁立:《中国蛇郎故事类型研究》,《民间文学论坛》1998 年第 1 期。

一是蛇郎与两姊妹故事。后者因丁乃通在 AT 分类法的基础上设立为
433D 型而被学界熟知。就始祖型蛇郎故事看，主要保存在少数民族
民间记忆中，主要情节结构为蛇娶到人间少女繁衍后代成为某一民族
或氏族的始祖。具体情节单元上则有各种差异。比如张蕾在《中国蛇
郎故事浅议》中提到台湾鲁凯村的《蛇郎君》故事中，讲述者直接
以"我们的祖先"这种认同来称呼其中的蛇郎———一条百步蛇。在白
族《三姑娘和蛇氏族》故事中，讲述者讲述了蛇与三姑娘繁衍出怒
族、傈僳族及其他一些民族，统称蛇氏族。张蕾不仅列举了这些普遍
现象，同时分析了"蛇郎型"故事世界性的文化根源。在中国，始
祖型蛇郎故事的文化心态根源于古越人的蛇图腾崇拜，并以罗香林先
生 20 世纪 40 年代所作的《古代百越分布考》为依据说明始祖型蛇郎
故事与远古图腾社会组织及信仰有其承袭演进关系[1]。关于始祖型蛇
郎故事与图腾崇拜的关系，万建中在《蛇郎蛇女故事中禁忌母题的文
化解读》中认为"蛇郎蛇女故事最早的形态与祖先崇拜有关，反映
了一些民族在血缘上和蛇的认同"[2]。在该文中，万建中以禁忌的形
成、淡化到消失从侧面分析了蛇郎型故事的历时性演变。始祖型蛇郎
故事在不断演进中出现了人不愿与蛇继续生活而遭侵害的情节，万建
中认为这是图腾观念淡化的结果。在图腾观念不断淡化的过程中，蛇
郎蛇女甚至要掩盖自己蛇神的真相才能顺利与人类结合。这也为之后
真身被发现后的关系骤变埋下祸患。在进一步现实化的过程中，蛇郎
型故事在中国则演绎为"蛇郎与两姊妹"形态的故事。"在多数情况
下，男主人公已经在很大程度上丧失了蛇的特征，尽管在称呼上还习
惯性地保留着'蛇郎'的叫法。"[3] 在"蛇郎与两姊妹"形态的故事
中，蛇性基本退化，图腾崇拜基本消失。

---

① 张蕾：《中国蛇郎故事浅议》，《哈尔滨学院学报》2010 年第 1 期。
② 万建中：《蛇郎蛇女故事中禁忌母题的文化解读》，《云南大学人文社会科学学报》
2000 年第 5 期。
③ 钟敬文：《蛇郎故事试探》，《钟敬文民间文学论集》下册，上海文艺出版社 1985
年版，第 205 页。

二 蛇郎与两姐妹

从流布上看，433D"蛇郎与两姐妹"故事才是中国更普遍的蛇郎故事形态。丁乃通在设立 433D 型故事时对该类型故事在情节构成等方面做了详细的分析。"通常丈夫以人形出现，虽然有时他开始出现时是条蛇。"[①] 具体情节构成为：Ⅰ女孩许配给蛇；Ⅱ谋杀女主角；Ⅲ女主角变鸟；Ⅳ女主角变植物；Ⅴ其他化身；Ⅵ驱除魔惑；Ⅶ夫妻团圆。在这些故事情节大段落之下，各个异文中又有最小的情节单元母题的细小差异。从情节可见，人蛇之间的异质冲突主要被姐妹间的善恶矛盾所替代，故事的教育与娱乐功能的凸显。正如张蕾所论："随着时代的发展，蛇郎故事所包含的原始信仰的成分在逐渐减少或者失去其古老的意义，演变成一种表达人类生活理想和道德观念的娱乐性的口口相传故事。也就是说，始祖型蛇郎故事与蛇郎和两姐妹故事的同与异反映了蛇郎故事演变的一个趋势，即宗教信仰内容的削弱与教化娱乐功能的增强。"[②] 在刘魁立的《中国蛇郎故事类型研究》中认为："这一类型的情节中心在于'谋害'—'争斗'—'最后的惩罚'"，"中心主人公，不是蛇郎，而是两姊妹[③]。对于该类型故事中两姐妹争斗中女主角连续变形死而复生的考验情节，张蕾认为"其实隐含了封建社会当中对'为人妻'角色的社会家庭认可过程，这种一再变形、一再反抗、一再调和的'考验'过程，是过渡性仪式反映现在民间故事当中最常表露的题材，这些复沓式验炼女主角的考验过程，正是成妻过渡性仪式的反映。这个仪式被嵌入故事结构中作为一种隐形象征，表露出成婚后新妇面临新环境新人的生命状态转换和通过人生重要关口的努力，投射出一位少女初为人妇的过渡性阶段"[④]。当然，在民间讲述中，连续的争斗、变形也蕴含着女性对美好婚姻生活的憧憬与向往。

[①] ［美］丁乃通编著：《中国民间故事类型索引》，郑建成、李倞、商孟可、白丁译，李广成校，中国民间文艺出版社 1986 年版，第 122 页。

[②] 张蕾：《中国蛇郎故事浅议》，《哈尔滨学院学报》2010 年第 1 期。

[③] 刘魁立：《中国蛇郎故事类型研究》，《民间文学论坛》1998 年第 1 期。

[④] 张蕾：《中国蛇郎故事浅议》，《哈尔滨学院学报》2010 年第 1 期。

三　女嫁蛇

从蛇郎型故事所包含的最小情节即母题看，无论是始祖型蛇郎故事还是蛇郎与两姐妹形态故事，其中都包含着"女嫁蛇"这一母题。在艾伯华《中国民间故事类型》中则直接将这一故事涵盖在"动物或精灵跟男人或女人结婚"中。万物有灵和图腾崇拜观念本是发生异婚故事的沃土。中国"蛇郎与两姐妹"故事在名称上尚可以看出沿袭了始祖型蛇郎故事中女嫁蛇的情节。而现代以来国内第一次民间故事研究高潮中，周作人就曾在《关于菜瓜蛇的通信》中写道："这篇里包含着兽婚、变形、季女胜利诸事，都是构成传说神话的重要因子，处处可与原始文化对照发明。"[1] 就女嫁蛇的母题而言，该故事在中国流传不仅具有面上的广泛性，同时具有时间上的久远性，也具有文化的丰富多元性。从文字文本看，祁连休在《中国古代民间故事类型研究》中指出旧题东晋陶潜撰《搜神后记》卷十《女嫁蛇》是这一故事类型的雏形。

> 晋太元中，有士人嫁女于近村者，至时，夫家遣人来迎，女家好遣发，又令女乳母送之。既至，重门累阁，拟于王侯。廊柱下有灯火，一婢子严妆直守。后房帷帐甚美。至夜，女抱乳母涕泣，而口不得言。乳母密于帐中以手潜摸之，得一蛇，如数围柱，缠其女，从足至头。乳母惊走出外，柱下守灯婢子，悉是小蛇，灯火乃是蛇眼。[2]

该故事在《太平广记》卷四五六《太元士人》之《续搜神记》中也有记录，只是文字稍有出入。从文化背景看，该故事反映出女子被献祭的悲剧命运与人类无法战胜自然之力之时的惨痛记忆。但即使

---

① 林兰：《渔夫的情人》，上海北新书局 1931 年版，第 51—52 页；转引自刘魁立《中国蛇郎故事类型研究》，《民间文学论坛》1998 年第 1 期。

② 祁连休：《中国古代民间故事类型研究》（修订本）卷上，河北教育出版社 2007 年版，第 356 页。

神话时代远去后，古代帝王依然在政治博弈中尤其是在外交政策中用"嫁女"的方式重蹈着"女嫁蛇"式的覆辙。而这种解读也具有世界性，例如在日本，也广布着蛇郎故事。在蔡春华《日本蛇郎故事文本的六种形态》一文中曾介绍过日本蛇郎故事的六种形态："神婚与祖先之神""英雄的蛇子""人神之间的池中之物""农夫的女婿""原生态的淫者""殉情之蛇"。① 在这些形态中，都蕴含着丰厚久远的人类文化密码。其中，"农夫的女婿"与《女嫁蛇》故事相对比较接近。日本民俗学家认为这一形态的"蛇郎型"故事留存着女子作为牺牲品献祭给蛇的惨痛记忆。

第三节　六盘山地区"蛇郎型"故事探析

六盘山地区蛇郎故事是标准的 433D 型蛇郎故事，具有中国蛇郎故事的共性。同时，六盘山地区蛇郎故事在情节内容与讲述艺术上都具有地域特征，从另一方面反映出六盘山地区文化的独特性。此外，笔者在以往学者研究的基础上对该故事的文化内涵作了补充与深入的探析。

一　情节内容

在笔者现有的资料中，《杨石罐》《卦卜儿与七妹》《六姐七妹》《佘努观》《石亮光哥》《石郎官人》《沙郎哥》异文均为 433D "蛇郎与两姐妹"故事，其中，"蛇郎"这一角色均已为人形，且只有《六姐七妹》中尚保留有"蛇郎子"这一名称。按照丁乃通对该类型故事的情节段落提炼，主要为Ⅰ—Ⅶ部分（Ⅰ女孩许配给蛇；Ⅱ谋杀女主角；Ⅲ女主角变鸟；Ⅳ女主角变植物；Ⅴ其他化身；Ⅵ驱除魔惑；Ⅶ夫妻团圆）。从情节段落看，以上几个部分在六盘山地区蛇郎故事中都十分相符，但在小的情节单元上各有差异。

在第一部分，女孩嫁给蛇的原因上，以上异文均是父亲不小心掉

---

① 蔡春华：《日本蛇郎故事文本的六种形态》，《福建师范大学学报》（哲学社会科学版）2003 年第 2 期。

了斧头在男主角家里，作为男主角提出的条件，三个或多个女儿中的小女儿或某一个愿意为父亲解困而嫁给姐姐们不愿嫁的男主角。在第二部分，均为女主角生活富足遭到大姐或其中一个的嫉妒而被推进河中丧生，谋害者顶替了女主角窃取了她的家庭。第三部分均为女主角死后变形为一只小鸟以各种方式告知男主角真相。第四部分女主角变植物的情节在以上三个异文中均未提及，在《杨石罐》和《卦卜儿与七妹》中女主角变形小鸟之后即以各种方式提醒、告知男主角真相从而直接进入第六部分，驱除魔惑进而夫妻团圆。在《六姐与七妹》中女主角在变鸟之后还曾变形为线竿，使男主角得知真相后故事进入第七部分夫妻团圆。

从情节内容看，除了"变形"部分外，六盘山地区蛇郎故事已基本脱离了图腾信仰思维模式，褪尽神话原色而完全进入现实。除学界已有的关于蛇郎故事文化涵蕴的钩沉解读外，就六盘山地区蛇郎故事，笔者做了如下思考。

第一，原型色彩的赋予与消失。

在人兽婚故事的神话原型上，学界历来是以原始图腾及万物有灵观念给予解释，但是，在此之前或者是什么导致万物有灵观念的出现呢？

恩斯特·卡希尔曾在《语言与神话》中从语言的起源考察了神话与语言的关系。其中，曾提及一则关于"菲玻斯"与"达佛涅"的故事，菲玻斯即希腊神话中的太阳神阿波罗。他炽热的火焰对新娘达佛涅是种伤害。达佛涅的母亲——大地之神把她变为一株月桂树，从而把她从阿波罗神的怀抱中解救了出来。卡希尔说："菲玻斯与达佛涅的故事无非是描述了人们每天都可以观察到的现象罢了：晨曦出现在东方的天际，太阳神继而升起，追赶他的新娘，随着炽烈的阳光的爱抚，红色的曙光渐渐逝去，最后死在或消逝在大地之母的胸怀之中。"[①] 结合卡希尔的解读，这则神话故事不过是反映了太阳每天从

----

① ［德］恩斯特·卡希尔：《语言与神话》，于晓等译，生活·读书·新知三联书店2017年版，第34页。

升起到中天到西沉的自然现象。这一现象在远古人类的认识中将其解释为菲玻斯追赶新娘达佛涅的故事。这种神话思维解释并非出于浪漫的遐想，而是远古人类认识自然现象的方式，正如今天人们认识自然现象时的科学解释一样。从远古人类对这一自然现象的认识方式看，又比人兽婚的图腾信仰观念更蒙昧。卡希尔在分析语言初生之时的模糊性时，认为"与之相似的模糊性似乎是思维的最初阶段（我们可以在这些阶段中追溯到神话和宗教思想的起源）的特征"[1]。人类诞生之时，在人类的认识中世界具有整体性，随着人类认识的逐渐成长，原本混沌的世界中万物才开始有了区分。例如中华上古神话中盘古开天辟地，迄今最早的文字记录源于《艺文类聚》所引三国许整《三五历纪》称："元气蒙鸿，萌芽兹始，遂分天地，肇立乾坤，启阴感阳，分布元气，乃孕中和，是为人也。首生盘古，垂死化身；气成风云，声为雷霆，左眼为日，右眼为月，四肢五体为四极五岳，血液为江河，筋脉为地里，肌肉为田土，发髭为星辰，皮毛为草木，齿骨为金石，精髓为珠玉，汗流为雨泽，身之诸虫，因风所感，化为黎氓。"[2] 该神话一方面以神话思维解释了万物来由；另一方面是人类在从混沌之初到对模糊的世界整体开始一一区分的过程的反映。而民间神话故事中的混沌神话更直接地从名称上反映出人类的这一认识过程。客观自然界早于人类而存在，人类自诞生之初的蒙昧混沌到对万物区分命名也是人类思维从婴幼到成长的过程。卡希尔以《波斯古经》中密特拉神神话为例，说明："神话概念最初是怎样只在把握光明与黑暗之间那种宏博的、基本的和数量的对比的，它又是怎样把光明与黑暗看作是一个原质，一个复杂的整体，确定的特质只是在后来才逐渐从这个整体中显现出来的。和语言精神一样，神话制作的精神只是在它'界定'了分别的、个别化了的形式之后，只是在它把这些形式从其原始意象的浑然整体中雕琢出来之后，这才'具有'了

---

① ［德］恩斯特·卡希尔：《语言与神话》，于晓等译，生活·读书·新知三联书店2017年版，第43页。
② 转引自朱大可《华夏上古神系》，东方出版社2014年版，第520页。

这些分别的、个别化了的形式。"① 因此，完全可以猜想，太古之初，人类面对的是整体的自然界，正是认识的模糊性使其不能有效区分万物，没有低级与高级生命形式的概念，甚至没有有生命与无生命的区分，在他们看来万物有灵，且可以互相转化。在人类认识和思维能力成长发展的过程中，才——区分了不同事物的类属。可以说，如上卡希尔所提及达佛涅神话中反映的人类对每天太阳的运行规律的认识、密特拉神是天光之神后化为太阳神都是更久远的人类思维初始阶段。而人兽婚要比上述神话思维阶段更进一步，是在人类能够将无生命的自然现象与生物区分开来之后的思维阶段对人和其他生命形式关系的认识。再进一步，人类能够区分人类与动植物类属，思维阶段超越神话思维之后自然在民间讲述上神话色彩逐渐剥落褪色。这也是蛇郎故事中蛇郎这一原本具有神话色彩的形象逐渐走向现实的原因。

第二，父权制下"好女儿"的献祭。

如前文所引，日本民俗学家认为"农夫的女婿"这一形态的蛇郎型故事留存着人类在无力战胜自然力量之时女子作为牺牲品献祭给蛇的惨痛记忆。六盘山民间故事中的蛇郎故事褪去神话色彩的同时添加了浓重的现实笔调。在"女孩许配给蛇"这个大的情节段落中，都有某个女儿心甘情愿为父亲解除困局而献出自己。当然，从起因看，《杨石罐》《沙郎哥》《石郎官人》中的父亲为满足女儿的心愿而不小心将斧头掉在了男主角家。男主角提出了交换条件。父亲回家后愁眉不展，说出自己面临的困难，在姐姐们不愿嫁给男主角时，最小的女儿或者其中一个挺身而出愿意帮爹爹解开困局。在《卦卜儿与七妹》和《六姐七妹》中则是父亲在劳作过程中不小心掉了自己的斧头在男主角家。男主角提出交换条件，父亲无奈之下与女儿们商议，最小的女儿愿意为爹爹换回斧头而献身。

从几则异文看，除了男主角蛇郎在讲述中完全褪去异类属性之外，几则故事将最小的女儿愿意献身，姐姐们因贫困而不愿嫁于男主

---

① ［德］恩斯特·卡希尔：《语言与神话》，于晓等译，生活·读书·新知三联书店2017年版，第44—45页。

角这一过程作为主要情节段落展开讲述。如果说在男主角保有蛇形蛇性的形态中，蛇郎故事反映了人力无法战胜自然之时将少女作为献祭以消除灾难的惨痛记忆，那么在六盘山蛇郎故事中反映出的是神话色彩、图腾崇拜思想消失的过程，同时也显现出人类社会父权制的形成。美国女权主义者凯特·米丽特在《性政治》中认为人类社会两性之间的关系状况是一种支配与从属的关系，并且，男性对女性的控制、支配在父权制社会中被制度化。男性控制与支配女性的制度要比种族与阶级间的壁垒严酷得多，无论这些思想表面上是多么沉寂，但实际上却仍是我们文化中最普遍的思想意识、最根本的权力概念。在米丽特看来，父权制被视为赋予两种生物学性别的不平等角色和地位的等级体制——男性统治女性，这是生来就有的优先权。它在心理、情感及人与社会结构之间层层渗透，是父权制使女性卑下与服从的作用方式的反映与再现。在六盘山民间故事中的几则蛇郎型故事异文里，虽然均未出现父亲的暴力控制，表面上看最小的女儿之所以甘愿为父亲解困均出自对父亲的孝敬与对未知生活的勇气，但其中已多少包含伦理道德"规训"的力量。而民间故事的教育功能在这种讲述中以润物细无声的方式也规训着"父亲"的"女儿们"。当然，在以上几则异文中，这一点是十分隐蔽的。但对这种隐蔽的指控与揭露也"埋伏"在故事之中。几则异文十分一致的地方就是父亲掉了斧头，不管是《杨石罐》中为女儿们去"剁"花儿的斧头，还是《六姐七妹》中用来"打"花的"金斧斧银把把"的斧头，抑或是《卦卜儿与七妹》中药匠父亲"挖"药的银斧头，都是"斧头"这种工具。在故事中，这一工具也可以是道具。这一工具或道具在文化蕴含的层面上却都指向父亲手中的权力工具。当然，"父亲"正是通过"斧头"这一工具达到为女儿们采花或者劳作从而养活女儿们的生活目的的，女儿们由此对父亲养育和慈爱要有回报。同时，正是拥有"斧头"这一权力工具，父亲才能成为权力的"父亲"。也只有这种权力的象征物才值得用女儿一生的幸福去换取。在伦理道德规训中，最小的女儿往往是规训得最为成功的一位。权力的父亲在其控制过程中，对"最小的女儿"还投以更多的爱与赞赏。这种软性的控制对比姐姐们更多的激赏，综合形成了最成功的规训效果，使得"最小的女儿"有着更多的牺牲精神。而在其嫁为人妇时，也将继续她那宗教般的牺牲精神，从而得到夫君的认可。

民间故事尤其在封建社会作为底层民众教育与娱乐的一种精神方式，其教育功能通过讲述成功地渗透到社会的每一个神经末梢，也以润物细无声的方式浸润渗透着它的"规训"力量。

第三，从"好女儿"到"好妻子"的蜕变。

在丁乃通 433D 型蛇郎故事中，从大的情节段落看，"谋杀女主角"是其中一个部分，而故事更曲折的地方在于"变形"的部分。被谋杀的女主角先是变成鸟，再是变成植物，之后变成其他事物，来提醒男主角从而挽回自己的家庭与幸福。如前文所述，张蕾把这一过程看成是女主角成为合格妻子的过渡性仪式的反映。这一繁复的变形过程在六盘山民间故事中的几则蛇郎型故事异文中均有情节的脱落和俭省，但依旧能够反映出女子出嫁后从一个"女儿"到他人"妻子"的过程中需要经过的诸种磨炼，从而才能成为一个合格的妻子。当然，在该故事中这些转变均源于姐姐的谋害，正如刘魁立对中国蛇郎故事主角的认定所言："这一类型的中心主人公，不是蛇郎，而是两姊妹。她们作为被害者和谋害者，是真善美和假恶丑的代表，是主要矛盾的两个对立方面。"① 但在人格构成上，一个合格妻子的养成过程在变形情节中也是显而易见的。

在女性文学批评传统中，从弗吉尼亚·伍尔芙开始便认识到男性文学传统中对女性形象塑造过程中存在着"天使"和"魔鬼"两极分化的现象。纵观西方文学史，"天使"是男性作家对完美女性的一种期望：纯洁、无私奉献、没有自己的故事、只懂得微笑和同情，顺从、随和、忘我、甘于奉献的美德是她们圣洁的光辉。"魔鬼"则是"天使"的对立面。波伏娃认为男性创造女性"魔鬼"形象，是他们对自己没法控制的存在和生死问题产生的一种矛盾情感。吉尔伯特与古芭则认为男性作家之所以创造出女性的"魔鬼"形象，是源于他

---

① 刘魁立：《中国蛇郎故事类型研究》，《民间文学论坛》1998 年第 1 期。

们对女性的恐惧感，尤其是他们在婴孩期心理上对女性存在的恐惧感，这构成他们塑造女性"魔鬼"形象的心理动因。"神话批判是形象批评的重要部分，心理学家说神话和童话比任何文学作品更能在文化层次上说明和确立标准，家喻户晓的《白雪公主》是'天使'和'魔鬼'形象的一个典型例子，吉尔伯特和古芭对这一文本的解读是精彩和富有启发性的。"① 以这样一个理论基础，桑德拉·吉尔伯特和苏珊·古芭在《阁楼上的疯女人》中成功分析论述了《简·爱》中疯狂的伯莎"这位罗彻斯特先生的秘密妻子从某种意义上说就是简本人的秘密自我"②。而追溯关于女性的"天使"和"魔鬼"形象，口传民间故事中便已有此分化，正反映了这种判定的人类文化心理的共通性与久远性。而蛇郎型故事在中国的讲述中更倾向于女性人格中的两个方面："天使"和"魔鬼"之间的斗争，最终代表正义的"好女儿"取得胜利，从而成为"好妻子"。在以往学界的研究成果中，关于"季女的胜利"形态的故事已有相对成熟的研究成果。由此可见，作家文学中的女性形象两极分化也并非源自男性写作者的修辞策略，而是人类由来已久的文化心理使然。

在433D型蛇郎故事中，蛇郎在大多数情节中是缺席的，在六盘山民间讲述中构成这一故事情节主体的，首先是父亲在被陷困局之中时和女儿们之间的对话，其次是女主角的"变形"情节，再次才是对两姊妹争斗过程的概述。讲述者对于该故事在孝道教育与传承上、在变形的奇幻性上相对更为敏感。而在两姊妹的对立争斗中，对正义、善良的肯定是与女性"天使"形象塑造合一的，从而更为隐蔽地起到了对于"妻子"的教育作用，使父亲的"好女儿"最终蜕变为丈夫的"好妻子"。这也是蛇郎型故事从奇幻性走向现实性的重要部分与结果，也是一个奇幻的民间故事从它的绮丽曼妙走向沉重现实的结果。

---

① 陈顺馨：《中国当代文学的叙事与性别》，北京大学出版社2007年版，第18页。
② ［美］桑德拉·吉尔伯特、苏珊·古芭：《阁楼上的疯女人》，杨莉馨译，上海人民出版社2015年版，第446页。

二 讲述艺术特征

在对蛇郎型故事的中国讲述中，钟敬文早在 1930 年《蛇郎故事试探》中就注意到了该故事的"文体"意义。他说："犹如在文士的文学里一样，在民间的文学中，也有'散行的'、'韵律的'、'半散半韵的'三种体式。""一个故事，被演成散文的故事，同时又被唱成韵律的诗章，这在'通俗文学'中固然很常见，即在纯民间文学里头也不是怎么奇特的。但这个故事可注意之点是：从韵文到半韵文、非韵文的三种形态中，不但在内容上、情节上而且在语词上，有着使人不免为它惊异的肖近的面目。"① 而且，钟敬文还简要分析了这一故事半韵文化甚至全韵文化的原因是它的童话性特征。

在六盘山地区蛇郎型故事中，就现有的被写定的几个异文看，半韵化与歌谣化是其同时附带的独特性。这种半韵化与歌谣化主要体现在父亲遇到困境后与女儿们展开的对话中。比如在《杨石罐》中，父亲回家后唉声叹气愁得吃不下饭，这时，大女儿问父亲："苦苦菜，油调和，榆木筷子倒颠锅，爹爹不吃为什么？有啥话对我说。"二女儿、三女儿接着问了相类的话，父亲才将自己遇到的难处告知三姐妹。大女儿二女儿都不愿意嫁给杨石罐为父亲解困，三女儿却勇于为父亲解除困境。如果将讲述者的叙述话语删除，这时，父亲和三女儿之间的对话可以如下书写：

"人家嫌你脸黑呢。"

"三擦擦二摸摸就白了。"

"人家嫌你头发短呢。"

"三梳子两篦子就长了。"

"人家嫌你脚大呢。"

"三缠缠两绑绑就小了。"

尽管在六盘山民间故事写定时都将这一原本十分曲折漫长的故事

① 钟敬文：《蛇郎故事试探》，《钟敬文民间文学论集》，上海文艺出版社 1985 年版，第 194—195 页。

讲得短小精悍，但在主要人物之间的对话中依旧保留了半韵化的影子，为讲述艺术本身增添了生动性和丰富性，使得故事的表现力更强烈。而且这种半韵化仅在人物对话过程中才使用，而讲述者在讲述过程中则不仅充当了叙述故事的"叙述者"身份，同时还在动作、表情、情感、语言上"扮演"了故事中的"人物"形象，很好地丰富了民间故事的讲述艺术，也以口头讲述这种现场性"实践"着叙事学中关于叙述者、人物形象等身份之间的关系。就父女之间的对话内容看，具有十分显明的地域性、民间性、日常性等特征。

值得指出的是，在六盘山地区蛇郎型故事讲述过程中，这种半韵体同时也是歌谣体。诗、歌本源于一体，在文人写定的口传民间故事中，实际上更多呈现出的是故事的过程，但对于口头讲述艺术的呈现则会大打折扣，尤其是讲述过程中的歌谣性无疑会因书写的限定性而完全脱落。这与古诗词最终落定成为文字艺术具有同一性。以上父女之间的对话在六盘山民间故事的口头讲述中实际是一种对唱形式，是在对唱中所产生的韵律。但这种对唱并不像六盘山地区的花儿那样悠扬婉转，它相对在调上比较简单，但已经能够将故事讲述语言、人物语言明显地有层次地区分出来。

另外，在蛇郎型故事的讲述上，以三姐妹型居多，当然七姐妹型和多姐妹型也存在。而"三"在中国传统文化中可以是确指，更多时候指向不确定性和无限性。在《杨石罐》中是三姐妹的故事，因为这一前提，故事展开过程中的人物对话会以三姐妹与父亲的同问同答这种不厌其烦同时又带有民间文学艺术独有的意味的方式展开。其中的"复沓"形式带来的无尽意兴从中国诗歌的源头《诗经》中也可见得。

无论是田野调查中六盘山地区民间故事中蛇郎型故事的口头讲述，抑或是已经被写定的六盘山地区蛇郎型故事，与中国或世界其他地域民族的蛇郎型故事相比，在文化内容上表现为故事的奇幻性向日常的现实性转变。故事原本所涵盖的蛇祖认同及图腾崇拜等内容已几乎没有丝毫蛛丝马迹，男主角的蛇属性已完全消失，仅有少部分讲述中还保留了蛇郎这一称谓，并特别域性地在名称后加了"子"而称为蛇郎子。这里"子"并不蕴含子嗣之意，而是六盘山方言中常见的"昵称"后无实际含义的补语。除此之外，六盘山蛇郎型故事与国内常见的433D型蛇郎与两姐妹形态故事十分相近，但在故事情节的曲折性、故事中人物对话的丰富性等方面与国内其他地域及周边地域相比较为逊色，尤其在妹妹死后的变形情节上存在变形环节的普遍脱落。这些现象除了说明故事在趋向现实性之外，也反映出该故事的发源地并非六盘山，而是在文化交流的过程中被传入的故事类型之一。但在长期的口口相传过程中，该地域民众对故事做了地域性的改造，在习惯性用语、人物对话及讲述语言上都呈现出了六盘山地区的语言特征。

第六章　六盘山地区"弃老型" 故事的类型及其渊源

　　"弃老型"故事流传甚广，特别是在印度、印度尼西亚、日本、朝鲜等亚洲国家和地区。在中国，四川、云南、广西、湖北、安徽、江苏、上海、河北、山西、陕西、甘肃、内蒙古、新疆等多地均有流传。在少数民族聚居地，该类型故事也有十分丰富的贮存。在《中国民间故事集成》中，不同省份的辑录中就有《甲子葬的传说》《老子、儿子、孙子》《斗鼠记》《人过六十下地窖》《老人的智慧》《祖孙三代》《六十花甲子》《老而有用》《活埋老人的故事》《老有老的用处》《老人的故事》《六十岁活埋》《留猪笼》等一系列相关的讲述。早在艾伯华的《中国民间故事类型》中就曾经涉及这一类型的民间故事。在艾伯华《中国民间故事类型》中与该类型故事相关的是"71 人的寿命"。虽然混杂了别的母题，例如死亡的来历，但"人的寿命""花甲生藏习俗"等"弃老型"故事中的母题都有归属。丁乃通在他的《中国民间故事类型索引》中编录为"981 隐藏老人智救王国"。随着国内民间故事采集工作的普遍深入，更多该类型的故事得以挖掘，国内关于弃老故事的类型细化也逐步深入。其中，李道和通过引录中国境内古今 55 例"弃老型"故事的异文，在《弃老故事的类型与文化内涵》中将"弃老型"故事细化为：A"智决难题"和B"换位触动"两个亚型，各自又可以细化为：A1"智胜异族挑衅"、A2"富于生活经验"和 B1"晚辈留物"、B2"动物触发"①。

---

　　① 李道和:《弃老故事的类别与文化内涵》,《民族文学研究》2007 年第 2 期。

在六盘山地区，"弃老型"故事的各个亚型都有不同程度的讲述，《活埋老人的故事》《小木碗》《人活年岁久，经见阅历有》都是已被写定的异文。就写定本而言，仅在《西吉民间故事》中就收录了三则同题故事《爷爷为啥心疼孙子》。从类型看，这三则同题故事涵盖了"智决难题""换位触动"两种亚型。无论是哪种类型，都反映出如何对待老人这一核心问题。但就文化传承而言，中华民族向来是以孝为功、以孝为德、以孝为美的民族，怎么会有那么多"弃老型"故事流传呢？

第一节 "弃老型"故事溯源

"弃老型"故事在东亚流传尤其普遍，东亚各国的学者普遍认为，印度佛经《杂宝藏经》中的"弃老国缘"故事是流行于东亚各国的"弃老型"故事的原型。通称的佛经即经、律、论三藏，是佛教的根本典籍。东汉时期，我国就已有对佛典的翻译。在季羡林《印度文学在中国》一文中甚至认为，"要想追本溯源，印度文学传入中国应该追到远古的时代去。那时候的所谓文学只是口头文学，还没有写成书籍。内容主要是寓言和神话。印度寓言和神话传入中国的痕迹在中国古代大诗人屈原的著作里可以找到。"[1] 当然，如果要再往前追溯，朱大可的《华夏上古神系》会提供更多猜想的线索。就"弃老型"故事而言，北魏时西域僧人吉迦夜撰、昙曜译的《杂宝藏经》中《弃老国缘》《波罗奈国有一长者子供天神感王行孝缘》是能见的最早传入我国国内的"弃老型"故事来源。《杂宝藏经》中的《弃老国缘》[2] 故事内容如下：

　　佛在舍卫国。尔时世尊而作是言："恭敬宿老有大利益，未

---

① 季羡林：《印度文学在中国》，《文学遗产》1980 年第 1 期。
② 《杂宝藏经》，吉迦夜、昙曜译撰，陈引驰注译，花城出版社 1998 年版，第 18—20 页。

曾闻事，而得闻解，名称远达，智者所敬。"诺比丘言："如来世尊，而常赞叹恭敬父母、耆长、宿老。"佛言："不但今日，我于过去无量劫中，恒恭敬父母、耆长、宿老。"诸比丘白佛言："过去恭敬，其事云何？"

佛言：过去久远，有国名"弃老"。彼国土中，有老人者，皆远驱弃。有一大臣，其父年老，依如国法，应在驱遣。大臣孝顺，心所不忍，乃深掘地，作一密屋，置父著中，随时孝养。

尔时天神，捉持二蛇，著王殿上，而作是言："若别雌雄，汝国得安。若不别者，汝身及国，七日之后，悉当覆灭。"王闻是已，心怀懊恼，即与群臣，参议斯事。各自陈谢，称不能别。即募国界谁能别者，厚加爵尚。大臣归家，往问其父，父答子言："此事易别。以细软物，停蛇著上，其躁扰者，当知是雄；住不动者，当知是雌。"即如其言，果别雌雄。

天神复问言："谁于睡者名之为觉，谁于觉者名之为睡？"王与群臣，复不能辩。复募国界，无能解者。大臣问父："此是何言。"父言："此名学人。于诸凡夫，名为觉者，于诸罗汉，名之为睡。"即如其言以答。

天神又复问言："此大白象有几斤两？"群臣共议，无能知者。亦募国内，复不能知。大臣问父。父言："置象船上，著大池中，画水齐船，深浅几许，即以此船量石中，水没齐画，则知斤两。"即以此智以答。

天神又复问言："以一掬水多于大海，谁能知之。"群臣共议，又不能解。又遍募问，都无知者。大臣问父："此是何语？"父言："此语易解。若有人能信心清净，以一掬水，施于佛僧，及以父母、困厄病人，以此功德，数千万劫，受福无穷。海水极多，不过一劫。推此言之，一掬之水，百千万倍，多于大海。"即以此言用答天神。

天神复作饿人，连骸挂骨，而来问言："世颇有人饥穷、瘦苦，剧于我否？"群臣思量，复不能答。臣复以状，往问于其父，父即答言："世间有人，悭贪嫉妒，不信三宝，不能供养父母、师长，将来之世，堕饿鬼中，百千万岁、不闻水谷之名，身如太山，腹如大谷，咽如细针。发如锥刀，缠身至脚，举动之时，肢节火然。如此之人，剧汝饥苦百千万倍。"即以斯言，用答天神。

天神又复化作一人，手脚杻械，项复著锁，身中火出，举体焦烂。而又问言："世颇有人苦剧我不？"群臣率尔，无知答者。大臣复问其父，父即答言："世间有人，不孝父母，逆害师长，叛于夫主，诽谤三尊。将来之世，堕于地狱，刀山剑树，火车炉炭，陷河沸屎，刀道火道，如是众苦，无量无边，不可计数。以此方之，剧汝困苦百千万倍。"即如其言，以答天神。

天神又化作一女人，端正瑰玮，逾于世人，而又问言："世间颇有端政之人如我者不？"群臣默然，无能答者。臣复问父，父时答言："世间有人，信教三宝，孝顺父母，好施忍辱，精进持戒，得生天上，端政殊特，过于汝身百千万倍。以此方之，如瞎猕猴。"又以此言，以答天神。

天神又以一真檀木，方直正等，又复问言："何者是头？"群臣智力，无能答者。臣又问父，父答言："易知，掷著水中，根者必沉，尾者必举。"即以此言，用答天神。

天神又以二白草马，形色无异，而复问言："谁母谁子？"群臣亦复无能答者。复问其父，父答言："以草令食，若是母者，必推草与子。"

如是所问，悉皆答之。天神欢喜，大遣国王珍奇财宝。而语王言："汝今国土，我当拥护，令诸外敌不能侵害。"

王闻是已，极大踊悦，而问臣言："为是自知？有人教汝？赖汝才智，国土获安。既得珍宝，又许拥护，是汝之力。"臣答王言："非臣之智。愿施无畏，乃敢惧陈。"王言："设汝今有万死之罪，犹尚不问，况小罪过。"臣白王言："国有制令，不听养老。臣有老父，不忍遗弃，冒犯王法，藏著地中。臣来应答，尽是父智，非臣之力。唯愿大王，一切国土，还听养老。"王即叹美，心生喜悦。奉养臣父，尊以为师。"济我国家一切人命，如此利益，非我所知。"即便宣令，普告天下，不听弃老，仰令孝养，其有不孝父母，不敬师长，当加大罪。

尔时父者，我身是也；尔时臣者，舍利弗是；尔时王者，阿阇世是；尔时天神，阿难是也。

——《杂宝藏经·弃老国缘》

《弃老国缘》故事十分突出和鲜明的特征即在于对老者智慧的描述，从老者智慧的广泛度、深度及回复问题的及时等几个方面刻画了一个智慧机敏的老者形象。从类型上，该故事应归入"智决难题"型故事中。虽然在民间讲述中，具体的智识难题多有变换，但"智决难题"过程中老者的智慧始终是其保持不变的内核。与该故事同时，在《杂宝藏经》中还有另外一个相关的故事：《波罗奈国有一长者子供天神感王行孝缘》①。

> 如是我闻。一时佛在舍卫国，告诸比丘言："若有人欲得梵天王在家中者，能孝养父母，梵天即在家中。欲使帝释在家中者，能孝养父母，即是帝释在家中。欲得一切天神在家中者，但供养父母，当知一切天神已在家中。但能供养父母，便为和尚已在家中。欲得阿阇梨在家中者，但供养父母，即是阿阇梨在其家中。若欲供养诸圣贤及佛，若供养父母，诸圣贤及佛即在家中。"诸比丘言："如来世尊，极为稀有，孝敬父母。"佛言："非但今日，极为稀有，恭敬父母。于过去世，亦曾希有，恭敬父母。"比丘问言："过去恭敬，其事云何？"
>
> 佛言：往昔波罗奈国，有一贫人，惟生一子，然此一子，多有儿息。其家贫穷，时世饥俭，以其父母，生埋地中，养活儿子。邻比问言："汝父母何所在？"答言："我父母年老，会当至死。我便埋之。以父母食分，欲养儿子，使得长大。"第二家闻，谓此是理，如此辗转，遍波罗奈国，即以为法。复有一长者，亦

---

① 《杂宝藏经》，吉迦夜、昙曜译撰，陈引驰注译，花城出版社1998年版，第62—63页。

生一子，此子闻之，以为非是，即作是念："当作何方便，却此非法？"遂白父言："父今可应远行学读，使知经论。"其父便去。少得学读，而便还家。年转老大，子为掘地，作好屋舍，以父著中，与好饮食。作是思维："谁当共我，除此非法？"天神现身，而语之言："我今与汝以为伴侣。"天神疏纸，问王四事："若能解此疏上事着，为汝拥护，若不解者，却后七日，当破王头，令作七分。"四种问者：一者，何物是第一财；二者，何物最为乐；三者，何物味中胜；四者，何物寿最长。榜著王门上。国王得已，搜问："国中谁解此者？若有解者，欲求何事，皆满所愿。"长者子取此文书，解其义言："信为第一财；正法为最乐；实语第一味；智慧命第一。"解此义已，还著王门头。天神见已，心大欢喜，王亦大欢喜。王问长者子言："谁教汝此语？"答言："我父教我。"王言："汝父安在？"长者子言："愿王施无畏。我父实老，违国法故，藏著地中。愿听臣所说：大王，父母恩重，犹如天地。怀抱十月，推干去湿，乳哺养大，教授人事，此身成立，皆由父母。得见日月，生活所作，父母之力。假使左肩担父，右肩担母，行至百年，复种种供养，犹不能报父母之恩。"时王问言："汝欲求何等？"答言："更无所求，惟愿大王去此恶法。"王可其言，宣下国内：若有不孝于父母者，当重治其罪。

　　欲知尔时长者子，今我身是也。我于尔时，为彼一国，除却恶法，成就孝顺之法。以此因缘，自致成佛，是以今日亦复赞叹孝顺之法也。

　　——《杂宝藏经·波罗奈国有一长者子供天神感王行孝缘》

　　该故事在类型上与《弃老国缘》故事相同。但在讲述过程中，更多着墨于长者子对父亲的血脉亲情的感念。两则故事同出于《杂宝藏经》。《杂宝藏经》中的佛法故事在传入中国时的影响从《三国志·魏书》中《邓哀王冲传》中"曹冲称象"的故事也可窥见一斑，它的来源便是《杂宝藏经》。向前追溯，《杂宝藏经》中的《弃老国缘》

与《波罗奈国有一长者子供天神感王行孝缘》故事源出古代印度在巴利文《佛本生故事》中的《戏弄本生》①。

　　古时候，当梵授王在波罗奈国治理国家的时候，菩萨是众神之王帝释天。那时，梵授王容不得衰老之物，不论是象、马、牛，还是别的什么，只要一看到，他就追逐戏弄。看到陈旧的车辆，他就下令拆毁；看到老妪，他就下令召来，抽打肚子，推倒拽起，威胁恫吓；看到老翁，他就勒令像杂技演员那样，趴在地上翻筋斗，逗笑取乐。即使没有看到，而只是听说谁家有老人，他也要派人去找来，戏弄一番。人们羞于受此侮辱，都把自己的父母送往国外，无法尽到侍奉父母的责任。国王的随从也戏弄老人。这样，死后进地狱的人越来越多，升天国的人越来越少。帝释天看不到新来的天国居民，思忖道："这是什么缘故？"他想明白后，决定去制服梵授王。

　　帝释天幻化成老翁模样，把两罐酥油放在一辆破车上，套上两头牛，在一个喜庆节日，来到波罗奈。梵授王乘着装饰华丽的大象，在五彩缤纷的城中行右肩礼。帝释天衣衫褴褛，驾着破车，向国王驶来。国王一看到破车，叫喊道："把那辆车毁掉！"随从问道："在哪里啊？大王！我们没有看见！"帝释天凭借自己的神力，只让国王一个人看到。他驶近国王，把车往上一提，在国王头顶上飞过时，打碎一只油罐，然后掉转车身，再在国王头顶上打碎另一只油罐。这样，国王头上盖满酥油，滴嗒流淌。国王遭到羞辱，神情尴尬。帝释天见国王窘困沮丧，便撤销幻造的车子，显现自己的形体，手持金刚杵，站在空中，说道："暴虐无道的国王啊！难道你会长生不老吗？衰老不会降临到你身上吗？你戏弄老人，虐待老人。正是由于你和你随从的这种行径，死人充塞地狱，活人也不侍奉父母。如果你还不停止这种行为，我将用金刚杵打碎你的脑袋。从今以后，不准再干这种事了！"

---

① 《佛本生故事》，郭良鋆、黄宝生译，人民文学出版社1985年版，第122—123页。

帝释天训斥国王后，又对他讲述父母的恩德，解释孝敬老人的功果。然后，帝释天回到自己的住处。从此，国王再也不敢干那种事了。

《戏弄本生》的佛教教化色彩更加浓厚。从类型看，属于"弃老型"故事无疑，却与前文归纳的任何一种亚型不同。但作为能够追溯到最早的源头，它在"弃老""从弃老到敬老的转化"这些母题上与其他"弃老型"故事具有一致性。就《佛本生故事》而言，季羡林认为它对中国的影响更早，例如他提到屈原《天问》中的"顾菟"即兔子，而对于月亮里面住着兔子的认知来自印度，从公元前一千多年的《梨俱吠陀》中就有此说。在《佛本生故事》中更为普遍。

无论是中国民间早已有之还是完全来源于印度，但在中国民间流传的过程中，"弃老型"故事的异文远远超出了以上佛教经卷故事的讲述方式。"弃老型"故事在中国古代文学作品中被重新讲述，或者是在民间口头讲述的基础上写定。这些民间讲述在被文人写定时增添了中国的特质。例如句道兴本《搜神记》中的《孙元觉》[①]篇，该故事是"弃老型"故事中的一个亚型，故事生动，语言传神。

> 史记曰：孙元觉者，陈留人也，年始十五，心爱孝顺。其父不孝，元觉祖父年老，病瘦减弱，其父憎嫌，遂缚筐舆舁弃深山。元觉悲泣谏父。父曰："阿翁年老，虽有人状，惛耄如此，老而不死，化成狐魅。"遂即舁父弃之深山。元觉悲啼大哭，随祖父归去于深山，苦谏其父。父不从。元觉于是仰天大哭，又将舆归来。父谓觉曰："此凶物，更将何用？"觉曰："此是成熟之物，后若送父，更不别造。"父得此语，甚大惊愕："汝是吾子，何得弃我？"元觉曰："父之化子，如水之下流，既承父训，岂敢违之。"父便得感悟，遂即却将祖父归来，精勤孝养，倍于常日。

---

① 王重民、王庆菽、向达、周一良、启功、曾毅公编：《敦煌变文集》，人民文学出版社1957年版，第885—886页。

孔子叹曰:"孝子不违其亲,此之为也。"

这一故事属"换位触动"类的"弃老型"故事。其中,需格外注意的是其中"老而不死,化成狐魅"的说法,在后文中将再次述及。《太平御览》卷五一九引古本《孝子传》中的原谷事,与孙元觉劝父十分接近:

> 原谷者,不知何许人,祖年老,父母厌患之,意欲弃之。谷年十五,涕泣苦谏,父母不从,乃作舆舁弃之。谷乃随收舆归。父谓之曰:"尔焉用此凶具?"谷云:"后父老不能更作得,是以取之耳。"父感悟愧惧,乃载祖归侍养,克己自责,更成纯孝,谷为纯孙。①

在民间,"弃老型"故事更是得到广泛的流传。并且,中国的"弃老型"故事又深刻影响着日本"弃老型"故事。按照大岛建彦的梳理,日本"弃老型"故事有四种类型:父母折枝型、孙拾筺型、父母解题型、婆媳相争型。柳田国男认为"背筺型"和"难题型"是由中国传入日本的,中田美季子则认为四种类型均由中国传入日本。这种广泛的传播并不完全来源于这一类型故事给人们带来的惊愕,而是因为它与现实社会中从古至今都十分突出的社会老龄人口问题相关联,跟每个人的生命相关联。

第二节 "弃老型"故事的社会文化成因

除以上文字渊源之外,该类型故事之所以流布甚广、异文众多,还跟该故事反映的一定社会习俗、文化心理等相关联。该类型故事并非纯粹的语言织体,而是有一定的依附对象而存在。例如唐玄奘在《大唐西域记》中,提到古印度有将老人野藏的习俗。普列

---

① 李昉等撰:《太平御览》,中华书局1960年版,第2360页。

汉诺夫说："一个国家的文学对于另一个国家的文学的影响，是和这两个国家的社会关系的类似成正比例的"，[1] 正是因为这种相似性，这一故事在生活与社会原型上，也完全存在本土性。"弃老型"故事很可能反映着母系社会到父系社会的过渡期，或母系社会晚期、父系社会早期的社会习俗。这一时期，人类在逐渐认识老化的必然性，同时，也是人类伦理观念认知进一步合理化的时期。在我国古典文献资料中，北方游牧民族的贱老习俗多有记载：《汉书·匈奴传》《后汉书·乌桓鲜卑列传》《晋书·列传》《周书·列传》《旧唐书·列传》等文字记载了北方游牧民族"贵少贱老""贵壮贱老"的习俗。在世界其他一些原始部落及民族中，弃老现象也并非个例。"西方人类学家西蒙斯进行跨文化考察时发现，在39个保持着原始文化习惯的部落中，有18个部落存在虐待和抛弃老人的习惯。乔治·彼得·穆达克进行的民族学调查也发现了类似的现象。"在国内，湖北"寄死窑""自死窑"的发现更是为这类故事提供了现实依据。当然，也有观点认为"寄死窑"不过是一种附会。例如陈淑卿、陈昌珠《多学科视角下古代贱老习俗——从湖北"寄死窑"谈起》一文中就做出了如下推断："纵观我国古代墓葬结构发展脉络，先秦时期墓葬结构以土坑竖穴木椁墓为主，边远地区偶见积石冢、石板墓或崖墓；战国晚期河南地区出现了竖穴空心砖椁墓，但直到西汉时期，墓葬方式才发生大的转变，砖石墓成为墓葬主流形式。因此鄂西北一代发现的砖砌'寄死窑'，时代不会早于汉初。而西汉时期，独尊儒术，以孝治国，到东汉'举孝廉'甚至成为一项重要的选官制度，在这样的社会背景下，很难想象会发生'弃老'现象。"[2] 但这一反驳也并非无懈可击。其中两个理由都存在漏洞。第一，湖北武当山寄死窑并非砖砌，而是在崖壁开凿。刘守华实地考察后对此有比较细致的描述："窑洞竟然开凿得

① ［俄］普列汉诺夫：《论一元论历史观之发展》，生活·读书·新知三联书店1961年版，第1页。
② 陈淑卿、陈昌珠：《多学科视角下的古代贱老习俗》，《民俗研究》2005年第4期。

方方正正，如此整齐和精细！窑洞高约 80 厘米，深约 2 米，底部和石壁都很平整，刚好躺一个人。"① 第二，弃老作为一种普遍社会现象甚至习俗的时代可能远远早于两汉，而以两汉时期的社会制度等反驳，无疑站不住脚。且社会大力提倡孝的缘故正在于社会普遍存在不孝的现象。但在人类生产力水平低下的某个时段一定存在过弃老的普遍社会现象——并非文化选择，而是自然法则。从人类起源看，人并非第一天便成为今天的人。人类文明的形成过程正是它一步步脱离动物性的过程。从史书关于我国北方游牧民族文化历史的相关记载中，可以见得在恶劣的自然生存环境中，在非农耕文明的生存方式中，社会对于少壮者的尊崇是自然而然的。但在农耕文明的生产方式中，年复一年在固定的土地上进行耕作，老者的经验与智慧更胜于少壮者的勇武。而在人的觉醒与生存方式变化过程中，从弃老到尊老是一个必然的转变过程。尽管站在今天的文明立场看"弃老"现象与习俗令人费解，但社会发展到今天，老龄人口问题依旧是我们社会的难题，在社会生活中，不乏"弃老"现象的出现。在未来某个时代，当人们回望今天我们社会对待老人的方式时，可能依旧惊愕。

社会生产力低下、生活资料匮乏是"弃老"现象存在的主要原因。但在社会进步的过程中，"弃老""贱老"现象历代不绝，即使在物质文明高度发达的今天依旧存在。这也与一定社会文化中的老年观、生命观密切关联。例如海力波就提出："在'弃老'故事及习俗背后，存在着姑且称为'老化异类'的民间信仰，即高龄老人变身为兽类乃至妖魅等异常之物，甚至危害家人与社会的特殊信仰，这一信仰与相关禁忌，成为'弃老'得以存在的观念基础。"② "老化异类"的故事也相当丰富，海力波列举了干宝《搜神记》中的《黄母化鼋》《宋母化鳖》《宣母化鼋》《老翁作怪》；梁任昉

---

① 刘守华：《走进"寄死窑"》，《民俗研究》2003 年第 2 期。
② 海力波：《"老化异类"故事中的老年意象与人观表达》，《民间文化论坛》2013 年第 6 期。

《述异志》中的《独角》；《广古今五行记》中的《江州人》；《太平广记》中的《王含》《卫中丞姊》；《湖海新闻夷坚续志》中的《妇变狸驴》；《子不语》中的《老妪化狼》《老妪为妖》；《夜谈随录》中的《夜星子》；等等。而这种"老而不死，化成狐魅"的观念认知在句道兴本《搜神记》中的《孙元觉》篇中就成为"弃老"的理由。许慎《说文解字》说：魅者，老精物也。在这些故事中，传达出的是人们对于衰老的拒斥、恐惧心理。随着人类认知的进步，老而化魅的观念认知早已改变。但即使今天，人们对于衰老的拒斥心理并没有彻底消除。各类美容养颜的秘诀及动用现代美容的手术刀所要表达的依旧是人们对于衰老的拒斥心理。与此同时，即使在今天，家族中老者年纪过大会对家中晚辈带来厄运的心理依旧存在。山东民间有"黄桑不落青桑落"的民谚；湖北民间有"六十发家子，老的不死，小的不旺"的说法；江西等地也有"老妨子孙"的说法。发生在这类观念认知基础上的"弃老"现象，与弗雷泽在《金枝》中关于阿里奇亚等地的祭司或国王等职的后继者必须杀死前任才能接替职位的神话有着类似的思维模式。老龄统治者可能会带来灾难，"为了预防这些大灾难，就必须趁王还年富力强的时候就将他处死，以求他的神灵生命在精力未衰时传给他的继承者，以恢复他的青春。这样，通过强壮的替身延续他一脉相承，神灵生命就可以永葆青春年少，这样也就保证了人畜一代接一代地传下去，保持青春，播种和收获、春天和夏天、雨水和阳光，也永远不会失调。如果我的推测不错，这就是内米的森林之王、阿里奇亚的祭司之所以必须照例地死于他的继承者的宝剑之下的缘故"①。

　　不管是民间文学还是作家文学，不管是写实还是虚构，都必然有一定的社会现实基础。民间故事中广泛流布、长期传播的"弃老型"故事有一条相对清晰的文献渊源，而这个相对清晰的线索自身也是依附于一定的社会文化心理而得到广泛而久远的流传的。

---

　　① 弗雷泽：《金枝》，汪培基、徐育新、张泽石译，商务印书馆2012年版，第914—915页。

第三节　六盘山地区"弃老型"故事的讲述

在六盘山地区，"弃老型"故事也是流传相对广泛的类型之一。比如甘肃合水县《老有老的用处》、岷县的《爷孙情》等。尽管该故事背后蕴含着老龄人口这一严峻的社会问题，但在六盘山地区民间的讲述中，讲述者却往往是以达观的态度、愉悦的方式将其讲述给听古今的人们。因为他们在讲述该故事的时候往往将其落脚点归宿为爷爷疼孙子的来由。在《西吉民间故事》中，相对集中地收集整理了该故事在六盘山地区流布中的几个异文。三则故事同题为《爷爷为啥心疼孙子》[①]，并辑录进"风俗传说"中。为更清晰地与前文中该类型故事的写定本源流对比，现将三则故事抄录如下：

一

古时候的习俗，见老人一不很[②]了，就要杀了吃肉。有个老汉个人觉着还很着哩，听说要杀他，虽然知道这是儿孙们对自己的孝敬，可就是心里一直害怕得很。孙子见爷爷这么害怕，就把爷爷背到一个背后湾里，藏在一个窑塃子里，他就天天给爷爷跑着送饭。

这一天，孙子送饭来，爷爷看着他很不高兴，就问孙子说："你天天送着饭来，都是高儿兴兴的，今日个我看着你像是不高兴？"

孙子说："有一个国家给咱们国家进贡来了一个木头棍子，把两头推得一样壮，还用漆漆了。人家要咱们国家认出阿是树根一头，阿是树梢一头。认出来就年年给咱们纳降进贡，认不出来就颠邦倒国哩。谁都认不出来，皇上也没有办法，全国的人都发

---

① 李世锋、尤屹峰、李耀宗编：《西吉民间故事》，宁夏人民出版社1992年版，第245—247页。

② 不很：身体不好，快要离世了。（原文注释）

愁得很！"

他爷爷听了，一笑说："这有啥难的。你把木棍子从停当中拴根绳子一提，阿一头重就是树根的一头，阿一头轻就是树梢的一头。"

孙子一听，跑回去用他爷爷说的方法一试，就把棍的两头认出来了。皇上一看他认出来了，就问："你这两天都没认出来，今儿个咋又能认出来？"孙子说这是他爷爷教的方子。

皇上说："你说你爷爷没有了，咋又说他还在哩？"

孙子就把因为阿么阿么一回事，他把爷爷阿么藏了，都根根茎茎地给皇上说了。皇上听了说："唉！这老人还有处用哩么。"他就叫这孙子赶紧把爷爷叫回来，还下了一道圣旨：从此再不许杀老人了。

从这达起，爷爷就心疼开孙子了。

二

远古时候，人看着自己的老人不很了，就趁早叫来庄里人，把老人拾掇①了分给大家吃肉去。把老人拾掇得早一些，还是对老人的孝顺哩。

一天，这一家的老人还在房上摆穆子，②一看后人把庄里人都叫来了。

后人叫他大说："大！嗒你下来哩么！"

他大说："下来做啥哩哟？"

"嗒庄里人都来了么，你下来人乜③怕要拾掇哩么！"

他大说："啊我觉着我还很着哩么……"

后人说："嗒庄里人我都叫着来了，人乜都忙着哩，再叫恐怕顾不上来么！"

老汉嗒就辞搁④着不爱下来。这时候，这老汉的孙子给他大

———

① 拾掇：杀了。（原文注释）
② 穆子：木棍劈成的细条，建房材料。（原文注释）
③ 人乜：人家。（原文注释）
④ 辞搁：磨蹭。（原文注释）

说："咱把我爷爷休拾掇了哩么!"

他大说："休拾掇了着做啥哩着?"

这孙子说："咱等我爷爷老百年了埋了哩么!"

人都一听这个法子还能行,从此就再也不拾掇老人了。都等老人老百年之后,一埋便了。爷爷为此越来越心疼孙子了。

三

抵古的人,一看老人不很了,就做一个推车子,把老人绑在上面推到野山野洼里连人带推车子一趟子撇了。

这一家子的后人这一天推着撇他大去哩,他的儿子也跟上要去哩。推着远处河湾哩,这后人就把他大连车带人一撇,转身就走。走了几步,转过一看时,他的儿子蹴下解车子上的绳子着哩。

这后人说："嗐休解了,狗狗,解呜①做啥哩,解了你爷爷可就寻着回来了。"

他的儿子说："我要把推车子和绳子一起推回去哩,要不然的话,我将来用啥撇你哩?"

这后人一听他儿子的话,想着,我将来也有叫人娃娃撇的一天。想到这儿,他心上一不好,就说："干脆算了撇,曹把你爷爷推回去,老死了再说!"

从这达起,人们再也不撇老人了。爷爷为着这才心疼孙子哩。

讲述人：陆遇临

搜集整理：李世锋

流传地区：苏堡田坪等乡

　　以上三则故事在六盘山地区"弃老型"民间故事中极具代表性。第一则是典型的"智决难题"类;第三则是典型的"换位触动"类。作为移民文化特征突出的六盘山地区,许多民间故事在被讲述的过程

---

① 呜:那。(原文注释)

中只保留了大致故事情节，更多细节、曲折的情节及母题链环节在流传中遗失和脱落了。还有一种变化的情形就是母题链的重组、情节的交叉感染。第一则故事中的类型还是"智决难题"，但在情节上十分简化，在智识的表现上只留下辨别粗细均匀的木棍的头尾这一道难题。但该类型故事在《杂宝藏经》的《弃老国缘》中，老者反复辨别解释，辨别蛇的雌雄、辨别睡者与醒觉者、给出称象的办法、解释可有一掬水多于大海的情况、回复何谓世间至饥之人、何谓世间至苦之人、何谓世间至端政之人、辨别檀木的头尾、辨别两匹马中的母与子，共有9次智识判断的过程。9这一数字除表示多、尊等含义之外，在佛法中又有特定的内涵，所以在佛经故事《弃老国缘》中老者共经过9次考验，寓示老者的智慧与经验丰富，完全有超出年轻人的应对风险的能力。在《爷爷为啥心疼孙子》第一则故事中，老者所应对的智识难题只有一道，即辨识粗细均匀的木棍的头尾，老者也很快就给出了解决的办法。虽然这道题目与《弃老国缘》中同出一辙，但老者给出的解决办法不同。在六盘山地区关于这个类型的民间讲述还有很多异文，给出的难题也形形色色，且很多难题是完全超出了《弃老国缘》，但大都来自本土的生活经验，佛教色彩显明的故事并不多。比如收录在《固原民间故事》中的《范玉降鼠》这则故事，便是十分典型的"智决难题"类"弃老型"故事。除人物的命名等一些细枝末节的差异之外，少了佛教色彩而更趋于现实生活的形态。但《爷爷为啥心疼孙子》其一，这则故事的最大价值并不在于这里，而是故事中提到的两点：第一，习俗：古时候，人衰老了，要被杀掉吃肉。第二，待杀老者的心态：明白自己老了，儿孙要杀他是对他的孝顺，但还是很害怕。尽管我们不能以民间故事这类已带有十分浓郁的创作色彩的故事为史实依据，民间故事也并非对民间习俗的实录，但民间故事反映和传达着民间的价值伦理认知。在该故事中，以上两点所提供的信息即便不是真实的民间习俗的口头传说，也是讲述者对久远年代民间关于老龄人口的处理方式的一种理解与猜想。这完全异于今天的伦理道德观念，却是一种可能性。以上两点共同传达出的是：弃老在特定时代中是一项不约而同的社会习俗。不仅弃老者不会有道德压力，而且被弃者也认同对老龄人口的这种"安置"方式。这与第二则中对该类型故事的讲述有相近的价值伦理认知。第三则故事是典型的换位触动型故事，与孙元觉篇及原谷篇十分相似。

　　需要注意的是第二则故事，第二则故事从李道和所分化的亚型看，找不到归属。既不属于"智决难题"型，也不属于"换位触动"型。在两类亚型之下更细小的类型划分（"智胜异族挑衅""富于生活经验""晚辈留物"和"动物触发"）中也找不到归属。第二则故事中的不寻常之处在于它给出的文化信息：丧葬文化的形成与变化。尽管在众多的"弃老型"故事中，也能找到关于人到一定年纪要被埋葬的内容，但大都把强调的重点放在"活埋"这一殊于后世孝文化的习俗上。《爷爷为啥心疼孙子》第二则故事提供的信息是久远年代的人们并不像后世那样以土葬的方式送走死者，而在今天看来应然的土葬方式却来得极为偶然，在某个偶然中，人们发现了土葬这一方式。这放在今天看来十分不可思议，但如果回到人类童年期，这种安置死者的方式问题也可能的确经过了漫长的演化才被发现。那么，在"弃老型"故事的亚型上，这类故事可以成为一个独立的亚型：土葬老人。

　　以上三则故事在六盘山地区民间讲述中体现出了一些共性的因素。首先，以"爷爷为啥心疼孙子"为题，表面上回避了"弃老"这一沉重的社会话题，将弃老的习俗作为荒诞不经的故事背景，故事落脚点落在爷爷为啥心疼孙子这一更具人间温情感召的人伦关系上。这样的讲述在实际上取得的效果比直接的批判训导要好，既取得了讲述的艺术效果，引人入胜的同时不引起听者作为实际被教导劝喻者的反感，以润物细无声的方式将其所包蕴的价值观念进行了生动、深入的传达。此外，就六盘山地区民间伦理价值观念而言，"孝"文化始终是其基本的伦理价值观。仅从考古资料看，固原、泾源、西吉先后发现了魏晋和宋代的墓葬，墓葬中出土的漆棺画、画像砖上绘有孝子故事。在1981年固原西郊地区出土的北魏时期的漆棺画中绘有虞舜、郭巨、丁兰、蔡顺、尹伯奇等孝子故事。可见，孝文化的推行与普及由来已久。那种不作为个别现象而作为习俗的"弃老"时代自然在民间只把它作为远古时代的一个模糊背景放置在故事中。其次，这些故事都经过了六盘山地区民间生活方式的浸润，而真正落地生根。在语言上，十分生动、传神的地方语言，比如"根根茎茎"这一词汇在现今的普通话中意味着仔仔细细、原原本本，但用六盘山方言讲述起来，这种形容方式十分独特，既具有地方特色，又保留了农耕文明时代人们的用语方式。放置到如今普通话的讲述中，就更散发出"语言轮回不已"的神秘色泽与过往的民间的节奏感。再如在处理事情的方式上，第一则故事中的难题放置在佛经中是用让木头漂浮在水中的方式来解决。而在相对干旱的六盘山地区，除非别无他法，人们在解决问题时最简捷的方式可能不会选择"水"做工具。在具体的故事场景上，几则故事也记录着六盘山地区民间的日常生活情景。例如第二则故事发生的情境是建造房屋的场面，在六盘山地区，新建房屋时屋顶上要摆椽子，这个生活场景很具有民间性与地方性。三则故事共同触及的是从古到今人类普遍面临的一个社会、家庭与个人难题，如何对待老去的亲人。从现实层面看，故事渗透着民间对这一问题的长久思考。这类问题并不是在我们当今社会不存在，人口老龄化依旧是我们的社会难题。可以说，直到今天我们依旧没有找到更理想的"养老"办法。

"弃老型"故事在六盘山地区民间讲述中还有其他一些异文，其中，值得注意的是一则普遍题为《小木碗》的故事。这则故事从写定本的角度看，因讲述者、收集者及故事的来源地等均为回族与回族聚居地，而被作为回族民间故事[1]收录。但在六盘山地区民间，这一故事在汉族中也有比较普遍的异文，因为在长期杂居的过程中，两个民族的文化必然有互相渗透。而就故事内容看，这一类型故事在世界民间故事中也有普遍的讲述。丁乃通《中国民间故事类型索引》中"980A 半条地毯御寒"型故事就涵盖了《小木碗》故事。丁乃通对该类"弃老型"故事做了索引："一位中年妇女给她老婆婆一个又脏又破的碗吃饭。她自己的年轻媳妇抗议无效。（a）于是这位年轻媳妇

---

① 李树江、王正伟编：《回族民间故事》，上海文艺出版社 1985 年版，第 229 页。

请她好好保管这个碗。'这样将来我可以用它给你盛饭呀。'（b）年轻媳妇叫老妇人打破这个碗，然后表示大怒，因为她将来不能拿它给自己的婆婆用了。这位中年妇女明白了这个暗示，就对老妇人好些了。或（c）父亲带着爷爷乘马车到野外，把他抛弃在那儿，儿子请求父亲保管好马车，以便他有朝一日也可以这样做。"① 虽然该故事按照李道和的分类方式依旧属于"换位触动"型故事，但在故事人物上，980A 中提到了老年妇女问题及婆媳矛盾问题。在六盘山地区或者中国的"弃老型"故事中，"弃母"与婆媳矛盾类的讲述相对比较少见，这也可能与封建社会形成的十分森严的封建家长制有关，在民间故事中讲述婆婆虐待媳妇的故事远比媳妇虐待婆婆的故事更为普遍。也有将婆媳矛盾与弃老嫁接的故事出现。这类从婆媳矛盾的角度讲述弃老内核的故事《亏心事不能做》也较具代表性。在类属划分上，该故事可以归结为"换位触动"类的"弃老型"故事。但该故事在讲述中综合了在民间生活中较为普遍的婆媳矛盾，在主干骨架上故事还是朝着嫌老、弃老的方向发展。直到媳妇"独燕"上山丢弃年迈的婆婆，被儿子要求把筐拿回家以备将来丢弃她用，"独燕"幡然悔悟，又把婆婆带回家中侍养。这则故事中丢弃者与被弃者皆为女性。但总体上，弃母型故事相对较少。而在相邻的日本，这种情况就大不相同。日本"弃老型"故事中的弃母讲述相当普遍，在吉川祐子《弃老谭略一览表》中采集的 111 则弃老故事中有三分之二被弃者性别为女性，被划分进弃母型故事中。而日本关于"弃老型"故事中的性别问题研究是其中一个方向，也有学者对此进行过探讨。例如毕雪飞就提出过这一现象与日本古代的家庭和婚姻状况相关联，"弃老型"故事在日本开始流传时，日本仍处于母系社会，父子关系淡薄甚至完全脱离。张达则用文化恋母情结来解释日本弃母型故事。而日本作家深泽七郎的《楢山小调考》被先后两次改编成电影时，就是以"弃母"的方式呈现的。《小木碗》《亏心事不能做》等没有完全

---

① ［美］丁乃通编著：《中国民间故事类型索引》，郑建成、李倞、商孟可、白丁译，李广成校，中国民间文艺出版社 1986 年版，第 319 页。

讲述成媳妇虐待婆婆的故事，而是框定在弃老的范围内。在所抛弃的对象上，"弃母"增构了六盘山地区的"弃老型"故事。

在六盘山地区众多与"弃老"相关的故事中，有诸多具有十分显明的劝喻性，教育民众要尊老、孝老。例如收录在《固原民间故事》中的《石子胜过儿子》，以一个生有三子的老人得不到孝养，经高人指点后如何通过一场骗局令儿子们将其养老送终的故事，达到教育和劝导听者孝养老人的目的。

第四节 "弃老型"故事的社会
价值与现代演绎

如何善待老人是每一个社会、每一个家庭、每一个个体要面临的问题。尽管今天听上去"弃老"耸人听闻，但即便在今天，"弃老"的现象依旧普遍，"养老"问题依旧是一个现实的社会大问题。但作为习俗延续与一种社会现象之间还是有很大区别。作为习俗，意味着社会普遍认可，就像故事中所讲述的那样，弃老者和被抛弃者都不觉得有道德压力，而且甚至是一种孝顺的体现。但在孝文化价值观普遍建立的情况下，社会中的弃老等现象则是被批判的对象。从动物本性的角度看，羊羔跪乳、乌鸦反哺是动物的本能，正如母性普遍存在于动物界一般，反哺跪乳之情是动物本性之一。而人类文化的发展是向着合理化、人性化的角度完善的。中国文化也自古讲求孝道，"孝"文化同样源远流长。在穆光宗《孝文化的起源与弃老习俗的关系》一文中指出，"以敬老爱亲为内容的'孝'观念和意识早于'孝'字的产生，大概形成于上古新石器时期父系氏族公社时代。"① 而"孝"字在目前所发现的最古老的汉字——甲骨文中就已出现。甲骨卜辞中的孝、老为一字，皆属会意字，呈现扶老之状。许慎在《说文解字》中解释说："孝，善事父母者。从老省，从子。子，承老也。"而孝道到了周代就已成为礼的重要组成部分。那么，作为习俗的"弃老"

① 穆光宗：《孝文化的起源与弃老习俗的关系》，《社会科学论坛》2010 年第 12 期。

最迟应当发生在父系氏族社会早期以前。在生产力低下、物质匮乏的远古时代，弃老是一种自然界的生存法则，而非人类的文明选择。随着生产力的发展、文明的开化，敬老与孝道成为社会伦理价值秩序的根基。

"弃老"故事在世界范围内有比较普遍的流传，但能够将这一故事融入现代艺术尤其是以现实主义的精神去直面人类文化习俗的要数日本。日本在文化礼教等各方面深受中国的影响。"弃老型"故事也从中国传入日本。在非常丰富的民间弃老故事的基础上，日本现代作家深泽七郎创作了《楢山小调考》，凭借该小说，深泽七郎曾获得日本"中央公论新人奖"。而真正让这一类型故事所包蕴的人类文化习俗信息在世界范围内再次深思探讨的是根据《楢山小调考》先后两次被改编的电影。1958年木下惠介曾将该故事搬上荧幕。今村昌平编剧并执导的《楢山节考》曾于1984年在戛纳电影节上获得"作家影片"金棕榈奖。影片对人类的原始性、民族的劣根性、文化的制约性等问题都有深入的探究。这种成功的改编一方面再次证明民间文学是当今文学艺术的重要来源之一。另一方面，从对民间文学资源的再阐释中，新的艺术作品以合理的想象重新将那些遥远的民间记忆带回当下视野，对当下的社会价值、伦理观念和文化行为起到反思与重构的作用。

第七章　六盘山地区"西天问佛" 型故事形态分析

一般情况下，民间故事的讲述者有一种难得的"自律"，也可能来自口口相传的"他律"。民间讲述者并不会按照自己的意愿随意改动一个故事的情节构成。而不得已的改动可能来自民间讲述者对故事部分情节的遗忘，或者是因遗忘而将另一个故事的情节嫁接，形成故事的更多异文。当"别有用心"的听众提出这个问题的时候，讲述者会说："这个古今人家就是这么说的（蒙腊月）。"从别人那里听来时就这么讲的，如果随意改动仿佛就是一种冒犯。这也是为什么民间故事在口承过程中依旧保持了相对的稳定性的原因之一。除了这种也可能完全取决于个体自我约束的原因之外，民间故事在型构上有没有一个相对固定的形态，从更深层的内部结构上规约故事，从而使得民间故事具有相对稳定的形态呢？

第一节　故事形态研究的思路与方法

俄国民俗学家弗拉基米尔·雅科夫列维奇·普罗普不满足于当时对民间故事的研究集中在民间故事的起源和发展上，他对阿尔奈的故事类型研究中能够"划分出类、型和变体"这件"在他之前还不曾有人做过"[①] 的事给予了高度评价，但也提出了质疑：情节这类有机

---

① ［俄］弗拉基米尔·雅科夫列维奇·普罗普：《故事形态学》，贾放译，施用勤校，中华书局 2006 年版，第 9 页。

体本就不可能切割出十分清晰的边缘，按照情节做的任何归类都不可能完全科学，"类型与某个文本之间的一致常常完全只是大约相近而已"①。在认识到前人局限性的基础上，普罗普在民间故事领域里想要完成的是对故事形式进行考察并确定其结构的规律性。普罗普对阿尔奈故事分类法中 300—749 型俄国民间神奇故事进行了研究比对，并于 1928 年完成出版了《民间故事形态学》。

普罗普抽取了不同故事中的四个情节：

（1）国王给了主角一只鹰。这只鹰把主角带到了另一个国度。

（2）老人给了舒申科一匹马。这匹马把舒申科带到了另一个国度。

（3）巫师给了伊凡一条小船。小船把伊凡载到了另一个国度。

（4）公主给了伊凡一个指环。从指环里现身的青年把伊凡带到了另一个国度。

在以上几个不同故事的情节构成中，普罗普发现有一些部分是故事的变量，有一些是故事的常量。变化的是不同社会身份、不同姓名的人物，但他们在故事中的"行动"和"功能"并没有本质差异。因此，这些不同的民间故事把相同的"行动"分派给了不同的人物（角色），那么，对民间故事的研究也可以按照人物（角色）在故事中的"功能"开展。而这些具有不同社会身份、不同姓名的人物在故事"角色"上因相同的"行动"和"功能"具有了类属。普罗普在研究特定的 100 个俄国民间神奇故事的基础上将故事中的人物分为七类角色：

（1）反角

（2）捐助者

（3）助手

（4）被寻求者

（5）差遣者

---

① ［俄］弗拉基米尔·雅科夫列维奇·普罗普：《故事形态学》，贾放译，施用勤校，中华书局 2006 年版，第 9 页。

（6）主角

（7）假主角

尽管一个故事中的人物可能人数较多，又各自具有不同的社会身份、姓名等，但在故事中的"行动"与"功能"上几乎都可以归属进以上七类角色中。当然，也并不是每一个故事中都必然会出现以上七类角色，比如有些故事中并不存在"假主角"。普罗普对故事中人物做以上分类之后，发现就他所研究的对象（300—749 型俄国民间神奇故事）而言，故事一般开端于"反角"的"恶行"或者主角的"欠缺"，故事会终结于或者告一段落于"欠缺"的消除，这个段落也可以称为一个"回合"。简单故事由一个"回合"构成，复杂故事可能由几个"回合"构成。

普罗普对"角色"的"行动"和"功能"做了 31 项划分，并有十分细致的"功能"表来细分"角色"的具体"行动"。表格如下①：

表 7 - 1 　　　　　　　　　　普罗普功能一览表

序号	代号	内　　　容	定义
1	β	某个家庭成员不在家 $\beta 1$ 长辈外出 $\beta 2$ 父母亡故 $\beta 3$ 年幼者外出	外出
2	γ	对主角下一道禁令 $\gamma 1$ 禁令 $\gamma 2$ 变相之禁令；命令或建议	禁令
3	δ	禁令破坏 $\delta 1$ 破坏禁令 $\delta 2$ 执行命令	违禁
4	ξ	反角试图探查 $\xi 1$ 反角刺探有关主角的消息，如孩子、魔物等的位置 $\xi 2$ 主角刺探反角的消息 $\xi 3$ 其他人的刺探	试探

---

① 李杨：《中国民间故事形态研究》，汕头大学出版社 1996 年版，第 16—22 页。

序号	代号	内　　　容	定义
5	ζ	反角得到受害者的消息 ζ1 反角得到主角的消息 ζ2 主角得到反角的消息 ζ3 其他方式获得消息	获悉
6	η	反角企图欺骗受害者，以便控制他或占有他的财产 η1 反角花言巧语 η2 反角使用魔物 η3 其他形式的欺骗或胁迫	欺骗
7	θ	受害者落入圈套，因而无意中帮助敌人 θ1 主角听从反角的劝诱 θ2 主角受魔物摆布 θ3 主角自己落入圈套	共谋
8	A	反角导致灾厄或伤害了家庭中的某个成员 A1 反角劫走某人 A2 反角抢走或拿走魔物 Aii 强抢神奇的帮助者 A3 反角毁坏庄稼 A4 反角抢走日光 A5 其他形式的抢掠 A6 反角导致身体的伤害 A7 反角导致某种突然的消失 Avii 忘却新娘 A8 反角诱求受害者 A9 反角驱逐某人 A10 反角下令将某人扔进海中 A11 反角蛊惑某人或某物，使之变形 A12 反角偷梁换柱 A13 反角下令谋杀 A14 反角下手杀人 A15 反角囚禁某人 A16 反角胁迫成婚 Axvi 亲戚胁迫成婚 A17 反角威胁吃人 Axvii 亲戚企图吃人 A18 反角在夜晚折磨某人 A19 反角宣战	恶行
8a	a	家庭中的某个成员不是缺少某物就是希望得到某物 a1 缺乏新娘（或朋友） a2 缺乏魔物 a3 缺乏奇异的物件 a4 缺乏死亡或爱情的魔蛋 a5 缺乏金钱或生活必需品 a6 其他类型	缺乏

序号	代号	内　　容	定义
9	B	出现灾难或缺乏；主角得到请求或命令；允许他前往或派他前往 B1 求援，导致主角的派出 B2 主角被直接派出 B3 主角被允许从家中出发 B4 各种形式的灾难通告 B5 把放逐的主角带离家门 B6 秘密释放被判处死刑的主角 B7 哀歌响起	调停， 相关事变
10	C	寻求者同意或决定反抗	开始反抗
11	↑	主角离家出走	离开
12	D	主角经受考验、审讯或遭到攻击等等，这一切为他后来获得魔物或助手铺平了道路 D1 捐助者考验主角 D2 捐助者问候或讯问主角 D3 垂死者或病重者请求死后的帮助 D4 被囚者请求获释 ＊D4 捐助者被囚，被囚者请求获释 D5 向主角求饶 D6 争论着要求代分财物 d6 主角自己主动提出分财建议 D7 其他请求 D7 陷入困境者提出其他请求 d7 陷入困境者未提出请求，只将施援的可能提供给主角 D8 敌对者试图毁灭主角 D9 敌对者与主角战斗 D10 向主角出示用于交换的魔物	捐助者的 第一个功能
13	E	主角对未来捐助者的行为做出反应 E1 主角通过（未通过）某种考验 E2 主角回答（未回答）问候 E3 他为某一死者效劳（或未效劳） E4 他释放被囚者 E5 他宽恕祈求者 E6 他分好财物，使争论者和解	主角的反应

序号	代号	内　容	定义
14	F	Evi 他使争论者中计，自己拿走财物 E7 他提供其他帮助 E8 主角以其人之道还治其人之身，保住自己性命 E9 主角战胜（或未战胜）敌对者 E10 主角同意交换，但即用换得物件之魔力对付交换者 主角获得魔物 F1 魔物直接转交 f1 得到没有魔力的奖品 F neg（F－）主角反应消极，魔物未转交 F contr（F＝）主角招致恶报严惩 F2 魔物被指明 F3 魔物被配备妥当 F4 魔物被买下 F3＋4 魔物被订制 F5 魔物偶然落入主角手中（被他发现） F6 魔物突然自行出现 Fvi 魔物从地下生长出来 F7 魔物被吃下或饮下 F8 魔物被抢夺 F9 各种魔物将自身供主角支配 f9 魔物允诺在需要时出现	魔物的供给或接收
15	G	主角被转到、送到或带到他所寻找之物所在地 G1 主角在空中飞行 G2 他乘骑取道陆地或水路 G3 他被引领 G4 道路被指明 G5 他利用原有的通道 G6 他循血迹而行	两个王国间空间的移动，向导
16	H	主角与反角正面交锋 H1 他们在野外战斗 H2 他们进行竞赛 H3 他们玩牌 H4 比体重	战斗
17	J	主角被标记 J1 主角在身体上留下标记 J2 主角收下一只戒指或一条毛巾	标记

序号	代号	内　　容	定义
18	I	反角败北 I1 反角在战斗中被击败 ＊I1 在战斗中一个主角躲逃，而其他主角取胜 I2 反角赛输 I3 反角输牌 I4 反角比重量时败北 I5 反角未经战斗便被杀死 I6 反角被直接逐跑	胜利
19	K	最初的灾难或缺乏被消除 K1 用强力或计谋抢到所寻之物 K2 两人抢物，其中一人命令另一人下手 K3 用引诱法获得所寻物 K4 所寻物的获得是先前行动的结果 K5 使用魔物得到所寻物 K6 使用魔物拜托贫穷 K7 抓获所寻之物 K8 受蛊者被解咒 K9 死者复生 Kix 迫令他人取来还阳水，令死者复生 K10 被囚者得以释放	灾难或 缺乏消除
20	↓	主角返回	返回
21	Pr	主角被追捕 Pr1 追赶者飞在主角身后 Pr2 主角缉捕有罪者 Pr3 主角变成各种动物追赶主角 Pr4 追赶者变成诱饵放在主角必经之路上 Pr5 追赶者想吞食主角 Pr6 追赶者试图杀害主角 Pr7 追赶者试图咬断主角藏身其上的树干	追捕
22	Rs	主角从追捕中得救 Rs1 主角从空中逃脱 Rs2 主角放置障碍物阻挡追者，从而逃脱 Rs3 主角在逃走时变成不可辨识的物体 Rs4 主角在逃走时被藏匿起来 Rs5 主角被铁匠掩藏 Rs6 主角在逃走时以迅速变形为动物、石头等而脱身 Rs7 主角躲避了变形母龙的诱惑 Rs8 主角未让自己被吞食 Rs9 主角在性命攸关时得救 Rs10 主角跳到另一棵树上	得救

序号	代号	内　　容	定义
23	O	无人认出的主角返回家园或到达他国	无人认出的到达
24	L	假主角提出无理要求	无理要求
25	M	给主角出难题	难题
26	N	难题得到解决 ＊N 提前解决（在难题提出前）	解题
27	Q	主角被认出	认出
28	Ex	假主角或反角被揭露	揭露
29	T	主角外貌被变更 T1 帮助者以魔法赋予新容 T2 主角修建起一座巨大的宫殿 T3 主角穿起新衣 T4 合理的及可笑的外形	容变
30	U	反角受到惩处	惩处
31	W	主角成婚并登上王座 W＊＊ 成婚并登上王座 W＊ 成婚但并未登上王座，因新娘并非公主 ＊W 只登上王座 w1 婚誓或订婚 w2 破镜重圆 w0 主角从公主手上接到奖金或其他形式的报酬	婚礼

　　不管通过上述研究分析得出什么样的结论，仅就普罗普的这一研究思路而言，对整体的文学研究都具有非凡的意义。《民间故事形态学》被认为是 20 世纪文学研究中具有独创性的典范著作，是结构主义思想方法的源头之一，同时也是结构主义神话学的奠基之作。在普罗普《民间故事形态学》的基础上，李扬在《中国民间故事形态研究》一书中对 1931 年至 1986 年间出版的中国民间故事辑录文本中 50 则民间故事进行了研究分析，并增补了 ζ4、θ－、A1＊、A20、a1＊、B8、D11、E11、f2、f9＊、F10、G7、K11、K12、K13、K－、H5、17、I－、12＊、Rs11、W3 等一系列功能项。作者自己认为这本专著的意义在于："它的着眼点是长期以来被学界所忽略、排斥的

民间故事叙事本体的内在结构形态，它并非否定和摒弃对故事思想意义的探究，而只是对国内故事学界根深蒂固的重内容、轻形式研究倾向的一种反拨。"① 随着学界形式研究的逐步深入，形态学研究的意义已不仅是一种"反拨"。运用形态学的理论对民间故事加以研究，可能会从深层结构的角度给民间故事口口相传却保持了相对的稳定性找到原因，也有可能会有更大的发现。

第二节　六盘山地区"西天问佛"型故事形态分析

在通行的国际民间故事分类体系"AT 分类法"中，有一个被列为 461A 型的著名幻想故事，讲述穷汉前往西天寻佛询问困惑的故事。他的问题是关于：自己的将来；他自己的贫穷和不幸；如何治愈皇后的病。但在中国民间讲述中，该类型的故事也与 461 型"三根魔须"相嫁接，形成了与两者相关又有所差异的异文。461 型"三根魔须"讲述主角向富家女求婚，富家的条件是让他必须找到世界上最难寻找的某些珍宝，穷汉不畏艰难险阻，踏上寻宝的征途，并在经历奇异的旅程后如愿以偿。461 型、461A 型故事在亚洲的印度、缅甸、日本、朝鲜、蒙古等国也十分流行。在六盘山地区，两个类型的故事都有讲述，两者嫁接形成的异文的讲述也十分常见，仅在《西吉民间故事》中就收录了《李秃子上西天》（汉族）、《金豆儿的故事》（汉族）、《孝子》（回族）等篇章。以此三篇故事为例进行故事形态分析，可以从故事的"人物/角色"与"行为/功能"来观察六盘山地区此类民间故事的内部叙事结构。

一　篇名：《李秃子上西天》
故事出处：李世峰、尤屹峰、李耀宗编，《西吉民间故事》
故事讲述人：高世民

① 李扬：《中国民间故事形态研究》，汕头大学出版社 1996 年版，第 17 页。

搜集整理：杨登峰、尤屹峰
流传地区：六盘山地区

李秃子上西天

李秃子是个十七八岁的少年，他头上只长了三根头发，虽说少吧，长得倒是很长。这天，他给他妈说：

"妈，妈，你看我这头上只有三根头发，你就用这三根头发给我编个'三蛇逐玉'的辫子。"

他妈年龄大了，手脚不灵便，颤颤抖抖地，心疼儿子着就给儿子编"三蛇逐玉"的辫子呢。可是手一颤把一根头发拔掉了，只剩下两根了。李秃子也没有抱怨，顶着剩下的两根头发进进出出、忙里忙外。

过了三天，李秃子又把头塞给他妈，说："妈，妈，你看我头上只剩下两根头发了，你就用这两根头发给我编一个'二龙戏珠'的辫子。这一回你可千万不了给我再拔掉了。"

他妈听了儿子的话，心里想着儿子只有两根头发，自己一定要小心，说啥也不能给拔了。可是，人老了手脚不灵便，心一急颤得更厉害了，辫子刚编了一半，又把一根头发给拔了。这下子，老奶奶后悔得不得了，后悔千不该、万不该把儿子的头发拔掉了。李秃子却连没事人一样，都他妈不要放在心上。这样，李秃子的光头上，只剩当顶那么一根寒寒伧伧的头发飘过来摆过去，他却还乐呵呵地门里门外，忙得一点儿不站。

又过了三天，李秃子又把这最后一根头发给他妈，说：

"妈，妈，这次只有一根头发，你就给我编一个'单鞭救主'。这回你可千万小心，不要连上两回一样给我拔了。"

他妈看他儿子头顶上只有那么一根头发了么，还扎个啥"单鞭救主"呀。心里虽这么想着，手里还是抱着儿子的头给扎开了。可这次还神，老奶奶的手刚一触到那根头发上，这根头发就掉了。他妈这回更难过了，悔气得跌手绊脚的。可李秃子仍连没事人一样，还给他妈说：反正两三根头发，全拔了还干散。这样李秃子就真成了光秃子，头皮明得连电光一样。

李秃子长到二十一二岁，他妈见他长大了，就四处张罗着给说媳妇。可是说到马家，马家嫌他秃头；说到张家，张家嫌他头秃。这样，李秃子这个光秃子娃娃就硬是没人给个媳妇。（a1）最后他妈看低就不着，就高攀到一家员外家。这员外知书达礼，面皮上不好推脱，就在财礼上出难题，（M）他要一颗夜明珠、一根灵芝草和三百两银子。

李秃子听了员外家要的三样东西，知道这是员外面子上抹不下去，在财礼上为难他，他心想：你个李员外啊李员外，不要说一颗夜明珠，一根灵芝草，三百两银子，你看我李秃子一个下苦人，连皮带骨打到一起着能做几把老斧头。（a3）想着想着，心里就恨上了：西天佛爷咋闹着哩，世人哩只世了个我，咋给我不世个媳妇。这么一想，就拿定主意到西天去问。（C）于是，他安顿好了他妈，收拾盘缠上了路。（↑）

不知过了多长时间，他走过了约摸三百里路。这一天，天黑时分，他乍一抬头看到天上星星眨眼睛哩，这才猛想起应该打听个店住。他朝四面子看时，前不着村后不着店，方圆灯清火灭的，不得已就在一座土地庙里宿了夜。这土地庙看起来已有多年没人进来了，房上四处都是鸦雀窝，门窗上蛛蛛网拖得满满的，庙里有个泥神像，像身上尘土一指头厚。李秃子睡到了半夜，这泥神给李秃子托了个梦：

"李秃子，李秃子，你听着，你去西天，顺便给我打问一下西天佛爷，它咋世我呢，没世下给我烧香的人。（B2＋D7）"

李秃子醒来后，把睡梦醒过来倒过去想了一遍，心说：啊，你看这怪不咻，这土地爷还要我给他带话哩，唉带就带上，反正带上两句话不重人，多说两句话不挣人。（E11）他就把土地爷给他捎的话记到心里，又上路了。（↑）

还是和上次一样，自打土地庙里出来了约莫三百里路。这一天，天黑时分，李秃子头一抬见天上星星明晃晃的，这才想起打问店家。扭过头看时，四下里无人无烟，可走到了前不着村后不着店的荒地方。这一回还不如上一回，连个破土地庙也找不见。没想的方子，就硬着头皮睡在野洼的一个土炕里。这炕旁有一个窟窿，里面一对野雀子喳喳地叫哩，李秃子乏得连眼皮都抬不起了，一骨碌就睡着了。夜半时分，那对野雀子也给李秃子托了个梦：

"李秃子，李秃子，你给我捎句话。你问问西天佛爷，我抱了三年儿子都不成，它咋闹着哩，只世了我老两口，不给我世个儿子。（B2＋D7）"

李秃子醒来，记起梦中事，心里说：怪了，上次没处睡了，睡到了破庙里，土地爷要我给西天佛爷捎话哩，今儿个野雀子也叫我捎话哩，捎上就捎上，带上两句话不重人，多说两句话不挣人。（E11）他就记住了野雀子说的话，可上路了。（↑）

从土坑起身约莫走了三百里路，这一天，天黑时分，正走着哩，乍一看，一条河挡住路，抬头看时，天上星星可明晃晃的。李秃子一想，今儿个可瞎了，没定儿又寻不上个住店的地方。果不其然，看不见人烟灯火，除过河岸，连个土炕也找不到。他就在河岸上将就着睡了。半夜，河里一只乌龟给他托了个梦：

"李秃子，李秃子，你给我捎句话。你看我在这里修了五百年的仙了，啥都学会了，死活就学不会驾云上天。你代我问西天佛爷，咋着我啥都能学会，就学不会驾云上天。（B2＋D7）"

李秃子一睁眼，说：神！神！神！行，行，行，带话不重人，不挣人，我能带住两家的，就不怕带上三家的。（E11）照样，记住上了路。（↑）

不几日，李秃子来到了西天，见了西天佛爷，他人厚道，没有先说自己是来做啥的，先把三个捎的话说给了西天佛爷。西天佛爷给他一一作了答复；

"你回去给那泥神说，它脚底下踏着三百两银子，把这三百两银子送给人，它的庙里就会香火不断；你给那野雀子说，它窝里有一根灵芝草，把这根灵芝草送给人，它抱的儿子就能活下来；你给那乌龟说，它左耳朵眼里有一颗夜明珠，把这颗夜明珠送给人，它就可以驾云上天了。"

李秃子听完记到心里后，这才想起自己要问的话，连忙问西天佛爷，但左问右问问不喘，一看佛爷睡着了，一问左右，说佛爷一觉要睡五百年，天打雷殛都不醒来。（D11）李秃子一看没办法，只好顺原路往回走，顺便把带的话捎给那三个。（↓）

到了乌龟那儿，他把西天佛爷的话重复了一遍，乌龟一听，高兴得不得了，就说：

"你辛苦了一趟，给我费了心，这颗夜明珠就送给你作个人情。"（f1）

李秃子就上前从乌龟的左耳里掏出夜明珠，谢了乌龟上了路。（↓）来到野雀子和土地庙，李秃子又把西天佛爷的话给两个原原本本地学说了一遍，这两个就把各自的祸根给了李秃子作了人情。（f1）这三样东西一到手，（K4）李秃子猛然醒开了，这正是员外要的三样财礼。

到家里，李秃子把这三样东西送给员外，员外没话可说，只好把女儿嫁给了李秃子。（N + W∗）

故事形态分析

（1）简略功能图式①

a1 M a3 C ↑——（B2 + D7）（E11）（↑）——D11——f1 K4——↓——N + W∗

（2）说明分析

故事开始，主角李秃子失去三根头发的过程，以致缺乏出现（a1），为解除缺乏，主角又被未来岳父给出难题（M），同时，也是又一层缺乏（a3）。于是，主角发出质问，寻求反抗（C），并动身出发（↑）。一路上，主角接受了三次问话与考验（B2 + D7），给出了

---

① 注：在李扬《中国民间故事形态研究》中，功能图式较为复杂，其图式说明中有四点：1. 在故事文本中，功能代号一律标在所代表的功能后面。2. 功能代号与普罗普所用代号一致，非功能成分一律不标。括号表示功能重复，功能间的"＋"号表示复合功能。3. 序列次序以罗马数字标出，如Ⅰ、Ⅱ等。4. 功能后如有线条表示故事或序列尚未完结。竖线相连表示插入序列的完结或序列间有共同的结尾。在此，笔者将其简化，按照故事的进程顺序标注。如无多重故事嵌套或者多主角或多事件出现，不分序列。标注过程中，功能项也使用到了李扬关于中国民间故事功能项的补遗项。

相应的反应（E11），并再次出发（↑）。当主角历经考验到达目的地，完成三次问话得到应答（D11），后返回（↓），返回途中，他三次完成考验并得到捐助者给予赠品（f1），得到的赠品正是他为达成婚姻而存在的缺乏，（K4）于是缺乏消除，缺乏消除的同时，难题得到解决（N），难题解决后，主角成婚（W∗）。

故事的第一个序列没有结束的时候，插入了三次主角被考验和派出的序列。当考验的序列——完成后，第一序列的故事得到完满结束。故事的核心功能是"缺乏——消除"，同时伴以"出发——返回""考验——反应""难题——解题"的功能对，使故事进展显得曲折神奇。

故事中出现的角色有：主角（李秃子）、差遣者和捐助者（泥神、喜鹊、乌龟）。差遣者的差遣对主角来说也是三次考验，主角面对考验都给予了适当的回应，完成考验后又得到了差遣者们的捐助，主角的缺乏从而消除。

在该故事开始的部分，主角李秃子与母亲间围绕"三根头发"展开的三段故事，是作为"潜隐"的考验存在的。对这些考验，李秃子也给予了适当的反应。而李秃子的母亲无疑也成为"潜隐"的捐助者。尽管这一捐助者所给予的捐助并不像其他捐助者那样报以没有魔力的物件作为回馈，从而使缺乏消除。但从中国文化传统这个特定的环境出发，李秃子之所以有此奇遇，前提条件就是李秃子孝顺。这个考验在该故事中通过李秃子对母亲不小心拔掉他三根金贵的头发这一考验的适当反应来集中体现。这成为"好人好报"的民间思维与愿望的出发点与归宿。而这一部分故事也是"孝"文化滋养下的六盘山民众的基本思维模式的反映。正是因为李秃子是一个孝子，才有了他的奇遇和美好的归宿。这也是民间故事重要社会功能的归宿。

此外，这一部分的添加，是改编与嫁接。民间故事虽然有"功能"、结构的相对稳定性，但仍然存在被"情节化"的普遍现象。与作家文学不同的是，民间故事在口口相传、代代相续的过程中，其传播必然伴随讲述者个人因素、讲述者所代表群体思维因素等的介入，因此，存在民间故事因时因地因人而被再创造的过程。这种再创造的过程除语调、语气、人名、地名、物件等不影响故事结构的细节变化之外，还存在故事变异的可能性。比如：将不同的故事混合；将故事衍生发展；其他原因而导致的故事情节改动等。这些变异与讲述者的身世、气质、性格、审美情趣以及具体讲述者所在群体、地域的审美情趣、文化心理等都相关联。作为"孝"文化滋养的传统乡土文化遗留以及移民文化因素，六盘山民间故事在结构上往往对同类型的民间故事有较大改动。当然，这种改动不无遗忘、混淆等因素的存在。

二 篇名：《金豆儿的故事》

故事出处：李世峰、尤屹峰、李耀宗编，《西吉民间故事》

故事讲述人：王富禄

搜集整理：张国政

流传地区：六盘山地区

金豆儿的故事

有老两口，无儿无女。老婆子爱娃娃得很，常常在衣襟里面填塞些棉花，假装着怀了娃娃，过了多少年，她还是没养下一个娃娃。

这年夏天，老汉在山里割粮食，看见人家都有娃娃送吃的，光他没娃娃送吃的来。（a6）黑了回家后，就对女人说："你年年给我怀娃娃呢，就是没有娃娃给我送吃喝。我不割粮食了，要走扬州城里做生意去。"（B8 + C）女人说："你不要去了，我这一回给你真个怀了一个，没几年就给你送吃的了。"老汉说："怕不一定。我走后你要是真养下娃娃，是男的就叫他金豆，叫他好好念书。到十二岁时拿上家里的这支长箫，来扬州城里寻我，我们爷儿俩一搭里回家。那时我做生意赚了钱，还能给娃娃娶媳妇呢。要是养个女的，就叫她银豆，教她做针线，我到十五年后也会回来。"

第二天，老汉背上干粮走扬州城里做生意去了。（↑）女人在家不到半年，就养了个男娃。按老汉的话，起了个名字叫金豆，长大后就供给念书。这娃娃在学校很用功，在家里也很孝敬他妈，念书回来后要帮他妈拾柴担水。

有一天，金豆回家来时很不高兴，努着嘴不说话。他妈问他咋了，金豆说："人家学校里娃娃都骂我是个没大的娃娃，（a6）人家娃娃都有大呢，就我没有，你说我有大吗？要是我没有大，我再也不念书了。"这时，金豆妈才把实情一五一十地说了。（B2）金豆这年正好十二岁了，他听了他妈的话，要去扬州城里寻他大去哩。（C）他妈流着眼泪给儿子准备了盘缠，缝好了衣裳，补了鞋袜。临走时，金豆妈给金豆了那支长箫，让儿子记住，拿上这支长箫才能寻到大。（↑）

金豆到了扬州后，不知道上哪里去寻父亲，只好在一个楼房檐底下借宿。白天就用这支箫吹出最好听的曲儿，引得好多过路人听得不愿离去。这座楼上有个姑娘也时常探出头来听箫。就这样，金豆不知道在这里吹了多少日子，还是不见他大，有一天，楼上的姑娘丢下了一块手帕，金豆拾到后，就把手帕藏了起来。

金豆的箫吹得很好听，传遍了扬州城，后来金豆和他大总算见面了。（K13）父子回家后，（↓）老汉已准备了一些钱要给金豆娶媳妇，（a1）金豆说："我要扬州城里的那个姑娘。"他大说："就凭这点钱，怕是说不来人家的女娃！咱先试一下看吧。"就打发媒人到姑娘家中说亲。那姑娘姓胡，她大胡员外不想给，就用为难（M）的口气说："要把我家的姑娘给你们，要三样东西才行。一要夜明珠一颗；二要三尺水轮布；三要三根金头发。"（a3）媒人把情况对金豆家说了后，金豆大说："金头发弥勒佛头上才有；夜明珠和水轮布是宝物，我们穷人家是没有的，到哪里寻呢？人家那是难为咱穷人的话。"（B2）金豆说："我还是先把金头发寻来再说。"（C）

第二天，金豆上路寻宝去了。（↑）他第一站遇到了一个喜鹊，喜鹊对金都说："金豆，金豆，请你捎个话问弥勒佛，我为啥抱不成儿子？（B2＋D7）"金豆记下了喜鹊的话，（E11）又上路了。（↑）第二站遇上了一个大蛤蟆，捎话问它肚子为啥经常痛（B2＋D7）。第三站到了弥勒佛身边。这时，弥勒佛正在打盹，金豆轻轻地拔了三根金头发。（f1）弥勒佛醒来了，金豆就把喜鹊和蛤蟆捎问的话问了，弥勒佛回答后，他就记在心上往回走。（↓）碰见蛤蟆时说："弥勒佛说你身底下有三尺水轮布，送人后你的病就好了。"蛤蟆看时，果然有三尺水轮布，就对金豆说："你给我捎了话，这些布就送给你。"（f1）金豆拿了水轮布，高兴地往回走。（↓）碰见喜鹊时说："你窝里有颗夜明珠，你拿出来就能抱出儿子了。"喜鹊把夜明珠送给了金豆。（f1）金豆三样东西都拿到了，（K4）他就拿上这些礼物，到胡员外家求亲，胡员外只好答应了。（N + w1）

故事形态分析

（1）简略功能图式

Ⅰ．a6 B8 + C↑——∣

Ⅱ．a6 B2 C ↑——K13 ↓

Ⅲ．a1 M a3 B2 C ↑——（B2 + D7）——（E11）——（↑）——（f1）——K4 ——N + w1

（2）说明分析

故事开始，第一主角老汉没有孩子，缺乏出现（a6），老汉寻思之后决定改变，并宣告离家出走，于是，他决定去扬州城做生意（B8 + C），并于第二天离开（↑）。第二主角即金豆儿在父亲走后出生，长大的过程中被同学欺负，缺乏出现（a6），母亲告知实情后，让他按他父亲的意愿去扬州城找父亲（B2），主角决定离开（C），并于第二天离开（↑）。金豆儿找到父亲后，父亲和儿子的缺乏解除（K13），父子返回（↓）。返回后，新的缺乏出现，金豆儿没有媳妇（a1），当他们去扬州城提亲时，被未来岳父出了难题（M），金豆儿并没有未来岳父所要求物品，新的缺乏出现（a3），父亲说弥勒佛有三根金头发（B2），金豆儿决定去寻找（C），于是，又一次离开（↑）。金豆儿一路遇到蛤蟆和喜鹊，分别让他捎话（B2），也是一种考验（D7），金豆儿答应了蛤蟆和喜鹊的请求（E11）。金豆儿见到弥勒佛，拔了三根金头发（f1），并相继从蛤蟆和喜鹊那里得到了另外两样物件（f1）。于是，金豆具备了三样东西，缺乏解除（K4）。金豆儿上门提亲，并得到应允。难题解决（N），得到婚约（w1）。

故事由三个序列组成。核心功能对是"缺乏——消除"，同时，伴有"调停——开始反抗""出发——返回""考验——反应""难题——解题"等功能对。第一序列中的老汉没有孩子，于是离家出走扬州城做生意，在找到儿子、缺乏消除后返家。第二序列中的儿子因被同学辱骂没父亲，在母亲讲出实情后也离家出走扬州城寻找父亲，找到父亲，缺乏消除后与父亲一同返家。但故事并没有终止，金豆提亲时被女方家长出难题，即另一层缺乏的开始。于是金豆再次离家寻找女方家长所提的物件，找到后缺乏消除，难题解决，金豆获得婚约。故事中出现的角色有："主角""派遣者""捐助者""被寻求者"。

三　篇名：《孝子》
故事出处：李世峰、尤屹峰、李耀宗编，《西吉民间故事》
故事讲述人：马勇（回族）
流传地区：六盘山地区

孝子
从前有母子两个，光阴很穷（a5），老妈妈头白得像面碗一样，儿子也快到娶媳妇的年龄了，妈妈整天为儿子的婚事发愁。

有一天，儿子从外边打柴回来，老妈妈得了重病，睡在炕上不能动弹了。她对儿子说："娘就你这么一个儿子，活着的时候没能给你娶上媳妇（a1），这是为娘的一块心病啊。娘无常后，你把我背上寻胡大去。"（M＋B2）说罢就闭上眼睛口唤了。

儿子给埋体穿上卡凡，起程去寻胡大……（↑）

走呀，走呀，只见眼前一棵大槐树，树上一只喜鹊说起话来。它问小伙子背的啥？到哪里去？小伙子说："我背我妈寻胡大去。"喜鹊说："你去给我捎个话，问胡大，我一连三年抱不成儿子，看是咋着。"（B2＋D7）小伙子应承后，（E11）继续赶路。（↑）

走呀，走呀，小伙子走到大海边，从海当中漂出来一个老龙，说起话来。它问小伙子做啥去？小伙子说他寻胡大去。老龙又叫他捎个话，说它往年发大水，有肉吃，今年发大水，没肉吃，看是咋着？（B2＋D7）小伙子满口应承了下来，（E11）又往前赶路。（↑）

走呀，走呀，脚上的鞋磨烂了，腿也走肿了，乏着一点也走不动了，就在一个山坡上缓下来。他把埋体从背上放下来，猛一转身，眼前站着一个白胡子老汉，他问小伙子干啥去？小伙子说："我娘口唤了，我背上寻胡大去哩。"（D11）老汉说："你把埋体就送在这里吧。"（N）又问小伙子在路上遇见了什么？小伙子把路上所见的都一一说了出来，白胡子老汉说："你去告诉老龙，它海底龙宫里面有三升金豆，叫送给你。"又说："喜鹊窝里有一棵灵芝草，叫它送给你。"说罢就不见了，小伙子像从梦中惊醒，就埋了他母亲往回走。（↓）走到海边，老龙已等在水面上，问小伙子，给它捎的话问了吗，小伙子说："我见胡大了，胡大要你把龙宫里的三升金豆送给我，你就有肉吃了。"于是老龙从海底用头顶出一小盘耀眼的金豆送给了小伙子……（f1）

小伙子走到大槐树下，喜鹊从窝里钻出来。小伙子说："胡大说，你窝里有一棵灵芝草叫你送给我，你就能抱儿子了。"喜鹊从窝里叼出灵芝草从树梢上丢下来，掉在小伙子的怀里。（f1）

小伙子得了宝贝，（K4）就高兴地回到了家里。卖了金豆和灵芝草，盖起了新房，养起了牛羊，又娶了一个赛如仙女的好媳妇，（N＋W*）不愁吃穿，一直白头到老……

故事形态分析

（1）简略功能图式

a5 a1 M＋B2 ↑——（B2＋D7）——（E11）——（↑）——（D11）——↓——f1——K4——N W*

（2）说明分析

故事开始，缺乏出现，家中贫困（a5），没有媳妇（a1），母亲在去世前要求儿子背着自己（M），离家寻找"胡大"，主角被派出（B2），母亲去世，于是儿子上路寻找胡大（↑）。途中，小伙子先后遇到喜鹊、老龙，它们既是考验者，又是派遣者，同时还是捐助者。它们要求小伙子捎话（B2＋D7）。小伙子答应下来，做出反应（E11），然后继续赶路（↑）。当他遇到一位白胡子老头，也是另一位捐助者，通过询问，主角通过考验（D11），难题解决（N），于是，主角返回（↓）。他把胡大的话又一一带给喜鹊、老龙，并得到了它们提供的没有魔力的物件（f1），缺乏消除（K4），主角成婚（W∗）。

故事的核心功能对依旧是"缺乏——消除"。与之相伴的功能对还有"调停——开始反抗""出发——返回""考验——反应""难题——解题"等。故事中出现的角色主要是"主角""派遣者""被寻求者""捐助者"。

与《李秃子上西天》一样，该故事中的"派遣者"也是一个潜隐的"捐助者"。这一潜隐的捐助者并不像其他捐助者那样为主角提供具体的物件。但正如上述对《李秃子上西天》中潜隐的捐助者所论析的那样，正是因为这一潜隐的捐助者的存在，小伙子才能在找到胡大后得到胡大的帮助。或者，与《李秃子上西天》中那位潜隐的捐助者一样，他们并不以"角色"的身份存在于故事中，而是作为一道难题存在。这一难题是对主角的一个考验，考验者在这两者故事的讲述中外在于故事情节，是讲述者与听众共同存在其中的文化传统。浸润在六盘山强大的"孝"文化传统中，"母亲"的存在——无论是年迈的母亲还是以"尸体""遗愿"的方式存在的母亲——对于成长中的儿子来说就是一道难题，如何对待她们才算作一个孝子。一个孝子在"孝"文化传统的逻辑思维与情感诉求中自然是要得到命运的回馈的。这种回馈在故事中以捐助的方式出现，以解除缺乏的方式呈现。

以上三个"西天问佛"型故事在六盘山地区的不同异文，从细节看，有这样那样的差异，但从故事形态的主要架构看，都不外乎缺乏（a）——调停，相关事变（B）——开始反抗（C）——主角离开（↑）——遇到捐助者（D）——主角的反应（E）——魔物的供给与接收（F）——缺乏消除（K）——难题解决（N）——主角成婚（W）这一结构。从这一结构的相对稳定性，也可以见得民间故事在讲述过程中得以保持相对稳定性的内在奥秘。当然，笔者认为，如果对故事内部情节划分太过细致，反而不利于凸显故事形态，甚至会出现一种无休止细化下去的现象。

第三节 六盘山地区"西天问佛"型 故事中的功能与角色

日本学者北岗成司将普罗普故事形态学理论的主要成果总结为两个方面:一是将故事中个别具体的"登场人物"与一般抽象的"角色"作出区别,即人物/角色论;二是将故事中个别具体的"行为"与一般抽象的"功能"做出区别,即行为/功能论。以上"西天问佛"型故事在六盘山的几个异文中的"功能"和"角色"分别具有什么特征呢?

一 六盘山地区"西天问佛"型故事中的功能

普罗普在研究分析后得出结论:民间故事中的功能的出现顺序总是相同的。尽管这一结论被不止一次地质疑,但这一结论在普罗普的理论体系中举足轻重。比如荷兰学者弗克马、易布思就曾指出:功能可以消掉或重复的条款本身否定了其结论中次序固定的法则。李扬在对他掌握的中国民间故事进行形态分析研究时,并没有发现任何故事功能排列完全符合普罗普给出的顺序。而且,他发现中国民间故事与普罗普的结论有令人惊异的差异。当然,证明这种差异的存在并非研究的目的所在。普罗普对故事形态研究的重要意义也并不会因为一条没有放之四海而皆准的结论被否定。普罗普故事形态研究的重要意义在于它作为路口与方向的作用,沿着这一路口与方向,可以通往结构主义。特伦斯·霍克斯认为普罗普那部故事形态学的著作是形式主义学派的重要贡献之一,它向适合小说艺术的"诗学"迈出了一大步。

在普罗普的分析中,"功能"的顺序正是"行动"间的逻辑关系。并非所有的行动都是功能,但功能都是行动,而且是在情节进展中具有意义的行动。正是一定的逻辑关系制约和决定着行动的顺序、功能的顺序。功能的顺序因循时序关系、因果关系和其他内在逻辑关系。

尽管如此,线性思维的人类语言在讲述、呈现共时性的行动时在客观上存在着排列先后的自由。而且,故事的"时序结构"可能还会因为讲述者个体的差异以及讲述者所代表的群体、地域的集体差异而在讲述上发生诸多变异。在口口相传的过程中,遗忘、混淆、再创造都是具体的变异的体现。

就六盘山地区"西天问佛"型故事的形态看,在故事的"功能"方面主要具有以下特征:

第一,功能对相对单一、稳定。三则同一类型故事的异文均以"缺乏——消除"这一功能对为核心展开故事。即使在《金豆儿的故事》中外层所嵌套的父亲的故事也是以"缺乏——消除"为核心功能对。在另一主角金豆儿的两段故事中,先后出现的依旧是"缺乏——消除"这一"功能对"。

第二,功能之间的逻辑关系为时序对应关系。即使像《金豆儿的故事》中有"双主角"的存在,但并没有影响其时序对应关系这一逻辑基础。在以上故事的功能对中,每组功能对的出现都是按时序的先后出现的,意义也相互对应,因此也形成"功能对"。

表 7 - 2　　　　　　　时序关系"功能对"

功能编号	先	→	后
8a	a(缺乏)		K(消除)
9—10	B(调停)		C(开始反抗)
11—20	↑		↓
12—13—14	D(考验)		E(反应)
25—26	M(难题)		N(解题)

可见,对于同一类型的故事而言,从故事形态的角度看,其中有着相对稳定的"功能"及其顺序。正是这种相对一致性在深层结构上保持了同一个类型的故事的相对稳定性。这种稳定性的相对性可能在情节化的过程中被再创造、异化,但添加的部分也可能是按

照核心功能对的模式，比如《金豆儿的故事》，这也可能正是"模式化"思维的表现之一。因为这个结构蕴含的思维模式化，所以尽管出现了外层的故事、主角不同阶段的故事，但都以"缺乏——消除"为核心功能编织故事。从而在深层结构上，这种再创造对故事带来的变化并不十分新异。当然，添加、混合在情节上使故事变得更加曲折、丰富。

尤其需要指出的是，该故事在六盘山地区流传的过程中，不仅汉族讲述，回族也讲述这一类型的故事，比如《孝子》故事的讲述者是回族，故事的"外貌"特征也是回族的：胡大、卡凡、埋体等一系列"装扮"都使该故事具有了浓郁的回族民族特征。但在叙事上，该故事保持了它的深层结构不变。当然，如果细究，该故事中母亲要求儿子背着自己的埋体去问胡大的过程，正烙印着回族的习俗文化及其民族深层心理，"千里背埋体"在该民族习俗文化中并非仅仅是故事，而是现实生活事件和真实的历史事件。在有所保留的同时，长期的汉民族文化熏染，使该故事中也蕴含着汉民族的习俗文化与民族心理，这一点从该故事的标题——孝子——的选择上有明显的反映。而且这一标题将该故事的社会功能及其更深层的文化心理做了彰显。但完成这些目的的故事本身在叙事上并没有与前两则故事有本质的差别。

"缺乏——消除"这一功能对也是民间故事书十分常见的功能构成，故事往往以"缺乏"开始，或是家庭成员不在家，或是缺乏新娘，或是缺乏物件，在主角经历了一切考验之后得到了收获与回馈，缺乏"消除"。这种结构中蕴含着人类的本能思维。它并不建立在艺术创造的基础上，而是人类的本能思维能力的反映，或者，更准确地说，这种结构蕴含的是人类作为生物的本能。无论是植物、动物，其成长过程正是以不断的"缺乏——消除"构成。植物生长需要水分、阳光，它就伸展枝叶根须去汲取，动物成长需要食物，它就发挥造物的赋予去寻求，人类的生存成长也是一系列"缺乏——消除"的过程。或有意识或无意识，但这种本能蕴含在生物的行动中，之后上升为一种醒觉的思维。无论是个人的成长抑或是人类整体的成长，经过一系列斗争消除缺乏构成了其生命的基本内容。因此,"缺乏——消除"这一功能对中蕴含的正是人类的本能与基础思维,这一结构形式也是民间故事中十分常见的存在。反过来,故事的深层结构中蕴含着人类的思维模式,故事的行动、功能体现的不仅是故事的编织方式,更是人类文化密码的编织方式。

二 六盘山地区"西天问佛"型故事中的角色

普罗普经过研究分析,将民间故事中形形色色的形象、出场人物从形态角度做了归纳,不管这些出场形象或人物的属性如何,或是人物或是动物抑或是妖魔鬼怪等,也不管这些人物或形象的社会身份如何,或是国王或是农夫,或是公主或是侍女,或是龙王或是树精,也不管其年龄如何,如此等等,这些差异在故事开展中从形态意义上看不外乎以下七类角色:反角、捐助者、助手、被寻求者、差遣者、主角和假主角。李扬在《中国民间故事形态研究》中归纳出中国民间故事角色分布的几个特点:①

第一,故事最少有两种角色同时出现,最多有七种;大多数故事有三四种角色。七种角色同时出现的故事较少。假主角出现最少,而且全部同时是反角。

第二,故事中某角色与出场人物的数目大都一一对应,但亦有数个不同出场人物充当同一角色的情况。更常见的是同一出场人物在同一故事中担任不同的角色。

第三,绝大多数的故事都有主角,同时绝大部分故事有反角出现;大部分故事出现捐助者。

角色的分布情况与故事的情节形态有着密切的联系。李扬说:"角色的种类出现得愈少,功能和序列的数目也就相应减少,故事情节的发展也就愈简单;相反,角色的种类越多,涉及的行动场越广,功能和序列的数目随之增加,故事的发展就愈复杂。"② 在以上三则

① 李扬:《中国民间故事形态研究》,中国社会科学出版社 2015 年版,第 172 页。
② 同上。

六盘山民间故事中，出现的登场人物与形象并不多，其中一些人物与形象承担了不同的角色功能。比如喜鹊、蛤蟆、泥神在请求主角捎话的时候是"派遣者"，同时，它们也是"捐助者"。但以上三则故事的特别之处在于其中没有显在的一个"反角"存在，因此也并不存在"恶行—惩罚"这样的功能对。但以上几则故事中，尤其是《李秃子上西天》和《孝子》的人物形象中"母亲"的角色归属很难定位。普罗普将角色与行动场的成分作了对应分析：

（1）反角：恶行（A）；与主角的战斗（H）；追捕（Pr）。

（2）捐助者：准备赠送魔物（D）；赠送主角魔物（F）。

（3）助手：转送主角（G）；从追捕中得救（Rs）；难题得到解决（N）；灾难和缺乏的消除（K）。

（4）被寻求者：给主角出难题（M）；标记（J）；揭露（Ex）；惩罚反角（U）；结婚（W）。

（5）差遣者：派遣（B）。

（6）主角：开始外出寻求（C↑）；对捐助者的要求作出反应（E）；结婚（W＊）。

（7）假主角：同"主角"一样，包括（C↑）（E），以及特有的（L）。

但以上两则故事中的"母亲"到底应归到什么角色中呢？只有在她们都没有"行动"与"功能"意义的时候，才在形态上不具有角色的意义。但显然不是，她们的存在正是主角之后的行动与奇遇得到成立的一个前提。她们的存在正如一个难题，主角如何反应，决定了他们的命运遭际。在这类故事中，主角一方面通过英勇无畏的奋斗来解除缺乏；另一方面则通过他们的善行来获得命运的认可，从而有了一系列神奇的际遇。

实质上，在笔者看来，角色的对应关系、角色的分布、功能的时序等都是非常机械的研究。尽管这类研究对于浩繁的民间故事研究来说起到了积极的、基础性的作用，并且启迪了更有益的研究方式方法的出现。但就功能与角色而言，更深入的意义在于通过这一研究探讨"民间故事的深层结构，是否隐伏着特定的文化传统，体现着传播的文化心理和世界观，从故事叙事中是否可以发现远古人类叙事的某种元语言等等，这些问题，有待于我们更加详尽和深入的探讨"①。因此，普罗普发现了一条道路的入口，难能可贵，但到底走多远则是后来研究者的责任。民间故事虽然不同于作家文学，但作为民间文学的民间故事归根结底是文学的一种，虽然它携带了更直接的人类习俗文化密码，但也存在着艺术虚构的成分。比如从功能构成这一深层结构中读取其中蕴含的人类思维密码具有更重要的意义。在人物、形象的角色归位中，一个很难归位的人物形象只是找不到普罗普所提供的"位置"，但这并不意味着他们在故事中没有位置或者他们的存在无意义。甚至，他们的存在蕴含着巨大价值。就以上故事中的"母亲"形象，很难找到适合她们的"角色"，但这与她们在现实生活中的存在状态也许具有一致性。一个年迈的、笨手笨脚的母亲，尤其是一个已经逝去的、只留有遗愿的母亲在年轻人建立自己的核心家庭时是一个"多余"的存在，但这个年轻人如何对待他的这位"母亲"，将对他能否顺利达成心愿起到决定性因素，在故事的形态上，也是"缺乏"能够顺利"消除"的关键因素。因为年轻人如何对待这位"母亲"，显示出的是他的人品，在"孝"文化环境与"好人有好报"的情感诉求中，故事反映和表达的则是民众共同向善向美的愿望。这一愿望通过故事中人物形象及其际遇与结局来集中反映。在以上存在再创作情况的《李秃子上西天》《孝子》两则故事中，李秃子、金豆儿与母亲之间的关系成为这两个人物形象的品质的试金石。从这个意义上看，这类故事中的主角就是一个"被考验者"，而主角都顺利完成考验，故事的缺乏被解除。

---

① 孙正国：《近 20 年中国民间故事叙事性研究的探索与缺失》，《西南民族大学学报》2004 年第 9 期。

第八章　六盘山地区民间故事 《白鹁鸽玲玲》的异文 及其讲述艺术

　　《白鹁鸽玲玲》是六盘山地区流传甚广、颇具代表性的民间故事之一，尤其在甘肃庄浪、静宁；宁夏隆德、西吉、彭阳等地更为脍炙人口。它综合了"天鹅女""鸟的来历"等类型故事中的奇幻性，同时又呈现出鲜明的现实特征。其中"变形""人鸟变幻"等思维模式蕴藉着来源于人类祖先精神遗传中的"集体无意识"；婆婆与白鹁鸽玲玲之间的关系又烙印着封建家长制秩序中的等级关系；故事中诸多形象之间的纠葛也反映出生产劳动对人际关系的制约，这一点在中国现当代作家文学中也有深入的反映。从而，《白鹁鸽玲玲》也是一条观察从神话到小说风貌变化的路径。在这些意涵之外，六盘山地区《白鹁鸽玲玲》诸多异文中说唱式的讲述艺术具有更重要的研究意义。

第一节　《白鹁鸽玲玲》的神话 思维与现实触须

　　母题是故事中的最小叙事单元，它具备在传统内部持续存在、反复出现的能力。汤普森在对母题的解释中强调了母题的几个方面：一是作为内在的性质，母题是最小的叙事单元；二是作为外在特征，母题非同寻常、引人注目；三是母题有在传统中反复出现的能力；四是母题可以分为人、物、事三类。其中，"事"这类母题是独立存在、自成故事类型的。

一　《白鹁鸽玲玲》的母题与类型

《白鹁鸽玲玲》在故事梗概上讲述了作为儿媳妇的玲玲被恶婆婆折磨致死，死后化身白鹁鸽终与丈夫相认团聚的过程。从类型上看，与"鸟的来历""羽人"型故事都有关联，又存在差异。其共同点在于"人鸟变幻"的部分。在艾伯华《中国民间故事类型》中，划分了两种类型"鸟的来历"的故事。其中，"鸟的来历Ⅰ"主要情节构成为："（1）被屈杀的人变成了鸟。（2）他们最后的思想，或者说的话，现在还作为他们的歌而出现。"① 在这类故事中死亡的情节上："一个姑娘受到婆婆或者丈夫的姐妹或者丈夫的虐待而自杀"②，这一环节与《白鹁鸽玲玲》一致。但《白鹁鸽玲玲》在故事的走向上并非为讲述鸟的来历，变鸟只是故事中的一个环节而非目的。另外，《白鹁鸽玲玲》的篇幅重在叙述白鹁鸽玲玲如何被非难这一过程，从而添加了诸多"鸟的来历"型及"羽人"型故事所不具备的情节因素，在母题上也不尽相同。《白鹁鸽玲玲》对前几种类型的故事都有摄取与继承，又有更多地域现实因素的掺入，而其类型更准确地概括应为"人鸟变幻"或者"化鸟"。从六盘山地区的民间故事看，《白鹁鸽玲玲》在情节上与《"白脸媳妇"鸟的来历》③ 十分相近，与回族民间故事《白鸽子与阿里》④、东乡族民间故事《白羽飞衣》⑤、撒拉族民间故事《鸽子阿娜》⑥ 等也有类似之处。只是《白鸽子与阿里》《鸽子阿娜》是"鸟化人"的故事；《白羽飞衣》在类型上是"羽人"型故事；《白鹁鸽玲

---

① ［德］艾伯华：《中国民间故事类型》，商务印书馆1999年版，第137页。

② 同上。

③ 固原民间文学集成办公室编，《中国民间故事集成宁夏分卷资料丛书·固原民间故事》，固原县印刷厂1987年印刷，第160—161页。

④ 李世锋、尤屹峰、李耀宗主编：《西吉民间故事》，宁夏人民出版社1992年版，第364—367页。

⑤ 《中国民间故事集成》全国编辑委员会、《中国民间故事集成·甘肃卷》编辑委员会：《中国民间故事集成·甘肃卷》，中国ISBN中心出版、新华书店北京发行所发行、北京冠中印刷厂2001年版，第610页。

⑥ 同上书，第622页。

玲》是"人化鸟"的故事。《白鹁鸽玲玲》在情节上具有浓郁的奇幻色彩，在类别上，《西吉民间故事》将其编入了"幻想故事"，《静宁民间神话传说故事》中将其编入"鬼狐精怪故事"。无论是地域还是民族属性与色彩方面，《白鹁鸽玲玲》与其他相关民间故事在情节上有或紧或疏的关联性，又具有自身的特定地域色彩与现实因素。在最小的故事情节单元上，该故事是确定的。综合以上与其相关联的尤其是在类型上相同与相近的故事看，该故事中最小的叙事单元为"变形"，即该故事最核心的母题为"变形"。

二 《白鹁鸽玲玲》中"变形"的神话思维模式

广义上的民间故事包含了神话、传说、故事等文类，狭义上的民间故事与神话、传说之间有着鲜明的区分。弗雷泽认为："神话源于理性，传说来自记忆，而民间故事来自想象。"① 在表述上，国内学者董晓萍对三者的差异做了有趣的区分："神话在讲'我们和神们'的故事，传说在讲'我们和祖先们'的故事，故事在讲'我们和我们'的故事。"② 虽然各种试图将三者区分的描述都在强调差异，但不可否认，"我们和我们"的故事中保留了神话的印记，故事的奇异性也来自神话原型的思维模式。而《白鹁鸽玲玲》中"化鸟"的情节与钟敬文关于蛇郎型故事中"化鸟"情节的解析有共同之处："它的目的在达到报复或发泄所身受的怨愤。"③ 无论如何变形，变形为何物，仅变形本身就深深烙印着原始人类的思维模式。汤普森认为"变形在世界各地的民间传说里也是一个常见的现象。许多这样的母题都是无可辩驳的虚构故事，但有很大一部分却代表着固执的信仰和发展的传说"④。弗莱认为一部文学作品，它所体现的规律性因素不

---

① 阿兰·邓蒂斯编：《西方神话学文论选·导言》，上海文艺出版社1994年版，第34—35页。
② 董晓萍：《民间文学体裁学的学术史》，《北京师范大学学报》1999年第6期。
③ 钟敬文：《蛇郎型故事初探》，《钟敬文民间文学论集》，上海文艺出版社1985年版，第200页。
④ ［美］斯蒂·汤普森：《世界民间故事分类学》，郑海、郑凡等译，上海文艺出版社1991年版，第309页。

是作家个人天才创造发明的，而是在文学的历史发展中，在文化的传统中所形成的，这种规律性因素就是原型。"从对文学史的考察中可以看到，文学作为一个有机整体，植根于原始文化，最初的文学模式必然要追溯到远古的宗教仪式、神话和民间传说中去。"① 从神话到传奇到现实主义，"文学发展演变的规律线索在于原型的置换变形"②，"变形"，甚至具体到"人鸟变幻"与"化鸟"的思维模式与规律性在被民间文学所滋养的作家文学中得到承传。

单纯从"人鸟变幻"或者"化鸟"的基本情节看，有文字记载的"天衣系""鸟羽系"中"羽人"这一称呼可追溯至《楚辞·远游》中的"仍羽人于丹丘兮，留不死之旧乡"③。再如《山海经·海外南经》中有关"羽人国"的传说："羽民国在其东南，其为人长头，身生羽。一曰，在比翼鸟东南，其为人长颊。"④ 晋张华《博物志》中也有羽民国民"有翼"的说法。《玄中记》中也有"人鸟变幻""人鸟婚姻"的现象。再如记录古代民间传说中神奇怪异故事的小说集《搜神记》记录有天女姊妹化鹤的故事。周作人《古童话释义》中对"女雀"故事的追溯也提及《玄中记》《搜神记》《太平御览》等文献，并以此解释了"今绍兴亦忌小儿衣夜露"⑤ 的民间禁忌的缘由。当然，《山海经》中"精卫填海"的故事应该是民众更熟悉的"人鸟变幻"与"化鸟"的故事。"人鸟变幻"与"化鸟"的情节在后世流传中发生了形形色色的变化。但其思维模式中来源于人类祖先的精神遗传中的那种"集体无意识"却留存其间，从而成为可知可感的"遗留物"。

神话作为原始先民思维遗迹，深刻烙印着他们的思维模式。具体而言，"变形神话包括图腾化身神话和神体变形神话，它们中产生了

---

① 转引自叶舒宪编选《神话——原型批评·导读》，陕西师范大学出版社总社有限公司 2011 年版，第 12 页。

② 同上。

③ 潘啸龙：《国学经典导读·楚辞》，中国国际广播出版社 2011 年版，第 5 页。

④ 《山海经》，富强译注，作家出版社 2016 年版，第 255 页。

⑤ 周作人：《儿童文学小论 中国新文学的源流》，北京十月文艺出版社 2011 年版，第 31 页。

最初的变形故事和变形母题，它们是远古先民在原始宗教的支配下，对重大的宇宙、自然、自身的认识和试图给予合理解释的产物"①。"盘古垂死化身"及"女娲之肠"都是典型的神体变形神话。随着人类认识自身的能力的变化发展，图腾化身神话经历了人的拟兽化——兽的拟人化——全人型三个阶段。图腾物也经历了自然物——人兽合体——全人型的"变形"。在图腾崇拜观念中，先民认为人和动物都是相通的，二者可以互渗、互变。"图腾化身神话不但确立了最初的人兽互化的变形模式，而且也树立了牢固的变形观念……为后世志怪小说不但提供了一种独特的叙事模式，成为建构众多故事的情节单元，而且也提供了阐释和接受许多变形母题的依据。"② 鸟曾经是我国许多氏族的图腾，人鸟互化也源自图腾化身神话中人与图腾物的互化。而这也是后世众多人鸟变形故事中"变形"母题的真正源头。

"变形"一直是人类口头叙事文学中最常见的母题之一，在世界各民族民间故事中都有流传，"变形"故事也以其浓郁的奇幻色彩而深受民众喜爱。斯蒂·汤普森认为所谓变形，即"一个人、一个动物或物体改变了自身的形状并以另一种新的形状出现"③。从变形的主体和对象可以将"变形"分为物——人，人——物两类；在变形主体的态度上可以将"变形"分为被迫和主动两类。就《白鹁鸽玲玲》中的"变形"而言，是人在死后主动化鸟的故事，该故事中的"变形"并没有出现媒介物，包括神秘人物或具有魔幻法术的物体，在该故事中，人变鸟的中间物是人的死亡这一过程，在人死亡后其灵魂化鸟。而"鬼魂"的幻化在中国古代民间思维中是普遍到无须解释的可接受、可理解的情节。尤其是佛教进入中国后，其"因果报应观念融入到我国本土变形观念中，为我国早已有之的变形故事提供了新的接受和阐释视界，使人与异类的互化具有了转世轮回合理性"④。因

---

① 金官布：《神话对志怪小说变形母题的影响》，《青海师范大学学报》2014 年第 2 期。
② 同上。
③ ［美］斯蒂·汤普森：《世界民间故事分类学》，郑海、郑凡等译，上海文艺出版社 1991 年版，第 309 页。
④ 金官布：《佛教对唐志怪变形母题的影响》，《青海民族研究》2013 年第 1 期。

此，《白鹁鸽玲玲》中玲玲死后化为鸟的情节在文化接受中并不显得突兀。而这与《山海经》中"女娃游于东海，溺而不返，故为精卫"① 的"变形"相叠合，是《白鹁鸽玲玲》故事的神话原型的最直接的回溯，也是图腾化身神话模式的复制。

三　《白鹁鸽玲玲》的现实触须

讲故事在六盘山地区被称为"说古今"。农闲时节或者合作劳动的休息间隙，围坐在一起听能者说古今，是六盘山地区民间十分重要的一种代际教育方式与民众精神交流方式。从讲故事这种代际教育关系看，雄奇飞动的传奇故事与神话构成了他们童年的"异世界"。单就六盘山地区，《白鹁鸽玲玲》存在诸多异文，但都不同程度地体现出鲜明的地域风土人情。讲述语言自不待言，故事情节的发展变化逻辑、故事中人物的家庭伦理关系与家庭地位、故事所述事件的地域特点等都是显在的证明。例如媳妇在向婆婆提出"转娘家"的请求后，屡次三番被婆婆以干农活为由阻止：

"不得去！三担五斗菜籽种上了再去。"
"不得去！看着三担五斗菜籽出来了没有。"
"不得去！三担五斗菜籽锄了着。"
"不得去！看着三担五斗菜籽熟了着，熟后拔了着。"
"不得去！三担五斗菜籽打了着。"②

虽然菜籽这一农作物在不同的异文中会被替换成麦子或其他农作物，但都是该地域常见的，且依照农作物的整个耕耘收获过程推动故事，烙印着该地域的生产劳动情形。人物之间的关系也被绑定在封建家长制与以生存为前提的生产劳动关系的基础上。该地域农民"面朝

---

① 《山海经》，富强译注，作家出版社 2016 年版，第 128 页。
② 刘世友：《中国传统村落宁夏隆德红崖村梁堡村》，宁夏人民教育出版社 2016 年版，第 19—20 页。

黄土背朝天",将一生拴在土地上任由农作物的自然生长周期年复一年来丈量。再如在被允许回娘家时,玲玲提出了转娘家时"拿啥呢?"的请求,婆婆虽恶,但不能够完全违背这一风俗习惯,所以应允:"牛圈里铲一篮粪耙耙提上,院里的老狗骑上,圈里的老公鸡抱上。"① 而婆婆"今儿去,明儿来,八双靴子八双鞋,十只荷包绣着来,绣不来了鞭子陪"的命令一方面呈现出了该地域劳动妇女在家庭中的地位;另一方面也呈现了她们在田野劳作之余所要承担的繁重的家务劳动。这一命令在情节上也为玲玲从娘家回来后惨遭毒打致死埋下了伏笔。在有着大致相似的生存困境的成人尤其是成年女性之间,该故事的讲述与聆听就不仅是农闲时间的娱乐方式了。"我们不能把讲述仅仅看成一种娱乐活动,而忽视其维系村落、关系家庭永存的功能。这里当然也包括对讲述位置的研究问题……讲述者与聆听者的协作关系构建了故事的世界,使其有了'群体'意义上的性质。"② 在六盘山地区,《白鹁鸽玲玲》是一则极具地域色彩又负载着封建家长制、男权中心话语语境中女性悲苦命运诉说的"古今",《白鹁鸽玲玲》故事隐在的对讲述者和聆听者年龄、身份的要求更凸显出民间故事对特定群体的特殊意义,成年女性中未婚者、已婚者在讲和听该故事时会产生更多同性体认,从而在自然的、性别的、文化的被倾轧状态中得到一丝抚慰。

四　从神话走向现实的"途经物"

胡经之、王岳川的《文艺美学方法论》在荣格原型理论研究的基础上总结道:"现代人与原始人之间具有超越历史的同样的深层结构。"③ 一切伟大的艺术不是个人意识的产物,而是集体无意识和原型的显现或转化。作为民间故事的《白鹁鸽玲玲》保留着人类祖先

① 刘世友:《中国传统村落宁夏隆德红崖村梁堡村》,宁夏人民教育出版社 2016 年版,第 20 页。
② [日]武田正:《讲述的类型与功能》,载林继富《中国民间故事讲述研究》,中国社会科学院出版社 2013 年版,第 119 页。
③ 王岳川、胡经之主编:《文艺美学方法论》,北京大学出版社 1994 年版,第 133 页。

的精神遗传中集体无意识的"遗留物"，但同时，也是作为文学的神话走向现实的"途经物"。

首先，"神话"色彩消隐。

民间故事《白鹁鸪玲玲》中儿媳妇被婆婆摧残致死的情节在作家文学中自古就有十分契合的叙事文本，例如叙事长诗《孔雀东南飞》。但这种契合并不发生在"变形"的母题基础上，而仅仅停留在故事中现实情节的部分。在古题为《古诗为焦仲卿妻作》的中国文学史上第一部长篇叙事诗《孔雀东南飞》序言中："汉末建安中，庐江府小吏焦仲卿妻刘氏……"云云，解释古诗取材于东汉献帝年间发生在庐江郡的一桩婚姻悲剧。在刘兰芝与焦仲卿双双殉情之后："两家求合葬，合葬华山傍。东西植松柏，左右种梧桐。枝枝相覆盖，叶叶相交通。中有双飞鸟，自名为鸳鸯，仰头相向鸣，夜夜达五更。"虽然其中有相向鸣叫的鸳鸯鸟，但在一桩以现实事件为依托的文人叙事诗中，这样的结尾已很难唤起神话故事中那种奇幻色彩，在书写上也十分模糊，并不点明鸳鸯鸟是否为刘焦二人幻化，最终保持了《孔雀东南飞》的"悲剧"性，使"行人驻足听，寡妇起彷徨"，从而达到"多谢后世人，戒之慎勿忘"的劝喻功能。因此，从神话到现实型小说的发展变化中，原始先民的"神话思维"几乎全面隐退。

其次，悲惨现实的深入描摹。

虽然在讲述方式上，《白鹁鸪玲玲》的口传性质与《孔雀东南飞》的文人叙事诗差别十分明显，但就故事中人物形象的性格、在故事中的位置、在叙事中的功能等方面看，焦母与白鹁鸪玲玲的婆婆几乎是一对孪生姐妹。在中国现代文学史上反映封建家长制的罪恶的作品中，"恶婆婆"类型的人物形象在作家文学中也不胜枚举。从故事梗概的角度看，《白鹁鸪玲玲》很容易钩沉起读者对萧红《呼兰河传》中小团圆媳妇悲惨命运的回忆。仅仅因为"太大方了"，越出了封建文化中"媳妇"应有的羞怯、顺从的形象，小团圆媳妇便在邻里的议论中，在婆婆的毒打与愚恶的摧残中，在读者的唏嘘中走向死亡。与民间故事中鞭笞致死的概略描述不同的是，小说在塑造人物讲述故事时几乎完全将笔墨经营在小团圆媳妇如何被婆婆日积月累不断变化升级的迫害上，从而完全将现实的残酷人性中黑暗残忍的一面揭示描摹给读者。作为一部现实主义的作家文学作品，无论作为女性作者的萧红有着如何"越轨"的笔致，那小团圆媳妇的悲剧只能悲剧地结束，而没有了民间故事《白鹁鸽玲玲》中死后化鸟的奇幻色彩，从而成为向封建文化中摧残人性的一面掷出的箭矢。当然，作家文学作品《呼兰河传》在叙事上与民间文学作品《白鹁鸽玲玲》也有着质地的差别。叙述者的讲述行为在民间故事中完全消隐于现场讲述行为中，而不介入故事本身。但作家文学《呼兰河传》中的叙述者作为现实事件的目睹者讲述了事情的经过，并将个人对于事件、事件中人物的褒贬透露在字里行间。

如果将作为文学体裁的神话到小说的传承演变看成一条河流，那么，民间故事便是河流的中间物，是从神话到小说的"途经物"。从神话到小说也是神仙撤退、人成为叙事主体与对象的过程。民间故事《白鹁鸽玲玲》的触须上承神话，下启小说。按照董晓萍的区分方法，神话在讲述我们和神们的故事，传说在讲我们和祖先们的故事，故事在讲我们和我们的故事，小说则在讲人们和我、我和我的故事。

第二节　《白鹁鸽玲玲》的四个典型异文

《白鹁鸽玲玲》这一民间故事在六盘山地区具有一定代表性。一是该故事讲述中所涉及风物、风俗、风情具有浓郁的地域特色；二是其唱词部分的韵律、节奏具有该地域的特性，建立在该地域方言的基础上；三是这一故事在该地域广泛流传，除去因讲述者的不同造成的细节差异之外，该地域还有多个该故事的异文；四是该故事在该地域讲述过程中对地方歌谣唱腔上的借鉴与吸收；等等。所以，这一故事的研究对六盘山地区民间故事整体讲述艺术具有典型和代表性的意义。

一　《白鹁鸽玲玲》的三个已写定异文

由于民间文学自身存在口头性和变动性等特点，同一故事在流传中因为国家、民族、地域等差异而产生了这样那样的变化，形成差异，从而导致一个故事可能存在不同的形态，它们互有差异，各自相对独立，却又是同一故事，同一作品，因而称之为"异文"。简而言之，"异文"指在主题和基本情节上相同的同一个故事，在细节上有不同的说法，或不同讲述者的讲述。在六盘山地区，《白鹁鸽玲玲》故事流传相对广泛，且在流传过程中形成了多个异文。就目前笔者所收集资料中已被采集和写定且具有代表性的异文就有三个。为完成全国艺术学科"七五"期间国家重点科研项目民间文学三项集成工作，1984 年以后，文化部、国家民委、中国民研会联合主持在全国范围内普查民间故事、民间歌谣、民间谚语。为给省卷集成做资料本准备，1985 年以后固原地区各县成立县级集成领导小组展开调查采集工作。在此次调查采集中，大量口承民间故事得以写定。《白鹁鸽玲玲》故事也在此次采集调查中被写定，其中《西吉县民间故事》中杜豆豆讲述本较具代表性，后文以"杜豆豆讲述本"指称。此后，几乎历次相关的西吉民间故事的再版及重新编印基本都建立在这次普查的基础上。例如由李世锋、尤屹峰、李耀宗合编，由宁夏人民出版社 1992 年 5 月出版的第 1 版《西吉民间故事》，文末注明了该故事的流传地区为：平峰、三合、苏堡乡等地。杜豆豆讲述本在宁夏人民教育出版社 2010 年 5 月出版的《六盘山民间故事·西吉卷》中再次被辑录。在甘肃静宁县响应"民间文学三项集成"工作时于 1989 年 2 月出版了《静宁民间故事》，在这一集成中，也收录了一则《白鹁鸽铃铃》的故事，因是在口承故事的基础上由不同的写定者写定，在名称上有"玲玲"和"铃铃"的差异，但这一名称没有影响故事内容与情节，故后文中均按《白鹁鸽玲玲》这一名称来指称。《静宁民间故事》中《白鹁鸽玲玲》故事于 2013 年 4 月被收录进由王知三编集、由宁夏人民出版社出版的《静宁民间神话传说故事》中。在《静宁民间神话传说故事》的后记中指出"《静宁民间故事》印行时，由于一些原因，在每个故事的出处，假托了许多名字，实无其人，这次出版时，恢复了原搜集整理者的姓名"。在《静宁民间神话传说故事》中标注出《白鹁鸽玲玲》故事的讲述者为王玉梅，搜集人黄小丽。后文中将这一异文称为"王玉梅讲述本"。

特别需要指出的是另一个"异文"，是由刘世友编著、由宁夏人民教育出版社于 2016 年 10 月出版的《中国传统村落 宁夏隆德 梁堡村 红崖村》一书中的《白鹁鸽玲玲》故事。该故事在《中国传统村落 宁夏隆德 梁堡村 红崖村》一书中使用了"铃铃"两字但如前所述，这一命名并没有在故事情节与内容上对讲述和故事走向产生影响，所以本文依旧采用《白鹁鸽玲玲》这一故事指称。《中国传统村落宁夏隆德梁堡村红崖村》中并没有交代讲述者的姓名。为此，笔者在 2018 年 4 月 27 日与刘世友取得联系后进行了短暂的采访。据刘世友介绍，他在《中国传统村落宁夏隆德梁堡村红崖村》所收录的《白鹁鸽玲玲》故事是根据自己记忆中老人们的讲述"写定"的。后文以刘世友写定本指称。刘世友写定本与王玉梅讲述本之间差异十分细小，但在这些细小的差别之中，有一处值得重视，即刘世友写定本在讲述的铺垫用语上使用了"从前"这一讲述习见用语，之后，紧跟着就进入了故事，"有一个大户人家……"但在故事主体部分十分相近的王玉梅讲述本中，在进入"有一个大户人家……"这一故事之前，故事的铺垫用语不是"从前"，而是"这是满常家的事儿"。而后者才是六盘山民间故事讲述过程中较常见的铺垫用语。据刘世友说，王知三和自己有亲戚关系，两家所在村庄仅隔一条小路。王知三参与的《静宁民间故事》及之后编集的《静宁民间神话传说故事》中《白鹁鸽玲玲》故事采集地都是他们所在的村庄。老人们的讲述本就十分相近。而刘世友在写定时仅仅是在铺垫语上与王玉梅讲述本有所差异。而刘世友说自己之所以用了"从前"，是因为他不知道老人们原生态讲述过程中那些铺垫用语如何书写。定义民间故事异文时最重要的是母题链的差异，刘世友写定本与王玉梅讲述本虽在主体内容上十分相近，只有铺垫语有差异，但这个铺垫语的差异却蕴含了十分深广的文化信息，尤其是王玉梅与刘世友的民间与文人身份值得注意。所以，在此，笔者为后文论析方便，将"刘世友写定本"也视作《白鹁鸽玲玲》这一民间故事的一个异文，以便与王玉梅讲述本做比较。

二 "蒙腊月讲述本"《白鹁鸽玲玲》的调查与写定

"杜豆豆讲述本""王玉梅讲述本"和"刘世友写定本"三个《白鹁鸽玲玲》故事异文的调查与写定中,相关工作者根据中国民间文学三套集成编纂方案与细则对民间口承故事做了最大化的"忠实纪录"。但以上不同县区不同版本中并没有出现笔者年少时曾经听过的一种夹带唱词的讲述。2013 年笔者曾经萌发过申报"六盘山地区民间故事研究"相关的科研项目的念头,因此,在 2013 年年初笔者曾经辗转通过电话联系到年少时的同学苏利香(原宁夏隆德县柴沟村村民),央其再次讲述年少时在故乡田地边一棵杏树下讲述过的《白鹁鸽玲玲》故事。但苏利香表示时间太久已经全部遗忘。2014 年春节,笔者前往故乡宁夏隆德县柴沟村拜访苏利香,并为其提供了《白鹁鸽玲玲》故事的梗概。但即使知道了故事的来龙去脉,依旧无法钩沉起当年的唱腔、唱词。笔者切身体验了未经写定的民间故事是如何自然消陨的这一过程。2017 年 6 月初,笔者曾先后前往宁夏红寺堡红崖村、永宁县闽宁镇、大武口星海镇富民村、大武口六站沐恩新居小区搬迁点调查采访。其时,苏利香家已经规划进"生态搬迁"工程而搬迁至永宁县闽宁镇。在拜访搬迁至闽宁镇的苏利香家时,苏利香在纺织厂上班并住在厂子的宿舍里,没能见面。笔者只好留宿在搬迁至永宁县闽宁镇的蒙腊月家,但因当时心心念念在苏利香那里追踪《白鹁鸽玲玲》的说唱版,忽略了蒙腊月。2018 年 4 月 5 日,笔者又去大武口六站沐恩新居小区采访原柴沟村村民陈法海,他曾被原隆德县柴沟村村民称为讲故事的能手。采访期间提及《白鹁鸽玲玲》的故事,陈法海说他曾经听老人们讲过,但他自己不会讲,更不会唱。4 月 6 日,笔者去采访同住沐恩新居小区的蒙娟子,了解民间故事在村民搬迁后的生态环境,其间蒙娟子提到她的二姐蒙腊月有很多故事。于是,笔者通过微信联系到了蒙腊月,蒙腊月以微信语音聊天的方式说唱了《白鹁鸽玲玲》的故事。最终,笔者将这支在生命中兜兜转转了三十年的故事做了写定,后文以"蒙腊月讲述本"指称这一异文。

在此，笔者将蒙腊月讲述本《白鹁鸽玲玲》故事写定如下：

白鹁鸽玲玲

（唱词）：左手端的饭碗碗，右手端的炕桌桌，大大娘娘①，我白鹁鸽玲玲转娘家咔②！

（说词）：三斗三升菜籽种上出来了去！

（唱词）：东山里放羊娃，西山里放牛娃，给我白鹁鸽玲玲种菜籽，我白鹁鸽玲玲转娘家咔！

（说词）：放羊娃连③放牛娃就把菜籽搭着种上了。

（唱词）：左手端的饭碗碗，右手端的炕桌桌，爷爷奶奶，我白鹁鸽玲玲转娘家咔！

（说词）：东山里看荞黄④了吗，西山里看麦黄了吗？黄了去！

（唱词）：东山里放羊娃，西山里放牛娃，给我白鹁鸽玲玲看荞麦黄了吗？黄了我白鹁鸽玲玲转娘家咔！

（说词）：东山里放羊娃说荞黄了，西山里放牛娃说麦黄了。

（唱词）：左手端的饭碗碗，右手端的炕桌桌，爷爷奶奶、大大娘娘，我白鹁鸽玲玲转娘家咔！

（说词）：黄了割着碾了去！

（唱词）：东山里放羊娃，西山里放牛娃，给我白鹁鸽玲玲搭着把荞麦碾了啥，我白鹁鸽玲玲转娘家咔！

（说词）：放羊娃连放牛娃就搭着给碾了。

（唱词）：搭梯子，上楼房，亲妹妹，我白鹁鸽玲玲转娘

---

① 大大娘娘，即爹娘，此处分别指玲玲的公公婆婆，其中"娘"在六盘山地区民间故事中按照方言发音为"［n̠iaŋ²⁴］"。

② 张家铎、马平恩：《固原方言词典》中注释为："咔"［tɕʰia²¹³］，语气助词，放在动词的后面，表示未完成的将来式：银行存款—；开会—。陕西新华出版传媒集团陕西人民出版社 2015 年版，第 562 页。

③ 连：［liæ²⁴］意为"和"，与。

④ 黄：意指庄稼成熟。

家咔!

（唱词）：搭梯子，下楼房，亲嫂嫂，你转娘家就转去!

（唱词）：左手端的饭碗碗，右手端的炕桌桌，大大娘娘，我白鹁鸽玲玲转娘家穿啥呢?

（说词）：后院里有个烂蓑衣穿上去!

（唱词）：大大娘娘，你家满柜的绫罗绸缎，你让我白鹁鸽玲玲穿个烂蓑衣转娘家去呢!

（唱词）：左手端的饭碗碗，右手端的炕桌桌，爷爷奶奶，我白鹁鸽玲玲转娘家提啥呢?

（说词）：后院里有牛粪粑粑提着去!

（唱词）：爷爷奶奶，你家满柜的清油细白面，你让我白鹁鸽玲玲提几坨牛粪粑粑转娘家去呢!

（唱词）：搭梯子，上楼房，亲妹妹，我白鹁鸽玲玲转娘家咔，穿啥呢吗提啥呢?

（唱词）：搭梯子，下楼房，亲嫂嫂，你白鹁鸽玲玲转娘家穿绸缎提馍馍。

（唱词）：左手端的饭碗碗，右手端的炕桌桌，爷爷奶奶、大大娘娘，我白鹁鸽玲玲转娘家转几天?

（说词）：早起去，晚夕来，八双靴子八双鞋①，剩下的碎布给我女女扎扎拉拉斗②一个针插儿来!做不成了鞭子陪!

（唱词）：搭梯子，上楼房，亲妹妹，我白鹁鸽玲玲转娘家咔，转几天?

（唱词）：搭梯子，下楼房，亲嫂嫂，你白鹁鸽玲玲转娘家咔，转一月!

---

①　鞋：六盘山地区方言为［xɛi⁴⁴］，在地方风俗习惯中常被用来喻指孩子。

②　［təu⁵³］，意为凑，常与凑组合为"斗凑"，张家铎、马平恩《固原方言词典》中注释为：凑到一块，聚集在一起；拼装：把破碎瓷器的碎片斗凑在一块。《说文》："斗，遇也。"段注："凡今人云斗接者，是遇之理也。《国语》'各雏斗，将毁王宫'，谓二水本异道而忽相结合为一也。"都豆切，端母候韵去声。遇，即汇合、相合，即聚合一起。此处指将碎布缝合。

（说词）：就转了一月，做了八双靴子八双鞋，剩下的碎布斗了个针插要带回，没防住让火燎了。白鹁鸽玲玲一进门，大大娘娘拉住就是一顿打！

（唱词）：爷爷奶奶，爷爷奶奶，拉一把，白鹁鸽玲玲快被打死了，锨把①打成节节儿了，扫帚打成芊芊儿了！

（说词）：爷爷奶奶拉去了没拉开！

（唱词）：亲妹妹，亲妹妹，拉一把，白鹁鸽玲玲快被打死了，鞭子打成件件儿了，擀杖打成段段儿了！

（说词）：妹妹拉去了拉开了。一看嫂嫂已经被打死了！

（唱词）：丈夫丈夫你啥时候回来呢？白鹁鸽玲玲叫乜②打死了，头割了在房檐上挂着呢，身子在磨道里埋着呢。若要不信，我给你胸膛上拍个血手印！

（说词）：男人惊醒一看，胸膛上五个血指头印，知道是白鹁鸽玲玲给他托的梦。

（唱词）：白鹁鸽玲玲，白鹁鸽玲玲，给我拉马我下马，你丈夫回来了！

（说词）：来狗儿，来我给我娃拉马我娃下马，你那碎娘梳头缠脚呢！

（说词）：缠给了一鞭杆走了！③

（唱词）：白鹁鸽玲玲，白鹁鸽玲玲，给我铺炕扫毡来，你丈夫回来了！

（说词）：来狗儿，来我给我娃拉马我娃下马，你那碎娘烧水做饭呢！

（说词）：缠给了一鞭杆走了！

（唱词）：白鹁鸽玲玲，白鹁鸽玲玲，给我解纽睡觉来，你丈

---

① ［çiæ²¹³ pa⁴⁴］，铁锨的把柄。

② 乜［ȵiɛ²¹³］张家铎，马平恩著：《固原方言词典》中注释为：人家；也做乜家。

③ 缠，打；此处指白鹁鸽玲玲的丈夫将前来哄他拉马下马的大大娘娘打了一鞭杆，大大娘娘疼着走了。［piæ⁵³ kæ⁴⁴］。

夫回来了！

（唱词）：哥哥哥哥我给你解纽你睡觉，我嫂嫂叫乜打死了，头割了在房檐上挂着呢，身子在磨道里埋着呢！

（说词）：这白鹁鸽玲玲的男人就挖了个大火坑，能跳过去的就是没欺负白鹁鸽玲玲的，跳不过道去的就是欺负过白鹁鸽玲玲的。大大娘娘、爷爷奶奶跳去了都没跳过去，跌着火坑里烧死了。

以上讲述中括号内的文字为笔者写定时所加，蒙腊月讲述时没有解释，而是通过换口吻换语气等方式来区分各段内容。蒙腊月讲述本在题目、内容上与前述异文之间存在关联和相似性，但在讲述艺术和技巧上却独具异彩。

三 《白鹁鸽玲玲》四个异文的差异比较

《白鹁鸽玲玲》故事的"变形"母题使其本身在沉淀人类早期的神话思维与集体无意识的同时，又因其反映了特定地域特定生存方式凝固出的人际关系、生存状态等而具有灵敏深长的现实触须。除去因讲述者的差异造成的具体细节上的不同之外，以上《白鹁鸽玲玲》的四个异文主要存在如下差异：

第一，母题链与情节构成的差异。《白鹁鸽玲玲》诸多异文的差异表现在故事情节与内容上，更在于母题链的构成上。杜豆豆讲述本的《白鹁鸽玲玲》在母题链构成与情节发展变化上可以做如下分解：

（1）老两口只生养了一个女儿名叫白鹁鸽玲玲。

（2）老两口千挑万选把女儿嫁给了王员外家做童养媳。

（3）白鹁鸽玲玲的丈夫外出当兵。

（4）白鹁鸽玲玲提出转娘家的请求。

（5）婆婆屡次找借口不允许白鹁鸽玲玲回娘家。

（6）白鹁鸽玲玲最终被允许回娘家，但婆婆提出诸多要求。

（7）白鹁鸽玲玲没有完成任务被婆婆毒打。

（8）白鹁鸽玲玲被打致死。

（9）丈夫回家。

（10）白鹁鸽玲玲死后变化为白鸽。

（11）白鸽化成人形为丈夫做饭。

（12）丈夫留住化成人形的白鹁鸽玲玲。

（13）夫妻二人又过上幸福生活。

该讲述本在故事情节上曲折生动，具有一定的幻想色彩。在母题链上由多个母题构成，各自之间可以拆分又环环相扣。王玉梅讲述本与杜豆豆讲述本有一定差异。王玉梅讲述本在母题链构成与情节发展变化上可做如下分解：

（1）一大户人家有个小媳妇白鹁鸽玲玲。

（2）丈夫外出做官。

（3）白鹁鸽玲玲提出转娘家的请求。

（4）婆婆屡次找借口不允许白鹁鸽玲玲回娘家。

（5）白鹁鸽玲玲最终被允许回娘家，但婆婆提出诸多要求。

（6）白鹁鸽玲玲没有完成任务被婆婆毒打。

（7）白鹁鸽玲玲被打致死。

（8）丈夫回家。

（9）丈夫发现白鹁鸽玲玲已死。

（10）丈夫在存放白鹁鸽玲玲尸体的地方看见一只白鸽飞走。

（11）丈夫伤心离家出走。

如前文所述，刘世友写定本与王玉梅讲述本在母题链与情节结构上基本一致，只是刘世友写定本使用了一个与王玉梅讲述本不一样的铺垫语，从而凸显了民间讲述与文人写定过程中对民间故事原生性的磨损与丧失。

第二，因讲述艺术与技巧的差异而形成的异文。

以上异文在母题链构成与情节内容上有差异，所以形成了相异性。但在具体的讲述艺术与技巧上几乎没有区别。都是讲述者对故事脉络的叙述与人物语言的具体讲述来完成一个开端、过程、结尾相对完整的故事。但笔者经过田野调查获得的蒙腊月讲述本《白鹁鸽玲玲》不仅在母题链构成、故事情节内容上与上述异文相异，尤其在讲述艺术与技巧上形成了一个几乎完全异于以上讲述的口承故事，从而形成了独特的民间故事讲述艺术。

第三节　《白鹁鸪玲玲》的讲述艺术

作为六盘山地区较具代表性的民间故事之一，《白鹁鸪玲玲》的讲述首先是蕴藉在整体地区地域民间故事讲述之中的。在毗邻、交叉、互融互渗的六盘山地区，民间故事讲述过程中有许多十分相近的部分，基本都涵盖在六盘山文化的文化片区与版图之中。

一　《白鹁鸪玲玲》故事的讲述场合

就《白鹁鸪玲玲》故事而言，其各个异文在讲述时首先具有该地域民间故事讲述的总体特征，也是其各个异文之间的共性，主要有以下几方面：

就场合看，《白鹁鸪玲玲》故事的讲述并没有特别逸出该地域习惯性与传统的讲究。只是就蒙腊月讲述本《白鹁鸪玲玲》而言，由于讲述内容与方式的特性，它更多被置于女性活动较多的场域之中，也需要相对完整的时间与安静的地点。尤其是蒙腊月讲述本中的悲凄唱词部分更需要讲述者更多的情感投入，也需要讲述者更多的"演绎"，而在六盘山，女性的情感展示空间相对更加狭小与私密。如果稍有顾忌，讲述者便不会选择讲述。该故事的特定内容使其在一个有机团结的"熟人"形成的礼俗社会这一大背景下又具有女性文化生活生态环境这一小背景。当然，在六盘山地区，她们同样面对着严酷恶劣的自然生存环境。中国社会在进入封建宗法社会阶段后，女性长期处于政治、经济阶级、阶层压迫状态的同时还有封建家长制、男权中心主义等的长期宰制。从《孔雀东南飞》到《呼兰河传》，再到当代本土青年女作家马金莲的《碎媳妇》等一系列文学作品在相当漫长的历史长河中都在讲述女性的悲苦命运。《白鹁鸪玲玲》的讲述，对那些有着类似悲苦命运的女性而言一方面有情绪宣泄的作用；另一方面又有情感抚慰的功能。在实际效用上，一方面对于压迫者可起到宣喻教育的作用；另一方面对压迫者也有一定的反抗意识的唤醒作用。

因此，尽管民间故事《白鹁鸽玲玲》没有刻意要求讲述者的身份，但因故事内容的特性，实质上该故事本身"选择了"女性，尤其是成年女性为其最适宜的听众。当然，它并不完全拒绝更普遍的听众，以达到更大程度与范围上的宣喻与教育功能。

二　《白鹁鸽玲玲》的讲述技巧与叙事艺术

虽然《白鹁鸽玲玲》故事各异文在讲述中有诸多共性，但其各异文之间在讲述上的差异也十分显著。这些差异也彰显了六盘山地区民间故事讲述艺术的复杂性与丰富性。主要体现为以下几个方面。

1. 母题链构成上的差异

几个版本在反映现实生活流程中婆媳关系的处理这部分十分相近。但从母题链构成看，前文所述《白鹁鸽玲玲》故事的四个异文之间最大的差异在于白鹁鸽玲玲死后是否变形。杜豆豆讲述本存在"变形"这一母题，白鹁鸽玲玲死后化为一只白鹁鸽鸟，每天来给丈夫做饭，最终丈夫挽留住了变为人形的妻子并与其重新过上了幸福美满的生活。神话思维中的"变形"为该讲述本增添了浪漫主义色彩与气息，也反映了劳动者对于完美爱情的向往与憧憬。王玉梅讲述本与刘世友写定本在讲述上相对含糊或含蓄，只是说丈夫在埋葬白鹁鸽玲玲尸体的地方看见一只白鹁鸽鸟儿飞走了，此鸟是否为白鹁鸽玲玲所化并未明示。基于这一原因，杜豆豆讲述本在《西吉民间故事》中被收录在"鬼狐精怪"这一类别中，在《静宁民间神话传说故事》中，王玉梅讲述本被收录进"生活故事"这一类别之中。也因此，同一故事的不同异文被归入到完全相异的两种类别之中也就不奇怪了。蒙腊月讲述本则完全没有提及"变形"这一情节，而且苦情调的使用尤其突出了白鹁鸽玲玲深重的现实生存苦难。虽然在题目上仍是"白鹁鸽"与"玲玲"的组合，但这种组合在故事内容上并没有得到情节等的对应，而仅仅是一种命名的策略。

《白鹁鸽玲玲》是六盘山地区颇具代表性的民间故事之一。其

"变形"母题深刻烙印着来源于人类祖先精神遗传中的"集体无意识"。婆婆与白鹁鸽玲玲之间的关系又深刻烙印着封建家长制秩序中的等级关系以及生产劳动对人际关系的制约这一现实,这一点在现当代作家文学中有深入的反映。从而,《白鹁鸽玲玲》也是一条观察从神话到小说风貌变化的路径。如果将作为文学体裁的神话到小说的传承演变看成一条河流,那么,民间故事便是河流的中间物,是从神话到小说的"途经物"。董晓萍对神话、传说、故事三者的差异做了有趣的区分:"神话在讲'我们和神们'的故事,传说在讲'我们和祖先们'的故事,故事在讲'我们和我们'的故事。"① 小说则在讲人们和我、我和我的故事。从神话到小说是神们撤退,人、人们成为叙事主体与对象的过程。这样看,以上《白鹁鸽玲玲》故事的异文依此显现了"神话性"在民间讲述中逐渐脱落的过程。而这种脱落契合了从神话到小说的历程。

当然,以上异文在民间讲述中也可能并非自然的顺承变化关系,存在着故事类型的叠加现象。即《白鹁鸽玲玲》故事也可能是一个类似《孔雀东南飞》的民间实践,而它具有一定普遍性,在讲述时,讲述者为了抚慰白鹁鸽玲玲的悲苦命运而增加了化鸟的情节,从而以浪漫主义的手法给故事以奇幻色彩、给人物以悲悯和抚慰。

2. 是否吸取其他艺术元素的差异

民间故事在六盘山地区被称为"古今",在讲述"古今"的行为上采用了"说"这一语词而并非"讲",因此,讲故事在该地区该地域一般被称为"说古今"。参与"说"这一行为的说者与听者之间的距离小于"讲"这一行为的参与双方,"说"使听者与说者之间具有更平等的位格。当然,这种"说"与"讲"的使用也可以仅仅理解为一种地方习惯。

杜豆豆讲述本在讲述行为中相对严格遵从了"说"这一语词的行为规约,把故事说出来即可。当然,杜豆豆讲述本也把故事情节、实践经过等的叙述交代与人物语言的具体讲述结合起来,故事讲述相对

---

① 董晓萍:《民间文学体裁学的学术史》,《北京师范大学学报》1999 年第 6 期。

生动、明晰。在故事情节的发展进程上，不依赖于人物对话，而是讲述者按照故事发展的物理时间顺序推进。单从书面文字看，王玉梅讲述本与刘世友写定本在"说"上与杜豆豆讲述本并无差异，都是以文字为载体将事情经过描述出来。但在笔者采访刘世友的过程中，刘世友曾提及他所写定的版本在原有的讲述者那里曾经在结尾处有唱词处理，写定本中唱词部分也只能呈现出文字风貌，其音乐性的部分虽也有可能呈现，但为了省事便舍弃了唱词部分的音乐性。而且结尾处的唱词、唱腔他也已忘记。这一现象也呈现了口口相承的民间故事在写定之时所丧失的一部分特质。

单纯从写定的文字看，蒙腊月讲述本与前面的版本也不会有太大差异。但笔者在写定时用括号内的文字做了简单的区分，标明唱词与说词。这些唱词与说词又反映出蒙腊月讲述本在讲述技巧上的多种努力、探索与对其他艺术方式的借鉴吸收。

首先，在唱词上。蒙腊月讲述本主要采用了六盘山地区歌谣中常见的"苦情调"。严格讲，这种唱腔仅仅是一种态势。它没有该地区该地域民间花儿所具有的悠扬与高亢，更多是初始脱离了"说"的一种倾诉欲望而形成的唱腔。所以它还不能叫作"曲"，而只有"调"。这种苦情调十分类似于该地区该地域中一首歌谣《苦媳妇》①。同时，在蒙腊月讲述本中，并不是每个人物都有唱词，尤其是反面人物形象都没有唱词。这些唱词兼有几部分功能：推动情节发展；与故事中其他人物对话；人物内心世界的陈说。可以说它打破了讲述者、人物自身、人物与人物之间的界限，也打破了虚构与现实之间的界限。

其次，在说词上。蒙腊月讲述本中的说词依据讲述者的口吻区分了人物形象和讲述者的身份。例如公婆在阻止白鹁鸽玲玲转娘家时是斥令的口吻，显得无情、决绝又威严、不可侵犯，将封建家长制中蕴含的压制与被压制关系做了形象而生动的体现。这样的公婆在面对回

---

① 隆德县民间文学集成办公室编：《隆德歌谣》（内部资料），静宁县印刷厂1983年印刷，第146—147页。

归的儿子呼唤白鹁鸽玲玲拉马时，其说词又以疼爱加哄骗的口吻被讲述者形象化地表演出来。这个过程中，讲述者实际在声音上"扮演"了公公婆婆。

最后，蒙腊月讲述本中讲述者除了分角色唱出唱词、在声音上"扮演"了故事中人物之外，在故事情节进展的交代上，又会回到讲述者的身份中来以"说古今"时普遍具有的口吻面对听众"说"出故事。

因此，蒙腊月讲述本实际在民间故事的讲述上吸收借鉴了当地歌谣以及戏曲艺术中分角色的手法与技巧，将故事"说"得更加形象、生动，且有意识地呈现出"说古今"的艺术性及这种"说"的艺术的立体性。

3. 铺垫语的有无与地方性特征

铺垫语即进入故事的言语方式，在武田正的《讲述的类型与功能》一文中将其归属进讲述装置之中。在六盘山地区民间故事讲述中，铺垫语相对而言显得比较丰富，例如在固原民间文学集成办公室编集，于1987年在沽源县印刷厂印刷的中国民间故事集成宁夏分卷资料丛书《固原民间故事》中就有诸如："很多年前""远古时候""很早很早以前""在远古""自打""从古至今""古代的""大家都知道""老早老早的时候""一日""一天""话说""谁都知道""很早很早的时候""也不知多少年以前""原先""先前""据说""有一次""抵古的时候""在先辈的光阴里""漫常价""上曼常""上往年"等等。在该书中，据笔者统计最为常见的铺垫语为"从前""很久很久以前"。究其缘由，除了该地区该地域的确普遍存在"从前""很久很久以前"这类铺垫语之外，情形正类似于刘世友对《白鹁鸽玲玲》故事的写定，大多数方言土语中的铺垫语都在采集整理者写定时以读书人、识字人习见的"从前""很久很久以前"取代。另外，在《静宁民间神话传说故事》一书中，除了上述铺垫语之外，较为常见的铺垫语还有"谁家谁家……""哪达哪达……""在满常""满常家的时候"等带有地方性特征的铺垫语。以上铺垫语除了讲述者的差异造成的不同之外，还有所讲述神话、传说、故事的类别差异而形成的不同；另外，必须考虑的便是地方性与地域性习惯用语的差异。而后者也是考察民间故事讲述的地域性时必须考虑的因素。

在以上《白鹁鸽玲玲》故事的各个异文中，杜豆豆讲述本的铺垫语为："从前有老两口……"王玉梅讲述本的铺垫语为："这是满常家的事儿……"刘世友写定本的铺垫语为："从前……"蒙腊月讲述本则没有铺垫语，讲述者一开始便以唱词的方式进入了人物内心，进入了故事情境，这类讲述在民间故事的开场中相对比较少见。而刘世友写定本在采用"从前"这一铺垫语时，有点"文人中心主义"的倾向，并没有完全忠实于民间讲述。但就"从前"这一铺垫语而言，它跟从前、很久很久以前、在很久以前、不知道在什么时候等铺垫语一样相对具有世界性，就其在故事讲述中的功能而言，武田正在《讲述的类型与功能》一文中引述了荒木博之的观点："对于这些故事讲述前的铺垫用语，荒木博之认为可以将其大体划分成两大类：一是故事是虚构的；二是即使故事是虚构的，但还是要求听者能够抗拒其虚构性，把它当作真实的存在来理解。"[①] 但实际上，"从前"这类铺垫语意在强调故事的真实性，其伏笔为：所讲述事情并非虚构，而是从前某时真实发生过的，现在由讲述者来讲述。而对真实性的强调能够在很大程度上起到攫住听众注意力的作用，也更具有教育意义。就这一点而言，"从前"与"从前有老两口""这是满常家的事儿"的铺垫语作为讲述装置发挥了同样的功能。但"这是满常家的事儿"这一铺垫语除了以上讲述功能之外，还担负了呈现地域性、故事的民间性、所讲故事的普遍性等特征的功能。"满常家"在《固原民间故事》中也被写作"漫常价""上曼常"，但在方言中的意义却是相同的，都含有往常、平常、以前的意思。这一铺垫语也表明，所讲故事内容是从前发生过的真实事件，而且这类事情具有普遍性，并非个例。对从前这个意义的表达具有十分鲜明的地域性特征，也是六盘山地区的民间语言与习语。在文人写定时，是否遵循了民间习语，也是

---

① ［日］武田正：《讲述的类型与功能》，林继富主编：《中国民间故事讲述研究》，中国社会科学出版社2013年版，第117页。

其写定故事态度与科学性的判定标准之一。

　　综上所述，《白鹁鸽玲玲》是六盘山地区极具代表性的民间故事之一。一是其中"转娘家""种菜籽""搭梯子、上楼房"等情景所涉及风物、风俗、风情具有浓郁的地域特色；二是其中人物对话部分、唱词部分的韵律和节奏具有该地域的特性，建立在该地方方言的基础上；三是该故事在该地域广泛流传，除去因讲述者的不同造成的细节差异之外，该地域还有多个该故事的异文；四是该故事在该地域讲述过程中对地方歌谣唱腔上的借鉴与吸收，这些都反映出《白鹁鸽玲玲》故事及其讲述不仅具有浓郁的地域特色，也反映出深厚的农耕文化特色。另外，就整体的民间故事讲述而言，讲述者说、唱等分腔分调分角色讲述的艺术，苦情调的使用，故事铺垫语的地方性等都独具魅力。该故事的讲述艺术与技巧充分体现了六盘山地区民间故事讲述艺术的立体性、丰富性。

第九章　六盘山地区民间故事中的女性形象

　　"正像自弗洛伊德和荣格以来的精神分析学家已经注意到的那样，较之更为复杂的文学文本，神话与民间故事常常能以更大的精确性来表现和强化文化的判决。"[①] 女性主义批评学者桑德拉·吉尔伯特与苏珊·古芭通过《圣经·旧约》次经中犹太人关于"莉莉丝"的传说，分析女性在天使之外被塑造为魔鬼形象的源头的分析；她们从脍炙人口的世界民间故事《白雪公主》中对女性创造力、男性笔下女性形象和有关父性特征的隐喻做了探讨。当然，民间故事不仅给女性主义者提供了肥沃的土壤，也成为不同学派实践自己理论学说的试验田，并各自取得了丰硕的成果。比如对民间故事《小红帽》的研究，除了对故事的写定本作历史梳理之外，精神分析学派从中发现儿童的性心理、两性冲突、孩子和父母之间的冲突；儿童对口唇期的依赖的逆向投射；性别文化的历程等。文化人类学派则从《小红帽》故事中发现了烙印着人类早期集体无意识神话思维：太阳被夜晚吞食的现象。社会历史批评学者则从特定历史、民族精神及世界观等联系中，认为《小红帽》故事在 18 世纪法国的流行展现了当时法国儿童的高死亡率、恶劣的社会环境、频发的瘟疫等历史文化现实。此外，还有对以往不同流派的批评所进行的再批评。比如批判"西方中心主义""文人文本中心主义"，以及"男性文本中心主义"与"男性中心主

[①]　[美] 桑德拉·吉尔伯特、苏珊·古芭：《阁楼上的疯女人》，杨莉馨译，上海人民出版社 2015 年版。

义"等各类批评。民间故事中蕴含着丰富的人类文化密码。

早在丁乃通的《中国民间故事类型索引》中，他就注意到了中国民间故事中特定类型对女性的表达与塑造这一重要课题。这里不妨再次援引："一般人通常认为中国旧社会传统上是以男性为中心，但若和其他国家比较，就可以知道中国称赞女性聪明的故事特别多。笨妻当然也有，但仅是在跟巧妇对比时才提到。丈夫很少占上风，而且在家里经常受妻子的管束（1375 的此类型）。"① 伴随着故事学的发展、西方女性主义研究成果的译介，对民间故事中女性形象的开掘也成为故事学、女性主义研究的重要收获。六盘山地区民间故事的相关工作向来重辑录，在研究方面相对欠缺，对六盘山地区民间故事中的女性形象的研究也几乎处于"失语"的状态。在漫长的人类历史长河中，女性绵延着、创造着、推动着人类文明的不断发展。六盘山地区民间故事中塑造了众多女性形象，遍布幻想故事、生活故事、笑话和寓言。这些形象各异的女性反映着这片土地上民众的社会生活、思想意识与理想愿望，尤其反映出女性的生存处境、存在状态与精神世界。

第一节　六盘山民间故事中的女性形象类型

尽管塑造典型人物并非民间故事的第一要务，且模式化、类型化的民间故事中的人物形象往往具有扁平化的倾向，但六盘山地区民间故事依旧塑造了众多性格显明、生动形象的女性形象。六盘山地区民间故事中的女性形象丰富多彩、性情各异，正面、反面形象皆具，既有善良、勇敢、机智、富于反抗精神的女性形象，也有狠毒、狭隘、怯懦、愚笨、逆来顺受的女性形象；既具有原型意义，也具有现实意义。对这些形态各异的形象，民间社会给予了不同的态度与情感，或尊崇赞美，或支持同情，或批判教训，托蕴着民间社会的价值观，尤其蕴含着民间社会的女性观。按照民间故事的类别，六盘山地区民间

---

① ［美］丁乃通编著：《中国民间故事类型索引》，郑建成、李倞、商孟可、白丁译，李广成校，中国民间文艺出版社 1986 年版，第 25 页。

故事中的女性形象也可做如下分类。

一　幻想故事中的女性形象

幻想故事中的女性形象更多反映了女性与自然的关系,与生活故事相比,幻想故事中的女性形象往往具有强烈的反叛精神与斗争精神,敢于跟更为强大的自然力量做抗争。幻想故事也反映了女性对压迫者的反抗,包括父权、夫权及阶级阶层特权在内的一切权利;反映了民众中对女性苦难现实处境的强烈不满与希望打破不公实现平等的强烈愿望。幻想故事中主要的女性形象要么是自身具备神奇出身的女性,要么是通过神奇的帮助得到神奇力量的女性,也有为完成故事而作为辅助性人物符号化存在的女性形象。

1. 神奇女性。幻想故事是六盘山地区民间故事中最具绮丽色彩的类别。其中的女性形象往往具有神奇的能力、尊崇的地位、美丽的面容、善良的内心与勇于斗争的精神。在爱情与婚姻及各种斗争中,她们往往是主动者、主导者、施与者与勇敢的反叛者,是男性的引领者,是理想女性形象的寄寓。比如《太阳到人间》,虽属"画中女"类型的故事,但其中的女性形象具有主体性位置。《太阳到人间》中的女主人公是太阳星的三公主。她勇敢、善良、美貌、聪慧,有作为太阳星之女的神仙本领。她并不被人神界限所拘囿,在和凡人姬秀荣结为连理的过程中不仅与太阳星父亲进行大胆的抗争,争取自己的幸福,而且有意点化凡人姬秀荣,宽宥他、帮助他。最终,三公主与姬秀荣修成正果,姬秀荣飞升成仙。这则幻想故事是宗教文化与世俗文化融合的典型反映。其中,太阳星的三公主既是婚爱中的女方,也是点化引领凡人姬秀荣脱去凡胎肉身飞升成仙的引导者。同时,这些带有奇幻色彩的故事也并没有完全脱离现实的土壤。尽管是幻想故事,人物形象在具有神仙法术的同时,却并没有完全脱离世俗社会的种种秩序,幻想更像是一种镜像,不过是倒影了人间。比如,作为女儿的三公主,她的婚爱很大程度上屈于父权。她和凡人姬秀荣的婚爱起因于父亲太阳星的报恩行为。她与姬秀荣的分分合合也源于父亲的喜怒哀乐。在中国传统婚爱故事中,像《梁祝》那样出于真正爱情动因的故事相对较少，更多的婚爱故事则出于报恩，即使家喻户晓的许仙与白娘子，也不过是一个报恩型的故事而已。恩义在传统乡土社会远远大于、重于爱情。此外，在根本的价值观上，《太阳到人间》宣扬的也是善良的品质是一个人获得成功、飞升成仙的基本条件这样的价值观念，与生活故事等具有价值宣喻上的同质性。

2. 得到神奇帮助的女性。这类故事中的女性形象往往是受尽屈辱苦难，最终被神奇力量眷顾，许她美貌等从而使她拥有美好的归宿。这类"受苦女郎，神赐美貌""灰姑娘"类型的故事对于在苦难现实中挣扎的女性而言，是一种慰藉与希冀。比如《穿白毛衣裳的姑娘》，故事讲有个叫兰芝的姑娘，被后娘迫害，长到十三岁的时候被后娘许配给一个五十来岁的长胡子老汉做媳妇。兰芝凄苦无依，看见天空飞过一群白鸽，便将渴望飞离的愿望哼唱出来。夜里，她梦见一只神奇的白鸽给了她许多洁白的羽毛，让她做一件羽衣，就可以飞走。兰芝醒来后看见炕头上果真堆着许多羽毛，便赶制出一件羽衣。当迎亲的队伍到来时，兰芝穿着羽衣飞走了。之后，她又得到了一个老爷爷的帮助，最终嫁给了如意郎君，过上了幸福美满的新生活。这一幻想故事寄寓了没有自主权的女子共同的愿望——离开。但现实情境中的她们被各种因素所围，也几乎不可能得到所谓神奇的帮助。残酷的现实与故事中绮丽的幻想形成了强烈的对比，更反映出女性生存的艰难与无助。

除以上作为故事女主人公的女性形象之外，在幻想故事中，还有作为次要人物、辅助性人物的女性形象。这类女性形象可能是神仙的女儿，也可能是富家千金、员外的女儿，往往具有尊贵的身份。在故事中，她们并非故事的主要人物，往往是为男性的成长设置的考验和条件。比如"西天问佛""神蛙丈夫"等类型故事中的女性。这类故事中，女性形象相对符号化，性格形象等相对模糊，在故事中甚少行动。这类故事中男女间的爱情也很少具有现代爱情的内涵，作为辅助任务的女性嫁与男子，往往是对男性勤劳、善良的一种奖赏，对他们恩义行为的一种报答。比如《孔雀公主》《王良与白鹤》《砍柴郎娶了个蜂仙女》《放羊娃和牡丹》等。

二 鬼狐精怪故事中的女性形象

六盘山地区民间故事中的鬼狐精怪故事在数量上占比重较大，但六盘山地区民间故事中的鬼狐精怪往往是作为人的对立面出现的。它们往往是为祸人间的恶魔。狼精、野狐精、蟒精、笤帚精、恶鬼……不一而足。当然，其中也不乏通过具有善良心性的鬼狐精怪来彰显恶有恶报善有善报的因果报应观念的故事。比如《鬼女》，作为一个冤死鬼，鬼女可以通过寻找一个替死鬼还阳，但鬼女见谁都怜念下不了手，最终感动土地神让她在一座庙里做了土地神。此外，义虎报恩、野狐报恩等故事也是通过动物报恩来宣扬恩义必报的民间认知。

在女性形象的塑造上具有增构意义的是鬼狐精怪故事中那些恩怨分明、敢爱敢恨的女性。比如《祁有梓李》中的梓李树精。对于背叛诺言，为自己的前途不惜牺牲梓李树的性命的男主人公祁有，梓李树精通过给皇上托梦的形式报复了祁有。这一恩怨分明、敢爱敢恨的形象一方面符合其精怪的天性；另一方面在"天使"与"魔鬼"二元分化的女性形象中不外乎是一种增构。可天使，可魔鬼，关键在于婚爱中对方的态度。这类故事丰富了女性形象，对违背诺言的男性也有训诫的意义，对现实生活中为博"贤良"之名而逆来顺受、忍辱负重的女性提供了另一条可借鉴的道路。

三 生活故事中的女性形象。

更为丰富多彩的女性形象来自生活故事。从生活中来，凝聚了众多生活中女性的喜怒哀乐，她们的不幸遭遇，她们的聪明才智，她们的理想愿望等都在生活故事中的女性形象身上得到反映。

1. 巧女形象。巧女故事集中体现了女性的智慧与才能。她们要么行为机智，能够巧妙地回答难题巧解谜题解决困难；要么能够用一双巧手通过做衣服等行为救人救己于困境；要么能够巧妙地感动固执、权威的公婆得到某种自由。众多的《巧媳妇》异文、《巧女》异文，以及《巧媳妇与拙婆婆》《巧媳妇当家》《巧姑》等故事。充分表现了女性的心灵手巧与聪明智慧，同时也表现了她们与强权势力斗争的勇气。比如一则《巧媳妇》故事中知府因事难为张老汉，让其在三日之内寻出三样东西：犍牛生的牛犊，能灌满大海的清油，能遮住天的黑布。看似无解的难题在媳妇那里得到巧妙的解答。三日期满，知府上门问结果，媳妇回答说公公不在家。知府问哪里去了，媳妇回答说生孩子去了。知府说哪有男人生孩子的？媳妇说："既然如此，大人为什么要犍牛生的犊呢？"接着巧媳妇说如果大人要能灌满大海的清油，就请先将大海抽干；如果大人要能遮天的黑布，就请大人说出天到底有多宽。大人无法应对，只好打道回府了。再如《巧姑》故事中巧姑帮助嫂嫂们浪娘家。公公为阻止媳妇们浪娘家，出了两道难题：第一，把春节、端午节、中秋节搬到一起过；第二，要纸包风、纸包火、纸包水三样东西一起来。嫂嫂们拿不出，巧姑告诉嫂嫂们把年糕、粽子、月饼三样东西一起端给公爹就是春节、端午节、中秋节一起过；把扇子、灯笼、雨伞一起交给公爹，扇子是纸包风，灯笼是纸包火，雨伞是纸包水。公爹看到媳妇们解了难题，同意她们回娘家。

2. 才女形象。女性囿于"女子无才便是德"的"戒律"，在受教育条件、受教育方向与内容等方面都有限制的情形下，很难接触到诗书礼乐的传授，尤其是对于乡村野里的底层女性，往往是斗大的字不识一个，在家庭生活中也被"头发长见识短"的认识固化。但在民间故事中，聪明机智又勇敢的女性形象得到塑造。《才女》《六才子对诗》《四才女对诗》《农家女戏秀才》《村妇巧骂秀才》《少妇戏秀才》《村姑娘骂和尚和秀才》《机灵的媳妇》等故事中将机智、勇敢、泼辣又有来自生活实践的才学的女性形象做了生动形象的刻画，也对高高在上恃才而骄又不解民生饥苦的读书人给予了辛辣的嘲讽。

3. 苦女形象。在旧社会，女性的地位极其低下，男性中心主义的父权、夫权都凌驾于她们的尊严、生命之上。她们在家从父，出嫁从夫，夫死从子，在漫长的封建社会历史发展长河中，她们几乎是无名的存在状态，某某氏是崇尚信实的历史笔法对她们的记录方式。民间故事作为民众的口头创作形式，以"变形"等方式委婉地表达对她们所受苦难的同情、愤懑，也给予她们以心灵的抚慰。比如《白鹅鸽玲玲》这类故事。但现实型的生活故事中却是神奇缺席的地方，她们往往在被摧残与折磨中消陨。《苦女》及其各种异文便表达了女性的不能自主和备受欺凌与压迫的生存与存在状态。

此外，在生活类故事中也大量讲述着狠毒、无情的女性形象。比如"后母""恶嫂"形象，《豆皮和豆瓣》《黑娃和白娃》等故事中工于心计、心狠手辣的后母、恶嫂们在民间故事的讲述中以恶有恶报的方式让她们遭到命运的报复，从而给予批判、训诫与劝喻。

总体而言，六盘山地区民间故事中的女性形象是丰富多彩的，有生于底层却不乏智慧者；有苦难命运的承受者；有权力的反叛者；有面对爱情敢爱敢恨者；也有恶毒与妖魅的化身。她们共同构成了六盘山民间故事多彩的女性世界。

第二节　六盘山民间地区故事中女性
形象塑造的特点

口承民间故事也来源于生活、高于生活，在六盘山地区民间故事中对女性形象的塑造上，现实生活情境、文化传承、民众理想等都产生重要影响。

一　神话思维的影响

六盘山地区是中国远古文化的起源地之一，是华夏文化的摇篮之一。这里曾经孕育了中华最古老的创世神话，如女娲造人、女娲补天、盘古开天地、伏羲女娲兄妹成婚等奇幻的神话，诞生了伏羲、女娲、轩辕、炎帝、西王母、后稷等神话人物形象。其中，关于女性神祇的记录、塑造被认为是母系社会历史的反映。"女娲造人"的神话展示了女性创造世界的光辉形象，"女娲补天"的故事反映了女性英雄庇佑、拯救民众的伟大形象。随着私有制的产生、母系氏族消亡、男权时代到来，女性地位开始滑落，神话中的女性角色开始转变。但"女娲""西王母"这些起源与六盘山大地的神话是女性崇拜的时代与心理的烙印。同时，这类神话也对传说、故事的发展给予了深刻影响，而这种影响更深刻地在于原型思维的遗留。在原始人心目中，世界在很大程度上受超自然力支配着。这种超自然力来自神灵，而这些神灵像人一样很容易因为人们的祈求怜悯或表示希望和恐惧而受到感应，并作出承诺，为人们的利益去影响和改变自然的进程。弗雷泽总结出"相似律"和"接触律"是神话思维的基本法则。即彼此相似的事物可以产生同样的效果；物体一经接触，在切断实际接触后，仍然可以远距离地互相作用。这种思维在民间故事的叙事中产生巨大影响。比如万物有灵观念下，动植物懂得感恩，并产生了绮丽的爱情故事，也产生了孔雀公主、牡丹仙子等奇幻的女性形象。在民间讲述中，她们代能力有限、处于困境的民众实现某种愿望，从而使故事听众得到心灵的抚慰。比如"变形"母题，在幻想故事、鬼狐精怪故事中大量存在。"变形"也让故事产生神奇的效应。"变形"母题一方面蕴蓄着神话思维中关于生命形式只有转化没有现今意义上的"死亡"的认知；另一方面寄寓着人们对美好未来的希冀。《白鹁鸪玲玲》中的白鹁鸪玲玲，死后变成植物，变成鸟，来申诉自己的冤屈，并最终获得了理想的生活。在六盘山地区民间故事中，因一个人的善缘而得到神仙、神物帮助的故事也十分普遍，不仅是民众的虚幻憧憬的反映，也是好人有好报的世俗认知观念与宗教文化合力作用下的一种思维模式。

二　世俗文化价值观念的烙印

父系氏族社会以来，随着社会的发展，男性权力逐渐在社会生产、生活中占据核心地位。男性成为家庭的核心，掌握经济的主导地位，同时也掌控着妻子和儿女。父权社会经过漫长的历史演进逐渐成为一个由皇权、族权、父权合一的社会。在这一社会发展演进中，女性逐渐被打入社会底层，成为男性的附庸。社会结构、宗教戒律、婚姻禁锢、性别歧视、伦理压迫以及以性别为标准的社会分工与权力分配，使女性套上重重枷锁。处于社会、家庭、性别的底层，女性的现实处境相对极为黑暗。民间故事中女性往往处于次要位置，她们往往是男性成长、成功的一种考验和奖赏，在故事讲述中处于"物"的位置。在六盘山地区民间故事中，无论是故事讲述的旨归，抑或是女性命运的走向以及女性在故事中的存在状态，都反映出她们的现实处境。正如福柯关于"陈述"这一型构的话语理论，口头民间故事作为一种"陈述"的型构，依旧反映出对应的权力关系。即便是幻想型故事，绮丽浪漫是浮于秩序之上的装点。推动那个异世界运行的力量与秩序，依旧是此岸现实的镜像。在大多数故事中，女性是模糊的，是一个符号。即便是《太阳到人间》《天旱求雨的来历》等幻想故事，其中太阳的三女儿、玉皇大帝的二女儿都是作为"父亲"对凡人的考验被赠予或置于凡人面前，是一件奖品，是一件物品，而不具有独立的人格和自我经营权。

三 现实处境的艺术反映

幻想故事、鬼狐精怪故事在表面的奇幻之下是森严的等级秩序建构的世界。在对女性形象的塑造上，六盘山地区民间故事以它独有的方式反映了女性生活的诸多方面，比如她们的婚姻状况，有反映包办婚姻的故事，如《蟒精山》；有反映一夫多妻制的故事，比如《花牛娃》；也有反映抢婚风俗的故事，如《毛野人拉媳妇》等。女性没有自我经营的权利，没有选择婚爱的自由，没有个人发展的广阔空间。《蚰蜒》中的女子被他父亲刑拘一样关在屋子里长大，真正是封建社会闺阁女子"大门不出，二门不迈"的生存与存在状态的写照，其中的父亲将女儿的幸福看得比自己的虚名更重要。《蛇郎》中的父亲为了得到自己丢失的物什，要用女儿的婚姻去换取。众多"瓜女婿"类型的故事中更可以看见女性婚姻不自由的悲哀……在森严的封建家长制桎梏下，嫁为人妇的女子回娘家都是奢望。《巧媳妇》中的媳妇们要一一解开公公设置的难题才能获得回娘家的机会；《苦女》中的苦女也要一一完成婆婆分配的众多活计才能被允许回娘家一回。再如《白鹁鸪玲玲》的故事则更加凄婉悲凉地反映出女子在夫婿家所受的摧残与禁锢。六盘山地区民间故事对女性的苦难处境给予了揭露，对女性不公的命运给予了同情，也对处于苦难境地中的女性给予了心灵的抚慰。

四　对理想女性的讴歌与赞美

在苦难现实之中，女性处于社会的底层、家庭的底层、性别阶层的底层。尤其是底层民间社会中的女性没有广阔的自我发展空间，没有接受私塾教育的条件与机会，没有更多命运选择的可能性。但在森严的等级制度与男权中心社会中，依旧有聪明智慧、美貌善良、勇敢果决的女性存在，六盘山地区民间故事也热情讴歌和赞美了这些光明美好的女性形象。有《太阳到人间》中太阳星的三女儿那样的理想形象寄寓；有《穿白毛衣裳的姑娘》中兰芝似的神奇帮助的希冀；也有对《祁有梓李》中梓李精敢爱敢恨的性情的大胆肯定；亦有对现实生活中巧女、才女们的热情礼赞。正是这些讴歌与赞美鼓舞着、激励着、抚慰着处于不幸现实生活中的女性勇敢生活，争取光明的前景。

与世界范围内作家文学中女性争取自我书写的艰难历程不同，作为民众集体口头创作的民间故事中不乏女性的参与。她们通过故事的讲述形式将自我的喜怒哀乐理想愿望寄寓其中，从而在故事讲述中刻画了自我的真实"镜像"。

第十章　六盘山地区民间故事在
作家文学中的影响

民间文学与作家文学反映了人类文明的不同阶段，关于二者关系的研究是学界尤其是民间文学研究过程中十分重要的组成部分。当然，在众说纷纭的研究中，民间文学是作家文学宝贵的艺术资源这一点是中外研究者的共识。民间文学的文类、结构、风格、背景、精神内核等都对作家文学产生着深远的影响。

第一节　民间文学与作家文学

从文化人类学者的观点看，汉字编码的文化是小传统，前文字时代的文化传统是大传统。大传统孕育、催生了小传统。小传统继承和拓展大传统，同时，小传统也取代、遮蔽大传统。民间文学中的口承民间故事是前文字时代人类文化的表现和传承形式之一，作家文学则是文字编码时代中的人类精神活动形式之一。并且，民间文学作为作家文学艺术资源也是中外研究者的共识。作家的智慧与灵感蕴含在民众生活与创作中；民众集体创造的语言给养了作家；民众创造的口头文学体裁与表现形式、技巧给作家准备了活泼多样的创作形式；民众创作的内容也为作家文学提供了丰富的题材……总体上，民间文学在题材和思想内容、艺术形式和技巧、语言和典型形象等方面影响着作家文学。

从中国故事学的发生期看，"故事学其实并没有完全从文学大家庭中挣脱出来，这种情况反而使得学者们可以在整个文学系统中思考民间故事与其他文学体裁之间的关联性"①。无论是小说、童话、神话、寓言、自然故事还是历史故事，"故事核"本身在这些叙事文体中都处于核心位置。而且，"故事核"并不属于某种民间艺术形式，不同民间艺术形式都可能表现、反映同一个故事。民间故事对于作家文学的影响也显而易见。民间文学滋养着作家文学，是激活作家文学、推动作家文学革新的重要动力。鲁迅先生在致姚克的信中曾说："歌、诗词、曲，我以为原是民间物"，民间文学"偶有一点为文人所见，往往倒吃惊，吸入自己的作品作为新的养料。旧文学衰颓时，因为摄取民间文学或外国文学而起一个新的转变，这例子是常见于文学史上的"②。

单就小说而言，从中国小说的发展史看，小说这种文体的发展变化至今尤其得益于民间故事，从神话到传说到故事再到小说几乎是一个顺乎流向的发展变化过程。中国古典小说的兴起就得益于民间故事的讲唱活动。当然，中国小说的发生发展，经历了几次内涵的演变。在鲁迅的《中国小说史略》中提到："小说之名，昔者见于庄周之云'饰小说以干县令'（《庄子·外物》），然案其实际，乃谓琐屑之言，非道术所在，与后来所谓小说者固不同。桓谭言'小说家合残丛小语，近取譬喻，以作短书，治身理家，有客观之辞'（李善注《文选》三十一引《新论》）。始若与后之小说近似，然《庄子》云尧问孔子，《淮南子》云共工争帝地维绝，当时亦多以为'短书不可用'，则此小说者，仍谓寓言异记，不本经传，背于儒术者矣。"③可见，小说这一名称在发生之时与后世所指小说不同。同时，在上述引文中，清晰可见的是在历史发展变化中小说与寓言、异记密不可分。而之后的小说发展过程中，小说家对广义民间故事的文类、结构、风格、背景、精神内核等的继承与拓展成为普遍现象。俄罗斯汉学家李福清认为："作家利用了民间故事，而非

---

①　万建中：《20世纪中国民间故事研究史》，北京师范大学出版社2011年版，第245页。

②　鲁迅：《鲁迅书信集》（上册），人民文学出版社1976年版，第492页。

③　鲁迅：《中国小说史略》，中华书局2014年版，第1页。

民间故事从书演变而来。"① 作者比较了《搜神记》中的白水素女故事与民间流传的同类故事的异同，认为作家文学主要从三个方面对民间故事进行了改写：一是将故事的铺垫语与开头改写为具体的年代；二是为不确定的民间故事发生地提供了确定的地点；三是给民间故事无名无姓的人物配上具体的姓名。这样，就将不具姓名的民间故事讲述为"这一个"的文人故事。

从个案看，古今中外作家文学从民间文学汲取养分的例子十分普遍。比如马尔克斯和他的《百年孤独》，在整体上该小说也可以说就是一个"寓言"。陈众议在《拉美当代小说流派》中说："《百年孤独》有一位'相信一切寓言'的叙述者。"② 马尔克斯在进入小说故事叙述之前说："我还需要一种富有说服力的语调。由于这种语调本身的魅力，不那么真实的事物会变得真实。"③ 究竟是一种什么语调才具有这种魅力呢？马尔克斯在苦苦思索之后被卡夫卡所启发而寻找到了《百年孤独》的故事讲述语调，就是必须像祖母讲故事那样老老实实地讲述，用一种无所畏惧的语调。吴晓东在《魔幻与现实：〈百年孤独〉与马尔克斯》中指出："马尔克斯传达的是一个民间传说、民间想象力的世界。他大谈自己从小经历的民间想象力的奇谲世界的更真实的用意是为自己的小说寻找民间的文化依据和文化理念。"④ 当然，仅仅语调无法支撑起这种民间文化依据和文化理念。更深刻的意义在于《百年孤独》中神话模式与原始思维的遗留。再如民间故事和神话故事对卡尔维诺的创作思想产生了直接的影响。其小说的原型很多来自民间故事与神话形象。此外，卡尔维诺小说叙事结构的肌理与语言的肌理也深刻烙印着民间故事

---

① ［俄］李福清：《中国小说与民间文学关系》，载《民族艺林》1999 年第 4 期，转引自万建中《20 世纪中国民间故事研究史》，北京师范大学出版社 2011 年版，第 248 页。

② 陈众议：《拉美当代小说流派》，社会科学文献出版社 1995 年版，第 82 页。

③ 《两百年的孤独——加西亚·马尔克斯谈创作》，云南人民出版社 1997 年版，第 18 页；转引自吴晓东《从卡夫卡到昆德拉：20 世纪的小说和小说家》，生活·读书·新知三联书店 2003 年版，第 277 页。

④ 吴晓东：《从卡夫卡到昆德拉：20 世纪的小说和小说家》，生活·读书·新知三联书店 2003 年版，第 277 页。

与神话故事的思维方式。其小说尤其是历险故事中更是内蕴着民间故事与神话故事的精神内涵。在他看来，"民间故事通过对人世沉浮的反复验证，在人们缓缓成熟的朴实意识里为人生提供了注脚"。这些故事激励人们"为解放自己、为掌握自己的命运而斗争"①。在中国，除了古代民间文学对文人写作产生的影响外，现当代作家也深刻地根植于民间文学的土壤之中，尤其是进入现代以来，民间文学的形式、语言等对白话文运动起到积极的推动作用。在现代文人对民间文学研究的热潮中，民间文学对现代新诗的形成也产生了不可估量的启示及滋养作用。以鲁迅为例，他的成长过程中曾经受到过民间故事的启蒙与影响，他把不识字的民间故事讲述者称为"不识字的作家"，在其后的创作中，民间文学的承传与拓展也成为他创作中的一个方面，比如《故事新编》就是对中国古代民间故事做了革新与改编而获得的成果。

总体上，民间文学对作家文学的滋养是多层面的，从神话原型到叙事策略无不启发和滋养甚至控制着作家文学的创作。当然，作家文学也对民间文学有搜集、记录、整理、编辑、改编等。具体而言，作家文学对民间文学起到了保存、提炼、再创作等作用。

第二节　六盘山地区民间故事在作家文学中的影响

在六盘山地区现代教育出现和普及之前，民间故事的讲述是十分重要的教育方式与家庭代际精神活动方式之一。因相对落后与封闭的地域文化环境等关系，民间故事成为六盘山地区作家、诗人文学启蒙中十分重要的因素。集中以西海固作家诗人为例，可以管窥民间文学对孕育其中的地方作家文学的深厚滋养。

诗人单永珍的《传说或寓言》一诗以诗歌的形式再现了六盘山地区口口相传、代代因袭的民间故事讲述场景：

---

① ［意］伊·卡尔维诺：《意大利童话》，上海文艺出版社1985年版，第8页。

所有的故事降临在故乡的河面上
老人是孩子的船，载一纸古今横渡
幽暗的土地以神谕的叹息
把一个个黎明前的狐狸剪贴
端坐窗前

山坳里总有一些善良的事物不被风刮走
星星疯狂的夜晚
窑洞里的油灯点燃远古的话题
打碎一夜的疲惫和宁静

传说近在眼前，寓言近在眼前
我埋伏其中
撰写一本民间方志，以光明的含义
为如此神圣的夜晚而祈祷

该诗蕴含了从讲述者、受述者、讲述内容到作为仪式、作为艺术样式在参与者中所激起的精神共鸣与升华等诸多方面，同时也将民间故事作为民间艺术与"我"这一代有非民间、专业写作者的工作相对照，肯定了"说古今"这一活动本身所具有的"传说"或"寓言"的意义。同时，这一场景也完美再现了六盘山地区民众中"说古今"这一活动所具有的教育与艺术启蒙的意义。20世纪90年代以前，对于相对落后和封闭的六盘山地区的孩子，即使有幸能够进入学堂接受系统教育，在入学前也大都接受了民间故事对他们的学前教育。除去传统价值观的宣喻，神仙、鬼狐、侠客、异士故事中蕴含的超时空想象力、讲述行为本身所具有的魅力等都在开启着孩子早期的文学及艺术梦想。

再如，"70后"诗人木耳在《井畔沟》一诗中描述了诗人生活间歇中听古今的场面：

　　那年深夜，我们在井畔沟

　　围着土火炉

　　熬罐罐茶，听古今

　　牛舍墙上糊满了干牛粪

　　一层比一层厚：

　　慢慢压住了北风

　　雪急。挑水人迟迟不归

　　一定是迷了路——

　　北风一样

　　在井畔沟里打转

　　围着火炉，熬着罐罐茶，听着古今是六盘山地区十分常见的农闲时光。诗人从记忆中截图，这一生活场景成为整个诗歌的背景，也是诗人成长背景的组成部分。听着民间故事长大，听着民间故事萌生最初的"讲述"欲念，听着故事栖息，听着故事在精神的故乡往返……这是六盘山地区乡土民众的成长经历，也是六盘山地区作家诗人的"孕育"过程。民间故事对六盘山地区作家诗人的启蒙与影响不仅在石舒清、郭文斌、单永珍、了一容等"60后""70后"作家诗人的文字中十分显见，在马金莲、许艺等"80后"作家那里依旧十分显眼。

　　一般地，作家文学对民间文学传承的方法主要有整理、复述、引用、转述、融汇与重构等形式。从内容看，民间文学在题材、典型形象、体裁、语言、叙事方式以及精神内核等方面都为作家文学提供了重要的文学资源。作为六盘山地区民间文学中重要的构成部分，六盘山地区作家文学从题材内容到精神内核都可以在六盘山地区民间故事中找到依据。

一　从传承方式看，六盘山地区作家文学对民间故事的传承是多种方式方法并存的

作家了一容的中篇小说《野村》以曼斯村为故事发生地展开叙事，在小说的开篇，作家集中引用了关于"曼斯"的一则民间故事，尽管关于"曼斯"村来历的这则民间故事在篇幅和功能上都更接近于一部中篇小说的"引子"，但这个古老的传说却蕴含了"曼斯"村的精神内涵也隐喻了整篇小说的主旨。于是，这则民间故事在这里看上去更像一个寓言。将民间故事完整地置于作家将要进入的叙事织体，这样，实质上形成了文本的并置，甚至提供了两重话语世界，既增强了作家文本的神秘性，同时也丰富了作家文本的艺术世界。

"80后"作家许艺《罐子里的童年》将民间"古今"、爷爷奶奶讲述"古今"、叙事者的叙述多线铺展，不仅通过爷爷奶奶的讲述在语言上呈现了"古今"原生态的叙述方式，同时，在最外层包裹的叙事者的叙述，将作家文学的"陈述"与民间文学的"说"并置在"喜凤"这一人物形象的成长过程中，通过"喜凤"从学前爷爷奶奶传授"古今"的教育到入学后学堂的启蒙教育来反思民间故事在现代教育中逐渐消亡的悲剧性命运，也慨叹了童年无迹消失的无奈。作品一开始就交代"'讲故事'是文明词，上了学的学生才说'讲故事'，没上学之前都是随着爷爷奶奶说方言土话，管'讲故事'叫作'说古今'"①。随着"喜凤"的成长，她已经不再被那些专门讲给小孩子的"古今"所打动了。但"爷爷"讲了个"太岁的事儿"，喜凤觉得是个好古今。在文本内，"爷爷"的讲是民间的讲述，嵌套于外层作家的讲述之中。对于"爷爷"所讲故事，小说文本中有如下描述："男人女人们听得唏嘘，喜凤竟将手里的老玉米塞嘴里啃了一下。她一边惋惜姐姐喜莉没听到这个好'古今'，一边在心里暗暗告诫自己，若是在土里遇见一团鲜肉切不可马虎，一定要用近处的破瓦罐端起来发送掉，万万记得不可擦掉瓦罐里的灰土。从此就对瓦罐多了几

---

① 许艺:《罐子里的童年》,《西湖》2012 年第 6 期。

分敬意。"① 这种叙事本身是作家在叙事文本上的觉醒与思考，也可以说是民间叙事与作家文学叙事之间的一次对话。民间叙事经过世代口口相传，在具有强大的艺术生命的同时一定在叙事方式上有其世代积累的经验内核。《罐子里的童年》在叙事方式上以此开拓了新的经验。

还有一些作家文学中会将民间故事进行融汇与重构编织进自己的作品中。例如马金莲的短篇小说《掌灯猴》，依托民间"古今"的框架进行了文人的重构。在重构中，赋予民间故事中人物以姓名，尤其是丰富的内心活动，并以叙述者的叙述语言在故事进程中加以适当的思考，在情节上展开更为丰富曲折的想象……这些都是作家文学对民间文学进行重构的过程中十分常见的方式。

二 从六盘山作家文学内容看，对民间故事的传承在题材、典型形象、体裁、语言、叙事方式与精神内核方面都有体现

关于女性的命运及其生存状态，在六盘山民间故事中多有讲述。纵观马金莲的小说，对于六盘山偏僻乡村中女性生存的关怀是持久而深入的话题。马金莲也因此是一位有着十分浓郁女性关怀意识的女作家。在马金莲的《掌灯猴》中，整个故事的框架即来源于民间故事，作家也在其散文中坦言这篇小说来源于母亲说的"古今"。由于"古今"口口相传、代代因袭的特点，讲述者一般只讲述故事脉络，故事的主人公一般都是无名姓的，大都以其身份、年龄等特征去代称。在马金莲的《掌灯猴》中，作家在"古今"原有的框架上做了合理的想象和构思，并进行了改编。但整篇作品在框架和主旨上并未比"古今"走得更远，书写的依旧是女性的悲剧命运与其在恶劣的自然环境、不公的性别地位以及整体的文化秩序中的存在状态。只是在文学作品中，人物有了更丰富的内心世界，而不再是单纯的白描。如果纵观马金莲的小说创作，其小说叙事深印着"说古今"的叙事方式。在不能察觉的情况下，她的小说叙事被认为是散文式的。但更准确地

① 许艺：《罐子里的童年》，《西湖》2012 年第 6 期。

说，是"说古今"式的小说讲述方式。无论是故事的发展变化过程还是其小说中隐含作者与隐含读者之间的听说关系，都更像是一个民间故事的讲述过程。

在题材和典型形象之外，民间故事也为六盘山地区作家文学在语言上提供了丰富而富于表现力的语言资源。例如石舒清《古今》以"父亲"的口吻讲述"古今"，大量应用了口语、谚语、歇后语，大大丰富了小说语言的表现力。而统摄这些方言俚语的是作家对民间故事在讲述方式上带给小说叙事方式的思考。例如《古今》中《黑头头阿拉胡》一则将"父亲"的讲述、"我"的叙述、"三外爷"的讲述层层嵌套又层次清晰，在讲述语言上各有特色，大大丰富了作为"叙事"艺术的小说的叙述。《古今》中《夜明珠》一则开篇："《夜明珠》的古今是母亲讲给我和妹妹听的。母亲后来也还有讲古今的习惯和喜好，但是这个关于《夜明珠》的古今，母亲没有再讲好像已经很久了。"① 尽管如此，但作品接下来说："小时候听到的东西总难忘记，所以这个古今即使母亲不再讲，也还牢牢记得的，不妨再讲一遍吧。"② 借助民间讲述，作家完成了小说的"元叙事"。石舒清在各类创作谈及访谈中将自己更喜欢短篇创作的大部分原因归结于身体及精力的限制。但民间故事的叙述方式及其体制对石舒清小说创作还是有明显的影响，仅从命名上看：《周末的故事》《奶奶家的故事》《父亲讲的故事》《听来的故事》《陈事》《长虫的故事》《羊的故事》《山乡故事》等都是民间故事的命名方式。而这些故事都蕴藉着作家对人生、对生命、对灵魂的领悟与思考，在某种程度上，它们都可以看成是一则值得流传的新"古今"。尤其在讲述方式上值得注意的是《父亲讲的故事》这一篇。石舒清《父亲讲的故事》虽在外在形式上是短篇小说，父亲所讲故事的内容也是生活中发生的事情。但在讲述的形式上，石舒清借鉴了六盘山地区民间故事的讲述方式。如果把父亲所讲内容看成一则民间故事，那么整篇小说在外在呈现上就完全是

---

① 石舒清：《古今》，宁夏人民出版社 2015 年版，第 127 页。
② 同上。

对父亲说古今的全过程的完整记录。在 20 世纪 80 年代中期中国小说先锋派掀起革新运动的时候，作家马原曾道出小说家和别人的不同之处不在于所讲内容，而在于如何"讲"。这里，石舒清借父亲的讲，也给小说叙事提供了新的叙述体验与民间讲述经验。可以说，是作家对民间文学与作家文学的叙事所进行的一种弥合的尝试，或者是为作家文学注入民间文学讲述方式而求新求变的一种努力。

　　在某种程度上，石舒清不仅代表了当代宁夏文学的深度也代表了当代回族文学的深度。这一方面源于他深厚的文学积淀，一方面源于他对六盘山地区这片故土的深刻认识，一方面也源于他对本民族精神内核的体认。在 2008 年的一篇访谈中谈及回族的宗教信仰和生活习惯与现代社会的普遍价值观之间的关系时，石舒清做了如下回答："我好像一时也说不出现代社会的普遍价值观是什么。但生活在六盘山这块土地上的人们，肯定有着他们独具的价值观。他们有两世说，经营前世，向往后世……我总觉得回族人在这个世界里有一种客居之感，少主人意识，这一点使他们在生活中总不能倾其全力。"[1] 这种对本土生命与生存的深刻体认在石舒清的创作中被做了诗意而神性的书写，也使其创作比同时期同一地域的其他作家更具有深度与高度。例如石舒清《古今》中讲述了"外爷"的一生，作为皮匠的"外爷"间或给人看病，也给孩子们说古今。而"外爷"的一生恰似一则叫作《黑头头阿拉胡》的民间故事。

　　石舒清并没有让这则民间故事终于"外爷"或者民间故事本身，而是意识到这样的民间故事对于听者所具有的意义和其必须传承的意义："就是这样的一个故事，可谓简单至极。但是一天想到这个故事时，我心里强烈地一动。已是年望半百之人，还要允许自己读不懂这故事么？剩下的时间不多了。事不宜迟。我决定即刻记下这古今，连同讲这古今的我的一个亲人。亲人早已冥化无迹，这样的古今却有必要一代代讲下去。"[2] 因着这则短小的民间故事，小说的主题得到深

----

①　马季、石舒清：《笨拙·深情·简单·迅疾》，《文学界（原创版）》2008 年第 10 期。

②　石舒清：《古今》，宁夏人民教育出版社 2015 年版。

化，也使石舒清小说中对本民族精神内核的蕴藉更为明显。石舒清近年的小说创作发生了极大的变化，有人认为其中隐藏着一种巨大的创作危机。但如果多看他在民间故事中得到的感悟与启迪，在方志往事中掘得的创作甘泉，就会发现，这些民间的、"史家笔法"的、汉语传统的书写对他的小说观念产生了深刻的影响。他在做新的尝试，旧有的表达方式已不能承载他的某种表达需求。"作为民众群体口述的历史记忆、民众群体信仰的语言表达、民众群体认同的重要标志的民间文学，其鲜明的集体性特征，决定了民间文学实际上就是一种群体社会历史意识的积淀。蕴藏在民众历史生活中的价值观念、审美情趣、思维方式所构成的'民族性格'，一种感性直觉的'潜意识'或'集体无意识'，在民间文学中清晰可感。"① 从短篇小说《父亲讲的故事》到文集《古今》也可以看出石舒清在对民间故事不断的挖掘与领悟中对其认识的变化与深化。

总体上，可以说在六盘山作家文学中民间故事得到了一定的传承，民间故事也在一定程度上渗入作家文学中。为更加直观地呈现民间故事（广义）对六盘山地区作家文学的滋养，笔者特约了宁夏部分作家以"我与民间故事"为主题的文章，以下作家篇目为本书作者专门为本书所约稿件。附录如下：

1. 石舒清：大树常青——谈谈我和民间文学

大概十年前，我就对民间文学格外地关注起来，我的写作理念，是怕洋不怕土的。也许是写作到了一个瓶颈期，熟悉的东西都写得差不多了，素材日见其少，心态上也有些发慌，接下来如何走心里是没数的，我有个经验是，当你走得有些茫然时就不要继续往前去，而是返回头到根子的部分来，可做休整，可于根部再汲取营养，可由歧路再回归正途。礼失求诸野，文学也是这样，文学上歧路晃眼，不知道走哪一条路才好时，就回到民间文

———
① 肖群、郭郁烈：《文化分层中的民进文学与作家文学》，《甘肃社会科学》2012年第1期。

学来，就像支流又回到源泉一样。

记得一次去单位的专业作家马青家里，她在宁夏民协曾工作多年，马姐要搬家，让我去她那里挑选一些我喜欢的书，我就挑了几大卷宁夏民间文艺集成，拿回来看，像游子重温久疏的乡音一样，那种阅读体会，是读其他任何文字都难以替代的。其中有相当一部分故事歌谣，系郭望岚先生于上世纪八十年代带领固原师专的学生走村串户搜集而来，这样的文学活动如今还有么？只有这样的文学活动才真正令人神往。

我平日喜欢逛旧书摊，从我收到的书里发现很多大作家对民间文学情有独钟，我收到过一册上世纪五十年代出版的书，书名就叫《俄罗斯作家和民间文学》，托尔斯泰晚年的一部分写作，更是带了相当的民间文学特征，说托翁带来了一种新的民间文学也未尝不可，如《村中三日》等等即是。拉美很多作家笔下的文学，也更像是在民间文学基础上的再创作。中国作家像鲁迅、莫言等，都是作家创作与民间文学相结合的倡议者和实践者。

之于我个人，可以说我在这方面屡尝甜头，受益多多，一天，我从一本民间文学里读到一则《公冶长》的故事，怦然心动，难以释怀，觉得这民间文学还可以再创作，我就在原有基础上加减乘除，写了一篇就叫《公冶长》的小说发表在《十月》上。一次出书，我盘点了一下所选作品，就给这书起了个名字叫《古今》，古今在六盘山地区大致就是民间故事的意思，而我之所以把小说集的名字叫成《古今》，就是因为其中绝大多数篇目都有着民间文学的显著特征，或者说就是从民间文学改写而来。2017年，我和刘苗苗导演合作改编我的一个短篇小说，改成电影剧本，剧本都已经写成了，我忽然记起我读到过的一首回族民歌，情深意长，朴直动人，即使不听歌手来唱，仅只是看看那歌词，也好像可以让人心头疼恸，泪花满眼，我把这民歌发给歌手苏阳看，他也感叹这样的歌词是艺术家们创作不出来的。在写好的剧本里加添东西，正如在已经砌好的墙里面再加入一块砖进去，但出于对这首叫《满拉哥》的民歌的强烈喜爱，我们又费神劳力，加添情节，为的是能把这首民歌合理植入。现在这唱了没几句的民歌于该电影而言已显得不可或缺，成了电影的一大亮点。我在想，我要是能写出一篇和《满拉哥》同样品质同样感情的短篇小说就好了，然而那将是多么的不容易。

其实我的写作就是从民间文学开始的，我的处女作是一首我在村子里收集的花儿，共六句，1988 年发表在《固原报》上，短短一首花儿署名三人，演唱者署了我父母的名字，采集者自然就是我的名字了。我的获奖小说《清水里的刀子》，究其实也是从一个回族民间故事引申而来，明眼人一看即知。

从不自觉到有意靠近，再到深入领会和细致开掘，民间文学这棵常青不凋的大树，我确实是越来越仰仗它了。

2. 火会亮：那些年的民间游走

喜欢上文学，和一本刊物有关。那时候《六盘山》还不叫现在这个名，叫《六盘山文艺》，封面题字也不是毛体，而是五个很大的黑体字，后来还换成过一个老书法家的行草。封面设计也简单，淡淡的几笔，有时是山，有时是村子，有时什么也没有，只有隐约的一些意象在流动，让人感觉莫名其妙的朴素、接地气。

上初中的时候，我看到了这本刊物，最初模仿写一些小说、散文、散文诗，因为总是发表不了，便瞄上了刊物后面的"民间故事"——这是个阅读量很大的栏目，上面刊登的是一些本地流传已久的民间故事，经一些有一定文字基础的人写出来，化为"文学"文本重新刊登，名为"整理"，后面还缀有"讲述者""整理者"的名字。我想，这个我也能。于是在一天晚上，夜深人静之时，根据回忆诌了这么一篇东西，叫《人心不足蛇吞象》。故事不但很快登出来，占了很大篇幅，且名字没有缀在文后，而是直接像小说、散文一样放在标题下面。

第一篇民间故事登出来，得稿酬八元——那时一碗烩面五毛，一碗炒面一块五，整整八元，那得多少次到街上偷偷摸摸去大快朵颐啊。

我开始有意识地"搜集"民间故事。搜集的办法就是找人讲述。那时我已经无师自通地会一点"搜集"手段了。我用稿费买了一盒羊群（一种很便宜的纸烟），带个小本本，然后在雨天或饭后，到村子里那些会说"古今"的人家里去，说明来意，给对方敬一根纸烟，然后煞有介事地在膝头摊开小本本，边听边做记录状。

给我经常说"古今"的有两个人，一个是给生产队放羊的我的一个老哥，他是个独眼，老婆死了，留下两个儿子，吃完晚饭也没什么闲事。他的故事讲得有些乱，没有逻辑、因果，有时只有一些"有意思"的细节，整理时得充分发挥想象。另一个是我的堂姐夫，一个从外村招赘到我们村的上门女婿，伶牙俐齿，能说会道。他不但能讲许多我闻所未闻的"古今"，还能唱戏、说仪程。他讲的故事，几乎不用"整理"就可以直接写在稿纸上。中学期间，我大概"整理"了十多篇这样的小故事，一半登在《六盘山文艺》，一半留给县文化馆专门管理民间文学搜集的一个什么办公室。

这些民间故事被很多人注意到了。高中毕业时，时任西吉一中教导主任的散文家张光全老师在毕业典礼上说："我们这一届毕业生很优秀，其中还有许多文学人才呢，比如×××，×××。"其中第二个人的名字，就是我的名字。

大一暑假，在帮家里收割完麦子之后，我和古原相约一起去"采风"。这是一次自发性质的自由活动。我俩各骑一辆自行车，在县文化局要了一纸"搜集民间故事"的证明，然后沿通往火石寨的砂石路一路北行。在路上，我们时不时地就会拦住一个赶脚的人，让人家给唱个"曲儿"，或"说个古今"。大多数人都会摇着手拒绝，而且边摇手边狐疑地看着我们，只有一位背着褡裢的老人，面相和善，留一撮花白胡子，在吸了我们递过去的纸烟后，盛情难却似的坐在崾岘口，给我们说了个"古今"。这个

"古今"的名字业已忘了，只记得经古原整理，似乎是收到《西吉民间故事》里。

听完故事，我们又骑车上路，这时，得意忘形使我们付出了代价——在下一面斜坡时，我发现刹车失灵了——这种在石头山上开出来的路，路面一层细砂，车子下坡犹如又给车子加了一脚油门。车子越来越快，车闸拉到底也不起作用。怎么办？慌乱之中将自行车靠向路边一截地埂，车子一下停下来，人却一个前滚翻甩飞出去，在五米开外又奇迹般地站起，犹如杂技团演员的一次整脚表演。向前一看，一块牛大的石头就在我们脚前，距离不足两米。喘息半天，惊魂未定。当晚夜宿火石寨乡政府。那时火石寨还很萧条，街上没有一家饭馆，肚子饿得咕咕叫，承蒙乡长关照，让大师给我们在乡政府灶上做了一碗揪面片，吃饱喝足，将息一夜。第二天飞也似的从另一条路"逃"回了家。

后来，古原将这段经历写成散文《山里的花儿开》，意境浪漫、美好，其实，那天是我们参加过的所有"采风"活动中最惨也最失败的一次。

3. 杨凤军：我和民间故事

出生在六盘山农村，现在想来启蒙教育就是听"古经"。在大多数孩子的记忆中还封存着奶奶说的"古经"。稍有不同的是我出生时奶奶就已黄土掩埋，没有听过奶奶说"古经"。我听到的"古经"多半是母亲说的"狠心的财主""财贝有份先""老人心在儿女上，儿女心在石头上"，再就是听当过兵的二爷、拉过长工的三爷说的"寺口子的来历""六盘山下的金鸡""马家抓丁"……那时候，常常被"古经"中各种人物的行为影响，最深刻的是一定做一个勤劳、老实的人。对传说的印象是人世间太神奇了，万物竟然都有来世的缘由。因受他们所说的"古经"影响，在很多个夜晚，我独自坐在高房子顶上寻找那颗牛郎星和织女星，在寻找中我发现浩瀚星空隐藏着不为人知的秘密，例如三星、北斗七星等，它们竟能告诉人们时间和方向，例如银河竟然会变换方向，而银河的方向竟然与人间的春夏秋冬有关，再例如太阳套九环的天象，日食、月食的天象与民间的传说。

在诸多的"古经"传说中，我最恨那个用面团给孩子擦屁股的女人，因为她的行为人间少了天赐的白面，而要吃上白面还得辛勤劳作。我最同情怜悯的是黄牛，天庭的生活那样好它却食言而被踢下凡间，永远用"不用扬鞭自奋蹄"的勤劳替天行道。

在众多亲人们说的"古经"浸润下，我被时光喂大。而后把听过的"古经"、传说又说给后人。当然，说得最多的还是"老人心在儿女上，儿女心在石头上"这个"古经"。我不知道这个"古经"对听者会起到啥作用，但我相信一定会起作用的。

现在想来，一个时代有一个时代的特质，上世纪八十年代，文艺创作步入黄金发展期，伴随而来的是民间艺术工程开始实施。那时，我刚从师范毕业，分配到一所中学教书，假期便和几位有共同爱好的人参与到固原民间故事的搜集中，我们进村入户，采集当地流传的神话、故事，在听老人们把他们听到的故事讲给我们时，我感到像是找到了一个宝藏。

那时没有记录工具，全靠一支笔和一个笔记本，把搜集的东西速记下，到晚上再整理。一项浩大的工程不经意间被我们这些无名之辈完成了。

我还有一个便利条件，发动学生，因为我在中学任教，把故事搜集当作作文布置给学生，他们搜集后，我和学校负责这项工作的老师再筛选，然后交给固原文化馆的同志。搜集工作虽然很艰辛，但也历练了我们的意志，也为我的文学创作积累了素材。

记得有一次我们去固原炭山乡搜集，我们先到乡上说明来意，又给一个干部模样的男人拿出县文化馆开的介绍信，那人一看十分热情，他带我们去一个家在沟脑的老乡家，那天运气不错，我们到他家门口时，他正赶羊进圈。圈好羊听了我们的来意，老人兴奋异常，吩咐家人做饭，开始给我们说"古经"。他家有两眼崖窑，一眼住人，一眼起灶。说到第三个古经时，饭做好了，是掺和洋芋的黄米撒饭，就的是腌制的咸韭菜。不知是听说的"古经"感染了我们，还是说古经的老人那种认真和记性震撼了我们，我们每人三下五除二就把一大锅米饭给吃完了。至今，我的味蕾记下了那种香。

接着，我们点亮煤油灯盏，在昏黄的光亮摇摇晃晃、明明暗暗中倾听老者说"古经"。一直到窑外传来几声鸡鸣，老者说我的古经三天三夜说不完，今晚没说几个天就亮了。你们瞌睡吗？瞌睡的话就睡，我们说不瞌睡。老者接着又说开了。那真是一个无比幸福的夜晚。

那时交通不便，我们一边走一边拦拉炭的车，不巧的是那天没有一辆，下山回到家里时，我们的脚上都起了几个水泡，虽然很疼，但内心却无比幸福。

我们利用周末或节假日，几乎跑遍固原境内有 70 岁老人的家户，把搜集的故事、传说、"花儿"、谚语分类整理后交给固原文化馆。

调到固原工作后，我在一个朋友家发现了《固原民间故事集》《宁夏花儿两千首》。顺手翻看《固原民间故事集》，发现搜集者名字中有我，那一刻，我觉得自己像封神了一样，从此下定决心，以文字为伴。回想起来，我的创作来源于对民间故事的痴爱。因为痴爱，后来也就有了参与编辑《固原民间故事》（五卷本）的机缘，在编辑过程中，我常常被那些来之不易的故事、传说打动。这套书出版后还荣获全国图书一等奖。

人到中年，每每回忆那些过往的人事，总想用文字将其记录下来，这也就有了我正在创作的组诗《红尘证词》……

4. 李方：情景如昨

1983 年秋天，我从固原民族师范学校毕业，分配到乡下一所中心小学任教。那时候正是百废待兴、文学复苏的年代，周围几个志同道合的朋友，随着文学热潮，也组织了一个文学社团。因为我所任职的学校距离全国文物保护单位须弥山石窟不远，就将文学社的名称起为"须弥山文学社"。社团成立的时候，有成员六十多位，聘请了当时固原地区文联《六盘山》编辑部的小说编辑陈彭生、固原县文化馆的创作员徐兴亚两位老师作为社团文学创作的指导老师，他们也欣然参加了文学社成立大会。

会后，徐兴亚老师跟我讲，全国民间文学普查工作即将开始，现在我们有了这样一个文学社，又有六十多位成员，是一支不可小觑的力量，希望我们在进行文学创作的同时，能够团结全体成员，调动他们的力量，加入到民间文学普查当中去。

说实话，那时候社团的六十多位成员，基本上还都处于对文学的热爱阶段，是谈不上真正的文学创作的，但是徐老师的话，我却牢牢地记住了。不久，徐老师就打电话给我和文学社的另一位管理者和与我同在小学任教的汤明星，要我们去县文化馆，详细安排民间文学普查的有关事宜。在徐老师那里，我们仔细地阅读了文件，抄了笔记，将普查的原则、体例、要求、每个采集到的故事所连缀的相关信息等等，都记录清楚。徐老师特别强调了几点：谁讲的、是男是女、多大年龄、文化程度、流传范围、搜集时间这些项目一定要采集完全、清楚、明白。对老百姓讲的故事中的方言土语，不要写成规范的现代汉语，要"原汁原味"。如果教学工作忙，利用课余时间，先自己默写早年听过的故事、歌谣、谚语。等学校放假，再集中力量一个乡镇一个乡镇地实地搜集。为了工作方便，徐老师还为我们开了文化馆的介绍信。最后他说："假期里，你们还可以来，文化馆为你们提供录音机、磁带、电池。你们收集到的所有故事、歌谣、谚语，都会按字数付给稿费。假期里开展搜集工作，文化馆可以按天发放补贴。"

这是文学社成立之后，开始文学创作之前，我所进行的最重大的"文学活动"。

其实，民间文学对于土生土长的我来说，从小就耳濡目染了。漫长的冬夜里，窗外刮着呼呼的西北风，躺在被羊粪烧热的土炕上，非要在爷爷奶奶所讲述的"毛野人"的故事中才能入睡；在夏夜习习的凉风里，坐在大柳树下，听生产队放羊人讲述发生在羊圈里的"白头白脸白身子"的鬼故事，往往吓得一个人不敢回家。当然也少不了在上学、放学、劳动的时候，听同学讲的故事、父辈们讲的故事。其中最多、影响最深的是"毛野人"和"瓜女婿"的故事。这类故事一般都比较短小，内容浅白，易听易记。也因为傻瓜女婿捉弄连襟和老丈人，有许多调侃、机智在里面。但是对于谚语，基本上存在于生活的各个方面和各种农事当中。正是这些带着乡土、乡音、乡情和乡韵的故事、歌谣、谚语，伴随着我长大。

现在，我是一名乡土教师，也是黄土地上的知识分子，利用寒暑假，奔波在田野山乡，搜集更多的听过或未曾耳闻的故事、歌谣和谚语，对生活在这片土地上的人民有了更多的了解，从他们的故事中，体察到了更为深远的民族、民间的优秀传统、灿烂文化，也深深为那些异想天开的神话、传说所吸引和感染。民间故事是通过口口相传而演绎与传播的。一个地方的民间故事、神话、传说、寓言、谚语、民歌，甚至于让人猜测的谜语，都微妙而深刻地反映着这一地域的风俗、民情、地理特征和风物特产，都不可避免地带有这一地域的乡民们的心理特征和价值取向。所以在搜集和整理民间文学的时候有一个基本的原则是原汁原味，也就是随弯就弯。讲述的人怎样讲，就怎样记。哪怕是不连贯、不完整、不合逻辑，也不要紧。那些随口说出的话语，也要按照当地方言土语来记录，收集整理者不得按照学术或者学院腔来"修改正确"。民间有句俗语："十里不同俗。"民间故事的魅力就在于那个"不同"上。如果完全相同，也就没有了文化、地域、语言、习俗上的不同，也就没有了差别。而文化这种东西，恰恰是因为不同才让人着迷，才会显示出它的独特魅力。比如"女娲造人"。这是一个大的相同的前提。在不同的地域、民族里，都认同或者都讲是女娲抟土造出了人。但是在各地、各民族的讲述里，这个造人的过程却不一样。就算是这个造人的过程都是一样的，但是表述的方式却不尽相同。六盘山地区关于女娲抟土造人就有许多不同的讲述。有的只是讲到女娲用土捏出来晒干就变成了人；有的讲述中却加进去了在晒人的过程中天气突变下起了阵雨，女娲来不及把那些正晒着的泥人一个个拿进屋子里去，只好用扫帚扫在一起，扫的过程中，把有些泥人的胳膊和腿扫折了，所以就有了缺胳膊少腿的残疾人；有些讲述和这些都是重复的，但是在最后却加了一句：那时候，泰山才露出了个顶顶子。千千万万不要轻易地就将这最后一句话轻飘飘地放过去。试想一下，女娲抟土造人这个神话的产生和发展、演绎和传播那是经过了怎样一个漫长的过程啊。如果在这个神话诞生的时候就有这一句话，那么，作为神州大地上五岳独尊的泰山，那时候才露出了一个顶顶子，也就是说才冒出了一个芽芽，它是怎么生长的，是经过多少万年的风雨，才成为五岳之首的？当时人们是怎么知道泰山的呢？为什么别的地方的人在讲这个故事的时候丝毫没有提及遥远的泰山呢？为什么这个地方的人却要讲到泰山呢？这是无意中加上去的吗？对比、甄别、分析和研究，那是专家们的事情，但是民间文学的魅力，它的差异性，是其中最最重要的。

我比较陌生的是当地回族的"花儿"，也就是回族歌谣。很多的回族"花儿"，是我和汤明星两人在寒暑假期间，提着录音机，到固原的东西两山回族聚居区实地搜集、录音的。

用民歌来反映生活，表达爱情，是世界各国、各民族的共同特征。

但是民歌的形成、发展、鼎盛和逐渐走向衰落以至于消亡，恐怕也是具有全球性的特征。从青海诞生的"花儿"，曾经广为流传，在陕甘宁青新都有传唱，当然以宁夏的回族为最。这些民歌调式多变，叙述内容庞杂。大多数都是四句一首的短歌。也有一些是叙事歌，如《我和王哥拔胡麻》《吆骡子》《马五哥和尕豆妹》等等，一般四句一首，前两句比兴，后两句写实。调式上高亢、嘹亮、悠扬、婉转。在唱词中往往加上"阿哥的肉呀"或者"者""哈""格"等衬词，以增强曲调的咏叹和韵味。比如

"白杨树树（者）谁栽来，叶叶（哈）咋那么嫩来？娘老子把你（者）咋生来，模样（哈）咋这么俊来？"前两句比兴，说白杨树叶子的嫩绿，但不知道是啥人栽植；后两句写实，说出了本来想要说的话："这样俊俏的姑娘啊，你是谁家的闺女，怎么长得这样让人心疼啊。"当然，"花儿"并不是一味地只表达和反映男女情爱，也有相当一部分是反映劳动情景、揭露现实黑暗、抗议当局暴政、吟唱妇女社会地位低下以及所遭遇的悲惨生活的。

现在回想起来，当年搜集民间故事、歌谣、谚语的时候，有很多人和事，都犹在眼前，仿佛昨日。记得我们在固原县黄铎堡乡张家山搜集歌谣的时候，遇到了马明德。马明德是个退伍军人，一个人独自生活。当时西山里落了很厚的雪，而且雪还在不停地下。大片大片的雪花安静地飘落下来，覆盖在原来的积雪上，让人想到弹棉花。村民们三三两两、老成持重地走来，进到马明德因落雪而变得不似原来那样破败的黄土小屋里。这个屋子是真的小。地东头盘着锅台，中间隔着只容得下转个身的距离，就是一面大炕。炕上只有一领席子，有半面铺着一张黑得发亮的羊毛毡，南边靠窗户的地方，塌出一个洞，也没有修补。像是呼应一般，那席子也破着一个洞，一圈儿都是黑，犹如那塌下去的炕洞装饰着一个古模怪样的花边。早来的村民，都涌到土炕上，后面来的人进不到屋子里，只好站在门外，或者趴到窗户上向里面张望。

马明德有一管从部队上带回来的笛子，没有贴膜纸。他轻巧地剥了一瓣独头蒜上的薄膜，覆在吹笛孔上，笛声竟然也悠扬嘹亮。

他是站在炕上的。为大家吹奏了一遍乐曲，清唱了一首"花儿"，然后口述一遍歌词。汤明星按着录音机录音，我捏着本子和笔记录歌词。

后来，村民们消除了疑惑，受到了感染，褪去了羞涩和扭捏，亮出了喉咙。这是上世纪八十年代我们普查民间歌谣的惯常做法和场景。只不过张家山马明德家里参与的人数较多而已。

山里夜色降得早，村民们也零零星星地踏着厚厚的积雪，脚底里创造了最为动听的咯吱声走回去吃晚饭了。落雪却停了。大团大团的厚重的云朵在无声地移动。我们也收拾了东西，准备做晚饭。马明德家里却只有面，没有菜。马明德甩着两条胳膊，说，我给咱们烙烫面饼。我在部队上就是炊事员。

吃过烫面饼，喝过砖块茶。晚上要睡觉，马明德就去烧炕。点燃了柴火，那个塌出来的洞大发神威，冒出了一股一股的浓烟。屋子里呛得待不住，我们三人就逃出屋子，来到门外，站在山坡上抽烟。

山间如此安宁。世界如此洁净。天空如此盛大。从那遥远的东山顶上，缓慢而有力地升上来一盘黄澄澄的月亮。这时，直到这时，我才体会到了马明德唱的"月亮上来车轱辘大"是怎么一回事。

我们是如此的寂寞。

浓烟散尽。关门闭窗。三个人蜷缩在那并没有多少热气的毛毡上，盖着薄被，马明德把他的军大衣横着覆盖在我们三个人的身上。

半夜里，汤明星被冻醒，两手乱摸着。我滚了一下身子，身上没有了被子和大衣。他咕哝着：这么冻，还不盖被子。马明德把军大衣覆在我的身上。我实际上是糊涂着，说着梦话：我有一个想法……

第二天，我们离去之前，三个人美美地笑了一回。

我们创造了一个新的歇后语：李方睡觉不盖被子——有想法哩。

从那时到现在，差不多三十年过去了，当时采集故事、歌谣、谚语的人，细算起来，平均年龄应该都在 80 岁以上，一些人绝对超过了百岁，肯定已经离世了。就是给我口述了《骑门生》《八十万老虎下江南》等故事的父亲，也去世两年了。更多的民歌传唱者，也因为生态移民搬迁，离开了祖辈生活的土地，去了异乡，无从查找，失去了联系，但是他们所奉献出来的优美的民间文学作品，却被我们所固定，不再是口口相传了。八十年代中期，这些民间的瑰宝，作为"三大集成"，都被印行（资料本）。2010 年，我调到固原市文联已经十年，担任固原市民间文艺家协会主席。时任固原市委常委、宣传部部长的周庆华问我，你们协会最想干的事是什么？我不假思索地说：给每个县出一本民间故事集。很快，一套《六盘山民间故事》（原州、西吉、隆德、泾源、彭阳 5 卷本，100 万字）被宁夏人民教育出版社出版，首次印刷 4000 册，后来这套书被评为西北十三省区图书一等奖，重印 4000 册，作为宁夏全区"农家书屋"的配套书，上了全区所有农家书屋的书架。

这是多么让人欣慰的事情啊。我作为固原市首任民间文艺家协会的主席，如果说在任期内做过什么值得骄傲和自豪的事，那么我想，这是最值得说道说道的。

得益于丰厚的民间文学的滋养，从事文学创作三十多年来，我在文学创作的道路上越走越远，越走越宽，也取得了自己较为满意的成绩。但我知道，这些成绩的取得，最原始、最根本的，就是民间文学对我的滋养和影响。

5. 马金莲：来自民间故事的滋养

记忆从人之初开始，这些记忆是贴着地面的，沾满了土腥味，也饱含底层才有的朴素、纯良和厚重。小时候我们的生活里没有电，也就没有电视。时日枯燥，尤其冬季漫长的寒夜，需要一些有味道的东西来打发时间。最有意思的莫过于说"古今"了。"古今"，还是"古经"，在我们的日常方言里，一般听不出前后鼻音的区别，所以我至今也不知道究竟是哪个字更合适。不过我个人偏爱前者。"古今"，囊括了今天和远古，眼前和曾经，在岁月深处跋涉而来，带着经得起反复琢磨回味的亲切与厚重。

听"古今"是一种享受。要听到好古今，就需要有说古今的人。其实乡村里几乎人人都能说几个"古今"。但如果由那些口才好，又愿意沉浸在故事里的人来说"古今"，这样的"古今"听起来才有味道。很幸运，我在童年时代遇到了好几位能说"古今"的老人。老人是经历过岁月的人，是在生活的酸甜苦辣中浸泡过的人，是早就饱尝了人间艰辛，也看透了人心、世情的人。这样的人说出来的"古今"，才更有味道，更值得回味。

外奶奶是一个很能说"古今"的人。她老人家儿女众多，老年脱离农事后，常年辗转在各个儿女家住。每次到我们家来会住上一两个月。每到夜晚她就会给我们说"古今"。其实她的"古今"里，更多的是她自己的人生经历。尤其小时候亲身经历的那场震惊中外的海原大地震。刚有记忆的小女孩，在睡梦中被哭喊声惊醒，发现睡觉的窑洞没有了顶子，头顶上是夜空，隐隐还有星星，更有红色的云朵和被映红的半个天空，还有耳边响彻的哭声和轰隆隆不断的坍塌余震声。还有后来，父母双亡的孩子一天天长大的过程，和活在人世上的这八十多年的岁月，多少磨难，多少艰辛，多少温暖，多少辛酸，都被融入在她如今的讲述中。赋到沧桑便是真啊，她讲述的哪里是"古今"，而是活生生的血与泪的记忆。而在我的童年记忆中，我完全把这一切当作"古今"来听。

奶奶也是一个很能说"古今"的人，她的"古今"来自两个方面，一方面她自己这辈子的生活经历以及她周围很多前辈或者同龄人的故事。另一方面是她小时候从她的叔父那里听来古书上的故事。听前者，让人感同身受，总是禁不住同情那些被生活反复揉搓碾压的六盘山大地上的农民，他们的人生故事，命运起落，人心人性中闪烁的最淳朴善良的光泽，都像星星一样擦亮我童年时代醒在夜晚的心。而后者，则听得人心潮澎湃情绪起落，据说奶奶的叔父是一位能识文断字的人，农活间隙喜欢抱着书看，家里有很多像砖头一样厚的古书。他看完后就讲给孩子们听，奶奶正是众多孩童中间的一个，却是最用心听，记性最好的一个。

几十年后，在老家的土炕上，在浓黑的夜幕下，奶奶把这些埋藏在她童年记忆里的故事再次讲给我听。当我后来会看书的时候，我才一一印证出奶奶讲述的这些故事其实就是《西游记》《封神榜》《薛仁贵征东》《薛丁山征西》《薛刚反唐》《杨家将》《呼家将》《梁祝》……还有秦始皇打天下、孟姜女哭长城、包文拯断案、八仙传说、牛郎织女、聊斋故事……更有无数我至今在文字记载中很难寻找到存在的故事，这些故事都是真正的民间小人物的悲欢离合起起落落，有些甚至连人物姓名都没有，只是一个小小的片断，一件平凡的小事，几句朴素的对话，但是奶奶讲述得很投入，尤其在万籁俱寂的乡村夜晚，静静地听着那说"古今"的声音，感觉像一个温软的大手在抚摸我的耳膜，一直抚摸到心里，我在一种奇异的气氛里浮沉，直到渐渐沉入梦深处发出鼾声。

后来当我学会了文字，能看书，能阅读了，也就慢慢远离了奶奶讲的"古今"。我如痴如醉地沉浸在阅读当中，最初是各种各样的民间故事，其中有本地文化部门采编出版的民间故事集，更有民间故事刊物。感觉一扇早在小时候听"古今"时就被开启的好奇之门，在阅读中日渐变得更为敞亮，而外奶奶早在十多年前就上了远在千里之外的新疆并在后来永远沉睡在了那一片土地上。我的阅读早就突破了民间故事，开始转向正式的文学作品，也学着写作，但是这些年跌跌撞撞地走来，总是会在某个难以预料的时段，猝不及防地就有一个或者多个片断闪过眼前，让人禁不住失神，忍不住回首去看走过的人生道路，而这样的片断就来自童年时代听过的那些民间故事。

民间故事就像一枚枚未经打磨的玉石原料，在朴拙的外表之下，包裹着来自社会底层最为真实、朴素的真理，和人心人性当中最为纯粹的善良和美好。所以人到中年的我至今会在闲暇之时，会在阅读劳累之外，也抱起一本民间故事集看，从这些未经包装粉饰的原初故事里汲取来自民间的最为简朴纯粹、充满泥土味道的营养。

6. 林混：我身体的一部分

孩提时代，伏天的夜晚，我常睡在当院的架子车上。

一次，母亲捏着我的指头给我指天河，说天河两边的星星有个牛郎星和织女星，给我讲了这两颗星星的故事。后来，我在电影里，看着牛郎挑着一双儿女不停地追赶织女，追啊追啊，眼看要追上织女了，王母娘娘忽然拔下头上的一把钗子一划，天空中出现了一条波涛滚滚的河流，隔开了他们。牛郎过不去，织女回不来，一个在此岸，一个在彼岸，一直就这么相望着，而且还要继续相望下去。我那时候不知道把一对相爱的男女强行分开是多么的撕心裂肺，我只感到王母娘娘太多事，好多年我对她都没有好感。甚至到了现在，对她的看法也没有修正多少。

这是一个民间故事。我们这里把民间流传的故事称作"古今"。这个故事在我成长的道路上，给我上了一堂绝望的课。我有时看着天河，看得久了，待我回头，已旷旷如野。我眺望的目光断了，断了，这就是生活的真相。

小时候，每到睡觉前，我都要缠着母亲给我说"古今"。母亲说的"古今"里，我印象最深的要数"毛野人"的故事。

——很早很早的时候，有姊妹俩，姐姐叫顶针，妹妹叫线蛋。一天，"毛野人"把她们的母亲吃了，然后，毛野人摇身一变，变成了她们的母亲，而且准备在夜晚要吃顶针和线蛋。顶针和线蛋识破了母亲是毛野人变的，就爬上门前涝坝旁的一棵大树。毛野人对顶针和线蛋说：你下来不下来，不下来我就上来了。

顶针和线蛋说：我们下不来，你要上来，我们就用裤带把你吊上来。

毛野人同意了。顶针和线蛋解开裤带，把两根裤带绾到一起吊毛野人。顶针和线蛋两个一边吊一边说："裤带连裤带，把妈吊上来。"

吊着吊着，眼看就要吊上来了，顶针和线蛋把裤带猛一松，毛野人就重重地摔到了地上，疼得爬不起来了。顶针和线蛋一看，就说："妈，你把裤带抓紧，我们再往上吊。"

毛野人就又抓住了裤带，叫顶针和线蛋往上吊。顶针和线蛋一边吊一边说："裤带连裤带，把妈吊上来。"

吊着吊着，眼看就要吊上来，顶针和线蛋又把裤带一松，毛野人又掉下去了。这一回比上一回摔得更厉害，毛野人根本爬不起来了。毛野人看见一轮满月漂在水上，顶针和线蛋也钻进水里。毛野人被绊得脑筋短路了，说："你两个死鬼女子，糊弄我呢，原来你们藏在水里呢，等我把水都喝完，再吃你们两个的脑子。"

毛野人爬到涝坝边上，头也不抬地喝水。他喝呀喝呀，怎么也不能把涝坝里的水喝光。最后，毛野人脚下一滑，掉进水里淹死了。

这个故事，每听一次，我就笑一次。我对母亲说：毛野人真是个大笨蛋，他的肚子有多大，一涝坝的水怎么能喝完？不过，我也隐约懂得，干坏事没有好下场。这大概就是朴素的民间故事的力量。

还听母亲讲过一个故事。说在很早以前，飞禽都是生活在一起的，后来由于家族大了，它们就开始分家了。

凤凰是鸟中之王，它为了照顾好弟妹们，给大家讲分家后的生活方式。首先讲了怎样安家，讲到如何造窝时，喜鹊笑了笑说："我懂了，我懂了。"就飞走了。麻雀根本就没听，也飞走了。地雀雀刚听罢怎样垒窝，还没听到垒在什么地方，也飞走了。只有燕子认真地听完了。所以到了冬季，燕子就飞到天气暖和的南方，一到春季燕子又飞到北方，并且把窝垒在人住的房子里或者房檐下，不受风吹日晒。喜鹊把窝垒在了大树上，长年在外。麻雀干脆就住在墙缝里了，出来进去很不方便。地雀雀不知道把窝垒在什么地方，最后就垒在了地里，终生受苦。

听了这种寓教于乐的故事，让我受益匪浅，觉得学习要认真，不能骄傲自满。

我念到初中的时候，恰逢遇到上世纪八十年代全国普查整理民间故事，我是其中的一个积极分子。过去整理的笔记至今还保存着。一个人的心中如果一直揣有一种梦想，那会改变自己生活的。

我从没有想过整理民间故事会成为我的工作。

有一天，接到一位领导电话，让我编校一本民间故事。那时候，我在一个很偏远的乡镇工作。我一直想离开这个地方，但又没有办法，这真是让我瞌睡遇上了枕头。我非常高兴从这里解脱出来，驰骋于这些文字大军中。我喜欢文字，和文字打交道，我感到自己是一个元帅，而文字就是我的士兵，可以随意调遣它们。我忘形于文字给我带来的乐趣中，如花朵，如阳光，如雨露。我爱着被我创造出来的每一句话，每一个情节，它们在时间的浸润中，已经成为我身体的一部分。这些口口相传下来的故事，是历史的回音，是神奇的财富，已经成为我认识过往生活最真实的一个载体。

当我把这些文字整理完成以后，已经是 2008 年的 4 月份了。这些文字全部被装进一个 U 盘后，我仿佛卸下了一副重担。我觉得需要放松一下自己，那就去一趟天府之国吧。

这天，我来到了青城山。这个时候，我是不知道灾难正在一步一步向我逼近。突然天地一声巨响，大地剧烈地摇晃起来。地震了！山体垮塌，巨石腾空，尘烟呼喊……我死里逃生之后，来到成都。呆坐在宾馆里，我在想我的包没有拿回来。那个装有民间故事的 U 盘就在这个包里。从青城山往成都走的时候，不是我不想拿我的包，而是我的包在垮塌的宾馆里面。前来营救的解放军同志说衣物就不要拿了，活命要紧！

我走上这条临时修出的生命之路，两手轮换抓着上面的树枝，一步一个脚窝往出挪。我一直看着上面，不敢往下面看，下面是悬崖绝壁，绝壁下面是大雨过后滔滔奔涌的味江河，稍不注意，如果一脚踏空，就会小命休矣。走到中间的时候，一个女的抓着树枝大哭起来。在这么险要的地势，她的后面有几十个人，显然只能前进，是不能后退的。我看着上方，看着天空，余震带来的石子还在不断地跌落。我心说，你就坚强点，赶紧走吧，再不要拖延时间了，如果再地震咱们就都没命了，况且解放军在前面带路，他们已经来回几次了。这个女的这时已经魂飞天外，哭着哭着，她瘫软了，突然一声凄厉刺耳的叫声传开，她从悬崖上掉下去了。大地摇晃着树枝，浩荡不息的江水瞬间吞没了她的身影。

我从不愿意回想这一幕。

可我逃出来却后悔了。两年来我就干了这么一件事，这个U盘对我来说是重要的。

在宾馆煎熬几天后，从新闻中得知去青城山的路修通了，我决定二进青城山。尽管路已修通，但是不能通公共汽车的。租了一辆摩托车，走走停停，大约一小时后来到了山上。地震前我住的是一座两层楼的宾馆，在地震中从外面修的楼梯已经垮塌，无法上去。主人不在，问隔壁邻居，说在下面的帐篷里。我借了这家的梯架，搭在塌掉的楼梯上面，从窗子里面爬了进去。我的包安静地放在桌子上，只是上面压了一些震落的石块。我把包从窗子里扔了下去，又迅速逃离。

站在地上，我看着裂痕遍布的房子，长长地出了一口气。摸了摸自己，我是活着的。

邻居问说：你的包里有什么贵重东西，这太危险了啊！

我这时真不知道怎么回答；说了，他也是无法理解的。我拉开包，把U盘取出，装进我的口袋。我扔掉了包，人生已经有着太多的累赘，不堪重负，轻一点，轻一点吧！

我下山了。我在路上问自己，值得冒着这么大的危险取回这个U盘吗？里面只不过装了一些文字，丢失了可以重新去书写的。

假如我的一根指头被石块砸断在那里，我会冒险去找吗？

在以上篇章中，可以窥见民间故事对六盘山地区作家的精神给养。民间故事是六盘山地区"60后""70后""80后"作家的重要文化启蒙、文学启蒙形式之一，在他们的写作道路上，也起到了"矿藏"的作用。当然，也要看到尽管六盘山地区作家文学对民间文学资源的应用、挖掘在一定程度上使双方都得益，但在传承方式及对这笔民间遗产的继承弘扬上，作家文学还有更广阔的空间可以去开掘。这方面，2005年英国坎农格特出版社发起的"重述神话"项目值得借鉴。该项目在全世界范围内产生了广泛的影响，英、美、中、法、德、日、韩等三十多个国家和地区的知名出版社参与了这一跨国出版合作项目。项目强调"重述"神话故事。"重述"不是对神话进行简单的改写，而是要求作家们结合自己的创作风格展开想象，对神话故事加以重构。然后由参与该项目的各国以本国语言在所在国家地域同步出版发行。曾加盟该项目丛书的作家有简妮特·温特森、大卫·格罗斯曼、玛格丽特·阿特伍德、多娜·塔特、齐诺瓦·阿切比、密尔顿·哈托姆、伊萨贝拉·阿连德、迈克尔·法布何塞·萨拉马戈、阿尔贝托·曼戈尔、A. S. 拜特、卡洛斯·富恩特斯、斯蒂芬·金等。在国内，在该项目的带动下产生了苏童的《碧奴》、李锐的《人间》、阿来的《格萨尔王》、叶兆言的《后羿》等一系列优秀作品。尽管该系列丛书以神话重述为主，但在作家文学对民间故事的改编传承上也有借鉴意义。

民间文学是作家文学宝贵的创作资源。从民间文学的传承角度看，作家文学也为其他艺术门类对民间文学的传承起到了桥梁纽带的作用。比如从片言只语的神话故事等到影视作品、绘画作品，往往还需要作家文学合理的文学想象与充实。

附录：六盘山民间常见故事辑录

从类型看："猫与老鼠（丁乃通 200 ＊）""猫狗结仇（丁乃通 560 ＋ 200A）""老虎怕漏（丁乃通 177 ＋ 78B）""傻女婿拜寿（丁乃通 1696C）""人心不足蛇吞相（丁乃通 285D）""打野狐精（丁乃通 333C）""狗耕田（丁乃通 503E）""蛤蟆儿子（丁乃通 440A）""人为财死（丁乃通 555A）""两兄弟（丁乃通 613A）""三姊妹与蛇郎哥（丁乃通 433D）""儿女心在石头上（丁乃通 982）""豆皮儿与豆瓢儿（丁乃通 738 ＊ ＋ 555 ＊）""毛野人抢亲（丁乃通 321A ＊）""画中女（丁乃通 400B）""云中落绣鞋（丁乃通 301）""西天问佛（丁乃通 461A ＋ 465）""善与恶（丁乃通 613）""聪明的媳妇（丁乃通 875D）""聪明的长工（丁乃通 1568）"等类型是六盘山地区最为常见的民间故事。为便于对照，以下辑录几类常见故事在不同地方的写定本以供参考，有些在地域上已逸出本书对"六盘山地区"的界定，但因在同类别与类型故事中依旧具有对照性，也辑录在此。

（一）锅儿漏故事

锅儿漏（固原）①

很久很久以前，在一个深山里住着老两口，他们凭勤劳的双手开垦了一个荒山坡，种上甜菜。老妇人在家里熬糖，老汉赶着毛驴经常出山卖糖，再买回油盐粮食，日子总算过得去。

---

① 固原民间文学集成办公室编：《固原民间故事》，固原县印刷厂 1987 年印刷，第 457 页。

有一天晚上，天黑沉沉的。一个贼藏在这老两口的屋顶上，准备偷那头毛驴；一只老虎伏在屋檐下，想偷吃那头毛驴。

屋内老两口还没有睡，正在说话。老头问老妇人："你最怕什么？"

"我最怕'锅儿漏'。"老妇人说。

贼和老虎都不知道"锅儿漏"是个什么样的东西，都很纳闷。

不一会儿，老两口吹灭了灯，睡了。

贼一听没有人说话了，又看见灯也熄了，就溜向驴棚。老虎身子灵活，先到了驴棚，它正想咬断驴缰绳；这时，贼摸了进来，到老虎的身上，并迅速地骑了上去，还狠狠地朝虎屁股上打了两掌。老虎心里一惊，又挨了重重的两掌，吓得转身出了驴棚就逃向森林。

贼洋洋得意地骑了一夜。天麻麻亮时，才发现自己骑在老虎的背上，吓得舌头都吐了二尺长，半天收不回去。

老虎也吓得连头也不敢回，以为是"锅儿漏"骑着它，只是拼命地朝前跑。它跑着跑着，看见前边有一棵很大的树。老虎心里一亮："也许能把'锅儿漏'蹾下来！"它跑到树下便蹾。

贼一看老虎靠在树上蹾，便慌忙爬上树去。老虎觉得背上一轻，就知道"锅儿漏"被蹾掉了，它看也不敢看一下就逃。它跑过一个山嘴，来到了猴子的家。猴子看见老虎跑得大汗淋漓，慌忙上前搭话：

"虎大哥，虎大哥，你啥事跑得这么急呀？"

老虎停下来向后看了看，见"锅儿漏"没有追上来，心里才安稳了些。它告诉了猴子自己被"锅儿漏"骑上的经过。

猴子眨巴了几下眼睛对老虎说：

"您带我去看看，我能认识'锅儿漏'，要真是'锅儿漏'，咱们就回来，要不是，把它抓下来吃了。"

老虎见有猴子壮胆，就和猴子一起顺着来路找到了"锅儿漏"爬上去的那棵大树。猴子抬头瞧瞧，树叶很密，看不见树上有什么，心里就泛起了疙瘩。老虎催猴子快上去，猴子眨眨眼睛对老虎说："虎大哥，得找根绳子把咱俩拴上，真要是'锅儿漏'，您就带上我一起跑吧。"

老虎同意了，就找来一根绳子。老虎拴上了猴子的尾巴，猴子也拴上了老虎的尾巴。猴子还不放心，又对老虎说：

"要是'锅儿漏'，我就给你挤眼睛。"

"好，你赶快上去吧。"老虎催促道。

猴子小心地往上爬，树上的贼看见一个黑乎乎的东西上来了，以为是"锅儿漏"上来吃自己了，吓得又往上爬。猴子慢慢地往上爬，渐渐看清楚了，原来是一个人，它"噜噜噜"几下攀上去抓住了贼的脚。贼吓得尿尿"唰"地流下来，正好滴到了猴子的眼睛里，猴子急忙低下头，尿水湿得它不停地眨巴眼睛。老虎一看猴子挤眼睛，就知道是"锅儿漏"，它顾不得猴子下来，转身就逃。猴子被老虎一扯，贼被猴子一拉，都从树上掉了下来，跌死了。猴子虽然跌死了，但还被老虎拉着跑。

当老虎经过河滩的时候，猴子的尸体碰着石子，发出"咯咯咯"的声音。老虎听到"咯咯咯"的声音，以为猴子在笑。它狠狠地骂道：

"我拉着你跑，你却在后边笑，看我以后怎样惩罚你！"老虎边骂边顺着河滩跑，但猴子还是笑个不停。老虎顾不得这些，只是拼命地朝前跑。它跑呀跑，实在跑不动了，便停下来，大口大口地喘着粗气。它向后一看，"锅儿漏"并没有追上来，惊恐的心总算放下来了。它再看猴子，猴子已经血肉模糊了。

老虎喘了一阵，才觉得自己的肚子在"咕咕咕"地叫了。它对猴子说：

"我拉着你跑了一早上，现在我又累又饿，你就做我的午饭吧。"

老虎说罢，就跳起扑向了猴尸。

讲述人：蒽莹

搜集整理：蒽苑

搜集地点：黑城乡六窑村

搜集时间：1985 年 2 月

锅儿漏（酒泉县）①

从前，有一对老夫妻，无儿无女，种着几亩薄地，日子过得很穷，做饭锅烂了，也没钱买。他们养着一头毛驴，膘肥体壮，帮老夫妻种田犁地，他们把毛驴看成是自己的命根子。

一个小偷想偷老婆婆的驴，一只凶残的大灰狼也想偷吃老婆婆的驴。一个阴沉的夜晚，老两口喂上驴，就睡下了。不一会儿，狼从墙上溜下来，蹲在圈中间的一个柱子下面，等对面屋里的灯灭了把驴吃掉。小偷也在这个时候坐在驴圈棚上，等屋里的灯灭了，把驴牵走。这时老头子说："今天天阴了，我怕下雨。"老婆子说："下雨我不怕，我就怕的锅儿漏。"小偷和狼听到老婆婆的话，同时大吃一惊，心里嘀咕起来，"锅儿漏是什么东西？"

狼想："我经常怕人打我，人就是最可怕的了！但人还怕锅儿漏？这锅儿漏可能比人更厉害。"小偷想："锅儿漏这么厉害啊！我的行为要是叫锅儿漏知道了，那还得了！"狼和小偷都犯了难。

一会儿，屋里的灯灭了，小偷摸着柱子"哧溜"一下滑下来，不偏不斜，正好骑在狼身上了，狼心中一惊"完了，是锅儿漏骑在身上了！"小偷也一惊："不好，一定是骑在锅儿漏身上了。"小偷怕掉下来被锅儿漏拿住，就把两手牵住狼的耳朵。狼不顾一切驮着小偷从驴圈里冲了出去。小偷趴在狼身上，脚拖在地上不敢松手。狼冲上大路，费劲地跑着，它想把背上的锅儿漏甩掉；小偷想从锅儿漏身上跳下来，又不敢跳。跑着跑着，模模糊糊看到前面一棵大树，狼心中一喜，"好了，我飞快地跑过去，把锅儿漏撞在树上，撞下来我就逃走。"小偷心中一亮，"如果锅儿漏从树边跑过，我就跳下来，凭我的本事爬上树去。"

狼跑过去狠劲撞在树上，小偷不顾一切地爬上树了。狼还在不住地跑，想跑远一点，跑了一阵，对面来了一只狐狸，看到奔跑的狼，

---

① 《中国民间故事集成》全国编辑委员会、《中国民间故事集成·甘肃卷》编辑委员会：《中国民间故事集成·甘肃卷》，中国 ISBN 中心出版、新华书店北京发行所发行、北京冠中印刷厂 2001 年版，第 378 页。

就问："狼大哥，你跑着怎么了？"狼一看是狐狸，定神喘着气说："狐二弟，了不得，真是了不得，今天碰上锅儿漏，差点叫它把我吃了。"狐狸不知道锅儿漏是个啥东西，就问："锅儿漏现在在哪里？"狼说："被我碰在那棵大树上了。"狐狸说："我和你再去看看。"狼把头摇得拨浪鼓似的，千说不敢去万说不敢去。狐狸再三央求，狼还是不答应，狐狸心生一计说："我走在头里，你跟在后面，陪着我去。回来给你一只羊吃。"狼信以为真，就跟狐狸来到树下，抬头一看，树中间有一团黑东西不住声地叫唤，狼又想跑，狐狸说："怕什么，跑掉就吃不上羊了。"狼只好留下，狐狸围着树转了几圈说："狼大哥，我和你把尾巴接在一起，我顺着上，你倒着上，如果是一口好肉，我们吃了，如果真是锅儿漏，我挤眼睛，你就拉着我跑。"狼听见狐狸先上，就答应了。狼和狐狸接好尾巴，慢慢地往上爬，这时小偷看见下面爬上来一个东西，吓得尿直淌，正好掉在狐狸的眼睛里，狐狸一挤眼睛，狼以为真是锅儿漏，倒拖着狐狸就跑，跑了好一阵，狼解开尾巴回身一看，狐狸躺在那里呲牙咧嘴，原来狐狸叫它给拖死了。狼以为它在笑，不禁大怒，狠狠地打了狐狸两个耳光，骂道："把我累得断气呢，你在后边笑屁呢！"狐狸没有出声，狼仔细一看，原来狐狸死了。狼只好灰溜溜地走了，没走多远，就掉在猎人布下的陷阱里了。

天亮后，小偷从树上下来，他再也不敢干偷鸡摸狗的事了。

讲述者：李培喜

采录者：李建荣

1981 年 12 月采录于酒泉市银达乡银达村

锅儿漏（定西县）①

从前，有孤单的老两口，住着破草屋，一口锅老得漏水了。养的

① 《中国民间故事集成》全国编辑委员会、《中国民间故事集成·甘肃卷》编辑委员会：《中国民间故事集成·甘肃卷》，中国 ISBN 中心出版、新华书店北京发行所发行、北京冠中印刷厂 2001 年版，第 379 页。

一头老乳牛死了，留下个牛犊儿，老两口爱得如命，流着眼泪喂养着这牛犊儿。

一只老虎就住在附近山林里，它窥视了牛的住处，在一个漆黑的夜晚，便偷偷地蹿进了村子，立时村里的狗就"汪汪汪"地叫起来。老虎提心吊胆，转弯抹角地来到圈门前，停住脚步，竖起耳朵，猛听见紧靠牛圈的小屋里老两口说话的声音。老奶奶说："今晚狗咬的啥呀！"老头子说："咬啥都是闲的，就是贼来、老虎来，我也不怕，怕就怕的是锅漏啊！"老虎一听这话大吃一惊，寻思："锅漏"这家伙一定很厉害，我得小心提防！它便悄悄地钻进牛的圈里，紧靠圈墙卧，看看有什么动静……

正在这时，狗又叫起来，有一个黑影偷偷地向老两口这里窜来，原来这是一个赌博贼，因为赌输了，也把主意打在这个牛犊儿身上。赌博贼很熟悉老两口家，到门前，不由得先到老两口门前听听动静，把耳朵贴在门框上，听见老两口正在说话。老头子说："今晚这狗一歇接一歇地咬，总有个啥事情哩。"老奶奶说："你才说的，咬啥都是闲的，贼来、虎来咱都不怕，怕就怕的是锅漏啊！"赌博贼吓得胆战了，寻思：老虎就够害怕的了，这锅漏比老虎更可怕，可要提防了，一边想着，一边慢慢摸到牛圈跟前，踹着圈墙，纵身一跳翻过墙去落了下来，只觉得身下软绵绵的，还没顾上考虑是什么，软东西霍地站起来便骑在他上面了。这就是那只老虎，它正竖着耳朵听着什么响动，忽然从空中飞来个什么骑在它的背上，心里猛然出现了一个可怕的"锅漏"，赶紧腾地抖，背上的东西也没抖下来，急得转身蹿出圈门，直往村外狂跑。虎背上的赌博贼呢，紧抓住虎颈毛不放，真是"骑虎难下"了。他想：自己骑的一定是可怕的"锅漏"，只有听天由命了。跑了一阵，贼忽觉身边有个硬东西擦碰他，定睛一看，是一棵大树，身下这"锅漏"正靠树蹭痒，赌博贼趁势急转身一纵，爬上树去了。

老虎猛觉一轻，哦！"锅漏"上树了，赶紧飞奔归山，跑到半山停住了脚，定神一想，怎么这个"锅漏"有些像人呢？便走向猴子住的地方喊："猴哥，猴哥！"猴子从梦中惊醒，揉着眼睛，一看是老虎，惊问道：“啊！是你呀！半夜三更的有何事？”老虎便将今夜的事向猴子说了：“……当时我被吓昏了，我觉得总有些像人，但我上不去树，请你帮忙上树查看一下，如果是人我就吃掉他出出气；如果是‘锅漏’咱们就跑。”猴子道：“你来相请，怎敢不去，你让上树查看，如果是‘锅漏’，我跑不及，该怎么办？”老虎道：“这好办，用长藤把你拴在我的尾巴上，你上树查看，如果是‘锅漏’，你就转身向我眨眼睛，顺便跳到我背上，我带你跑。”它俩商量好了，准备停当，就朝大树走去。

再说赌博贼上树后，已是汗流浃背，心跳不止，不敢下树，只得在树下等天亮。不料刚一会儿，一个黑团又向大树移来，仔细一看，啊！“锅漏”又来了！这时候他已吓得像筛糠一样，忽又见一个小黑团爬上树来，更吓得六神无主，尿尿直淌。尿尿淌到了猴子眼里，猴子急得直眨着眼睛，老虎误认为是在向它示意，急转身一跳几丈远。就在这一跳之间，赌博贼已浑身瘫痪，“砰”地一声掉下来，把老虎吓得更是向前飞跑，一直钻进深山老林里才停下脚步，松了一口气，回头一看，哟！只见猴子还剩下一串皮和几截骨头。老虎很抱歉地说：“猴哥啊猴哥，我得深深感谢你，要不是你代替，我也被‘锅漏’弄成连你一样了！”

采录者：杨瀛
1985 年采录于定西县内官镇庆丰村

（二）野狐精故事

野狐精①

从前，有一个妇人，提着三桶油饼、一瓶酒，去探望她娘。走，走，走到半路上，碰着了一个装成尕媳妇的野狐精。野狐精一看见她，就假殷勤地说：“姐姐呀姐姐，走乏了，走累了，放下你的包包瓶瓶，

---

① 《甘肃民间故事选》，甘肃省新华书店发行，甘肃人民出版社 1962、1980 年版，第 46 页。

歇上一会儿了再去吧。"说着说着，就把她拉到路旁一块大石头上坐下。"姐姐呀姐姐，你咋去价？""我看我娘去价。""姐姐呀姐姐，你屋里都是啥人？""我屋里有三个女儿：大的叫门扣，二的叫顶针，三的叫锁子。""姐姐呀姐姐，你提的啥礼当？""油饼嘛。""拿来我尝一尝。"给了半个吃了。"姐姐呀姐姐，这还香，我再尝一点。"又给了半个吃了……三尝两尝，尝完了。"姐姐呀姐姐，你瓶瓶里边装的啥？""酒嘛。""拿来我再尝尝香不香？"三尝两尝，也尝光了。"姐姐呀姐姐，把你的衣裳脱了，我穿上看像你不像？"妇人脱下衣服，野狐精穿上了。"姐姐呀姐姐，把你的鞋连裤子脱了我也穿上，就越像了。"妇人又把鞋脱下，给了野狐精。"姐姐呀姐姐，看你头上的'虱子'，我来给你挤——金指甲，银指甲，挤的姐姐脑髓白答答。"野狐精狠劲几下，把妇人给捏死了，脑髓也挖出来吃上了。

野狐精吃毕，在水沟里把嘴洗，贪心不足，又到这妇人家去骗吃三个女孩子。一走到门上就拉长了细细的嗓子叫："门扣，门扣，开门来！"门扣从门缝里一看，嘴脸不像妈妈，便回答说，"不开，不开，你不是我娘；我娘穿的红，戴的红，照的半个天也红，照的半个地也红。"野狐精在地下打了个滚，变了一身红衣裳，又叫："顶针，顶针，开门来。"顶针从门缝里一看，嘴脸不像妈妈，便说："不开，不开，你不是我娘；我娘穿的绿，戴的绿，照的半个天也绿，照的半个地也绿。"野狐精在地下又打了一个滚，变了一身绿衣裳，又叫："锁子，锁子，开门来。"锁子从门缝里一看，嘴脸不像妈妈，便说："不开，不开，你不是我娘；我娘穿的蓝，戴的蓝，照的半个天也蓝，照的半个地也蓝。"野狐精没办法，又想了一下说："锁子，锁子，你把手指头从门缝里伸出来，看把我的顶针给你戴上，你就信了。"锁子把指头伸出去，被野狐精一口咬住："你开不开，不开我就要把指头咬断！"锁子吓得没个法儿想，只好把门开开，让野狐精进来。

日头快压山了，门扣问："娘，娘，今晚夕黑了吃啥价？""下八碗米，舀八马勺水。"门扣想："这到底不是我娘，若真是我娘，就说下一碗米，舀两马勺水。"饭煮熟后，顶针问："娘，娘，咋吃价？""你们把你们的吃，把我的刮到猪槽里叫凉着去。"顶针想：

"这到底不是我娘，若真是我娘，就说把桌桌摆上，我们一搭吃。"

天黑净了，到睡觉的时候了，三个女儿都问："娘，咋睡价？""肥的暖腔子来，瘦的暖脊背来。"锁子说："娘，我肥。"挨在野狐精怀里睡下了。睡到半夜里，门扣听见锁子"哎呀呀"一声叫唤，便问，"锁子咋来？""口外是虮咬哩，我给搔。"过了一阵，又一声叫唤，顶针问："锁子咋来？""口外是吃奶奶价，我给喂。"此后，再也听不到锁子哭了。又过了好一会儿，野狐精"唏唏塔塔"喝起来了。门扣问："娘，你喝的啥？""那下院里你王大娘给了一碗剩汤。""我也喝一点。""我的娃，你没命，刚没了。"又过了一会儿，野狐精"咯嘣，咯嘣"吃起来了，顶针问："娘，你吃啥哩？""那下院里你王大娘给下两颗干豌豆。""我也吃两颗。""我的娃，你没命，刚没了。"又过了一会儿，野狐精把锁子的头往地下一扔，"嘭"的一响。"娘，哈响哩？""枕头跌下去了。"门扣和顶针炕上一摸，不见了锁子，两个耳朵挨口，口挨耳朵一商量。"娘，我两个尿尿去价。""去不得，门里出去有门神爷哩，窗子里出去有窗神爷哩。""我们从'山花'里出去。"野狐精摸了两条绳子，把门扣和顶针一绑，一边往外吊，一边说："快尿快来，外边有狼哩。"门扣和顶针一落地，给绑了两块石头，便压脚压脚地跑了，一直跑到庄边水泉前面的大树上。

野狐精等了一会儿，叫门扣和顶针："尿毕了没？"叫啊不嗯，叫啊不嗯，用力一吊，吊上来两块石头，便把门"吱咯"一开，赶忙到处去寻。寻上寻下没寻着，跑到庄边水泉里去洗嘴。月亮儿把门扣和顶针的黑影映在水泉里。野狐精一看有两个娃娃，用手捞，咋捞也捞不上。回去寻了个笨篱来捞，还是捞不上。两个女儿气得给摔了一团鼻涕，野狐精把头一抬，看见了门扣和顶针，便假惺惺地说："啊，我的娃我寻上寻下没寻着，把我吓得，赶快回去睡走。"门扣和顶针气狠狠地说："我们不下来。""不下来了也好，我也上来陪你们。"门扣和顶针想了一下，慢慢地说："对，娘，东家门一碗油，西家门一碗水，泼在树身子上，取一根皮绳，我俩把娘往上吊。"野狐精照样做了，把绳拴在腰里，扔上树叫吊。先是顶针吊，吊，吊，吊到半中腰，手一松，"啪！"把野狐精跌下地了。跟上又吊，又手一松，

"啪！"又跌下地……一连跌了七八次，门扣骂说："看死娃娃的，拿来我吊，叫你吊去把娘跌死了。"又吊呀，吊呀，吊得高高的，"啪！"又跌了下去……吊一次，跌一次，吊一次，又跌一次，吊到快明时，把嘴上还染着人血的野狐精给跌死了。

——选自《甘肃文艺》1955 年

喳喳喳，牛屎滑倒碌碡打（静宁县）①

一个女人提着一笼儿馍、一瓶清油转娘家去呢。走在半路上，碰见了一个野狐精。野狐精说："老嫂子，老嫂子，你做啥去呢？"这个女人说："我转娘家去呢。"野狐精看见这个女人提的馒头，馋得舔舌头呢，就问："老嫂子，老嫂子，你提的笼儿里是啥东西？""是馒头。""拿来我少尝一点。"这个女人接给，野狐精三刨两咽，就吃光了。又看见这个女人提了一瓶清油，又问这个女人："你的瓶里提的是啥？""一瓶清油。""拿来我尝一点点。"女人给野狐精接给，野狐精一气喝光了。野狐精说："你回去准备着，我晚上要来吃你呢。"

这个女人听了野狐精的话，哭着往回走，走着走着，碰见了一把剪刀，剪刀说："老嫂子，老嫂子，你哭着咋了？"这个女人说："野狐精今晚上吃我来呢。""你不要哭了，我今晚上救你来。"这个女人又哭着走着，碰见了一个锥子，锥子说："老嫂子，老嫂子，你哭着咋了？"这个女人说："野狐精在今晚上要吃我来呢。"锥子说："你不要哭，今天晚上我救你来。"这个女人又哭着走着，碰见了一个鸡蛋，鸡蛋说："老嫂子，老嫂子，你哭着咋了？"这个女人说："今晚上野狐精要吃我呢。"鸡蛋说："你不要哭了，今天晚上我救你来。"这个女人又走开了，边走边哭，碰到了一只蛤蟆，蛤蟆说："老嫂子，老嫂子，你哭着咋了？"女人说："野狐精今晚上要吃我来呢。"蛤蟆说："你不要哭，我今天晚上救你来。"女人又边走边哭，碰到一个鸦鹊子，鸦鹊子问：

---

① 王知三编著：《静宁民间神话传说故事》，宁夏人民教育出版社 2013 年版，第 239 页。

"老嫂子，老嫂子，你哭着咋了？"女人说："今晚上野狐精吃我来呢。"鸦鹊子说："你不要哭，我今晚上救你来。"女人又边哭边走，碰见了一胖牛粪，牛粪说："老嫂子，老嫂子，你哭着咋了？"女人说："今天晚上野狐精要吃我来呢。"牛粪说，"你不要哭，今晚上我救你来。"女人又走了一会儿，碰见一个碌碡，碌碡问她："老嫂子，老嫂子，你哭着咋了？"女人说："野狐精今晚上要吃我来呢。"碌碡说："你不要哭，今晚上我救你来。"这个女人就走到家里来了。

晚上，吃过饭，这个女人就睡在炕上。一会儿，剪子来了，放在女人的左面；一会儿，锥子来了，放在女人的右面；一会儿，鸡蛋来了，埋在灶火里的灰里；一会儿，蛤蟆来了，跳进水桶里；一会儿，鸦鹊子飞来了，站在屋檐上；一会儿，牛粪来了，蹲在门槛下；一会儿，碌碡来了，架在房顶呢。过了好一会儿野狐精来了，跳上炕，在左面吃女人，被剪子铰了一顿；在右面吃女人，被锥子戳了一顿；跳下炕，跑到灶火里吹火点灯盏呢，叫鸡蛋把野狐精的眼睛炸瞎了；野狐精疼疯了，把头伸进水桶里凉眼睛去呢，叫蛤蟆一口把野狐精的鼻子咬了；野狐精觉着事有不巧，出门就跑，鸦鹊子在房檐上说："喳喳喳，牛屎滑倒碌碡打。"野狐精正好踏在牛屎上，滑倒一绊，正好碌碡从房上滚下来，不歪不斜，端端打在野狐精身上，打得死死的了。

讲述者：常进义

采录者：陈静

野狐精儿（西吉县）①

张婆和王婆在地里锄麦子。王婆对张婆说："他婶子，你有娘家吗？"张婆叹口气说："我的命苦，根本没有娘家。"这话被麦地里藏着的三个野狐精儿听见了，三个野狐精儿商量了一个计。等张婆回到家里，三个野狐精儿一个变了一个男人，一个变了头驴，一个变了一条被子。人吆上驴，驴背上驮着被子，来到张婆家接张婆去转娘家。

---

① 黄继红主编：《西吉回族民间故事精选》，宁夏人民出版社2008年版，第63页。

野狐精儿对张婆说："姐姐，我接你转娘家走。"张婆惊奇地说："我没娘家！"野狐精儿说："唷，看姐姐说的，达和娘活得旺生生的咋还没娘家啥。"张婆听了信以为真，就抱上娃娃，跟上野狐精儿骑上驴转娘家走了。上驴时张婆让"男人"把娃娃抱上，上了驴张婆说："他舅舅，把娃娃给我抱上。"野狐精儿说："啊呀，姐姐我抱上和你抱上一样，你咋还不放心我。"他们走到一棵核桃树下，野狐精儿狠狠地从娃娃腿上掐着吃了一口，张婆听见娃娃哇哇地哭，就说："他舅舅，娃娃哭着咋了？"野狐精儿说："要吃核桃哩。""他舅舅，给娃娃揪上一个啥。""不敢，主儿家出来就把腿打折了。"就这样，当他们走过这棵核桃树时，野狐精儿把张婆的娃娃活活地掐死了。

日头快落山的时候，他们才走到一座荒山下，来到一座长满野草的院子前。张婆从门缝向里一看，看见一个野狐夹着长长的尾巴在扫院子，接她的野狐精儿在门前大声地喊："娘，娘，开门来，我姐姐来了。"张婆知道上了当，吓得心突突地跳哩。这时，一个老太婆笑嘻嘻地迎出来，说："我的娃，你咋把娘老子忘了，我想你着眼睛哭得像烂桃儿一样。"野狐精儿把张婆让到一间破房子里，张婆这才想起了娃娃，就给野狐精儿说："他舅舅，你把娃娃抱来我给吃些奶。"野狐精儿说："姐姐，娃正耍得欢哩，刚他二舅母喂了一气奶，吃得饱饱的。"

说着老太婆端着饭进来了，张婆看见饭碗里娃娃的脚趾头、手指头，就偷偷地挟出来装在口袋里，伤心地流着泪。野狐精儿见张婆哭了，就问："姐姐，娘用上等的菜招待你，你还嫌啥着哭着哩？"张婆强装笑脸说："今儿个大南风把眼睛吹了淌眼泪哩。"不一会儿野狐精问："姐姐，你可哭着咋了？""他舅舅，炕眼里的烟烟得来。"野狐精儿听了，三下五除二地把炕眼里的火捣死了。

晚上，野狐精儿说："姐姐你跟娘睡，你把头发散开，娘把头发辫上，你枕铁枕头，娘枕木枕头。起夜的时候到前院，不要到后院去了，后院里有两个大拴狗哩。"说罢就出去了。

张婆吓得直发抖，心想，今儿个晚上肯定不得活了。他不叫我进后院，我生去看是咋回事。想着，她来到后院，只见院里拴着两个大女子，地上人的骨头一垛一垛白生生的。两个大女子看见进来了女人，高兴得不得了，就给张婆说："大姐，今儿个晚上，野狐精儿要宰你。你黑了睡下的时候，野狐精儿瞌睡重，你把它的头发散开，把你的头发辫上；再把枕头换了，你枕上木枕头给它枕上铁枕头。门背后有一口袋豌豆，一罐罐蜂蜜，两把筷子一把刀。野狐精儿进来的时候，你就把豌豆口袋一刀剁开，赶紧把筷子蜂蜜和刀拿上来救我俩，咱们一搭逃走。"

晚上张婆睡下不一会儿，听见野狐精儿在磨刀。过了一会儿只听吱的一声，野狐精儿进来了，一道白光，野狐精儿一刀把炕上睡的老野狐精儿头剁了。野狐精儿说："娘，娘，快起来，糜面馍馍蘸热血。"连住叫了几声不见动弹。野狐精儿出去找灯盏去了，张婆一刀剁开口袋，拿上筷子、刀和蜂蜜跑到后院。割断拴着两个女子的绳子，三个人一搭跑了。野狐精儿往门里一走，就被豌豆给滑倒了。等到把灯盏找来，一看才知道错杀了。就连爬带滚地出来追张婆。追到半路上，看见一根筷子上蘸着蜂蜜，他就急势慌忙地把筷子上的蜂蜜舔了，跑回去把筷子放到家里，又去追张婆；又看见一根筷子，又跑回去放了。来来回回直到把筷子全放到家里，再来追张婆。快要追上了，张婆拦住辆马车说："车户哥，车户哥，快把我们救一救，野狐精儿吃我们来了。"车户听了，忙把她们藏在车上的席筒里。这时候野狐精儿过来说："车户哥，你见这儿过来三个女人吗？"

车户说："刚过去，快追。"野狐精儿说："我不信，我到你车上看一下，能成吗？"车户说："能成。"野狐精儿说："前面上吗？后面上？"车户说："前面上。"野狐精儿刚往车上一爬，被车户一鞭子送了命。

（三）三女婿拜寿故事
三个女婿贺寿（泾川县）①

从前，有个员外很小气。他有三个女婿，也都很吝啬。一天，员

---

① 《中国民间故事集成》全国编辑委员会、《中国民间故事集成·甘肃卷》编辑委员会：《中国民间故事集成·甘肃卷》，中国ISBN中心出版、新华书店北京发行所发行、北京冠中印刷厂2001年版，第785页。

外过生日，请三个女婿来坐席。员外想："三个女婿来的时候，肯定会一人带来一坛酒。我干脆给准备坛水，到时候掺在一块喝。"

三个女婿接到请帖后，准备贺礼。大女婿是个秀才，他知道老岳父是个财迷，坐席肯定不会给酒喝，自己也划不着拿酒，就准备了一坛水；二女婿还是个秀才，他也知道老岳父是个啬皮，拜寿拿酒划不着，就也给准备了一坛水；三女婿是个农民，虽然没知识，却也挺狡猾，也准备了一坛清水。

贺寿那天，员外张灯结彩，满面笑容地迎接三位女婿，收下了他们三坛"酒"，命仆人将三坛"酒"和自己的一坛"酒"掺在一起，端上肉菜喝酒。

酒端上来，员外尝了一口，怎么没有一点儿酒味道？但想到这里面也有自己的"酒"，就又称赞说："好酒，好酒。"三个女婿每人尝了一口后，心里虽然都清楚了，嘴上却也像员外一样称赞了起来。仆人见主人喝得挺起劲，偷偷尝了一口"酒"，立刻咧着嘴笑了起来。

大女婿和二女婿认为自己有才识，便提议即席作诗，后一句要用典故来照应头句。谁如果作不上来，罚"酒"三杯。

大女婿先作："不染自白是棉花，不削自圆是西瓜；大娘摘瓜，二娘纺纱。"二女婿接着作："不染自白是雪花，不削自圆是鸡蛋；天降雪花，鸡产鸡蛋。"

俩人说完，得意扬扬地吃起了肉和豆芽菜。

三女婿正在着急，忽然看到两个姐夫在吃肉和豆芽菜，便说："不染自白是骨头，不削自圆是豆豆；驴吃豆芽，狗啃骨头。"

大女婿、二女婿一听，脸变成了红布。

讲述者：韩效林

采录者：韩春奎

1988 年 6 月 3 日采录于泾川县太平乡周家村

傻女婿作诗（静宁县）①

灵泉水不远处有个叫阳坡的小村子，村主人姓万，是个读书人，他平素喜欢吟诗作画。这年他六十寿辰，四个女儿都前来祝寿。席间，他要四个女婿以"光"和"尖"为题，写一首诗比比才华，四个女婿中最小的一个是瓜子，三个大女婿都想借机戏弄一下他，便一一作诗。

大女婿是个秀才，首先吟道：

我的毛笔光又尖，

宣白纸上风飞旋。

有朝一日王开科

咱定考取文状元

二女婿喜欢武艺，得意地吟道：

我的长枪光又尖，

空中舞起龙飞旋。

有朝一日王开选，

我夺校场武状元。

三女婿是个阴阳，他想了想，随口诌出：

我的卦针光又尖，

专在盘心打旋旋。

有朝一日天地转，

我在空中做神仙。

四女婿是个瓜子，翻了翻白眼，胡诌了四句：

我的鞭杆光又尖，

戳了文官戳武官。

有朝一日蹿上天，

戳死空中的活神仙。

---

① 《中国民间故事集成》全国编辑委员会、《中国民间故事集成·甘肃卷》编辑委员会：《中国民间故事集成·甘肃卷》，中国 ISBN 中心出版、新华书店北京发行所发行、北京冠中印刷厂 2001 年版，第 744 页。

他们吃了瓜子的亏，谁也说不出话来。

讲述者：樊晓峰　姬守义

采录者：王知三

1986 年 5 月 7 日采录于静宁县城

瓜女婿（通渭县）①

有个瓜女婿，他丈人生日那天，媳妇要他去上寿。可他没新衣服穿，媳妇就打发他到卖货的铺子里去扯布。临走，媳妇说："拣匝密些的布扯上，再买上些针和线。"他走出家门时，媳妇又安顿了一次，叫他快些回来。

瓜女婿一出家门，一路上口里念着："布、针和线"……念着念着，不小心让一块石头绊倒了。他爬起来，光记起布，另外两件却记岔了，就一边跑一边念："布、盆和罐。"到了镇子里，他拿起这样布对着光线看，又拿起那样布对着光线看，都不匝密，能透光。最后，他拿起一张纸对着光一看，不透光，匝密得很，说："这布还匝密！"就给买了两张，接着就买上盆和罐，回到家里。

媳妇一看一样也没买对，气得哭笑不得，干脆就给用麻纸粘了身衣裳，叫他穿上。临出门，媳妇想，女婿是个瓜子，丢人现眼的，就又安顿说："你去了不要说话，见胡子最长的就给磕头；我爸爸胡子最长。"

丈人家门边正好有一个羊圈。一只山羊在圈头边探头探脑的。瓜女婿跑过去一把抓住它的胡子，跪在地上就磕头，惹得周围的人哈哈大笑。吃饭坐席时，大女婿、二女婿和瓜子三女婿与丈人同是一桌。席上，大女婿提议大家每人说句吉祥话给岳父祝寿，二女婿同意，瓜子女婿也说能行。大女婿就开始说："岳父的寿长，寿比水还长。"

---

① 《中国民间故事集成》全国编辑委员会、《中国民间故事集成·甘肃卷》编辑委员会：《中国民间故事集成·甘肃卷》，中国 ISBN 中心出版、新华书店北京发行所发行、北京冠中印刷厂 2001 年版，第 745 页。

丈人听了很高兴，接着二女婿说："岳父的寿长，寿比路还长。"丈人更高兴了。该到瓜女婿了，他瞪着眼想了半天，说："岳父的寿长，寿比指头还长。"当时就把丈人气晕了。正巧，丈母娘进来收拾东西，就把瓜女婿哄走了。

离开丈人家的时候，丈母娘给瓜女婿装了一袋黑谷，还在里面装了一葫芦油，叫驮回去吃。瓜女婿吆着驴来到一条河边，水大驴过不去。他就用棍子连连地打驴，打着打着把口袋给打破了，黑谷撒了一地，油葫芦也掉了下来。瓜女婿一看，"哟，这达还有个虼蚤王哩！"就一棍子给敲破了，油淌了一大片。瓜女婿说："虼蚤王总血多！"驴觉得身上轻了，就过了河。一到家，他就跟媳妇说："你妈硬欺侮人哩，给我了一口袋虼蚤，把驴咬得走不动，里头还有个虼蚤王，让我给打死了。"媳妇跑到河边一看，气得光哭哩。

此后不久，媳妇要转娘家，叫瓜女婿到近处借个驴，说："拣上个腰硬的。"瓜女婿问了一家，那家人叫他自己去挑。他跑到驴圈里，把几头驴都骑着试了试，腰都不硬，往下塌哩！一看墙根下放着个碌碡，他跑过去用劲打了一棍说："这个腰还硬。"就扛在肩上往回走。

走到一条山路上，瓜女婿觉着吃力，就把碌碡放到路边上，可没放稳，给滚了，滚到半山上，一只兔子惊得从草里蹦出来，往前边跑了。瓜女婿就沿路去追，追着追着，正好有一家迎亲的人迎面过来了，他问："喂，见我的驴没有？"迎亲的人说："见了迎亲的不恭喜，谁见你的驴！"把他给美美地骂了一顿。回到家，瓜女婿把路上的事说给媳妇，媳妇叫他以后遇上这样的事情了就说"恭喜恭喜"。

没几天，瓜女婿走在路上，碰着一家送丧烧纸的。一到跟前，他就笑着说："恭喜恭喜！"结果，被人家狠狠地打了一顿。回家后，媳妇说，以后见了就哭。第二天，瓜女婿又碰上一家烧瓦的，见火烧得很旺，他就趴下哭，结果又被人家打了他一顿。回家后，媳妇说，以后见了就说这火烧得好得很。第二天，瓜女婿出门，正好遇上一家的草垛着了火。他说："这火才烧得好！"险些叫人把腿给打折了。回到家，媳妇说以后见了帮着打。第二天出门，瓜女婿又碰上两人打架，他马上跑过去帮着打，把这个一拳，把那个一脚，结果，叫那两人合起来打了他一顿。回家后，媳妇说，以后见了要拉不要打。第二天，瓜女婿正好碰上两头牛牴角，他忙跑到中间往开来隔，结果被牛牴死了。

讲述者：路梅花

采录者：魏孝贤　吴芳萍

1987 年 8 月采录于通渭县陇川乡徐湾村

三个女婿对诗（灵台县）①

从前，有个老财主生了三个女儿。大女婿是个文官，二女婿是个武官，只有三女婿是个庄稼汉。一天老财主过寿，三个女婿坐在一起，大女婿、二女婿自以为有本事，文武官与个庄稼汉一起用餐，有失身份。他俩合计在酒席宴前要用对诗的手段来戏弄他。三女婿看到眼里恨在心里。

对诗的条件是：说出四句话，第一、二、四句的末尾，分别要用上"本是一家""多两个翅""是也不是"，第三句可随便。对诗开始了。

大女婿说："龙和鱼本是一家，鱼比龙多两个翅。人都说龙是鱼变的，不知是也不是？"

二女婿竖起拇指叫好："自古道鱼龙变化嘛，妙哉！妙哉！"忙起身给大女婿敬酒。

二女婿说："老鼠和蝙蝠本是一家，蝙蝠比老鼠多两个翅。人都说蝙蝠是老鼠变的，不知是也不是？"

大女婿听罢，拍手叫好，赞不绝口："绝妙绝妙！"给二女婿敬了酒。

轮到三女婿，他突然想起自己头上戴的棉帽子有两个耳扇，很像

---

① 《中国民间故事集成》全国编辑委员会、《中国民间故事集成·甘肃卷》编辑委员会：《中国民间故事集成·甘肃卷》，中国 ISBN 中心出版、新华书店北京发行所发行、北京冠中印刷厂 2001 年版，第 746 页。

两个翅膀，顺口便说："咱三人拜寿本是一家，我比二位姐夫多两个翅。人都说你俩是我养的，你说是也不是？"

气得文武二官吹胡子瞪眼，拍桌大怒："胡说，你敢骂人，谁是你养的？"三女婿不慌不忙地站身说："二位姐夫息怒。请问哪个文臣武将，不吃我们庄稼人种的粮，不靠庄稼汉养活？"

他俩被问得面红耳赤，张口结舌，从此以后就再也不敢戏弄三女婿了。

讲述者：罗维华

采录者：姚积瑞

1987 年采录于灵台县西电乡修村

（四）梦先生故事

梦大哥（西和县）①

过去，有个聪明纯朴的庄稼人，名叫栓宝，大家都喊他"梦大哥"。咋有这么个绰号呢？这得从他媳妇说起。

栓宝的媳妇，有点嘴馋身懒的毛病，常在男人下地时，一个人偷偷在家里做好吃的。一天早晨，栓宝对她说："今天要去拔豆子，地块大，你也跟我去干活吧。"媳妇不想去，但又说不出口，只得跟丈夫下地去了。

到地里，媳妇只干了一会儿，就觉得又困又乏，很后悔自己跟着来了。心想，要是在家里，这阵儿我正做着好饭吃呢。她越干越没心干，就灵机一动，装起病来，捂着肚子坐在地上"哎哟，哎哟"叫起来。栓宝急问："怎么了？"媳妇说："肚子痛得厉害。"栓宝有点奇怪：她平时没有这种病呀？怎么今天一下就……不过，栓宝还是关心地照顾了一会儿，说："那你就回去吧。"

---

① 《中国民间故事集成》全国编辑委员会、《中国民间故事集成·甘肃卷》编辑委员会：《中国民间故事集成·甘肃卷》，中国 ISBN 中心出版、新华书店北京发行所发行、北京冠中印刷厂 2001 年版，第 754 页。

媳妇抱着肚子往回走去，当她一翻过山梁，以为丈夫看不到了，就撒腿跑了起来。哪知聪明的栓宝对媳妇的病有疑惑，想看个究竟，也远远跟在她后面。当看见媳妇跑了起来，心里更有数了，就一直跟回到自己家的后墙处，悄悄站在窗外边，从窗纸破洞处向房里看去。

栓宝看见媳妇高高兴兴地又是倒油、和面，又是生火、做饭，不一会儿烙了九张葱花油饼，捣好了辣椒蒜，舒舒服服坐了下来，一口气吃了四张半饼。

栓宝看清楚后，就从前门走进家，媳妇发现丈夫回来了，急忙躺在炕上装病。栓宝进屋关心地问道："病咋样了？"媳妇答道："好些了。"栓宝说："一定是家里不干净，叫啥鬼缠住你了，我给你赶一赶。"说着在四个炕角点上蜡烛，拿了一把菜刀，赶起鬼来，只见他在炕上围着媳妇一面转，一面有腔有调地唱道：

懒鬼掐，馋鬼缠，

地里怪病害了个玄，

要回家，走得欢，

下了山梁一溜烟，

回到家，就做饭，

烙的饼子捣的蒜，

做了九张饼，

吃了四张半。

他突然举刀大声对媳妇斥道："还剩下四张半呢？"

媳妇吓得"呼"地坐起来惊慌地答道："在案板上盆子底下扣着呢。"

经这么一吓，媳妇的病全好了，羞红着脸，忙下炕给丈夫做起饭来。她尴尬了好一阵儿，忽然奇怪地问道："咦，你咋知道我在家做饭的事？"

栓宝笑道："我梦到的呗。"

媳妇更新奇了："梦？你咋梦的？"

栓宝故意认真地说："你走后，我干活乏了，就在地边树底下睡了一觉，只见梦仙爷爷来到我梦里，告诉了你在家干的事。"

　　媳妇听他这么一说，好不吃惊，从此，再也不敢背着丈夫偷吃好的了。

　　后来媳妇回娘家，就把丈夫会做梦的事告诉了父亲。老父一听高兴地说："这太好了，咱家前两天把大母猪和十二个猪娃丢了，快叫你女婿来梦一梦。"

　　媳妇急回到家给丈夫说了，谁知栓宝着了慌，心想：我不过是当吓唬老婆，随便说了一句耍话，谁会真的梦啥哟？但又转念想：老岳父已知道了这件事，若不去，倒会说我拿架子不愿帮他的忙。唉，还是去碰碰看吧。于是就硬着头皮去了。

　　栓宝到了丈人家，老岳父热情地给他好吃好喝招待了一番，说了丢猪情况，请他快给梦一下，看这猪到底丢到哪里去了。栓宝静神想了想，对岳父说："这可不是件小事，得多梦几天。这样吧，你给我在后院找间房子住下，为了托梦，再拿七把大扫帚来，我给你七天梦出来。"老岳父一一答应照办了。

　　栓宝从此睡在后院一间小房里，每天晚上等人睡定后，就把扫帚点着当火把，到村里村外的破房烂院和僻背角落找呀，找呀，找到天快亮时，再回到小屋里睡下。这样找了六晚上，仍没有见到个猪影影。这时，他真后悔自己不该答应这件事。但又一想，还有晚上呢，再好好找找，于是第七晚上就到村外更远的地方去找，他跑这儿，奔那儿，寻来找去，忽然，在一个倒塌了的废砖瓦窑里，终于看到大母猪和十二个猪娃躺在里面，这下他可放下心了，高高兴兴回到家，安安稳稳睡觉去了。

　　第二天早晨天刚亮，岳父急切切跑来，问女婿："第七天了，你梦到了没有？"

　　栓宝胸有成竹地说："放心吧，哪有梦不到的？吃了饭再说。"老岳父见他那沉稳劲儿，知道有门了，于是高兴地又给女婿做了好吃好喝的。饭后，栓宝把"梦"到猪的地方告诉了岳父，当家里人从砖瓦窑里赶着猪回来后，老岳父真是万分佩服女婿了。后来，逢人便说这件事。人们也一个传一个，都知道栓宝竟有这等出奇的本事。"梦大哥"的绰号也就这样叫起来了。

　　时隔不久，老岳父进城，见一堆人围在城门前看张榜，他凑过去一细看，原来是县太爷把金印丢了，贴情招贤，提出谁若能把金印找回，就给他赏银、封官。老岳父想，这有啥难的？我女婿会梦，准能找到这金印。于是上去把红榜揭了，拿回家来交给女婿。梦大哥把榜一看，吓得脸都白了，他指着榜文下面写的话，对岳父埋怨道："哎呀，你也不详细看看这里写的'若是胡乱揭榜，杀头之罪难饶'，我要是梦不出来，那可就活不成了。"老岳父不知道女婿的苦衷，只是笑着安慰道："怕啥哟，准能梦到。"梦大哥真是哑巴吃黄连，有苦说不出呀，他闷闷不乐地思索了一整天，也不知道该怎么办。一想，若不冒险去给县太爷梦一梦，杀头之灾就在眼前，反正是个死，不如去碰碰，于是横下心就去了。

　　梦大哥来到县衙，县太爷早也听说过梦大哥的事情，今日一见，好不高兴，于是热情招待了他。酒毕饭罢，梦大哥郑重地对县太爷说："你这是件大事情，要梦出来，得一百天时间。"

　　"行，就一百天吧。"县太爷一口答应。

　　梦大哥又说："我得住在你的后花园里，慢慢地梦。"

　　县太爷也满口答应道："可以嘛，只要你能梦出我的金印在哪儿，一些生活小事就全照你说的办，我再派两个差役，专门伺候你。"

　　从此以后，梦大哥住在后花园里。每天饭后，就在官府里这儿走走，那儿瞧瞧，若无其事地同这个聊聊天，和那个问问话，对每个人都作了番察言观色。时间长了，他知道了官府各方面的情况，认定金印不会是外人偷走，一定是经常周旋在县太爷身边的人偷的。在这些人中，就有给他每天端茶送饭的名叫张三和李四的两个差役，他从别人口中得知这两个人，常结伴到外面吃喝嫖赌，行为不端。他又注意到这两个人在伺候他的过程中，曾多次问到他梦金印的事儿。这一切，就使梦大哥很注意两个差役的行动了。三个月的日子很快过去了，一百天限期眼看就到。一天晚上，梦大哥悄悄来到两个差役住的地方，站在窗外想听听他们说些什么，碰巧听见房里正喝着酒的张三对李四小声说道："伙计，听说这位梦大哥可梦得准呢，咱们那个事得赶快想办法，不然若叫梦出来，咱俩可得掉脑袋呢。"只听李四说道:"他梦的是金印在哪儿呀,这么办,今晚咱就把这金印扔到花园的枯井里去,这么一来,不就和咱俩没有牵连了吗?"张三高兴地答道:"对呀,这倒是个好办法。"

到了九十九天了,两个差役因做贼心虚,这天送饭时,装着关心的样子问梦大哥:"老爷,今天最后一天了,你把金印该梦到了吧?"梦大哥笑望着两个差役,不冷不热地说:"这还用问?早梦到了。"二差役又急问:"我们也伺候你几个月了,能不能给我们先说说。"梦大哥故作随便地答道:"这有啥说的,还不是铁板上刻字,明明就是你张三李四。"两差役听这话,惊得一下慌了神,忙强辩说:"我们可没偷呀,不信你到我们房里去搜。"梦大哥正色说道:"搜什么?前天晚上你俩跑到花园的井边去干啥?还不从实招来!"一差役知道没法抵赖了,"扑通"一声跪下连连磕头求饶:"梦老爷呀,你真是活神仙,都怪我俩一时糊涂,以后再也不敢了,求你千万别把这事告诉县官老爷。"梦大哥狠狠训斥了二人几句后,说道:"只是你俩以后真的洗手再不偷了,我明天也可以不提你俩的名字。"二人双头咚咚磕地,千恩万谢。

第二天,一百天期限到了。县太爷摆了一桌酒席,请梦大哥来为金印破案。酒足饭饱之后,梦大哥对县太爷说了他"梦"到金印让几只大老鼠拉到后花园的枯井里去了。县太爷立即领人到后花园,从枯井里找到了金印。这可真使县太爷高兴得不得了,当天在官府里张灯结彩,以示庆贺。

县太爷要给梦大哥赏银、封官,可是梦大哥呢,想到自己被几次做"梦"给折腾劳累的情形,也把庄稼给耽误了不少,于是苦笑着对县太爷说:"老爷,我一不当你的官,二不要你的钱,只想请你以后用你的金印为百姓多办点好事。另外也托你给众人说说,以后别再叫我什么'梦大哥'了。"

县太爷好生奇怪:"你这是怎么啦?"

梦大哥诡秘地笑了笑,不紧不慢地说道:"嘿嘿,梦仙爷爷给我托梦说了,叫我以后别给人再做梦了。我还是回去好好种自己的庄稼吧!"说完,扬长而去。

讲述者：徐牡丹

采录者：华杰

1986 年 7 月采录于西和县城关镇

梦先生（西吉县）①

很久以前，有个人叫王老虎，出外干了几年后，挣了一百两银子，回家来把银子分别藏在了两个地方。他对老婆说："我在外几年学了个梦先生。"

"你会梦啥？"

"会梦金银财宝，信不？"

老婆摇头说："不信，你吹牛。"

"不信，我就给你梦一下。"他装着梦了一会儿说："咱的洋芋窖里有五十两银子，不信，你去看！"他老婆去洋芋窖里一看，真格有五十两银子。王老虎笑着说："是真本事吧！"老婆嘴上不喘，心里还是有点儿不实结，想再试探一下，就对男人说："你再梦一下。"

男人闭上眼装谎一阵子说："咱们灶火眼里也有五十两银金。"他老婆赶忙打开灶火眼，手往里一模，真摸了些银子，一称真格五十两，这才信以为真了。

一天，他跟老婆走丈人家里去哩，一进门，女儿便对她达她妈说："你女婿成了梦先生了。"丈人为了试女婿的本事，第二天天亮，就到外边揪了一颗青枣儿揣在衣袋里，回到房里就便说："你梦我这个衣袋里的是哈？"这下可把女婿给难住了，他便推脱说："清早不梦。"丈人大一听吃了一惊："这青枣儿不梦也知道哇！"

从这达起，梦先生的名声很快传开了。邻居中有个好奇的人，为了试他一下，便找了些鸡毛和蒜皮子装在一个树洞里，铲了些土盖严，叫王老虎梦。王老虎假装着睡了一会儿，起来一声不喘，其实他什么也没有梦着。这个人催促道："梦见了吗？"他摸着头皮儿打了

---

① 黄继红主编：《西吉回族民间故事精选》，宁夏人民出版社 2008 年版，第 63 页。

个呵欠顺口说："鸡毛蒜皮儿的事情，你们急啥？"这个人一下子连声说："梦得准，梦得准。"

从此，梦先生的名声越来越大了。

有一个知县得了一块美玉，被衙役里的保友和发财看见了，便起了谋财之心。有天晚上，知县请客，在客人面前卖派他的那块美玉，客人们看了美玉纷纷称赞，知县一高兴，酒喝了个大醉，客人走后，保友和发财偷走了美玉。天明，知县发现美玉不见了，赶紧追查，好几天了还是查不出美玉的下落。有人向知县保举梦先生，知县说："好吧，如果梦着美玉下落，赏银百两。"

梦先生虽有点儿害怕，但想到百两赏银，便硬着头皮接受了。

常言说："做贼的心虚。"保友和发财听说梦先生来了，便躲在他窗下偷听。时辰大了，梦先生啥也没有梦着，心里有点儿发慌。又因为发财心切，嘴里便喃喃地说："老天爷，保佑发财，保佑发财。"话音未落，推门进来了两个人，赶忙跪下磕头。梦先生吓了一跳，问道："你们要做啥？"那两个人赶忙说："先生知道了何必再问。"便交出了美玉。

这下子梦先生真有了些神了。

再说知府的老婆是皇帝的亲戚，皇帝赏给她一件宝龙衫，这可是大宝贝，知府手下有个心腹叫范来，早就眼红这件宝贝，想了一个办法偷去了。知府请梦先生破案，当面说赏千两银子。梦先生殚精就地睡在知府家里，从早上睡到下午，又从下午业睡到天黑，肚子饿得很，也不敢起来。挨到天亮，再挨不住了，便喊道："来人呀！"知府手下的几个差役闻声进来。范来也在其中。差役问："梦着了吗？"梦先生结结巴巴地说："先拿……先拿……饭来。"范来闻言，扑通跪下磕头求饶，交出了宝龙衫。

时隔不久，皇帝的玉佩和两颗夜明珠被人偷走了。皇榜上说，有知下落者招为驸马。有人向皇帝保举"梦先生"，皇帝便降下书，要梦先生破这个案。

梦先生到了京城，文武百官相迎，皇帝亲自接待，问梦先生要些啥东西。梦先生说："房屋一间，明灯一盏，黄蜡木杆一条，笔墨纸砚，九门大开，九关撤哨。"

梦先生为什么要九门大开，九关撤哨呢？为的是一旦"梦"不着的话，半夜好逃跑。

半夜后，梦先生便瞅着明灯沉思：这叫我该说谁偷的是呢？便叹了一口气说："是该说张四，还是该说王五？"正好偷了玉佩和夜明珠的张四和王五来偷听，听得梦先生正念叨他俩的名字，急忙推开门进来，磕头求饶。梦先生说："你两人把玉佩放在城北老爷庙里，拿上一颗夜明珠赶快逃命吧。"两个谢过了梦先生，便逃命去了。

天亮时分，皇帝来了，梦先生开了门，皇帝问他梦着了吗？梦先生说："玉佩在城北老爷庙里，就是少了颗夜明珠，人已经跑了。"皇帝听了高兴地说："丢一粒夜明珠没啥，咱家有的是，只要找回玉佩就行了。人跑了，就算了。"

皇帝和女儿还有满朝的文武官员，去到城北老爷庙取回了玉佩。回到朝里，皇帝便想起皇榜上招驸马的事情，就和女儿商量。女儿不情愿地说："我是公主，怎么能和黎民百姓相配！"皇帝生气地说："我在皇榜上写明把你许配人家，咱们食言，岂不叫人家笑话吗？"

女儿没奈何地说："我剪一个黄纸虎装在一个红盒里，叫他梦，如果梦得准，我就没说的了。"皇帝答应了，便叫来梦先生说："你梦我这个红纸盒盒里装的是什么？如你梦准了，便和我女儿拜花堂成亲。"

梦先生吓得掉了魂似的说："我谎老虎看来非死在这个红盒里不可。"皇帝听了哈哈大笑，皇帝的女儿没办法，只得和梦先生拜花堂成了亲。

梦先生（彭阳县）①

从前，有这么夫妻俩，妇人是个懒货，还是个馋嘴子，常常背着男人偷吃东西。

---

① 周庆华主编：《六盘山民间故事·彭阳卷》，宁夏人民教育出版社 2010 年版，第155 页。

一天，两口子正在地里除地呢，妇人说："我回去做饭去，做成了给你送来。"男人等了几个时辰，不见妇人送饭来，跑回去在门缝里一照，咳！妇人杀了一只母鸡，坐在坑头上正偷吃呢。男人没给声气又悄悄儿回到地里，装着睡起大觉来。

妇人吃完鸡肉后给男人热了点剩饭拿来叫男人吃饭。男人慢慢睁开眼睛，说："我正在做梦呢，你把我叫醒干啥？"妇人问："你做啥梦呢？""我梦着你把个鸡儿吃了，给我拿来点剩饭。"妇人见男人说了个字字相投，忙说："哎哟！我真个把只鸡儿吃了，你咋梦着来？"男人说："你偷着吃啥，我都梦着呢。"这下，妇人再也不敢背着男人偷吃东西了。

过了几天，妇人去浪娘家，娘家把只母羊丢了，一家子正着急呢。女儿给娘家大说："你叫我女婿给你梦去，梦得神着呢，我把鸡儿偷吃了，他都能梦着。"她大听了女儿的话，这就打发人把女婿请了来。女婿这下可慌咧，我这是哄妇人呢，东西丢了，咋能梦着。不梦嘛，已经弄假成真了，不知怎么才好。这时老姨夫问他："你梦时要啥用物呢？"女婿说："我晚上睡在大门洞子，要一领大皮袄，一根长棒。"老姨夫就给寻齐了用物，吃喝了，就叫他睡到大门洞子去梦。女婿哪里是去做梦，他是等人家睡着了，挂上长棒，披上皮袄，满处寻去了。寻来寻去，寻到一个窑窑里，羊正好在里面，还下了一只羊羔子。他这下放心咧，赶快回去，在大门洞子睡起觉来。

天不亮，老姨夫就急着出来问："你梦着了吗？"女婿说："在哪达个烂窑窑里，还下了只羊羔子。"老姨夫赶忙叫人去寻，果然在呢。这下，妇人见人就说，老姨夫家人见人也说，越说越神，梦先生的名声就传出去了。

一次，县长把印丢了。梦先生他老姨夫在县衙里干事呢，他就给县长说："我们女婿梦得神得了不得，叫来给你梦去。"县长正着急呢，就说："梦着了，加官封赏；梦不着，可要问罪坐牢！"老姨夫就在县长面前打下保票咧。于是，县长就派张三李四抬上轿子去请。梦先生见县长派人来请，不去不行，就硬着头皮去了。临上轿，他给妇人安顿："你等我走上十里路就把草垛点着。"妇人等男人走了十里路后，就把草垛点着了。梦先生这时在轿中装着从梦中惊醒，急忙给抬轿的说："站住！站住！我的梦惊了。先顾其里，后顾其外，我家的草垛着火了。"轿子打回，草垛果然着火了。原来梦先生想乘救火的机会跑掉，结果张三、李四跟了回来帮他救了火，又抬上他走。他临走时，又给妇人安顿："你等我走上十里路后，把咱们家里的老乳牛从崖里搡下去。"妇人等男人走了十里路后，就把乳牛从崖上搡下去了。梦先生在轿里又装着说："快把轿子打回，我的梦惊了。"轿子抬回去看，老乳牛真个从崖上跌下去了。这回还是没跑掉，他坐在轿里没日的鬼咧，想来只有死路一条。可张三、李四呢，见先生梦得这么神，心里就发毛，县衙的大印正是他两个偷去的。走上一阵阵，他俩问："梦着了吗？"梦先生说："没有的。"贼人胆虚，他们走上一阵阵又问。梦先生这时想他咋么死呢，心里颇烦得很，把他问烦了，说："唉，问啥呢，不是张三，就是李四。"张三李四一听，哎呀！我的妈，这真个梦得神，就把轿子放下，扑通一下跪倒在梦先生面前，说："先生，请救命，大印正是我两个偷去的。你就只梦着印，大印我两个藏在后花园里呢。"梦先生先是丈二的和尚摸不着头脑，仔细一听，咳！又得救了，就给两个抬轿的说："你们放心抬走，我不献你们。"

去时，县长问："你梦时要啥用物呢？"他说："给我腾上一间闲房子，给上一碟子肉、一壶酒就能成了。"县长就指人办好了。晚上，他把酒肉一吃，放心地睡觉。第二天早上，县长问："你梦着了吗？"梦先生说："我正梦呢，刚把印梦着，埋在后花园里，你这打搅就梦不着人了。"县长指人去寻，果真在呢。印寻回来了县长再也没追究，为了不食前言，就给梦先生一个小差使。

这话传到皇上耳朵里，皇上心想，世上哪里有这么奇怪的事，东西丢了，就能梦着？那我把细狗儿藏了，看他能梦着吗？就把他玩耍的细狗儿藏到个木匣里，放到面前，指人把梦先生叫来给梦。并说，梦着了，重重有赏；梦不着，就犯了欺君之罪。梦先生进去一屁股坐到匣匣上，唉声叹气地说："我细狗儿这下不得活咧。"原来这梦先生的小名字叫细狗儿。皇上一听，当梦着他的细狗儿死了，急忙搬过木匣匣一看，细狗儿真个捂死了，就把梦先生夸奖了一顿，给了些银两，打发走了。

讲述人：哈德花

搜集者：高万伟

1986年6月采录于彭阳县新集乡

（五）太阳到人间故事

太阳到人间（西吉县）①

从前，戴家庄有个姬员外，娶有三妻。大妻不生，二妻也不生，只有三妻生有一子，取名秀荣。这秀荣长得头大额宽，面貌不凡。七岁上，员外就打发上学去了，秀荣聪明伶俐，学习诚实用功，老师看得起。

有一年的假期前，老师把秀荣叫到跟前，说："这个假期，我有一件事情非办不可，要外出一回。七天就回来了，你给曹看好学房。"秀荣乐意地应承了。

老师走了以后，再的学生也放假回家了，姬秀荣就蹴着学校里，白天看一阵"四书""五经"，晚夕写些文章。第二天晚夕，姬秀荣刚顶门上床，准备安睡，突然有人喊叫。姬秀荣本不想开门，可一听这人"哥哥""爸爸""妈妈"地叫哩，就把门开开，门里进来了一个要馍的叫花子，穿的线串线，身上的垢甲起堆着呢。

这叫花子站了一阵说："唉！这一学生啊，我是个讨要之人，到臧还没要上一口吃的，眼看前奔不着人家，后奔不到店家了。人都说'学房门虽小，闲人不可打扰'。我今儿是没办法着才投奔着来的，你不要见怪。看样子你是住学的学生，吃的怕也不宽便么，唉！看有馒头渣液啊没，给我寻一点，我实在是饿得很！"姬秀荣听着要馍的说得可怜，就把他的吃的给了些。叫花子吃了，差不多也饱了。

---

① 李世峰、尤屹峰、李耀宗编：《西吉民间故事》，宁夏人民出版社1992年版，第269页。

就了一阵儿，就对姬秀荣说："这一学生，把你的笔砚拿我用咔。"

姬秀荣取来一支毛笔和砚瓦给给。叫花子把毛笔在砚瓦里蘸了一下。姬秀荣耐着性子看这叫花子究竟想搞个啥名堂呢。

叫花子把笔调顺，说："姬秀荣啊，你还聪聪明明，伶伶俐俐的。我想给你教个图画么，你乐意学吗不乐意学？"

乐意不乐意，姬秀荣也没喘。叫花子说："唉！你把你的图画纸给我取张。"

姬秀荣很不情愿地取了一张给给。叫花子拿上，提起笔画了一张仕女像，给姬秀荣给给说："姬秀荣，我要馍馍着路过你庄里，在你父亲跟前打问过。你父亲说你在学堂里呢，我今儿特意来寻你要下。我并不是真要馍馍要着你门上了。这一张画儿，再也没有啥用处，你一天把它筒着袖筒里，直筒到七七四十九天的晚夕，你就把这一张画贴在你睡的屋里的墙上，把你的饭给喂点儿。早上走学房里的时节，你记得牢牢的，把它还是筒着袖筒里。你呀这么筒到百天的晚夕，回去把它贴在墙上，喂给口饭以后，就说这么一句话：'还不下来着，等到啥时节哩。看是个啥脸势。'"

姬秀荣一看叫花子，虽不高兴，可还是莫名其妙地应承了。他应承了以后，叫花子就上炕睡着了，鼾声雷一样地吼呢，这姬秀荣翻来覆去地睡不着。

叫花子足足儿睡了整夜的时间。姬秀荣睡不着，心上急躁，自言自语地念略着："今晚的个夜咋这么长，比两晚夕的时间还长么。睡得人眼巴巴的，干脆还睡不着。"

姬秀荣的话被叫花子听着了。叫花子问："你说的啥？"

姬秀荣说："我没说啥，就觉着今晚个夜咋长得很。"

"我没走，它咋的不长呢着。"叫花子说了这么一句翻起身来，遂走出门，只见太阳就升到当天了。

姬秀荣看学校看到第七天，老师就回来了，又开始学习上课了。姬秀荣就按叫花子说下的，天天把个纸像筒着袖筒里。筒到七七四十九天的这一天晚上，姬秀荣就开始每晚喂饭。喂到一百天的晚上，因连他父亲淘了些气，不耐烦了，吃饭的时节就把一筷子烧饭，给耙着嘴上。烧饭刚粑着嘴上，这一张女像就从墙上溜到炕上，变成了一个赛如天仙的大姑娘。这姑娘指着姬秀荣说："唉！我把你个姬秀荣，我父亲把我许给你的时节，是怎么安顿的？你咋呀这么对待我呢？明儿早上我就走呢。"

姬秀荣看画儿上的女像变成个大姑娘，长得好看得很，就后悔着啊——后悔着好言相劝着问这姑娘是谁。姑娘说："我不是别人。一百天前的晚夕，到学校里要馍馍的叫花子是我父亲。他是太阳星，我是他的三女儿，我父亲看准了你，就把我许给你了。这一百天时间，是我父亲试办你的心着呢。我给你说实话呢，你今儿给我呀这么喂了一筷子饭，我父亲不喜欢你了。实不相瞒，我是下来向你告别来的。"

姬秀荣听哭啼，低头纳闷，后悔莫及。眼泪淌得连捏菜水一样，一会会儿淌得炕上人都没处蹴了。

太阳星的三女儿看到这达儿，感到心上过意不去，就对姬秀荣说："你看我今晚夕陪你欢欢喜喜、说说笑笑要一晚夕呢，你可哭着不站闲儿。明天天不亮我就要走哩。你如果确实对我有心的话，你就呀这么呀这么，如此如此，看曹两个能到一搭嘛。"

姬秀荣听了点头同意了，两个就欢欢喜喜热热闹闹耍着哩。

半夜里，说笑声把老员外给惊醒了。老员外叫醒老婆子，说："半夜里，阿达的人喘着呢？"一听，在儿子房里喘着哩，一男一女的声音，就起来到儿子房门跟前一听，果然不错，男的是儿子的声音，女的不知是谁家的姑娘。

老员外不听则已，一听有气了，把儿子的门搡开进去，先骂呢。骂了一阵儿，就杀女子不是么杀儿子不是，气得跑着出去磨刀去了。

太阳星的三女儿听了，对姬秀荣说："你看，姬秀荣，你呀么呀么，曹两个一百天以后还能见面，或者能到一搭，臧经你父亲这么一整，见面最快怕要三年哩。三年以后，你如果确实能下下恒心的话，咱俩还能到一搭，稍一疏忽，就没事了。"

说完两人就抱头痛哭，洒泪告别。

自和太阳星的三女儿分别以后，姬秀荣把读书的事儿就放在了脑后，每天勾头纳闷，眼泪不干。后来，就害了一点小病，卧床不起。

直病到整百天的早上，姬秀荣起来，水米没打牙，疯头跟跄地向黄河畔上跑。黄河畔离这儿八十来里路呢，由于这一百天里，他害病把身子害弱了，跑了四十里路，就跑不动了，只好缓步而行。等他走到黄河畔下，已经来不及了。他想起大阳星的三女儿临分别时曾对他说，你在第一百天的早上，起早些来到黄河岸前。因为我们姊妹七个每隔一百天，就要在黄河里洗澡来呢。你早些来，黄河畔下一并边儿有七双鞋。你从你转向的左面数到第三双右脚上的一只鞋，你就拿上疯头跟跄地跑。

姬秀荣走到眼前，太阳星的七个女儿们在黄河里已经洗完了，衣裳已经晒干了，鞋已经拾着穿开了。姬秀架一看，不顾死命地跑着去，边跑边抱了一只鞋。他不抱还罢了，一抱就抱了个昏迷不醒，不知道昏过去了多少天。

姬秀荣这昏迷，天大旱，旱得树卷吓片儿，人脚不敢沾地。姬秀荣昏着醒来，翻起来挣着往回走，才知道天旱了一百天了。

姬秀荣就这样昏昏沉沉，游来荡去，由一个上学的君子，变成一个要馍馍的叫花子了。他临去走的时节是向正东去的，往回来走应该是向西面儿走，结果他晕头转向地向正北走了。他这么一转向，回到他家时，已经两三年过去了。到家里一看，父母双双饿死在屋里。眼看家里再也无法容身了，姬秀荣埋了父母的尸骨，含泪把念书时装书的一个笼笼儿提上，走乡串户乞讨吃着呢，不久，人已饿得尸形倒拐的了。

这一日，姬秀荣昏昏沉沉地走着，他已命在旦夕。这时节，有人喊了一声："姬秀荣！"

姬秀荣回头一看，见有一女子，正好是三年前那一晚夕在他家里要下的太阳星的三女子。这女子怒气冲冲地说："姬秀荣，我给你咋么咋么安顿下的，你咋没有办到？臧我父亲拒绝曹两个的婚事了。我今儿偷着下凡来，因你还挂念我，我来看你一回。唉！左难右难，你看咋办呢？"

姬秀荣一听，昏过去了好几次。昏着慢了才说："唉！三结娘，你看，我臧也无处来无处去的，连馍馍都要不上了么。我因为你着失去了二老，失去了功名。我昏昏沉沉，浪浪游游，十成的力气把八成已经耗尽了。你但良心上过得去的话，我也无话可说。"

太阳星的三女儿一听流开眼泪了，说："唉！为人为到底，害人害出头，你为我成了这个样子，我也是背着父亲来的。回去的时节，我把你引上，你跟上我可不能乱走乱说。你按我说下的办，或许还有一次机会。"

姬秀荣一听发誓说："我怎么都不违背你说下的话，按你说的做就是了。"

太阳星的三女说："你扯住我的后襟子，我把你先带到天宫再做计较。"

姬秀荣扯住三姑娘的后襟子，眯住眼，只听耳旁风吼呢。时间不多，太阳星的三女："姬秀荣，把眼睁开。"

姬秀荣把眼睛睁开一看，他就在一个大庭里，四面四个窗子，四个门。

太阳星的三女说："姬秀荣，你蹴在这里头，把头往出不了探，如果探一次的话，曹两个的性命就都难保。你蹴着心急了，要开门窗，把东面的千万不了开了。要是开了，事情就不可收拾了。呜三面的，你万一心急的话，开了还不要紧，最好都不要开。"

大阳星的三女说罢，就从东面的门里走了。出去以后，把门原旧一关。

姬秀荣在房里背搭手转来转去，转得噢，心里无聊得像喝了辣椒水一样难受，就想着说：乜说叫我把四面的门窗都不要开，万一心急了，呜三面能开，就东面的不能开，我把这西面的开开看看，看是个啥。一开，风大得很。往下细一看，哎哟，人吃人，狗吃狗，鸦儿老鸹嗫石头着呢。按猛处一股子大风刮进来了，就赶紧把窗子闭住，想道：唉，这是个啥世道么，人吃人，狗吃狗，鸦儿老鸹嗫石头着呢，不知道下面是啥年代。

他又转过来开北面的窗子一看，哎哟，底下干得噢——火噗哗噗哗闪着呢，柳树叶儿都晒得脱了，一股北风吹来了，他赶紧把北面的窗子闭住。转过来到东面了，他嘴上也说不开，可一想：开开看看，她来我就闭住了。他把东面的窗子一开，咋看着他家的院子，看着他父母亲了。

他刚这么一看，太阳星的三女进来了，怒气冲冲地说："姬秀荣啊，你看够了嘛没有？"

姬秀荣说："三姑娘——我咋看着我的父母亲在这达呢？"三姑娘说："唉！你没看够了再稍微看，就好过了。"

姬秀荣说："这么我再稍微看咔。"他刚呀这么一看，就叫太阳星的三女儿给从窗子外前给搡着下去，他只听耳叉洼里风吼哩。他昏昏沉沉地睡了，醒来时，发现自己睡在家里的草垛跟前，没绊死。姬秀荣缓过来，进门去看父母，才记起父母早死之事，大哭了一场，又出门讨要去了。

这一日，姬秀荣走到一个不知庄名，也不知人家姓名的家门上说："唉——爸爸、爷爷、奶奶，给上些，我是没处来没处去的人，饿得很啊，有吃的了少给点儿。"

一个调皮鬼在姬秀荣脸上一看，一下发怒了，骂着说："你这个书呆子，你不苦做，只想白吃，看你像个啥样子？你要馍馍，难道你连羞丑都不顾了，唉！你不羞我还羞呢。你正在青春之年，你要馍馍是失了青春了。"

姬秀荣在这家不但没有要上馍馍，反而要了一肚子的苦恼，就眼泪淹心地走了。走来走去，走到前不着人家，后不着店家的旷野深山里，连饿带气，走不动了，就蹾倒缓下。他心里想着说："啥路都是人走的，难道我姬秀荣就不能走这条路吗？"这么一想，他就把裤带解下来上吊呢，说："我死了就再不痛苦了。我姬秀荣一世来就没有好过一天么，难道我命就这么苦嘛？这都我炎凉着咋活哩？"说罢，就把裤带绑好，正往进挂头呢时，只看着前面影影糊糊一个人来了。走到近处，一看倒大吃一惊。这人正是他在学房里的时候见的那个叫花子。这人咋变得越老了，比以前穿得还烂了。

叫花子走到姬秀荣跟前开口一笑，在姬秀荣的脊背上拍了一巴掌，说："姬秀荣，你把路走窄了吗？"

姬秀荣说："哎——老伯啊，你是大仙，还是小神，还是呀一位神圣老人显身了么，看在我姬秀荣可怜的份儿上，搭救我来了么？"

太阳星哈哈一笑，说："姬秀荣啊，我把你这忘恩负义之人，你把我的一片好心枉费了。我自从和你认识之后，觉得你还不错，就将我的女儿缠着给你。可你三番五次，五次三番不要我女儿。从今儿起，曹就把这桩婚事不提究了，你走你的路，我女儿我另许配人。"

太阳星打这么一说，就摆袖而走。姬秀荣不听则罢，一听就昏了过去，倒在这个树底下。

你看端不端、巧不巧，就在姬秀荣昏迷的时候，迷迷糊糊听着有人唤他的名字。他稍睁眼，就看见个小媳妇儿站在面前。姬秀荣一惊，问着说："你是谁家的小媳妇儿，蹴着这旷野深山里做啥着哩？"

这小媳妇说："唉！姬秀荣，你这一世也够可怜了。我不是别人，我是桂花娘娘一个。我一世来，就看下一棵桂花树。这桂花树——"

姬秀荣截住说："桂花树是个做啥用的？"

桂花娘娘说："这树，一千年开一次花，结一次果。果子成熟的时节，就结成桂花籽了。这桂花籽是单度凡人转仙的。有根基的凡人到成仙的时候，把它噙在口里，就不渴也不饿了。我今儿路过这达，看着你太可怜了。姬秀荣啊，刚才你面前过去了个人嘛没有？"

姬秀荣说："唉！实不相瞒，我前面过去的一个人是个要馍馍的。"

桂花娘娘说："这要馍馍的不是别人，正是太阳星。太阳星原先把他的三女儿许配给你了，自你父亲一场辱骂以后，他就变了心。可太阳星的三女儿到今儿还没有变心。她把你接到天堂以后，就和她父亲辩理去了。她父亲本身没辩过她，就又允许了你们的婚事。可你打开东窗子泄露了天机，三姑娘就忍心把你操下凡来。太阳星今儿来，是谋着陷害你哩。他女儿藏害了和你一样的病。太阳星为了割断他女儿的扯心，才来害你的。他看着我来了，害不成了，才摆袖走了。我给你一颗桂花籽你噙上，再算着过七十七天，你就到好过处了。因为再有七十七天，就又到另一个百天的日子了。这一日，太阳星的七个女儿又下凡洗澡来么，你去就再不了抱鞋，你从东往过数到第三个正是你妻，你到跟前把她一把抱住，不了丢手，看她给你说个啥哩。你算好，再过七十七天你就去。"

　　姬秀荣得了桂花籽以后，一天不渴不饿，也不乏，就转着他以前走过的路上。这么转着算着，转到七十七天的这天早上，就早早地来到黄河边。果然不错，太阳星的七个女儿正洗澡着呢。这姬秀荣瞅准东面的第三个，扑到跟前一把抱住。

　　姬秀荣这一抱，把在的吓着翻起来跑了。这时节，三姑娘转过脸来抱住姬秀荣哭了一场，说："唉！本来你一世没有好过的日子，我父亲又下凡害你哩。看来曹夫妻还有婚缘哩。自桂花姑娘把我父亲辱骂以后，我父亲回来就对我的婚事撒手不管了。他不管了，曹两个正好得到一搭了。从今儿起，你我就成夫妻了。我把你接到天堂里，你的日子也就好过了。可还有句话呢，这一句话我不点明，你如果能说到点子上，曹夫妻以后能白头到老；如果说不到点子上，曹夫妻间以后还有不少的难呢。反正我给你不点这个话，由你个人说去。你能说合适就好了；说不合适，就糟着呢。臧你还是把我的后襟子拃住走天堂里走。"

　　姬秀荣拃住三姑娘的衣裳襟子，走了一阵儿，就感到头昏。只听三姑娘说："姬秀荣，姬秀荣，你看你在呀达蹦着呢?"

　　姬秀荣把眼睁开一看，在云头上蹦着呢，吓得颤开了。太阳星的三女儿又问着说："你看下面的呜是个啥东西?"姬秀荣刚一看，就都乜给一把搋着下去了。搋着下去后，就给绊得死溜溜儿的了。太阳星的女儿下去把姬秀荣的魂儿引着上来，原旧站在这个云头上，问姬秀荣："姬秀荣，你睁开眼睛，看下面是个啥东西?"

　　姬秀荣一看，认得是他的身子骨，可没说。考虑了一会儿说："呜是个死狗架架子。"

　　姬秀荣打这么一说，把太阳星的三女儿给高兴糊涂了，说："对！对！你把这一句话说成了。臧我把你引到天堂，曹再拜花堂，结为夫妻，白头到老。"

　　姬秀荣和太阳星的女儿结为夫妻，苦这才算受尽了。

讲述人：高贵良

采录人：尤屹峰

（六）屠夫状元故事

屠夫状元（固原）①

有年，京城开科，考题是皇上亲笔篆笔写的千字榜文，能否得中，就看认字多少。

京城有个屠夫，专以宰猪为生。他的老婆听说皇上出了千字榜文来考状元，就想："我男人虽然一字不识，但是个粗中有细的人，多少事都没难住过他。他常说：笨人有个笨办法。何不让他用笨办法也去试试呢？如若真的能碰上个状元，我说不定还能当个诰命夫人呢！"

回到家，就给男人说："皇上开科考状元，你咋不去呢？"男人说："你胡说啥哩，我一字不识，还能考状元！"

老婆说："你常说'笨人有个笨办法'，今天你的笨办法到哪里去了？"

男人一想："是呀！笨人有个笨办法。世上还没有难死人的事。"把大腿一拍说："好，笨人有个笨办法，考就考。"

屠夫穿戴一新，来到榜文下佯装看榜文。

守榜官看有人看榜，就问道："你认得多少字？"屠夫说："一字不识。"

守榜官一听，只有"一字不识"，就领着屠夫去见皇上。

皇上一听，他亲笔篆写的千字榜文来人只有一个字认不得，必定是文中豪杰，口考难不倒他，就用哑考和笔考来试探下，看他肚子里究竟喝了多少墨水。

屠夫恭恭敬敬地给皇上三拜九叩，皇上赐了下座，然后皇上伸出了一个指头。屠夫一看皇上伸了一个指头，心里不明白，就伸了两根指头。皇上接着伸了三根指头，屠夫又伸了四根指头。皇上双手将胡须一捋，屠夫赶紧把胸部一拍。考到这里，皇上很得意地说，"难得！难得！就看笔试如何了。"

---

① 固原民间文学集成办公室编：《固原民间故事》，固原县印刷厂 1987 年印刷，第 724 页。

有个监考官不明白皇上的意思，就问皇上："启禀皇上，这哑考的意思……"

皇上说："我伸一个指头是'风调雨顺'，他即用两根指头回答'国泰民安'；我伸三根指头是'三皇治世'，他即用四根指头回答'四季平安'；我用双手捋了胡子，即'龙体康泰'，他即用拍胸部来回答'胸有成竹'。此乃奇才，再看笔试后定夺。"

皇上令手下给屠夫安顿了一间房子，送去了文房四宝，让屠夫写篇文章。

屠夫坐在房子里，两眼看着笔墨纸砚光叹气。正在发愁，见一只雨甲甲虫从门缝里爬了进来。屠夫把雨甲甲虫捉在手里，把雨甲甲的腿在墨里头蘸，然后在纸上一印，就这样一蘸一印，不多时把发给他的几张纸都印完了。

不多时，皇上派人来收了卷子。皇上看了卷子后，笑容满面地说："秦始皇焚书坑儒，我以为虫体已绝，没想到在此相见，真乃国宝也！"

第二天，皇上的状元榜出来了，没想到屠夫中了头名状元。

屠夫当了状元，穷哥们问他是怎么考上的，屠夫说："状元好考着呢，皇上伸了一个指头，明明问一斤猪肉多少钱，我就伸了两根指头说'两吊钱'；他伸了三个指头问'三斤肉多少钱'，我伸了四个指头说'四吊钱'；皇上双手把胡子一捋，明明说他要猪头，我就把胸部拍说'我要五脏'。就这样考上了状元。"

后来，皇终于知道了真情，只因生米煮成了熟饭，怕失体面，就将错就错，封屠夫为屠夫状元，专门安顿在御膳房宰猪。

讲述人：张万钧

搜集人：郭望岚

搜集时间：1986 年 9 月 7 日

搜集地点：原州区

（七）谷糠故事

谷糠（西吉县）[①]

从前，一家有弟兄三个，兄弟老三名叫谷糠。弟兄三人都娶了女人。老大老二的女人世得俊，长得受看，这老三的女人脚大面丑，看去一点儿不中目，两个嫂子因此也就眼害得见不得。

有一天，这家子门上来了个算命的人。弟兄三个问这算命先生说："敖家里这么富的，千牛百马，粮食万担，金银如山。你说到底敖活的谁的命，享的谁的福？"

算命先生把弟兄三个，先后三个的生辰八字都问了，细细一算说："妞一家人光阴这么好，享的是老三女人的福。"

算卦先生这么一说，一下子就把老大、老二和老大、老二女人给充胀了，当时就不要老三女人了。几个叽喱呱啦地说："曹就命薄着靠乜人养活着呢，连个三不像一样的人，呀来呜么大的命唻？她怕靠再的人养活着呢么还再的人享她的福着呢。既然她的命呜么大，就叫她一个享她的清福去，不了可说再的人指靠乜着呢，曹试看离了杀屠着还连毛吃咔。"老三女人咋么圆承，老大、老二两口子硬是不要老三女人了。

这老三夫妻二人虽然也是一般感情，可老三还是有些舍不得休女人。弟兄三个到一搭商量着揭发老三女人呢，老三就不愿意。乜几个都说："你一下把呜休去休了算了，曹的金银堆成山着呢，呀达还寻不下抵上她的女人。"

老三还是舍不得休。乜夫妻几个说："你休了休，不休了就要你的命呢。"

乜打这么一说，一行事，就把老三谷糠给股住了。当晚，老三就给女人哭了一场，说："唉！大哥、二哥、大嫂、二嫂乜一齐不要你了，我或说要下你，乜就把我杀了。我一死，你还是蹴不成的活不

① 李世峰、尤屹峰、李耀宗编：《西吉民间故事》，宁夏人民出版社 1992 年版，第 998 页。

成。曹两个夫妻了一场么，还是好家好缘结束了算了。离开以后，你个家在呀达找上个男人过家去，我臧留不住你了。"两个哭了半晚夕，最后商商量量，和和气气离了。

第二天，老三女人收拾了她的东东西西。走的时节，给男人说："曹夫妻了一场么，你把我送上一程了，你就活你的人去，我受我的罪去。"

老三勉强说："对。"就送了十里路。老三说："臧你去，看你到呀达去呢，游东游西全由你去，我再不发落你了。"

老三女人说："唉！你把我再发落给咔么，念记在你我夫妻一场的份儿上，你把我再发落给咔。"

老三叫女人央及着又发落了二十里路。女人说："你已经发落了三十里路了，臧对的很了。曹两个总夫妻了一场，你还是有情意，臧你回去。"

两个眼盯眼看了一阵儿，哭了一场，女人走了，老三就折过往回走呢。走到庄里，老三老远看着他家屋里一股子浓烟架天上漫上上了，就往屋里跑呢。跑到屋里一看时，整个屋里着了个蒿草不留。他大哥、二哥、大嫂、二嫂都叫火烧成了个黑疙瘩儿，所有家当家具、牛羊马匹烧成灰了，堆成山的金银消成水了。只有前院里放下一根大拇指头壮的个棍棍儿，后院里放下一个要馍馍的烂褡褡儿。老三拾起棍棍连褡褡儿，转着看了一眼庄院说："屋里天火着了，是老天爷处罚我着呢。唉！看样子老天爷叫我拿上褡褡棍棍要馍馍呢。"

老三就背上褡褡儿，挟上棍棍儿，到处寻吃讨要开了。这老三的女人自丈夫休出门，送了三程离别之后，就由天性儿漫踏。踏来踏去，这一天已经天黑了，没处站店了。她凄凉着走到这家子问啊也不要，走到呜家子问啊也不要。问来要去，天黑尽了，她看着一家子的屋里着着灯盏，就想：乜人都熄灯睡了，这家子人看去还没睡么，不着要我嘛。不要，叫我这一夜子到呀达去呢。老三女人这么想着，恓惶地哭着，顺着灯摸着寻过去。

这家子人蹴在个大路畔下，屋里只有一个少年，一个老婆子，娘母两个，靠卖些小吃喝着顾缠下两张嘴，日子过得困难得很。这老三女人问到这家的门上,少年把门开开,问着说:"你这一妇人,这一夜子了咋还在外前转着呢?"

这女人说:"我是个过路之人,走着天黑了,没处站店了。你屋里多少有处安个身子吗,让我瞎好站上一晚夕,天一亮我就走呢,唉!黑灯瞎火的,我多少没处去了么。"

少年说:"我家里只有我和母亲两个人,蹴一个碎窑窑,睡下一个碎炕么,再没有巴掌大的点地方,多少不方便么。你只但不嫌弃了,就进来连我娘两个睡着炕上,我睡着地下。人都要出门呢么,夜这么深了,你一个妇道人家,到呀达去呢,臧进来。"

这女人跟着进去,说:"瞎好的店儿宿一夜么,你要下就好腾,我还敢睡着炕上。"

少年说:"你碎男碎女的,走了一天路了,你连我娘睡着炕上。"

女人说:"这使不得,你连老妈妈睡着炕上去。我是个奔人家的,地下能宿一晚夕就好腾。"

这少年娃娃也好,说:"唉——你连我娘睡着炕上,我一个男人家,身体好,地上睡一晚夕不打紧。"

这女人就睡着炕上,连老奶奶款闲呢。老奶奶问:"你这一媳妇儿,家在呀达呢,男人做啥着呢,你一个人走呀达去呢,这一夜子了方站店呢吵?"

老奶奶这么一问,把这女人问心酸了,就把咋么个事情照实儿说了。女人说:"我生得脚大面丑,阿伯子、嫂子都嫌弃,丈夫也不咋么喜欢,乜都不要我了,把我休了,赶出门,我臧没处来没处去了。"

老奶奶一听说:"可咋说你没处去了。乜都嫌你脚大面丑,我娘儿俩过下这么个穷光阴,连个嘴都供不住。你但不嫌穷了,给我当个媳妇儿么,你能成吗?"

这女人说:"我脚大面丑着,乜不要下的么,你老人家不嫌弃我,得道你家后人嫌弃嘛不?"

后人在地下睡着呢,听着这话,就说:"敖这么穷的,你不赚我穷了,我可嫌啥你丑的呢?世上丑陋人多得是么。"

这么三言两句,说来说去,没用媒证,这女人就给这少年当了妇人了。

第二天，这少年上山寻柴去，柴背篼寻满背上走呢，看见眼前头的个水涯廊里倈下大得很的一块砖头块块。这少年心里说：唉，乜人都有枕头枕呢，我寻了个女人穷着连个枕头都没有么，这达一堆砖头，我拾两块回去当枕头。少年这么想着，就走过去撼了两块，架着柴背篼上捎着回来，放着炕角角下的个烂被儿里头。黑了睡觉的时节，女人一展被儿，看着这两块砖头，惊奇地问男人："你说你屋里穷得哈都没，可呀来的这么大的两块子这着？"

这少年说："唉，我拔柴去呢，在山上拾了两块，拿着回来给曹两个当枕头呢。"

"还多嘛少？"女人赶急问。

"唉——这山上的个水涯廊里一水涯廊子，呜多得很。你认得这是个啥着？"

"砖头啊啥，你一下给曹背去。"

"唉——黑天半夜的，背些烂砖头着做啥呢？"

"你一下给曹背去，背着来曹总有处用呢么。"

"要背了，天亮了着。"

"天亮了人就背着去了。你一下连夜背去，背着来亮了再睡。"

这少年叫女人呲着没治了，就黑揣着背去了，女人就在院墙根底下挖了个窖窖儿。少年看按天亮时把砖头块块背了了，这个窖儿也给窖满了，女人只取了两块子，其他就用土埋了。

女人说："曹臧不卖吃喝了。"给男人给了一块砖头，说："你把这个砖头拿到街上，你就说我用这个砖头换十石粮食呢，再多啊不换，少啊不换，他人一定就换下了。"

少年说："用这个这就能换十石粮食嘛？"

"能换下。"

"乜谁偢头着呢，就换呢。"

"你试去吵。"

少年拿上这块砖头到街上试去呢，换粮食的人说："这个砖头换十石粮食了还不多。"就换了。

从这达，这女人用这一堆砖头买地，买牲口，修饰屋里，余徐儿也就富起来了。投到第三年时，格价富得很，骡马成群是金银成堆。

就到整三年的这一年，遭了天年了，年景大得很。这家子人，男人老实孽坠，女人当的掌柜的。有一天，女人给她婆婆连男人说："今年这么大的年景，饿死人呢。曹这么大的光阴，我看曹臧要行善，放舍饭呢。"

"咋放呢？"老奶奶、后人穷着晓不得个放舍饭的。女人说："先在各儿路口把放舍饭的帖子贴出去，在门上放上桌儿板凳，叫呜些孤儿寡母、无依无靠、缺斤短两、少针无线、瞎子丐子，一天到曹屋里吃一顿饭来。"

男人就按女人说的，把帖子贴到各十字路口。不几天，这家子放舍饭的名声就传得远得很，一些老人娃缺吃短顿、无依无靠的人，阁麻麻都到这家子吃舍饭来了。

谷糠转着要着吃，吃得难辛得很。听着这家子放舍饭，想着说：我也无依无靠，靠讨要度日月着呢，我去不知乜给不么？嗳！试走。谷糠也就寻着吃舍饭去了。

这家人在门摊上摆摆儿摆着放下百多个桌儿板凳，旋来的人就蹴着这桌儿板凳上，乜屋里做活的就给端着吃，旋来旋吃旋走。

这一天，谷糠来蹴着板凳头头子上等着呢。他蹴的是东头子，端饭的人看巧架西头子端着吃起，吃罢走时，每人还给着拿一个大馍馍。你说巧不巧，饭看端着吃到他跟前，饭啊净了，馍馍啊光了，没一口了。

放饭时女人看着放着呢。女人看着东头子蹴的是她先的个男人。这谷糠格价饿得眼麻着认不得了。谷糠没吃上饭，还蹴下伈着呢，女人走到跟前说："啊，你这人就命薄，看巧剩下你一个了时也没饭了，你看成百的人呢，就你一个没吃上饭。唉！臧你去么，明儿你早些来，敖给你散两份儿。"

谷糠这一天没吃上，就空着肚子走了，在一个塌窑窑里睡了。第二天天一亮，谷糠翻起来想着说："昨儿蹴着东头子，等了一天没吃上饭，又挨了一晚夕。今儿我去早些蹴着西头子，他总先给我散一份呢。"

这一天，这掌柜的女人规定一人一罐罐饭，乜晓得谷糠在西头子跪着呢，就让端饭的人从东头子端起。

谷糠闷气着蹴在西头子，肚子里饿得猫抓呢，眼绷嘿嘿地看着乜架鸣头子端饭，口里手都上来了。谷糠眼巴巴盯着端饭的，硬是把罐罐儿提不到他跟前。等啊等，看等到他跟前了，乜可没饭了。这女人看了一眼他先的男人，看着饿得劲大了，心里也觉着怪可怜的，就想让男人过活好些。这女人回去把个大馒头掰开，把一疙瘩银子包得好儿地包到里头，拿出来给谷糠说："你这人命弦就不好，今儿看到你跟前可没饭的了。你已经两天没吃饭了，臧把我的份儿拿着吃去。"

谷糠把馍馍接到手里，掰开一看说："唉！掌柜的老奶奶，妞的这馍馍咋生着不能吃啊？"

这女人接过馍馍，把银子掏出来说。"臧熟了，撼着去看能吃嘛。"

谷糠拿着手里说："臧熟熟儿的。"就往嘴里捣着塞。

女人看着男人到这一步了，想拉扯一把，问谷糠说："这么大的天年，你这人遭这么大的罪，受不了么。我看你到我屋里，把没钱的活计你做，没钱的饭也由你吃，把个嘴现逛着么，你能成嘛？"

谷糠一听亲闷了，说："这可好腾么。"

女人说："你可要伺候我呢，给我端个饭，扫个地，洗个脚，倒个尿盆。"

谷糠说："只要混个饱肚子，做啥都能行。"

这女人见男人没骨气，忍心休了她，也有一点儿气，就想利情价做辱一下，再给上些东西都活人去。这一天天黑了，这女人给谷糠说："你打一脸盆水给我洗个脚。"

谷糠揽柴烧了些热水端着去给女人洗脚呢。抵古的女人，再脚大还是缠着呢。谷糠给女人把裹脚展了，给洗呢。洗了一阵儿，谷糠按猛处哭开了。搐搐、搐搐哭着不站闲儿。这女人看着男人哭开了，利情价做辱着说："臭腾昂，臭腾了要你的馍馍去。我看饱锁馍饱饭把你吃得腻蘖出来了。"

谷糠说:"唉!看你这掌柜的老奶说的,我可不是嫌臭啊。就是臭,只要肚子吃饱了,都没拨嫌的。"

女人问:"做么你哭着昨了?"

谷糠说:"唉?三年以前,我也有个女人。乜黑了洗了脚在缠脚的时节,我带看不带看地看着;乜的脚连你的一样大,脚底下有个黡子呢。今晚给你洗脚,我咋看着你脚底下也有个黡子呢。看着你脚上的黡子,我就记起我女人了。"

女人问:"你女人咋去了,你想腾吗?"

谷糠说:"唉!都怪我听上哥哥、嫂子的话,把我女人不要了。我一个男人家,寻吃讨要这么难辛的么,她一个妇道人家,减还得道活着呢嘛死了。我哭我女人着呢。"

"你把女人休了,后悔了?"

"唉!光后悔有啥治呢?"

女人说:"你抬起头看我像你女人吗?"

谷楝说:"臧咋看去不像。"

"你格价认不得了。我正是三年前你休下的女人。我臧给你说实话,我也看着你活可怜了,可我给你再不当女人了。我这大门上有十二个房,十二把锁子锁着呢。我把这十二把钥匙全给你。第一个房是金房,第二个房是银房,第三个房是麦子,第四个房是清油,第五个房是米……最不行的一个房里装的是谷糠,不是你这谷糠,就是把糜谷碾了米,米皮皮儿装在这个房里,留下喂猪。这十二把钥匙,开十二个房门,只要你开呀一个,呀一个房里的信啥就全给你。叫我给你当女人的话就不提了。"

谷糠接过钥匙,亲着说:"有这话了,就可好腾。"亲闷了,跑出去就开锁子呢,到这个房门上开啊开不开,到呜个房门上开啊开不开。十二把钥匙换过来倒过去,总开不开。开呢开呢,咋么一拧,开开了一把锁子。把谷糠亲着取了锁子,把门一把搡开进去时,搡得猛了,没刹住,捧脱进去,一光光碰着谷糠上,就给呛死了。

投女人出来看时,谷糠格价死得硬邦邦的,头还在谷糠里塞着呢。女人心上一不好,说:"谷糠啊谷糠,你的名字应了你的命,就这么死着谷糠上了。"

念及夫妻了一场，这女人排排场场地拾埋了先家房男人谷糠。

讲述人：高世民
搜集整理：尤屹峰　尤多全

（八）八个野鸡蛋故事
八个野鸡蛋（西吉县）①

抵古，有老两口，养下七个女儿，日子过得难肠很。

一天，老汉上山打柴去哩，拾了八个野鸡蛋，拿回来给老婆子说："臧我再打柴去么，你给曹煮上，悄悄儿不了叫几个女子晓得，不了，争掰着曹吃不上。"老伴说："呜对。"

老汉背了个背篼上山打柴去了，老伴儿就把门闸着顶了，煮野鸡蛋哩。看着快煮熟了，大女子叫门哩："娘啊娘，门开开。""开门咋？""取我的针钱包儿哩。""呀达哩我给我娃取？""高处高着你奔不着，低处弯得娘腰疼哩。"

臧没治，老婆子把门开开，大女儿进来一听，锅里咣啷啷响哩。"娘啊娘，锅里煮的啥？""煮的你大的烂皮袄么！"拿我看。""你休看！""偏看哩！"兼说着一把揭开锅盖，一看煮的是野鸡蛋，"噢，呀来的野鸡蛋，吃一个。""你休吃，吃了你大把你腿打折了。""偏吃哩。"兼说着就要捞哩。老婆子看忙了，害怕大女儿喊叫，赶紧捞了一个给大女儿说："悄悄吃了，不了叫呜几个晓得！""对。"

大女儿走了，老婆子把门原顶上。一会儿二女子叫门哩。"娘啊娘，门开开。""开门咋呢？""取我的针插儿哩。""呀达哩娘给我娃取。""高处高看你奔不着，低处弯得娘的腰疼哩！"臧没治，老婆子可把门开开。

二女子进来，看着锅里冒气哩，就问："娘啊娘，锅里煮的啥？"

---

① 李世峰、尤屹峰、李耀宗编：《西吉民间故事》，宁夏人民出版社1992年版，第418页。

"煮的你大的烂草鞋么啥!""拿我看。""你休看。""偏看哩。"一把揭过锅盖是野鸡蛋。"噢——野鸡蛋,吃一个!""你休吃!""偏吃哩!"老婆子害怕二女儿喊叫,就赶紧给捞了一个,安顿说悄悄儿吃了,给呜几个不了说了,二女儿说:"呜对。"

可一会儿三女儿又叫门哩。臧就七个女儿抽椽换檩子一家吃了一个野鸡蛋。头老汉打柴回来时只剩下一个了。一问才知道被几个女子吃了,老汉气死了,把老婆子骂了美美一顿:老两口把剩下的一个拿头发勒成两半个,一家半个子吃了。

老汉胀气很,黑了睡下给老伴儿说:"养下的这几个女子把人害死了,臧要撇了哩!"老婆子说:"呜咋能撇了哩?"老汉说:"呜曹调搭哩么。"老两口商量着要撇七个女儿哩。

第二天,老汉背了背篼问几个女子说:"娃娃,谁跟着我拾杏儿去哩?"几个女子一听都高兴得争着要去哩。

老汉把几个女儿就引上走了。一功走,走,走到热头跌窝时碰着了一个深得很的大弯沟,老汉说:"我娃你几个臧都从这弯沟里下去,下面风大得很,你都避着,我给曹打杏儿去,啥时候听着没响声了,你就都上来。"几个女儿说:"呜还好。"就都架弯沟里溜下去了。

天黑得实实了,几个女子光听着上面咣嚓嚓响着哩,不见老大大喊叫。心急着等不住,跑出来一看时,弯沟沿大树挂下一张干牛皮,风吹得咣嚓嚓响哩,她大连影影子都不见了。一下都死声哇气地哭开了,哭了一大阵子,就在崖上用手刨台窝子踩上往上爬哩。爬到半崖上,刨开了一个洞,几个钻进去时,洞里头大得很,锅灶都有哩,像是有人住过,远处还有一个洞门。几个女子正揣摸着哩,听看外面有响声哩,就赶紧卡到洞旮旯儿子里。这时进来了两个野狐精,念念叨叨地一个问一个说:"土炕上睡哩吗铁炕上睡哩?"

一个说:"风大得很,铁炕上睡。"

一个说:"铁炕上睡就铁炕上睡。"看时两野狐精就把锅盖揭过,钻到锅里睡下,把锅盖揣着盖上。

听着野狐精睡着了,几个女子就悄悄地钻出洞旮旯儿子,搬来了一块大石头,压在锅盖上,灶膛里点起了火烧开了,锅里的野狐精先是说："唉，炕咋热着上来了？"

"呜是睡下暖热了。"一阵儿烧得挡不住了，一个给一个说："太热了，太热了，烧得疼得很！"

"你下去看去。"一顶锅盖重着顶不动，就吼开了："休烧了，休烧了，太热了，烧死了。"几个女子压的压，烧的烧，一会子就把野狐精烧死了。听着锅里没响动了，揭开一看，炼下半锅油。几个女子在洞里寻看了些面，就和面炸油饼理，炸了几笼油饼。几个吃得胀胀的，天亮就提着油饼往回摸。到了家里一看，窑门拿胡基堵实了，窗子也堵实了。几个女子爬到天窗眼里往下一看，她大她娘饿得尸形倒鬼的，上炕一个，下炕一个，她大剜着吃脚上的钉甲着哩，她娘寻着吃墙上的壁虱着哩。大女儿取了一个油饼子从天窗里撇下去，撇着她大她娘当中，她妈没意顾，她大一看是个油饼子，欢闷了，一把拽着手里："老婆子，老婆子，天爷下了个油饼子。"老伴儿一看真格是个油饼子，赶紧掰开一家半个子吃了。刚吃完时又下了两个，老两口一家一个，吃了看时还下哩，老婆子说："赶紧把盆端来盛上。"老婆子端来盆盛上，叫几个女子一石头砸了，老两口长出了一口气。这时候，几个女子又撇了两个油饼子，老汉一看可下开油饼了，就支老婆子说："赶紧把锅盛上。"老婆子赶紧把锅拔来盛上。看盛稳当，"哐"的一声，一块石头砸下来，把个锅砸成几牙子了。老两口吓得一惊，说："天老人家不愿下了就算了么，还把锅砸了着！"惹得几个女子"亏呔"一失笑，老两口抬起头一看，原来是七个女子回来了，高兴得淌眼泪哩。

七个女子架窑上下来，三锤两棒子把门窗上的胡基拆了，一家人可团乐了！

讲述人：张宜
采录人：李耀宗　李世锋

（九）瓦盆告状故事

瓦盆告状（通渭县）①

有个老头在集上买了个瓦盆，背着往家里走。走到半路上，忽听有人说话："老爸，老爸，把我的胳膊防着，不要弄折了！"老头忙转身看时，没有人；把瓦盆取下来看，里头也没有啥。他又背起瓦盆往前走，可没走几步，又听见背后有人说："老爸，老爸，把我的腿防着！"老头就又放下瓦盆来看，还是啥也没。这到底是咋回事？他心里有些害怕，就赶紧背起瓦盆往家里走，到家后，把瓦盆放在屋里的地上。

晚上，老头儿刚吹灭灯，就听见地上有唧唧咕咕说话的声音。他忙着把灯点着，可又听不见了；吹灭灯躺下，那声音又来了。他非常生气，便问瓦盆："你究竟是啥东西，弄得我连觉也睡不成？"瓦盆呻唤了一声说："唉，我本来是个人，在远处做生意，离开家乡几十年了。一年前的一天，我拿着挣下的二百两银子回家，住在一家客店里。半夜的时候，店主人把我杀了，埋在他家门前的水渠里，拿走了我的二百两银子。前不久，他开始烧着卖瓦盆。有一天，他们凑巧把埋着我的土挖上，烧成瓦盆卖给了你。既然你把我买下了，就麻烦你明天背着我到县衙门去告状，替我报仇！"老头一听是这么回事，就答应了瓦盆的要求。

第二天一大早，老头便背着瓦盆去告状。到了衙门里，老头就喊"冤枉"！县官问老头有啥冤枉事。老头说："不是我告状，是瓦盆。"县官一听，心都气得翻过来了，他说老头是故意欺侮他，就叫手下人把老头狠狠地打了四十大板，赶出县衙。

老头儿挨了四十大板，心上难过极了，但也没法子，只得背着瓦盆往回走。半路上他越想越冤枉、越生气，就把瓦盆取下来，要往地上摔。这时，瓦盆又说开了："老爸，老爸，不要上气不要摔，求你再到衙门里去上一回！"老头气愤地说："你把我哄着挨了四十板子，

---

① 邢正中主编：《通渭民间故事》，通渭县文化局内部印刷。

还不死心吗?"说着又要摔。瓦盆急忙说："老爸，你先别上火么!前一次是因为县官身上有杀气，我一个做鬼的害怕着没敢说话。这次你去了叫县官用毡把我盖住，我就敢说话了!"老头儿听了，一想也是，就又把盆背到衙里喊冤。县官听了，刚要命令手下人把老头打出去。老头连忙跪下说。"老爷，实在是瓦盆要告状哩!你用毡把它盖住，它一定自个儿说哩!"县官听了，半信半疑，就叫人用毡把瓦盆盖住。瓦盆真的说话了，它把自己前前后后的事向县官备细说了一遍，并请县官把自己那二百两银子要来后，送给老头儿。县官听了瓦盆的话，立刻派人把店家抓来，并叫人到店家门前的水渠里去挖，果然挖出了一具尸体。那店家见抵赖不过，只好认罪。

讲述人：吴琪

采录人：魏效贤　吴芳萍

采录地点：陇川乡新林村

（十）毛野人拉媳妇故事
毛野人拉媳妇（彭阳县）①

后山沟沟里有个毛野人，常拉人家的乖女子当媳妇。

山前有一人家，只有母女俩。女儿长得秀气，羊鼻梁，圆眼睛，辫子又黑又长。

一天晚上，妈妈给女儿安顿活儿："女子，女子，你明早给咱家们碾米去。"

"对。"女儿半睡半醒地回答。

娘母俩在炕上说话呢，被门道子的毛野人听下了。过了一阵阵，毛野人学鸡叫："喔喔——明……"叫完，就藏到碾窑里去等。

妈妈听见鸡叫了，急忙叫醒女儿："女子，女子，鸡叫了，快起来碾米去!"

---

① 周庆华主编：《六盘山民间故事·彭阳卷》，宁夏人民教育出版社 2010 年版，第 141 页。

女儿起来去碾米，一到碾窑里，就被毛野人背去了。

到了吃饭的时候，妈妈不见女儿回来，跑到碾窑里去寻，米袋袋放在碾台上，就是不见女儿。一看，地下踏了些毛爪爪，她知道叫毛野人背去了，就趴下大呀妈呀地哭，哭了一阵阵，两阵阵，就是不见女儿回来。

过了一年，女儿还是没回来。

妈妈想女儿想疯了，见人也问，见鸦雀畜生也问。一天，墙头上落下个花喜鹊，她问："喜鹊哥，喜鹊哥，你见我女儿来吗？"

"喳喳喳，见来，叫毛野人背去了。""在哪哒呢？"

"喳喳喳，你回去寻上一根红线线，一头子噙在我嘴里，一头子捉在你手里，我领上你寻走。"

妈妈高兴了，赶忙寻了一根红线线，喜鹊噙着红线往前飞，她在后头跟上走。

到了后山沟沟里，碰着一块大碾盘，喜鹊说："喳喳喳，这就是毛野人的家，你把碾盘搬开，快进去寻找。"

毛野人劲大得很，出去寻食，怕媳妇跑掉，就搬来碾盘堵住窝门口。妈妈搬不动，最后，喜鹊帮她才搬开了。

她进到毛野人窝里，女儿坐下梳头呢，炕上养了一堆毛娃娃。女儿见是妈妈来了，惊喜得不敢相信她的眼睛。

"哟！妈咋知道这地方？"

"喜鹊领我来的。"

"我的妈，咋得了呢！人家回来就把你吃了，再哪哒都藏不住，让我把你扣在缸底下。"

娘母俩抱住哭了一阵阵，女儿刚把妈妈扣在缸底下，毛野人就回来了，进到院里就问媳妇："哼哼哼，今儿来谁了？"

"谁都没有来。"

"哼哼哼，你哄我呢，院里一股生人气，窑里一股热人气。"

"那是我倒下的洗脚水。"

"哼哼哼，不是的，你给我不说实话，我就吃了你！"

媳妇吓急了，才说："是老姨娘来着呢。"

毛野人一下装得亲热起来，说：

"哟！咋得了呢！你把老姨娘藏在哪哒了。"

"在缸底下扣着呢。"

"你把老姨娘扣在缸底里做啥？"

"她穿的裤子烂得很，怕你回来笑话。"

"那怕啥呢！快叫出来。"

女儿就把妈妈从缸底下叫出来。妈妈见了毛野人，吓得连汗衫襟襟都颤呢，不敢坐也不敢走，毛野人问个啥，她就说个啥。她知道毛野人是吃人的，眼睛红得很，就故意问：

"娃娃，你眼睛咋红来？"

"我在害眼呢！"

"娃娃，你到街上铺子里称上一两花椒，在河里挖上一圪垯胶泥，拿回来我给你看。"

毛野人还真被老姨娘哄信了，就去把花椒和胶泥拿了回来。妈妈几下把两样东西和在一搭里，把毛野人的眼睛糊住了，又说：

"娃娃，你坐到太阳坡坡里晒去，几时晒得听着'邦、邦、邦'地响，你再喊：'老姨娘，扳眼睛来'，'老姨娘，扳眼睛来'，现在我和你媳妇给咱们做饭去。"

毛野人说是精灵可也笨，不知道给它上窍，就被老姨娘把眼睛糊了，坐到阳洼坡坡里去晒。晒得眼睛火辣辣地疼，就是听不见响，一直晒了一顿饭工夫，才听见"邦、邦、邦"地响呢，就使劲地喊："老姨娘，扳眼睛来……"

听见家里风匣不停地响，就是喊不言喘。毛野人知道事不妙了，两把挖掉了脸上的泥，边走边骂："我今儿进来把你吃不了才怪呢，咋么喊不言喘！"

进去一看，家里一个人也没有，老姨娘和媳妇早跑了。把几个毛娃娃风匣拐拐上拴的，案板上拴的，扳得风匣擀杖乱响呢，毛野人知道上当了。它气极了，把几个毛娃娃放到磨子上磨，推得毛娃娃疼得乱嚎叫，毛野人气得也在嚎。一边推一边哭："毛娃娘，毛娃娘，毛娃凄惶我凄惶。"

一直唱着推完，才跑着寻媳妇。

老奶奶和女儿都是碎脚，跑不动，走的时候，怕毛野人追来，就拿了一把红筷子，两头子蘸上蜂蜜，跑上一截子路，摆上一根红筷子。毛野人爱吃蜂蜜。它跟着娘母俩的脚印追来了。追了一截子路，拾上一根红筷子，拾起来把两头的蜜一嗍，跑回去一放，又追。追上一阵，又拾上一根红筷子……直到毛野人把筷子拾完，娘母俩早跑远了。

讲述人：赵秀琴

采录人：高凤

采录时间：1981 年 1 月

采录地点：彭阳乡

参考文献

一 著作

抱瓮老人辑，顾学颉校注：《今古奇观》，人民文学出版社 1957
　　年版。

陈顺馨：《中国当代文学的叙事与性别》，北京大学出版社 2007
　　年版。

陈众议：《拉美当代小说流派》，社会科学文献出版社 1995 年版。

褚静洲主编：《原州民间故事》，华夏文艺出版社 2009 年版。

《佛本生故事》，郭良鋆、黄宝生译，人民文学出版社 1985 年版。

甘肃人民出版社编辑部编：《甘肃民间故事选》，甘肃人民出版社
　　1962 年版。

固原民间文学集成办公室编：《固原民间故事》，固原县印刷厂 1987
　　年版。

顾颉刚：《孟姜女故事研究及其他》，商务印书馆 2014 年版。

黄继红主编：《西吉回族民间故事精选》，宁夏人民出版社 2008
　　年版。

火会亮：《村庄的语言》，宁夏人民出版社 2005 年版。

季羡林：《比较文学与民间文学》，北京大学出版社 1991 年版。

江帆：《民间口头叙事论》，黑龙江人民出版社 2003 年版。

李世峰、尤屹峰、李耀宗编：《西吉民间故事》，宁夏人民出版社
　　1992 年版。

李扬：《中国民间故事形态研究》，中国社会科学出版社 2015 年版。

林继富主编：《中国民间故事讲述研究》，中国社会科学出版社 2013

年版。

刘魁立：《刘魁立民俗学论集》，上海文艺出版社 1998 年版。

刘世友编著：《中国传统村落　宁夏隆德　红崖村　梁堡村》，黄河
　　出版传媒集团、宁夏人民教育出版社 2016 年版。

刘守华：《故事学纲要》，华中师范大学出版社 1988 年版。

刘守华：《中国民间故事史》，商务印书馆 2017 年版。

隆德民间文学集成办公室编印：《隆德歌谣》，静宁县印刷厂 1983
　　年版。

鲁迅：《中国小说史略》，中华书局 2014 年版。

马国财编著：《六盘山花儿集锦》，黄河出版传媒集团、宁夏人民出
　　版社 2009 年版。

马金莲：《父亲的雪》，黄河出版传媒集团、阳光出版社 2010 年版。

《马克思恩格斯论艺术》第四卷，人民文学出版社 1996 年版。

马平恩主编：《固原史话》，黄河出版传媒集团、宁夏人民出版社
　　2009 年版。

潘啸龙：《国学经典导读·楚辞》，中国国际广播出版社 2011 年版。

祁连休：《中国古代民间故事类型研究》，河北出版传媒集团公司、
　　河北教育出版社 2011 年版。

荣耀光：《兰州民间传说故事探析》，兰州大学出版社 2016 年版。

《山海经》，富强译注，作家出版社 2016 年版。

石舒清：《古今》，宁夏人民教育出版社 2015 年版。

谭达先：《论中国民间文学》，黑龙江人民出版社 2013 年版。

万建中：《20 世纪中国民间故事研究史》，北京师范大学出版社 2011
　　年版。

王强、王康、李鉴踪编著：《中国现代民间文艺家》，中央民族学院
　　出版社 1988 年版。

王汝澜等编译：《域外民俗学鉴要》，宁夏人民出版社 2005 年版。

王岳川、胡经之：《文艺学美学方法论》，北京大学出版社 1994
　　年版。

王知三编著：《静宁民间神话传说故事》，黄河出版传媒集团、宁夏

人民出版社 2013 年版。

王知三：《关陇民俗文化论》，黄河出版传媒集团、宁夏人民教育出版社 2018 年版。

王重民、王庆菽、向达、周一良、启功、曾毅公编：《敦煌变文集》，人民文学出版社 1957 年版。

乌丙安：《民俗学原理》，辽宁教育出版社 2001 年版。

吴景敖编著：《西陲史地研究》，上海中华书局 1948 年版。

吴晓东：《从卡夫卡到昆德拉：20 世纪的小说和小说家》，生活·读书·新知三联书店 2017 年版。

邢正中主编：《通渭民间故事》，通渭县文化局内部印刷。

徐治堂、吴怀仁：《庆阳民间故事研究》，甘肃人民出版社 2012 年版。

许奉恩：《兰苕馆外史·自序》，贺岚澹校点，黄山书社 1996 年版。

许钰：《口承故事论》，北京师范大学出版社 1999 年版。

杨苏平：《固原方言俗语》，宁夏人民出版社 2007 年版。

杨子仪、马学恭：《固原县方言志》，宁夏人民出版社 1990 年版。

叶舒宪：《金枝玉叶——比较神话学的中国视角》，复旦大学出版社 2013 年版。

叶舒宪：《文学人类学教程》，中国社会科学出版社 2010 年版。

叶舒宪选编：《神话——原型批评》，陕西师范大学出版总社有限公司 2011 年版。

《杂宝藏经》，吉迦夜、昙曜译撰，陈引驰注译，花城出版社 1998 年版。

张家铎、马平恩：《固原方言辞典》，陕西新华出版传媒集团、陕西人民出版社 2015 年版。

张远山：《寓言的密码：轴心时代的中国思想探源》，复旦大学出版社 2005 年版。

章红等：《民间故事的学前价值与传承研究》，浙江大学出版社 2011 年版。

赵时春撰、临洮张维校补、魏柏树通校：《平凉府志》，甘肃省静宁印刷厂 1999 年版。

《中国民间故事集成》全国编辑委员会、《中国民间故事集成·甘肃卷》编辑委员会：《中国民间故事集成·甘肃卷》，中国 ISBN 中心出版、新华书店北京发行所发行、北京冠中印刷厂 2001 年版。

钟敬文：《民间文学概论》，高等教育出版社 2010 年版。

钟敬文：《钟敬文民间文学论集》，上海文艺出版社 1982 年版。

周福岩：《民间故事的伦理思想研究——以耿村故事文本为对象》，中国社会科学出版社 2006 年版。

周庆华主编：《六盘山民间故事》，黄河出版传媒集团、宁夏人民教育出版社 2010 年版。

周作人自编集：《儿童文学小论　中国新文学的源流》，北京出版集团公司、北京十月文艺出版社 2011 年版。

朱大可：《华夏上古神系》，人民东方出版传媒有限公司、东方出版社 2014 年版。

［德］艾伯华：《中国民间故事类型》，商务印书馆 1999 年版。

［德］恩斯特·卡西尔：《语言与神话》，生活·读书·新知三联书店 2017 年版。

［德］弗洛伊德：《图腾与禁忌》，杨庸一译，中国民间文艺出版社 1986 年版。

［俄］弗拉基米尔·雅科夫列维奇·普罗普：《故事形态学》，贾放译，施用勤校，中华书局 2006 年版。

［俄］普列汉诺夫：《论一元论历史观之发展》，生活·读书·新知三联书店 1961 年版。

［加］诺斯罗普·弗莱：《批评的解剖》，陈慧、袁宪君、吴伟仁译，吴持哲校译，百花文艺出版社 2006 年版。

［美］阿兰·邓迪斯编：《世界民俗学》，陈建宪、彭海斌译，上海文艺出版社 1990 年版。

［美］保罗·康纳顿：《社会如何记忆》，纳日碧力戈译，上海人民出版社 2000 年版。

［美］丁乃通：《中国民间故事类型索引》，中国民间文艺出版社 1986

年版。

［美］桑德拉·吉尔伯特、苏珊·古芭：《阁楼上的疯女人》，上海人
　　民出版社 2015 年版。

［美］斯蒂·汤普森：《世界民间故事分类学》，上海文艺出版社 1991
　　年版。

［日］关敬吾：《故事学新论》，张雪冬、张莉莉译，辽宁大学出版社
　　1992 年版。

［意］伊·卡尔维诺：《意大利童话》，上海文艺出版社 1985 年版。

［英］J. G. 弗雷泽：《金枝》，徐育新、汪培基、张泽石译，刘魁立
　　审校，新世界出版社 2006 年版。

［英］米兰达·布鲁斯 - 米特福德、菲利普·威尔金森：《符号与象
　　征》，周继岚译，生活·读书·新知三联书店 2014 年版。

　　二　论文

蔡春华：《日本蛇郎故事文本的六种形态》，《福建师范大学学报》
　　（哲学社会科学版）2003 年第 2 期。

陈淑卿、陈昌珠：《多学科视角下的古代贱老习俗》，《民俗研究》
　　2005 年第 4 期。

董晓萍：《民间文学体裁学的学术史》，《北京师范大学学报》1999 年
　　第 6 期。

高葆泰：《宁夏方言的语音特点和分区》，《宁夏大学学报》（社会科
　　学版）1984 年第 4 期。

海力波：《"老化异类"故事中的老年意象与人观表达》，《民间文化
　　论坛》2013 年第 6 期。

季羡林：《印度文学在中国》，《文学遗产》1980 年第 1 期。

金官布：《佛教对唐志怪变形母题的影响》，《青海民族研究》2013 年
　　第 1 期。

金官布：《神话对志怪小说变形母题的影响》，《青海师范大学学报》
　　2014 年第 2 期。

李道和：《弃老故事的类别与文化内涵》，《民族文学研究》2007 年第

2 期。

刘峰：《苗族古经之由来及研究》，《贵州大学学报》（社会科学版）2015 年第 4 期。

刘魁立：《中国蛇郎故事类型研究》，《民间文学论坛》1998 年第 1 期。

刘守华：《走进"寄死窑"》，《民俗研究》2003 年第 2 期。

马季、石舒清：《笨拙·深情·简单·迅疾》，《文学界》（原创版）2008 年第 10 期。

穆光宗：《孝文化的起源与弃老习俗的关系》，《社会科学论坛》2010 年第 12 期。

孙正国：《近 20 年中国民间故事叙事性研究的探索与缺失》，《西南民族大学学报》2004 年第 9 期。

万建中：《蛇郎蛇女故事中禁忌母题的文化解读》，《云南大学人文社会科学学报》2000 年第 5 期。

王丹：《精怪：亘古至今的信仰与叙事》，《中南民族大学学报》2002 年第 3 期。

肖群、郭郁烈：《文化分层中的民间文学与作家文学》，《甘肃社会科学》2012 年第 1 期。

许艺：《罐子里的童年》，《西湖》2012 年第 6 期。

叶舒宪：《中国文化的大传统与小传统》，《传承》2012 年第 17 期。

苑利：《民间故事传承路线研究》，《民间文学论坛》1988 年第 3 期。

张存霞：《宁南精怪故事的文化叙事研究》，《宁夏师范学院学报》2017 年第 5 期。

张蕾：《中国蛇郎故事浅议》，《哈尔滨学院学报》2010 年第 1 期。

钟亚军：《宁夏"孝"故事的源与流》，《民间文化论坛》2015 年第 3 期。